21. 12.

한희정

행복하세요. 매일매일
다른 누구가 아니라 진짜 내 마음으로♥

연모

1

한희정 대본집

연모 1

초판 1쇄 발행 2022년 1월 13일
초판 2쇄 발행 2022년 2월 10일

지은이 | 한희정
펴낸이 | 金湞珉
펴낸곳 | 북로그컴퍼니
책임편집 | 전설
디자인 | 김승은
주소 | 서울시 마포구 와우산로 44(상수동), 3층
전화 | 02-738-0214
팩스 | 02-738-1030
등록 | 제2010-000174호

ISBN 979-11-6803-020-6 03810

· 이 책의 원작은 만화 〈연모〉(이소영/대원씨아이)입니다.
· 표지 및 내지에 수록된 사진 저작권은 KBS에 있습니다.

· 블로그: blog.naver.com/blc2009
· 인스타그램: @booklogcompany
· 페이스북: facebook.com/blc2009
· 유튜브: 북로그컴퍼니

연모 戀慕 1

한희정 대본집

북로그컴퍼니

작가의 말

스무 편의 대본을 쓰기 위해 모니터 앞에 앉아 바라보았던 스무 번의 텅 빈 그 여백보다, 작가의 말을 쓰기 전인 지금 이 순간이 어쩐지 더욱 아득하고 어렵게만 느껴집니다. 대본집을 내는 일이 제게는 〈연모〉라는 드라마와 아름답게 작별하는 이별의 한 과정인 것만 같아 오래도록 빈 여백을 채우지 못한 채 손가락을 들어 글을 썼다 지우기를 반복하며 화면 위를 서성입니다.

그러는 사이 해는 저물고, 창밖으론 도시의 조명이 별빛처럼 반짝입니다.

그리고 그 불빛이 어느 바닷가 마을에 뜬 별빛이라 생각하며 괜히 휘와 지운이를 떠올려 봅니다. 파도 소리가 들리는 바다 앞 작은 집에서 밥을 짓고, 사람 사는 냄새를 풍기며 행복하게 살고 있을 두 사람을 생각하면 그래도 다행이라는 생각이 듭니다. 오래 아팠던 아이들이니 오래 행복했으면 좋겠습니다. 언젠가 지운이가 휘에게 해주었던 그 말처럼, 단 하루가 아니라 매일매일...

그렇게 정말 살아 있는 사람처럼 기억 된다면 더없이 좋겠다는 생각을 합니다.

드라마 대본은 영상이 되기 위해 쓰여진 글입니다.

영상이 되지 못했다면 사라졌을 이야기를 세상에 내놓을 수 있게 애써 주신 많은 분들이 계십니다. 한 분 한 분 소중한 그 이름들을 모두 적어 내려갈 순 없지만 이 자리를 빌려 감사하단 인사를 꼭 드리고 싶습니다.

부족한 대본을 가득 채워 아름다운 드라마를 만들어 주신 송현욱 감독님 고맙습니다. 감독님이 없을 때만 늘 하는 얘기지만, 제가 드라마를 시작하고 처음 함께한 분이 감독님이라서 살아가며 큰 힘이 되었습니다. 함께, 또 따로 늘 응원합니다.

저보다 〈연모〉를 더 생각하고, 더 진심이었던 훌륭한 보조작가 소영이, 진실이,

매회 엔니오 모리코네 부럽지 않은 훌륭한 음악을 만들어 주신 음악감독님,

어느 밤, "저는 〈연모〉가 너무 좋습니다, 작가님." 하며 응원과 용기를 주셨던 윤재혁 CP님, 함께 촬영하며 좋은 작품 만들어 주신 이현석 감독님 고맙습니다.

기획 단계부터 긴 시간 함께 고민하며 힘이 되어 준 한혜연 피디님, 송민주 피디님

그리고 저를 믿고 작품을 맡겨 주신 이건준 센터장님 고맙습니다.

다음 번 제주에선 제가 딱새우를 사 드릴게요.

박은빈 배우가 아닌 휘는 상상이 안 되게끔 훌륭한 연기를 보여 준 은빈 씨와

지운이보다 더 지운이 같았던 멋진 배우 로운 씨.

대본보다 훨씬 멋진 연기로 캐릭터에 생명을 불어넣어 주신 〈연모〉의 모든 훌륭한 배우님들과 뜨거운 열기와 찬 공기를 온몸으로 맞으며 좋은 드라마를 만들기 위해 현장에서 노력해 주신 〈연모〉의 모든 스태프분들께 감사와 존경의 마음을 보냅니다.

그리고 〈연모〉를 쓰느라 지난 3년 동안 드라마에 엄마를 빼앗긴(?) 우리 딸 그린이와 제가 글 쓰는 일에 전념할 수 있게 육아를 도맡아 준 존경하는 남편 이혁하 씨,

사랑합니다.

'숏폼'이 대세인 시류에 맞지 않게 느리고 길었던 20부의 드라마를 봐 주신 시청자분들께도 꼭 감사의 인사를 드리고 싶습니다. 드라마가 끝났음에도 기꺼이 대본집을 구해 읽어 주시는 분들을 떠올리며 글을 쓰는 일에 더욱 진심을 담아야겠다고 새삼 다짐해 봅니다.

감사하고, 또 감사합니다.

〈연모〉는 결국 사랑 이야기고, 사람 이야기입니다.

이 드라마가 보편의 사랑과 평범한 사람 이야기로 기억되면 좋겠습니다.

연모하고, 연모했습니다. 모두.

일러두기

1. 이 책의 편집은 한희정 작가의 집필 방식을 따랐습니다.

2. 드라마 대사는 글말이 아닌 입말임을 감안하여, 한글맞춤법과 다른 부분이라 해도 그 표현을 살렸습니다. 지문의 경우 한글맞춤법을 최대한 따르되, 어감을 살리기 위해 고치지 않고 그대로 둔 경우도 있습니다.

3. 대사와 지문에 등장하는 말줄임표나 쉼표, 느낌표와 마침표 등의 문장부호 역시 작가의 집필 의도를 살리기 위해 그대로 실었습니다.

4. 이 책은 작가의 최종 대본으로, 방송된 부분과 다를 수 있습니다.

5. 이 책의 원작은 만화 〈연모〉(이소영/대원씨아이)입니다.

차례

작가의 말 5
일러두기 8
기획의도 10
등장인물 11
용어정리 24

1부 25
2부 75
3부 125
4부 173
5부 219
6부 261
7부 303
8부 343
9부 385
10부 425

메이킹 포토 465

기획의도

"감추어진 왕
역사에서 철저히 사라져야만 했던 비극의 왕
나의 왕의 이야기다…."

만약, 우리가 기억하는 역사의 뒤편에
여자의 몸으로 왕위에 올라
역사에서 철저히 사라져야만 했던 왕이 있었다면 어떨까?

자신의 비밀을 숨긴 채 살아야 했던 비운의 왕.
그리고 그 왕을 사랑하게 된 한 사내.

왕의 스승으로 궐에 들어온 사내는
그가 여자인 줄은 꿈에도 모르는 채 비밀스러운 사랑을 시작하게 된다.
내가 사랑하는 사람이 같은 사내인 것도 모자라
감히 용안도 함부로 쳐다볼 수 없는 이 세상의 지존이라면
과연, 이 사랑은 어떻게 될까?

정체를 감춘 여자 왕 이휘와, 그녀의 스승 정지운의 '관계전복 로맨스'가
궁궐이라는 치열하고도 낭만적인 공간을 배경으로
때로는 설레게, 때로는 애절하게 그려진다.

이휘 조선의 왕세자

눈처럼 새하얀 얼굴에 얼음처럼 차가운 눈빛.

미소년과 미소녀의 경계에 선 듯 선이 고운 외모는 잘생겼다기보다는 아름답고, 아름답기보다는 신비롭다. 거기에 용포빨(?)을 장착하여 누구도 범접하기 어려운 위엄까지. 궐내 궁녀들의 마음을 뒤흔들어 놓기에 충분하다.

여간해서는 자신의 감정을 드러내는 법이 없는 포커페이스.

도도하고 까칠한 건 고귀한 태생인 왕세자의 기본 옵션이라 해도, 표정 없는 얼굴로 타인의 감정을 배려치 않는 독설을 마구 날려 대니 눈 호강을 하면 뭐 하나. 동궁전은 궁녀들에겐 저승사자를 모시는 곳일 뿐 언감생심 승은을 입는 건 꿈도 꾸지 못한다.

누구에게도 쉽게 곁을 허락하지 않으며, 선을 넘는 행동은 절대 용서치 않는다.

자신의 최측근 이외에는 누구도 다섯 보 이내로는 들이지 않는다 하여 궁인들 사이에서는 오보 저하, 얼음보다 차가운 성격이라 하여 동빙고 마마로 더 유명하다.

1년 365일 강박에 가깝도록 인시 반각(새벽 4시)이면 일어나 하루를 시작하는 성실함. 조강, 주강, 석강에 야대까지 시강원의 수업은 거르는 법이 없으며 왜소해 보이는 겉모습과는 달리 검이면 검, 활이면 활 무예에도 뛰어나다.

문무文武로만 따지면 누구도 따를 자 없는 완벽한 왕재라는 말씀.

아버지는 왕이요, 외조부는 조정을 주름잡는 훈구파의 거두이니 천상천하 유아

독존, 두려울 것도, 거칠 것도 없는 것이 당연할 것 같지만 사실, 그에게는 누구에게도 차마 말할 수 없는 비밀이 있었으니 바로 조선의 존귀한 왕세자 휘는... 여자다!

커다란 용포에 여인의 몸태를 숨기고서 제 자신과 끊임없이 싸우고 있는, 세자의 쌍생 여동생이자 가짜 왕세자.

혜종과 빈궁 한씨의 딸로 태어난 휘는 왕실의 쌍생은 불길의 징조라는 이유로 태어나자마자 죽어야 할 운명에 처했던 불운한 아이였다. 모친이었던 빈궁은 딸아이의 목숨을 살리기 위해 핏덩이였던 휘를 빼돌려 밖으로 내보냈지만, 운명의 장난처럼 휘는 다시 궁녀가 되어 궐로 돌아오게 된다.

우연한 기회에 자신의 쌍둥이 오빠인 세손을 만나게 된 휘는 아무것도 모른 채 그저 세손의 명에 따라 서로의 옷을 바꿔 입는 위험한 역할 놀이를 하게 되고. 쌍생 여아의 존재를 확인한 한기재는 정석조에게 여아를 죽이라는 명을 내린다.

그러나 정석조의 활에 맞아 목숨을 잃은 아이는 다름 아닌 휘의 옷을 대신 입은 제 오라비다.

한 아이라도 살리고자 했던 빈궁은 휘에게 모든 것을 털어 놓은 뒤 그녀를 세손으로 살아가게 한다. 저 혼자 힘으로는 달아날 곳도, 달아날 수도 없었던 어린 휘는 그렇게 누구도 감당치 못할 비밀을 짊어진 채 세손으로, 또 세자로 지금껏 살아왔던 것이다.

다행히 세월은 처음의 두려움과 고통까지도 익숙하게 만들어 주었고, 어느새 고통마저 일상이 되었다. 세자로 지내는 동안 행복하진 않았으나 굳이 불행하지만도 않았다. 자신을 지워야 했으나, 그 대가로 여자로 태어나서는 해 보지 못할 일들을 마음껏 할 수 있었으니 불만은 없었다.

첫사랑 소년, 지운을 다시 만나기 전까지는.

지운은 곧 깨질 것 같은 살얼음 위에 서서 끝도 없는 강물 아래를 내려다보는 휘에게 이제 그만 고개를 들어 강 너머를 보라고 용기를 준다. 그리고 언제 깨질지 모르는 얼음판 위를 함께 건너가 보자고 손을 내민다.

지운으로 인해 사람을 믿지 못하고 냉소하던 휘는 조금씩 변하게 되고, 사랑하지 않으려 굳게 닫았던 마음 역시 조금씩 열리기 시작한다.

그러나 사랑을 시작하면서, 제 모습 그대로의 여인이기를 바라면서, 왕세자 휘의 진짜 위기가 시작된다.

❖ 정지운 시강원 사서

휘의 스승이자 휘의 첫사랑이다.

끈기, 집념, 배짱의 조선 상남자. 얼굴, 잘생겼다. 패션, 끝내준다.

싸움, 자기 말로는 조선 '제二 검'이란다. '제一 검'이 아닌 건 아직 겨루어 보지 않은 이들이 있어서 하는 겸손의 표현이라 말하는 능구렁이.

그런 자신의 뜻에 따라 저자 끝 외딴 초가에 위치한 삼개방이라는 불법시술소(?)에서 여인들의 얼굴을 고쳐 주는 의원으로 활동 중이다.

주 고객은 북촌의 고관대작 안방마님과 도성의 이름난 기녀들.

명나라에서 배워 온 그의 의술은 신통방통하기가 그지없어서 군살은 쏙 빼주고, 얼굴은 차오르는 보름달처럼, 머리는 흑단처럼, 피부는 도자기처럼 만들어 준다고 소문이 난 지 오래. 하여 삼개방엔 그를 찾는 여인들의 발길이 끊이지 않는다.

이런 그의 이력만 보자면 그저 돈만 밝히는 한량 의원 정도가 딱이겠으나, 사실 그는 사헌부 집의 정석조의 아들로, 일찍이 문과에 차석으로 급제한 화려한 스펙까지 고루 갖춘 명망가의 도련님이시다.

무엇 하나 부족할 것 없는 그가 이러한 이중생활을 하는 것엔 나름 복잡한 사연이 숨겨져 있는데, 그 이유 중 하나는 자신의 아버지 정석조 때문이고, 또 다른 하나는 자신의 첫사랑 소녀 담이 때문이다.

어린 시절, 아버지의 어두운 비밀을 목격한 지운은 이 핑계 저 핑계를 대며 변방으로, 또 명으로 떠돌았고 그렇게 출사를 미뤄왔다.

아버지처럼 살지 않겠다고 다짐한 지운은 사람을 죽이는 일이 아니라 살리는 일을 하고자 명으로 가 의술을 익혔다. 그리고 그 의술을 이용해 담이와 빈민촌 아이들을 도와주겠다 했던 약속을 지켜가고 있었던 것인데.

어느 날 제 삶에 나타나 새 세상을 눈뜨게 해주었던 한 아이...

거짓말처럼 나타나 연기처럼 사라져버린 그 아이를 이제는 잊었노라 생각했는데, 강무장에서 만난 한 여인으로 인해 또 다시 뇌리에 선명하게 그 아이가 떠오르기 시작한다.

삼개방 아이들을 구하기 위해 그토록 거부하던 궐에 든 지운은 세자시강원의 서연관이 되어 왕세자 휘를 만난다. 나라의 국본이며 지존이 될 존귀한 사내... 그런 이의 모습에서 자꾸 첫사랑 소녀 담이가 떠올라 혼란스러운 지운.

그렇게 휘의 스승이 된 지운은 세상에서 가장 이상하고 위험한...
그러나 누구보다도 아름답고 불경한... 그런 연애를 시작한다.

——❖ 이현 왕실의 종친

온화하고 부드럽다. 다정하고 다감하다.

공자의 정명에 딱 어울리는 한 사람을 꼽으라면 바로 이현이다.

자신이 있어야 될 자리가 어딘지 알고, 자신이 해야 할 일이 무엇인지 아는 사람.

교만하지 않고 예의 바르며 정도를 아는 인물로 일희일비一喜一悲하지 않으며, 남의 눈치 따윈 보지 않는 곧은 성품의 소유자다.

어린 시절, 장난삼아 세손전에 숨어들었던 이현은 휘의 비밀을 알게 된다.

처음엔 믿기지 않았고, 후엔 그 사실로 인해 펼쳐질 일들이 두려웠다. 그러나 이보다 앞선 감정은 저 작고 연약한 몸으로 얼음처럼 차가운 철갑을 뒤집어 쓴 채 자신을 감추려 안간힘을 쓰는 휘에 대한 연민이었다. 하여 이 엄청난 비밀을 끝내 누구에게도 발설하지 않은 채 홀로 간직하기로 결심한다.

그렇게 오랜 세월, 이현은 휘의 키다리 아저씨 같은 존재가 되어 그녀를 지켜준다. 칼날 같은 구중궁궐 속 홀로 남은 소녀의 안전한 울타리가 되어 주겠다고... 할 수만 있다면 평생 휘의 충신으로 그녀의 비밀을 지켜주며 사는 것이 그의 목표다.

그러나 자신의 가장 절친한 벗, 지운이 휘를 사랑하고 있음을 알게 되면서
사랑과 우정, 그 가운데서 이현의 가슴은 소용돌이치며 흔들리기 시작한다.

——❖ 김가온 휘의 호위무사

무예로 단련된 근육질의 탄탄한 몸, 한일자로 굳게 닫힌 입술이 매력적인 사내.

언제나 무표정한 얼굴로 그림자처럼 휘를 지킨다.

말이 없고 웃음이 없다. 감정 역시 없는 듯하다.

그가 어떤 사내인지, 어떤 삶을 살아왔는지 아는 이는 없다.

그저 군령에 충실한 군인이었으며, 병조의 추천을 받아 동궁전 호위무사가 되었다

는 것 밖에는 알려진 것이 없는 사내. 그러나 한 번씩 휘를 따라 대전을 향하는 그의 눈빛은 날카롭고 서늘하게 변한다.

왕이 지키고 있는 대전, 가온은 몇 번이고 그곳으로 뛰어들어 왕의 목을 긋는 상상을 하곤 했다.

자신의 벗 하나 지키지 못한 무능한 왕...

한기재의 모략으로 아비가 비참한 죽음을 맞이한 후, 가온을 지탱한 것은 왕과 제 아비를 죽인 자들을 향한 복수심이었다. 신분을 숨기고 동궁전의 호위무사가 되었을 때 마침내 자신이 꿈꾸던 복수의 그날이 가까워 온 것에 홀로 눈물을 삼켰는데.

휘의 곁을 지키며, 가온은 조금씩 흔들리는 자신을 발견한다.

자신보다 더 차가운 얼음 갑옷 속에 스스로를 감추고 살아가는 왕세자.

자신의 소임을 다할수록 위험해지는 휘의 비밀을 알아버린 순간, 왕실을 향한 가온의 칼끝은 흔들리기 시작한다.

죽이려던 왕에게서 '자신의 사람을 지키지 못했다'라는 진심을 듣게 된 가온은 그동안 벼르던 복수의 칼을 거두고 휘의 편에 선 진정한 호위무사로 거듭나게 된다.

훗날 혜종의 죽음을 목격하는 유일한 목격자로, 휘가 왕이 된 후 혜종을 죽인 자들을 홀로 추적해 나간다.

신소은 이조판서 신영수의 외동딸

이리 봐도 저리 봐도 부티가 좔좔 흐른다.

도도하고 콧대 높은 사대부가 아가씨.

어여쁜 외모의 절반은 타고난 것이며 또 다른 절반은 후천적 노력으로 이루어 냈을 만큼 의지가 강하고 야무진 성격이다.

뛰어난 가문에 출중한 외모, 대담한 성격까지 더해져 어떤 상황에서든 당당하고 자신감이 넘친다.

누구에게도 기죽지 않고, 어떤 상황에서도 자기 소신을 명확히 밝힐 줄 아는 신여성. 그러나 필요할 땐 적절히 여인이라는 점을 무기로 사용하고, 때로는 아버지를 뒷배 삼아 원하는 것을 반드시 제 손에 넣고야 마는 귀여운 모습도 보인다.

언제나 최고, 가장 좋은 것, 가장 높은 자리를 탐내어 여인으로서 최고의 자리에 오를 수 있는, 세자빈 자리에 욕심이 있기도 했다.

그러나 지운을 만나고, 그에게 빠지며 갖고 싶은 자리냐, 갖고 싶은 사내냐 일생일대 고민에 빠진다.

——❋ 노하경 병조판서 노학수의 늦둥이 막내딸

조금은 허술하고 백치미도 있는 귀여운 여인이다.

어렵게 본 늦둥이 막내딸 하경의 말이라면 팥으로 메주를 쑨다 해도 곧이곧대로 믿는 딸 바보 아버지 밑에서 귀하게 자란 탓에 세상 어두운 줄 모르는 티 없이 맑은 영혼의 소유자다.

소은과는 어린 시절부터 알고 지낸 친구 사이로, 수줍음 많고, 모든 일에 서툴고 부족한 자신과 달리 언제나 똑 부러지고 당찬 소은을 동경한다.

그래서 항상 주인공의 친구1이 된 느낌이나 불만은 없다.

아니, 오히려 내 친구가 예뻐서 기분 좋은 속없는 순둥이다.

그래서 소은이 아닌 자신이 중전이 되었다 했을 때는 믿을 수가 없었다.

내가 정말 중전이라고? 행복했다. 처음으로 주인공이 된 것 같은 기분 때문도 있었지만 자신의 낭군님이 될 왕, 휘는 하경이 첫눈에 반한, 첫사랑이기도 했기 때문!

하여 궐에 들어온 하경은 전하를 기쁘게 해 드리고 싶다는 일념 하나로 살아간다.

자신이 할 수 있는 모든 방법으로 휘를 행복하게 만들어 주려 애쓰고 또 애쓴다.

하경은 안다. 이제 자신의 세상에서 주인공은 소은도, 자신도 아닌 자신의 낭군님, 오직 휘라는 것을.

——❋ 한기재 휘의 외조부. 좌의정

상왕太上王을 만든 공신으로, 현現 왕의 장인으로, 세자 휘의 외조부로, 훈구대신들을 장악하며 권력의 정점에 서 있다.

조정의 관리 중 그의 집 문을 거치지 않은 자가 없다는 말이 공공연히 나돌 정도로 한기재의 저택엔 언제나 그의 줄을 잡으려는 선비들로 문전성시를 이룬다.

그런 이유로 간혹 젊은 선비들과 신진 세력의 정치적 공세를 받기도 하지만, 표리부동한 조선의 얼굴을 잘 알기에 오히려 그는 더 당당하다.

제 앞길을 막는 자는 수단과 방법을 가리지 않고 처리한다. 누군가의 눈치를 보고 머리를 조아린다는 건 한기재에게 어울리는 행동이 아닌 것이다.

아쉬울 것 하나 없어 보이는 그에게도 딱 하나 아쉬운 것이 있다면 바로 제 뒤를 이을 아들의 부재다.

하여 자신의 외손이자 세자인 휘는 제 아들 대신이요, 가문의 미래다.

휘가 과거, 자신의 손으로 숨통을 끊어 놓으려던 쌍생 여아라는 사실은 꿈에도 모른 채, 오직 휘를 왕위에 올릴 그날만을 기다린다.

정석조 지운 父. 한기재의 심복

옳고 그름을 판별하는 정확한 눈을 가졌으나 옳은 것이 늘 정답인 것만은 아니라 생각하는 현실적인 감각을 지녔다.

그것은 다른 말로 상황 판단과 정치적 감각이 뛰어나다는 것이 될지도 모르겠다.

그러한 자신의 판단을 바탕으로 한기재를 위시한 훈구파와 궤를 함께하고 있다.

혜종의 충신인 내금위장 윤형설과는 과거 학문과 무예를 나누는 벗이었으나, 현재는 서로의 목에 칼을 겨누는 적이 되어 버렸다.

10년 전, 쌍생 여아를 직접 처리한 자로 누구보다 예민하게 휘에 대해 의심한다.

언제나 냉철함과 냉정함을 유지하지만, 그 역시 목숨 걸고 세자를 지키고자 하는 제 아들의 행보 앞에 어쩔 수 없이 흔들리는 아버지라는 이름의 한 인간이다.

혜종 휘의 父. 현現 왕

반정을 일으켜 집권한 선왕이 필요악에 의해 공신들의 권력을 키워 주는 모습을 보며, 아버지와는 다른 왕이 되길 꿈꾸었다.

그러나 쌍생아를 출산한 빈궁이 핏덩이 딸아이를 감싸 안고 살려 달라 애원했을 때, 공신들의 눈이 두려워 제 입으로 그 아이는 살릴 수 없다 말하며 제 딸을 버렸을 때, 혜종은 제 아버지와 다를 바 없는 왕이 되어 버렸다.

그렇게 죽은 딸과 세자빈에 대한 죄책감으로 평생을 살아왔다.

왕위에 오른 뒤 개혁적이고 파격적인 정치 행보로 새로운 세력을 외척으로 키우며 한기재와 정치적 대립을 시작한다.

그로 인해 휘에게 제 마음을 오롯이 보이지 못하지만, 이것이 휘를 지키고 조정을 안정시키는 유일한 방법이라 생각한다.

윤형설 내금위장

과거 빈궁의 부탁으로 쌍생 여아인 휘를 몰래 사가로 내보내 살린 인물로 세자 시절부터 혜종을 지켜 온 왕의 호위무사다.

휘의 모든 비밀을 알고 있으면서도 자신의 주군인 혜종에게 끝끝내 알리지 않고 침묵하는 건 그것이 주군을 지키고 휘를 지키는 일이라 생각하기 때문이다.

· 왕실 사람들 ·

원산군 이현의 형. 왕실의 종친

부드러움 속에 숨겨진 야망을 품고 있다.

부드러운 미소와 겸손한 자세로 휘를 보필하고 있으나 세자였던 아버지가 일찍 돌아가시지만 않았더라도 왕의 자리는 자신의 것이 되었을 거다 생각한다.

다정하고 다감한 이면에 서늘할 만큼 무서운 냉정함도 가지고 있는 이중적 인물.

창운군 휘의 숙부. 왕실의 종친

종친이라는 신분을 무기로 방탕하고 광기 어린 행동을 일삼는 왕실의 문제아.

작은 일에도 쉽게 흥분하는 충동적이고 공격적인 성향으로 제 손에 피를 묻히는 것을 두려워하지 않는다.

아니 어찌 보면 오히려 그러한 가학을 즐기는 건지도 모른다.

그가 이렇듯 활개를 칠 수 있는 건 왕실 최고 어른인 대비의 비호 아래 있기 때문인데, 자신의 행동이 조정에서 문제시될 때마다 큰어머니인 대비마마에게 꾸지람을 듣지만 그뿐, 용서를 구하고 돌아서면 또다시 같은 행동을 반복하는 소시오패스적 성향을 지녔다.

대비 휘의 조모

왕실의 최고 어른으로 휘에게는 한없이 자애롭고 따뜻하지만 자신의 외척 인사들을 조정에 대거 포진시켜 세력을 만들어 온 만만치 않은 내공의 정치 9단.

왕의 유고 시 후계자를 정할 수 있다는 막강한 카드를 쥐고 누구의 손에도 놀아나지 않는 자신만의 정치를 선보인다.

중전 중전. 혜종의 계비. 휘의 계모

혜종이 휘에게 차가운 것이 자신에 대한 사랑과 자신의 아들 제현대군에 대한 신뢰라 굳게 믿고 있다.

자신이 숙의에서 중전이 되었듯, 제현대군 역시 세자가 되지 말란 법이 없다며 나약한 아들을 왕재로 키우기 위해 끊임없는 모략을 꾸민다.

제현대군 휘의 이복동생

어머니 중전과 외조부 창천군은 네가 세자의 자리를 차지해야 한다고 말하지만 정작 제현대군은 왕위에 대한 욕심이 조금도 없다.

늘 형님인 휘의 애정을 갈구해 온 제현대군은 자신의 존재 자체가 휘에게 위협이 되는 것이 고통스럽다.

——❋ 빈궁 휘의 생모

쌍생은 절대 불가하다는 왕명이 떨어졌을 때, 죽음을 위장해 쌍생 여아를 궐 밖으로 빼돌려 살렸다.

그러나 결국 아버지 한기재에게 휘의 존재를 들킨 후 조선 땅 어디에도 딸아이가 숨을 곳은 없다는 것을 깨닫고 좌절한다.

빈궁의 목적은 오로지 하나. 제 딸아이를 살리는 것이다.

· 조정 사람들 ·

——❋ 신영수 이조판서. 소은 父

합리적이고 중도적인 성향으로 한기재와 창천군, 그 어느 세력에도 속하지 않고, 오로지 자신의 신념에 따라서만 행동한다.

과묵하고 진중한 성격으로, 딸인 소은에게 엄한 아버지이지만 언제나 딸아이의 의견을 존중해 자신의 논리대로 속단하거나 속박하지 않는 존경스러운 아버지이기도 하다.

——❋ 노학수 병조판서. 하경 父

한기재 측 대신으로 관직의 무거움에 비해 말이 많고 행동 역시 가볍기 그지없다.

늦둥이 딸 하경이를 세상에서 가장 사랑하는 조선판 딸 바보.

존재 자체만으로도 완벽하고 사랑스러운 딸이 이 나라의 국모가 되어 자신의 위상을 드높여 주다니, 기특하기 그지없지만 한편으론 싸가지 없는 왕에 호랑이보다 무서운 대왕대비, 거기에 눈빛만 봐도 지려버릴 것 같은 한기재까지...

그 여린 아이가 말 한 마디, 숨 한 번 제대로 뱉어 내기 어려울까 봐 걱정이 이만저만이 아니다.

창천군 부원군. 영의정

유순하고 부드러운 이미지로 정치적으로 큰 영향력은 없었으나, 혜종의 탄탄한 지지를 받으며 급부상하고 있다.

언젠가 자신의 외손주 제현대군이 세자를 밀어내고 왕위를 차지할 것이라고 철석같이 믿고 있다.

익선 세손이 존경하던 강서원의 스승이자 혜종의 세자 시절 벗

극 초반 한기재와 각을 세우다 한기재의 모함에 의해 처형된다.

가온의 친부.

· 휘의 사람들 ·

홍내관 동궁전 내관

과거 세손을 모시던 소환이었다.

세손과 얼굴이 똑같은 휘를 제일 처음 발견한 것도 바로 홍내관이었는데 어느 날 세손의 갑작스런 죽음으로 세손과 휘의 운명이 뒤바뀌자 휘의 곁에서 비밀을 지켜주며, 휘의 충직한 신하이자 가장 가까운 친구가 된다.

——❋ 김상궁 동궁전 상궁

휘에게는 어머니와 다름없는 존재로, 휘의 어머니였던 빈궁의 지밀상궁이었으나, 빈궁이 죽은 후 휘를 돌봐왔다.

휘의 출생부터 성장까지 모든 비밀의 과정을 알고 있는 인물로 언제나 노심초사 휘의 걱정뿐이다.

——❋ 양문수 시강원 보덕

휘의 스승이자, 시강원 최고 실세.

언제나 왕과 세자의 눈치를 보는 데 급급해 보이지만 조직 생활만큼은 최적화된 인물이다.

——❋ 박범두 시강원 문학

천재적인 머리... 그러나 춘방 앞에만 서면 그는 언제나 아프다.

여기가. 저기가. 여기저기가 다.

평생을 읽고 외어 온 경서들인데 세자의 앞에만 가면 눈이 빙빙 난독증이 오는 것 같은 건... 그저 기분 탓일까?

——❋ 최만달 시강원 서리

손 빠르고, 발 빠르고, 입빠르고...

여기저기 궐 소식을 물어 오는 시강원 최고 정보통, 만달통신.

김씨부인 지운 母. 정석조의 부인.

명문가 출신의 아름답고 현숙한 여인으로 소문났었으나, 아들과 남편 사이에서 속 썩느라 다소 거칠어졌다.

하지만 지운에겐 누구보다 자애롭고 든든한 지원군.

방질금 지운의 친한 동생

천진난만하고 겁이 많다.

자신과 여동생을 죽음의 위기에서 구해 준 지운을 형님으로 모시며 따른다.

궐에 든 지운을 대신해 삼개방을 운영하는 인물.

방영지 질금의 여동생

강단 있고 똑 부러지는 성격으로 철없는 오빠를 단속하느라 바쁜 소녀.

삼개방에서 못 하는 일 빼곤 다 하는 실세로, 손님몰이와 입소문의 귀재다.

구별감 대전별감

지운의 친한 형. 지운이 의원으로 활동할 당시 몰래 궐에 들어 궁녀들을 시술할 수 있게 돕기도 하고, 온갖 소식을 물어다 주는 지운의 정보통으로 활동하기도 한다.

용어정리

S# 장면(Scene)을 의미한다. 같은 장소, 같은 시간 내에서 이루어지는 일련의 행동이나 대사가 하나의 씬을 구성한다.

인서트 중간에 특정 장면을 삽입하는 것. 인물의 표정이나 동작, 이야기 흐름 상 중요한 소품 등을 의도적으로 강조해 보여주기 위해 사용한다.

(점프) 씬 중간에 장면을 급전환하는 것. 같은 장소 내에서 시간의 경과를 나타내거나 스토리 진행을 빠르게 보여줄 때 사용한다.

몽타주 따로따로 편집된 장면들을 짧게 끊어 붙여서 하나의 긴밀하고 새로운 장면을 만드는 기법을 말한다.

플래시백 회상 장면을 말한다. 지금 일어나고 있는 사건의 인과를 설명할 때나 인물의 성격을 설명하기 위해 쓰이기도 한다.

(E) 효과음(Effect)을 뜻한다. 보통 등장인물은 보이지 않고 소리만 나는 경우에 사용한다.

/cut 가까운 공간 안에서의 각도 전환을 의미한다.

F.O 페이드아웃(Fade-Out)을 의미하며 화면이 점차 어두워지면서 장면이 바뀌는 기법을 말한다.

dis. 디졸브(Dissolve)를 의미하며, 한 화면이 사라지는 동시에 다른 화면이 나타나는 기법을 말한다. 짧은 시간의 경과나 가까운 장소의 이동, 씬을 마무리할 때 사용한다.

1부

연꽃에게서 널 선물 받았으니
이 이름이 너와 잘 어울릴 거라 생각했다. 연선.

너무 예쁜 이름입니다. 연선...

S#1. 프롤로그 / 궐 전경 / 밤

굳게 닫힌 궐문 위로
천둥 번개와 함께 요란한 비가 쏟아진다.
그 위로 산통을 겪는 빈궁의 고통스러운 신음 소리.

S#2. 산실청 / 밤

고통을 참으며 신음하는 빈궁의 모습.
곁엔 걱정스러운 표정으로 지켜보는 김상궁. 의녀와 함께 빈궁의 해산을 돕고 있다. 잠시... 고통에 몸을 뒤트는 빈궁. 곧 적막을 가르며 아이의 울음소리가 터져 나온다.

김상궁 빈궁마마, 왕자 아기씹니다!!

힘이 빠진 듯, 털썩- 베개 위로 머리를 늘어뜨리는 빈궁.
그러나 곧이어 또다시 시작되는 빈궁의 진통...
갓 태어난 아이를 처치하던 의녀와 이를 돕던 김상궁 놀라 돌아본다.

마마! 놀라 소리치는 김상궁과 또다시 고통에 신음하는 빈궁 위로

왕 (E) 왕실의 쌍생은 절대 불가하다!

S#3. 궐. 편전 / 밤

왕과 한기재, 그리고 세자(훗날 혜종)가 함께 있는 어두운 편전 안.
밖에서 쏟아지는 빗소리만 들려온다. 읍소하듯 엎드린 혜종.

왕 (광기 어린) 경상도 땅에서는 역병이 돌고 있고, 함경도 땅에서는 연일 반역의 무리들이 쥐새끼처럼 번져오고 있다. 이 모두가 어린 조카를 죽이고 왕이 된 나를 탓하고 있다는 것을 정녕 모르겠느냐!

혜종 (괴롭게 바라보면)

왕 빈궁이 출산한 쌍생 역시 나를 왕으로 인정하지 않으려는 자들에겐 좋은 빌미가 될 것이다... 또한! 계집과 한 태에서 태어난 아들을 그 누가 감히 왕재로 인정하려 하겠느냐!

혜종 하오나 아바마마...

왕 (말을 끊듯, 한기재를 노려보며) 나를 왕으로 만든 공으로 상헌군 그대의 딸을 빈궁으로 삼았거늘... 이제 이 일을 어찌 책임질 것인가! 나의 자리가 위협당하면 그대는 물론이고 나를 따른 모든 대신들의 목숨 역시 보전키 어려울 것이란 걸 모르지는 않겠지...

한기재 (흔들림 없이 담담한) 오늘 밤, 왕실에서 탄생한 아이는 오로지 원손마마뿐이십니다. 누구도 쌍생의 비밀을 아는 자는 없을 것이니 염려하지 마시옵소서. 전하... (의미심장한 눈빛으로 보면)

혜종 (그 말에 불안한 듯 돌아본다. 절망감이 스치는 표정 위로)

빈궁 (E) 살려주세요. 저하.

S#4. 동궁전 복도 / 밤

혜종, 비에 젖은 채 걸어 들어온다.
피가 묻은 소복을 채 갈아입지도 못한 채 차가운 동궁전 바닥에 엎드린 빈궁(20대), 곁엔 빈궁을 따라온 김상궁(30대)도 함께 있다. 김상궁의 품속엔 강보에 싸인 갓난아기... (휘).

빈궁 계집애로 태어난 것이 죽어야 할 이유가 될 순 없습니다. 제발 살려주세요...
혜종 (괴롭게 빈궁을 바라본다) 불가하오...
빈궁 ! 당신 딸입니다. 저하의 아들과 한날한시, 한 태에서 태어난 딸입니다!
혜종 이미 주상전하의 어명이 내려졌소. 종실의 의견도 다르지 않소.

혜종, 스스로를 다잡듯 차갑게 빈궁과 아이를 스쳐 지나가면
그런 혜종을 원망스럽게 바라보는 빈궁.

빈궁 아뇨! 아닙니다. 이 아이의 아버지인 저하의 뜻이 중합니다. 그러니 말씀해 주십시오. 저하께서 답해 주십시오!
혜종 (멈춘다. 아이를 바라보는 혜종의 참혹한 표정) 나는... 나 역시! 이 나라에 도움이 되지 않는다면, 버릴 것이오.
빈궁 (! 충격으로 바라본다. 원망스러운)

혜종, 절망스러운 얼굴 위로 콰쾅... 천둥번개가 몰아친다.
소리에 놀란 듯 응애... 울음을 터트리는 아기(휘).

S#5. 산실청 전각 외부 / 밤

억수같이 비가 쏟아진다.
사헌부 감찰복 차림의 정석조, 복면으로 얼굴을 가린 수하들을 이끌고 산실청으로 걸어오는 위로. 한기재의 목소리.

한기재 (E) 산실청에 든 모든 이들을 없애거라. 내 허락 없인, 단 한 사람도 살려둬선 아니 될 것이니라...

전각의 입구를 지키던 군사 하나, 뒤늦게 일동을 발견하고 앞으로 나선다.

군사1 웬 놈들이냐!!

정석조, 한 치의 망설임도 없이 다가온 군사를 베어 쓰러트리면, 그것이 신호라도 되는 듯 일시에 지키고 선 군사들을 공격하기 시작하는 복면의 수하들. 갑작스러운 공격에 산실청을 지키던 군사들이 맥없이 쓰러진다.

S#6. 동. 마당 안 / 밤

갑작스러운 소란에 꺅- 흩어지는 궁녀들과 의관, 의녀들.
달아나는 그들의 등 뒤로 여지없이 칼날이 내리꽂힌다.
소란에 밖으로 나오던 산실청 도제조(영상)와 제조(승지)
믿을 수 없다는 듯 그 광경을 충격으로 바라본다.

승지 일단 몸을 피하시지요! (옆의 내관에게) 어서 영상대감을 모시게.

그러나 돌아서는 승지의 몸 위로 그어지는 정석조의 검.
윽... 짧은 비명과 함께 그대로 쓰러지는 승지.
그 모습에 놀라 주저앉는 내관1.
두려움에 주춤주춤 엉덩이 걸음으로 물러나면
영상, 어쩔 수 없이 저 홀로라도 산실청을 빠져나가려는데
그런 영상 앞으로 뚜벅뚜벅 걸어오는 한 사람... 한기재다.

영상 (놀라 바라보며) 사, 상헌군 대감...
한기재 (다가와 영상을 바라보며) 그간 전하를 보필하시느라 고생 많으셨습니다. 영상대감...

영상, 그런 한기재의 말이 무엇을 의미하는지 알아채지도 못한 채 단말마의

비명과 함께 축 늘어진다.
어느새 다가온 정석조, 영상을 벤 칼을 거두고 한기재를 바라보면.

한기재 (내관1을 바라보며) 빈궁께선 어디에 계시느냐.
내관1 (두려움에 겨우 짜내며) 어, 어의와 함께 치, 침전에 계십니다.

한기재, 안으로 들어가면 그대로 내관을 그어 버리는 정석조. 한기재를 따른다. 그들의 뒤로 쏟아지는 빗물과 마당을 적신 핏물로 아비규환이 된 산실청 마당의 모습 보인다.
일사불란하게 산실청의 모든 문을 걸어 잠그는 복면의 수하들.
쏟아지는 빗속, 고요한 침묵에 잠기는 산실청 전각의 모습에서.

S#7. 산실청. 빈궁 처소 / 밤

탕- 문을 열고 들어오는 한기재와 정석조.
정석조의 검에서 뚝뚝 피가 떨어진다.

김상궁 (놀라 막아서며) 빈궁마마께서 계시는 산실청입니다! 이것이 대체 무슨 짓이란 말입니까!
정석조 (그대로 칼을 들어 김상궁을 베려는데)
빈궁 (E) 멈추어라!

소리에 돌아보면, 강보에 싼 아이(세손)를 안고 있는 빈궁.
곁엔 의녀 하나가 빈궁을 보필하다 두려움으로 물러선다.
빈궁, 아직 몸도 제대로 추스르지 못한 듯,
피에 젖은 소복 차림으로 정석조를 노려보면.
그 눈빛에 한기재를 돌아보는 정석조, 어쩔 수 없이 칼을 거둔다.

한기재 (빈궁의 품에 안긴 아이를 바라본다)
빈궁 (애써 침착을 유지하며) 아들입니다. 아버지께서 그리도 바라시던 왕세손입니다.

한기재　(갓 태어난 손자를 바라본다. 잠시) 계집아인 어딨느냐.

빈궁　(이를 악물고) 계집아인... 죽었습니다.

정석조　(그 말에 빈궁을 바라보면)

동시에, 발 뒤에서 나오는 입직의관 하나.
얼른 한기재에게 예를 갖춘다.

한기재　(바라보면)

의관　(두려움을 감추며) 공주 아기씨께서는... 태어나자마자 숨이 끊어지셨습니다.

정석조, 다가가 확- 발을 걷어 보면 흰 천에 덮인 여자아이(휘).
한기재, 아이의 숨이 붙었는지 직접 확인한다.

빈궁　(긴장을 숨긴 채 이를 악물고 그런 한기재를 바라본다)

의관　(역시 긴장하며 바라보는)

빈궁　아이의 시신만은... 제가 거둘 수 있게 해 주십시오...

한기재　(본다. 천을 덮고 돌아서며) 태우거라.

한기재, 빈궁을 잠시 바라보다 그대로 밖으로 향하면
한기재를 따르는 정석조... 순간 무언가를 느낀 듯 잠시 돌아보는데
흰 천에 덮인 아이의 손이 천 밖으로 조금 나와 있다. 그러나 죽은 듯 미동 없는 아이의 모습. 정석조, 다시 돌아서 한기재를 따른다.
두 사람 사라지고 나면, 그제야 긴장이 풀린 듯 힘이 빠지며 참았던 숨을 내뱉는 빈궁.

김상궁　(뛰어들어 빈궁을 부축하며) 마마....!

빈궁　(고통스럽게 의관을 바라본다) 어서... 아이를 살피시게!

의관, 서둘러 아이에게 다가가 목 뒤에 꽂힌 침을 뽑아낸다.

잠시, 거짓말처럼 으앙... 미약한 울음을 토해내기 시작하는 아이의 모습.
그제야 안도한 듯 숨을 토해 내는 빈궁의 모습에서.

S#8. 궐 일각 / 밤

거세게 내리는 빗소리에 묻혀 아이의 울음소리 희미하게 들린다.
산실청 밖에 세워둔 가마에 오르는 한기재.

한기재 시신은 모두 불태워 흔적을 남기지 말거라.

정석조, 고개를 숙이면, 떠나가는 가마.
돌아서는 정석조, 아이의 울음소리를 들은 듯 산실청 쪽을 바라보면
멀리, 빗속에서 어딘가로 급히 걸음을 옮기는 윤형설의 모습이 보인다.
의문스럽게 바라보는 정석조, 시선으로 잠시 윤형설을 쫓는데 다가오는 수하1.

수하1 말씀하신 대로 모두 처리했습니다.

돌아보는 정석조, 그 사이 윤형설의 모습은 사라지고 없다.
정석조, 불길한 예감에 급히 산실청으로 발길을 돌리면.

S#9. 산실청. 어느 방 / 밤

초조한 눈빛으로 강보에 싼 아이를 안고 있는 빈궁과 빈궁의 곁을 지키는 김상궁.
곧 드르륵 문이 열리는 소리에 놀라 돌아보는 두 사람.
안으로 들어오는 이는 비에 젖은 좌익위 복장의 윤형설이다.

빈궁 (안도, 서둘러 아이를 건네며) 아이의 맥이 흐리네. 궐 밖을 나서거든 곧장

의원에게 데리고 가 주게.

윤형설, 고개를 숙이고 아이를 받아 안는다.
미약한 숨을 내쉬는 작고 작은 아기의 모습...

S#10. 산실청 마당 / 밤

쓰러진 주검들로 참혹한 산실청 마당.
급히 산실청으로 들어오는 정석조의 시선에 타오르는 불길이 보인다.
앞씬의 의관 하나, 그 불길 앞에 홀로 서 있고.
다가오는 정석조를 발견한 의관, 두려운 듯 주춤, 뒷걸음질 치면.

정석조 빈궁께선 어디 계시느냐.
의관 (두려움을 참아 내며) 안에서... 안정을 취하고 계십니다.

정석조, 이상한 듯 시선 돌려 타오르는 불길을 바라보면
불길 속, 타다 만 아이의 강보 정도 보이고.

정석조 (의심스러운) 계집아이가 죽은 것이 확실한가?
의관 (긴장되는 듯 침을 삼키면)
빈궁 (E) 네 눈으로 직접 보지 않았느냐...
정석조 (돌아보면)
빈궁 (김상궁과 함께 안에서 걸어 나온다. 치를 떨듯 노려보며) 왜, 아직도 더 확인할 것이 남았더냐. (처절한 눈빛으로 정석조를 쏘아보면)
정석조 (보던 시선 거두고) 전하의 어명입니다. 저를 원망치 마시지요.

정석조, 잠시 빈궁을 바라보다 그대로 앞에 선 의관을 향해 칼을 그으면
헉! 놀라 비명을 지르는 김상궁. 빈궁의 안위를 걱정하듯 돌아보는데
빈궁, 주먹을 꽉 쥔 채 치가 떨리듯 그런 정석조를 바라본다.
빗물에 쓸린 핏물이 흘러내려 정석조의 다리를 적시면.

(E) 끼익- 육중한 궐문이 열리는 소리.

S#11. 궐문 밖 + 도성 / 밤

끼익- 육중한 궐문이 열리면 밖으로 나오는 윤형설.
윤형설, 아이를 숨긴 제 품을 내려다본다.
한 손으로 아이를 받친 채 매어진 말에 오르는 윤형설.
이랴! 고삐를 당기면 조금씩 빠르게 달리기 시작하는 윤형설의 말.
거세게 내리는 빗줄기 속 어두운 도성의 풍경 드러나고...
윤형설의 품속에 안긴 아기(휘),
그렇게 빗속으로 점점이 멀어지는 그 모습에서.

〈연모 1부〉

S#12. 경기 감영. 큰 방 / 낮

화면 밝아지면, 십 대 전후의 열댓 명의 소녀들이 일렬로 앉아 금사미단 테스트를 받고 있다. 그들 사이, 있는 듯 없는 듯 앉아 있는 한 소녀... 휘(담이, 12세)

훈육상궁 (E) 금사미단을 통과한 이들만이 궐에 들어가 상감마마를 모실 수 있을 것이다.

휘, 댕기를 내린 머리 뒤로 희미하게, 어린 시절 의관에게 맞은 그 침 자국이 보인다.

S#13. 궐 전경

파란 하늘 아래 위용 넘치게 펼쳐지는 궐의 모습.

S#14. 궐. 후원

쨍하게 맑은 하늘 위로 가죽 공이 튀어 오른다.
밝은 표정의 세손(12세) 또래의 종친들과 축국을 즐기는 모습.
(아직까진 얼굴은 제대로 안 보이고)
한편에 서서 응원 중인 세손전 소환과 나인들.
그들 사이 홍내관(10대 초반)의 모습도 보인다.
일각, 대신들(정석조 포함)과 함께 지나가던 한기재(40대)가 공을 차는 세손의 모습을 흐뭇한 표정으로 바라본다.

노학수 캬- 용맹한 저 기세를 좀 보십시오. 왕재의 자질이 벌써부터 엿보이지 않습니까?

일동 (허허허 동조하듯 웃으면)

한기재, 대답 대신 만족하듯 끄덕이는.
뻥- 공을 차고 환하게 돌아보는 세손의 얼굴. 앞선 휘와 똑같이 생겼다! 한기재, 흐뭇한 미소로 그런 세손을 바라보는 표정에서.

S#15. 동. 뒷산

인적 없는 궐의 뒷산, 커다란 나무가 서 있다.
바람에 날려 온 듯, 나뭇가지 끝에 매달린 빨래 하나.
견습나인 복장의 어린 휘, 아슬아슬 조심스럽게 빨래가 걸린 곳으로 다가가면.

이월 그만 가자니까! (올려다보며 걱정, 답답한 듯) 나 먼저 간다! 너 늦었다고 혼나도 난 몰라! (홱 돌아 저 혼자 터덜터덜 내려가면)

휘 이월아! 이월아~! (어떡할까 하다가 다시 아슬아슬 마저 다가가는데)

동시에 퍽- 무언가 날아와 나무둥치를 친다.
헉! 놀라는 휘의 표정. 동시에 균형을 잃으며
어어어- 나무에서 떨어지고 만다.

S#16. 동. 나무 아래

휘, 떨어진 빨랫감 덮어쓴 채 아야... 엉덩이를 부비는데
휘 앞에 떨어져 있는 가죽 공.
휘, 뭔가 하고 보면.

홍내관 (E) 거기 공 좀 주워 줄래?

어린 소환(홍내관), 숨을 몰아쉬며 공을 주우러 달려오고 있다.
얼른 일어나 공을 건네는 휘.
"고마워..." 인사하던 홍내관, 휘의 얼굴을 보더니 깜짝 놀란다.

휘 (의아한) 왜...? 내 얼굴에 뭐 묻었어?
홍내관 그게 아니라... (믿을 수 없다는 듯 주춤, 뒤를 돌아보는데)
세손 (마침 다가오며) 공 주워 오랬더니 뭐가 이렇게 오래 걸려?

소리에 돌아보는 휘.
세손, 다가오다 자신과 똑같이 생긴 휘를 보고 멈칫, 굳는다.
놀라 마주보는 두 아이, 홍내관도 신기한 듯 두 아이를 번갈아 바라보는데
휘, 순간 깨닫고 퍼뜩 엎드린다.

세손 (믿기지 않는) 고개를 들어 보거라.
휘 (그대로 납작 엎드리고 있으면)
세손 고개를 들라니까?

휘, 어쩔 수 없이 천천히 고개 든다.
코앞에 다가온 세손의 얼굴.
두 아이, 찍어 놓은 듯 똑같은 얼굴이다.
서로를 바라보는 놀란 두 아이의 모습에서.

S#17. 세손전. 세손 처소 / 밤

빈궁과 마주 앉아 차를 마시는 세손.

빈궁 (놀라 찻잔을 놓으며) 똑같이 생긴 나인이라니...!

한 발 떨어져 서 있던 김상궁, 역시 놀라 보면.

세손 (아무것도 모른 채 그저 신기한) 정말입니다. 머리 모양만 달랐지 누가 보면 쌍생이라 할 정도로 똑같이 생겼었다니까요. (곁에 있는 홍내관에게) 그렇지 않으냐 복동아?

홍내관 (빈궁의 표정에, 어쩔 수 없이) 예? 예... (눈치 살피면)

빈궁 (나무라듯) 그만! 그만하거라. 쌍생이라니, 어찌 그런 말도 안 되는 소릴 하는 것이냐!

세손 (빈궁의 반응에 당황스러운) 전 그저 신기해서... 어마마마도 보시면 정말 놀라실 것입니다.

빈궁 듣기 싫다! 천한 궁녀와 귀한 세손의 얼굴이 똑같다니... 행여라도 누가 들을까 겁이 나는구나!

세손 (어쩔 수 없이 입을 닫으면) ......

빈궁 다시는 그런 얘긴 입 밖에 내지 말거라. 알겠느냐?

세손 (시무룩) ...예. 어마마마.

S#18. 동. 밖 / 밤

세손전을 나서는 빈궁, 놀란 가슴을 애써 진정시키려는 듯.

빈궁 (곁을 따르는 김상궁에게, 낮게) 그때 분명 딸아일 도성 밖으로 보내었다 하였지.

김상궁 예. 틀림없사옵니다. 좌익위께서 도성 밖 작은 사찰에 아이를 맡겼다 하였습니다.

빈궁 좌익위를 만나봐야겠네... (생각하듯) 혹시 모르니 자넨 세손이 보았다는 그 아이를 찾아보게.

김상궁 예...

S#19. 세손전 전경 + 처소 복도 / 다른 날, 낮

좌익위 복장의 윤형설, 처소 앞을 지키듯 서 있다. 그 뒤로 하하하 화기애애한 담소 소리 들려오고.

S#20. 동. 세손전 안

세자(혜종)와 세손, 익선이 함께 앉아 있다.

익선 세손께서 영특하고 담대하신 것이 저하를 많이 닮으셨습니다. 저를 포함해 강서원의 시강관들 모두 세손마마를 모심을 크나큰 영광으로 여기고 있사옵니다.

혜종 내 앞이라고 그리 말할 것 없소. (내심 기특하지만) 듣자 하니 서책을 읽는 일보다는 밖에 나가 축국을 하거나 소환들과 뛰어노는 일을 더 즐긴다던데, 그것이 사실이냐?

세손 (조금 능청스럽게) 스승님 말씀대로 제가 아바마마를 닮았다면 거짓이고, 아니라면 사실이겠지요.

혜종 뭐라? (맹랑한 대답에 기가 찬 듯, 그러나 껄껄껄 웃으면)

익선 (역시 제법이라는 듯 허허허 웃는다)

혜종 (다정한) 익선이 네게 많은 가르침을 줄 것이다. 부디 놓치지 말고 부지런히 배우거라.

세손 걱정 마십시오. 스승님의 말씀이라면 기침 소리까지 놓치지 않을 작정이니까요.

두 사람, 그런 세손의 말에 허허 웃으며 흐뭇한 표정들인데
순간, 벌컥- 문이 열리며 들어오는 의금부 군사들.
윤형설, 그들을 막아서듯 쫓아오면, 놀라 바라보는 혜종, 익선, 세손의 모습.

혜종 이게 무슨 짓이냐!

의금부도사 (발견하고 예를 갖추며) 무례를 용서하시지요. 저하.

의금부도사, 고갯짓하면 순식간에 익선을 포박하는 군사들.
갑작스러운 상황에 놀라 "스승님!!" 소리치며 바라보는 세손.

혜종 (당황해 막아서며) 당장 그 손을 놓지 못하겠느냐!!

의금부도사 익선을 잡아들이라는 전하의 명이 계시었습니다.

혜종 (어명이란 말에 놀라며) 뭐라?!

역시 놀라는 익선과 세손, 윤형설 등의 표정에서.

S#21. 대전. 편전

편안한 분위기 속 차를 마시는 한기재. 앞엔 왕이 앉아 있다.
곧 세자가 왔음을 알리는 내관의 목소리와 함께 급히 안으로 들어오는 혜종. 왕과 마주 앉은 한기재의 모습에 표정이 굳어진다.

혜종 익선을 잡아들인 연유가 무엇이옵니까.

한기재 (짐짓 모르는 척, 여유롭게 바라보면)

혜종 (절박한) 익선은 세손이 믿고 따르는 스승이옵니다. 부디 익선에게 내린 명을 거두어 주시옵소서. 전하.

한기재 (그제야 나서며) 터무니없는 상소로 조정을 분열케 한 자이옵니다. 그런 자가 세손마마의 스승이 될 수는 없는 법이지요.

혜종 (분한) 나라를 걱정하고 백성을 위하는 마음이 진정 조정을 분열케 하는 것인가!

한기재 익선은 저와 공신들을 모함하고, 공신첩을 하사한 전하의 뜻마저도 모독하였습니다. 이보다 더 중한 죄가 어디 있단 말씀입니까.

혜종 (가증스럽다는 듯 노려보면)

왕 익선에 대한 판단은 내가 내릴 것이니, 세자는 그만 물러가라.

혜종 전하! (괴로운 듯, 그런 왕을 바라보면)

한기재 (비웃듯 보다가, 왕에게) 익선에 대한 일들로 어리신 세손께서 받으실 상처가 염려되옵니다. 처분이 마무리될 때까지는 세손전을 막아 두시는 것이 어떠하신지요.

왕 (공감하듯) 그리하라.

혜종, 그런 한기재를 노려본다. 한기재, 비웃듯 여유로운 표정으로 혜종을 바라보면, 그렇게 부딪히는 두 사람의 눈빛에서.

S#22. 세손전 일각 / 다른 날, 낮

삼엄한 경비로 세손전을 막아서는 군사들.
그들을 살피려는 듯, 담벼락 위로 상투머리 하나가 쓱 올라왔다 사라진다.

S#23. 동. 담벼락 뒤

내관복을 입은 세손, 군사들을 살피며 한숨을 내쉰다.
그 아랜 세손을 받쳐 주느라 무릎을 꿇고 엎드린 홍내관(옷을 빼앗겨 흰 속적삼 차림의)의 모습.

홍내관 (힘들어 바들바들 떨리는) 지금이라도 환복하시고 그만 처소로 돌아가세요.

세손 (담 너머를 살피며) 며칠째 스승님이 입궐치 않으신다. 내 직접 궐 밖에 나가 스승님을 만나 뵐 것이니라.

홍내관 그럼 제 옷이라도 좀 돌려주십시오...

세손 (옷을 한 번 내려다보고, 큼...) 여길 벗어나면 바로 궐문인데, 무사히 통과하려면 이 방법밖엔 없질 않느냐! (채근하며) 아, 좀 더 몸을 일으켜 보라니까!

홍내관 (울고 싶다. 한숨, 젖 먹던 힘까지 써서 몸을 일으키면)

세손 (발을 뻗으며) 옳지! 조금만 더!! 조금만...

성공을 목전에 두고 환해지던 세손의 얼굴이 문득 굳어진다.
보면 언제 왔는지 앞을 막아서고 있는 군사들.
세손, 홍내관에게 복화술 하듯 "내려 내려 내려..." 중얼거리면
홍내관, "예?" 보다가 어어어- 쿵- 쓰러진다.
그 위로 함께 쓰러지는 세손에서.

S#24. 폐전각

풀꽃이 무성한 폐전각. 앞으론 제법 커다란 연못도 보이고
주변으론 꽃나무도 무성하다.
휘, 햇살 아래 홀로 빨래를 널고 있는 모습. 그 위로

빈궁 (E) 아이가 사라지다니...!

S#25. 빈궁 처소

빈궁, 윤형설과 함께 마주 앉아 있다.

김상궁, 역시 놀라 바라보면.

윤형설　지난봄 제가 다녀간 후 사찰에 큰불이 난 모양입니다. 그 일로 이웃 사람들의 손을 전전했다 하나 정확하게 아는 이는 없었습니다.

빈궁　설마... 세손이 보았다는 그 나인이 정말 그 아이라는 건가...

윤형설　(바라보면)

빈궁　(김상궁에게) 아직 아이는 찾지 못하였는가.

김상궁　알아보고는 있사오나 아직...

빈궁　(설마 아니겠지. 그러나 불안한 표정)

S#26. 세손전. 세손 처소

드르륵, 문이 열리고 조심스럽게 휘를 데리고 들어오는 홍내관.
휘, 머뭇머뭇... 안으로 들어오면
초조한 듯 왔다갔다 방안을 서성이던 세손, 그런 휘를 돌아본다.

휘　(고개를 조아리며) 저를 찾으셨다 들었습니다...

세손　왔구나! (다시 한번 휘를 찬찬히 뜯어본다) 다시 봐도 정말 똑같구나... (홍내관에게) 그치?

홍내관　그렇긴 한데...

세손　(결심한 듯, 홍내관에게) 옷을 가져오너라.

홍내관　(내키지 않는 듯) 누가 보기라도 하면 어쩌려고 그러십니까...

세손　보긴 누가 본다 그래? 어서 옷을 가져오라니까?

휘　(어찌할 바를 모르고 긴장으로 바라보는)

(점프)
병풍 앞에 뒤돌아 초조하게 기다리고 있는 세손과 홍내관.

세손　아직 덜 되었느냐? 시간이 없다. 빨리 좀 입고 나오너라.

휘, 세손의 용포를 입고 어색하게 걸어 나온다.
거울을 들여다보듯 자신과 똑같은 휘의 모습에 놀라 바라보는 세손.
홍내관도 새삼 놀라 바라본다.

세손 (멍하니 보다가, 정신 차리듯) 이제 네 옷을 내게 다오.
휘 (다시 한번 놀라며) 어찌 천한 저의 옷을 달라고 하십니까...
세손 아니 아니, 목소리는 조금 더 낮추고, 무겁게!
휘 예?! (머뭇머뭇 바라보면)

픽 보던 세손, 휘가 뭐라 할 새도 없이 병풍 뒤로 쏙 들어간다.
휘, 이 상황이 난감하고 당혹스러운데.

S#27. 동. 세손전 앞

군사들, 여전히 삼엄하게 세손전을 지키고 서 있다.
걸어오는 홍내관과 궁녀 복장의 세손.
세손, 긴장하여 고개를 푹 숙이고 지나가려는데.

군사2 (막아선다. 옆에 선 세손을 본다) 세손전 나인은 아닌 것 같은데?
세손 (고갤 더욱 푹 숙이면)
홍내관 (긴장) 겨, 견습나인이온데 잠시 심부름을 왔다 하여 제가 길을 알려 주는 길입니다. (세손에게) 이리로 곧장 나가면 됩니다...

세손, 홍내관에게 끄덕, 눈짓하고.
고개를 더욱 푹 숙이고, 군사2를 스쳐 간다.
홍내관, 걱정스럽게 바라보는 표정.

S#28. 동. 세손 처소

세손 복장의 휘, 세손의 자리에 앉아 긴장으로 주변을 둘러본다.
문이 드르륵 열리고 들어오는 홍내관.
휘, 화들짝 놀랐다가 홍내관을 보고 안도하는

휘 세손마마께선...
홍내관 방금 세손전을 빠져나가셨습니다. (아무리 봐도 신기한 듯 휘를 흘깃 보면)

휘, 민망하고, 용포를 입은 제 모습을 내려다본다.
신기하기도 하고 걱정스럽기도 한 표정.
동시에 밖에서 지밀나인의 목소리가 들려온다.

지밀 (E) 마마, 생과방에서 다과상을 가져왔습니다.

소리에 헉! 놀라 돌아보는 홍내관과 휘

휘 (홍내관의 눈짓에, 긴장으로 보다가) 드, 들이거라.

곧 나인 몇이 다과상을 들고 온다.
휘, 긴장으로 바라보면.

나인1 마마께서 좋아하시는 식혜와 매작과입니다.
휘 (침 꿀꺽... 보다가, 눈빛 피하며) 아, 알았으니 그만 나가보거라...
홍내관 (제가 더 긴장해 지켜본다)

나인1, 인사하고 나가면, 휴... 안도하는 홍내관.
정말 울고 싶은 심정이다. 걱정으로 돌아보는데
휘, 언제 들었는지, 과자 하나를 입에 넣으려다 멈칫, 눈이 마주치는.

휘 (울상인 홍내관의 표정에 제가 더 머쓱하고) 같이... 먹을래?
홍내관 아니, (고개 숙이는) 아닙니다...
휘 그러지 말고 같이 먹자. 응?

휘, 홍내관의 손에 과자 하나를 쥐여 주면
망설이다 입에 넣는 홍내관.

휘 (역시 한 입 먹고) 달다. 그치?

홍내관, 긴장으로 보다가, 끄덕...
휘, 그런 홍내관의 모습에 풉- 웃음이 터지는
홍내관, 울고는 싶고, 과자는 맛있고, 난감하다.
지를 보고 웃는 휘를 보며 어색한 미소... 앙- 과자를 베어 먹는다.
어느새 사이좋은 친구처럼 마주 앉아 음식을 먹는 두 아이의 모습에서.

S#29. 익선의 집 앞 일각

군사들 몇 지키고 서 있다.
멀리서 지켜보는 세손 (여전히 궁녀 복장의)
미리 준비한 음식 바구니를 들고 익선의 집으로 향한다.

S#30. 동. 익선의 집

세손, 다가가면, 막아서는 군사들.

관군1 누구냐?
세손 세손전에서 보내신 음식을 가지고 왔습니다.
관군1 죄인에게 음식은 무슨... 내가 전할 테니 두고 가거라.
세손 (죄인이란 말에 발끈, 참으며) 안 됩니다! 세손마마께서 제게 꼭 직접 전하라 하셨습니다...
관군1 안되긴 뭐가 안 돼. 두고 가라니까.
세손 (버티며) 안 된다니까!....요...

관군대장 (다가오며) 웬 소란이냐!

세손 (헉! 행여나 들킬까 봐 깊이 얼굴을 숙인다)

관군1 세손전에서 음식을 보내셨답니다.

관군대장 (다가가 바구니를 살핀다. 잠시 보고) 들여보내거라.

관군1 어쩔 수 없이 문을 터 주면
세손, 휴... 관군1 몰래 쏘아보고 안으로 들어간다.

S#31. 동. 익선의 방

익선, 흰 적삼 차림. 꼿꼿하게 앉아 책을 읽고 있다.
들어오는 세손을 보는 익선.

익선 (미처 알아채지 못하고) 그래, 세손전에서 왔다고... 세손마마께선 어찌 지내시느냐. 혹 인사도 못 드리고 온 나를 원망하시지는 않더냐.

세손 (잠시 밖을 살피다가) 원망이 아니라 걱정을 하였지요. 원망받을 일을 하실 분이 아니잖습니까.

익선 (놀라 본다. 그제야 알아보고) 세손마마...! 정말 세손마마이십니까?

세손 (끄덕이며 쉿...!)

익선 (믿기지 않는) 어찌 여기까지... 옷차림은 또 그게 뭐구요...

세손 스승님께선 제게 아버지 같은 분 아닙니까. 전하께서 궐 밖 출입을 허락해 주시지 않으니 이렇게라도 뵈러 오는 수밖에요.

익선 (고맙고, 미안하고) 마마...

세손 헌데 정말 어찌 된 일입니까? 전하께서 왜 스승님을...

익선 (하고 싶은 말을 삼키며) 소신, 끝까지 마마를 모시지 못해 송구합니다...

세손 스승님...

S#32. 세손전 복도 / 저물녘

상촉내관이 세손전의 불을 밝히고 있다.

S#33. 동. 세손 처소 / 저물녘

여전히 세손의 자리에 붙박인 듯 앉아 있는 휘.
지루한 듯 늘상 지니고 다니는 윤목*을 꺼내 또르르 굴리고 있다.
그러나 세손은 오지 않고, 이제는 여기저기 좀이 쑤시기 시작하는데.

휘 (서책들을 훑어보며) 이렇게 어려운 걸 매일 보신다고? 와...

휘, 대단하다는 듯 돌아보는데,
홍내관, 어느새 자리에 앉아 꾸벅꾸벅 졸고 있다.
휘, 픽 미소. 어두워져 가는 주변을 둘러보자 문득 걱정이 드는데
동시에 "세자저하 납시옵니다." 소리에 화들짝 놀라 깨는 홍내관.

휘 (굳어 홍내관을 돌아본다) 어떡해...!
홍내관 (역시 당황스럽다. 어떡해야 하나 안절부절못하는데)

곧 문이 열리고 혜종이 들어온다.
휘, 행여나 들킬세라 긴장을 숨긴 채 고개를 푹 숙이고 물러서면
그런 휘를 바라보는 혜종. 무거운 표정, 애써 가다듬으며 자리로 가 앉는다.
휘, 여전히 고개를 숙인 채 눈을 맞추지 못하면

혜종 (익선의 일 때문인가 싶다. 걱정스럽게 보며) 얼마 전까지 곽란증으로 고생을 하였다 들었다. 지금은 괜찮은 것이냐.
휘 (무슨 말을 해야 할지 몰라 홍내관을 바라본다)
홍내관 (눈치, 조심스럽게 끄덕하면)

---

* 나무로 된 주사위. 휘가 직접 만든 것으로 6개의 면마다 각각 期(기다리다), 休(쉬다), 進(나아가다), 戀(그리워하다), 不(아니하다), 停(머무르다) 글자가 적혀 있다.

휘　　네... 지금은 많이 나아졌습니다.

인서트 / 동. 밖 복도 / 밤
급히 다가오던 세손, 동궁전의 상궁나인들을 보고 몸을 숨긴다.
두런두런 들려오는 휘와 혜종의 목소리에 불안한 듯 안을 돌아보는.

다시 방 안

혜종　　(잠시... 털어 내듯) 권독**이 말하기를 혼자서 좌전***을 모두 읽었다지.
휘　　예? 아, 예... (목소리 줄어들며) 다, 다 읽었습니다...
혜종　　그래, 어느 문장이 가장 마음을 울리더냐.
휘　　네?
홍내관　　(! 긴장해서 보면)
혜종　　(대답을 기다리듯 바라보는)
휘　　그것이... (홍내관을 보면)
홍내관　　(역시 해 줄 말이 없다. 난감한데)
휘　　(긴장, 어떡할까 하다가) 아, 아바마마께선 어떠셨는지요?
혜종　　(본다)
휘　　아, 아바마마의 마음을 울린 문장을... 알고 싶습니다.
홍내관　　(놀라 조마조마 바라보면)
혜종　　(읽듯이 보다가, 잠시) 인자불우, 지자불혹, 용자불구. 어진 사람은 근심하지 않고, 지혜로운 사람은 미혹되지 않으며, 용감한 사람은 두려워하지 않는다... 논어에 나오는 말이다. 익선이 내게 처음으로 해 준 말이기도 하구나.
휘　　(무슨 뜻인가, 긴장하며 바라보면)
혜종　　익선의 일로 세간에 말들이 많을 것이다. 너는 부디 그러한 이야기에 미혹되지 말고, 근심치 말거라. 익선은 곧 다시 돌아올 것이다. (스스로에게 다짐하듯) 반드시 그리될 것이니라...

....

** 세손강서원에서 세손에게 학문을 가르치는 일을 맡아보던 종오품 벼슬
*** 좌씨전

인서트 / 문밖
그런 혜종의 말을 듣고 있는 세손의 표정. 무거워지는데.

혜종　(털어 내듯, 다시 자상한 미소) 글은 읽는 것보다 읽은 것을 사유하는 것이 더욱 중요하다. 그러니 너도 다시 한번 좌전을 찬찬히 읽고 뜻을 되새겨 보도록 하거라.
휘　예... (멍하니, 그런 혜종을 동경하듯 바라본다)
혜종　(그런 휘의 표정에) 어찌 그러느냐?
휘　(저도 모르게) 그냥... 멋있어서요.
홍내관　(휘의 돌발 행동에 헉! 놀라, 저도 모르게 입을 막는다)

인서트 / 동. 밖 복도 / 밤
역시 놀라 찡그리는 세손. 조마조마하게 지켜보면.

혜종　(? 이상한 듯 바라보는데)
휘　(그제야 깨닫고 당황, 얼굴 붉어지며) 아, 그러니까 제 말은... 아니 그러니까 말씀하시는 저하, 아니 아바마마의 모습이 너무 멋있게 느껴져서 그만...
혜종　(픽 풀어지듯, 그러나 씁쓸한 미소로 휘를 보면)

휘, 쿵쾅쿵쾅 뛰는 가슴... 눈치채진 못했겠지... 긴장과 안도로 부딪히는 휘와 홍내관의 눈빛에서.

S#34. 동. 세손전 밖 / 밤

혜종 밖으로 나서면 따르는 동궁전 내관(조내관)과 상궁나인들.
혜종, 잠시 세손 처소를 돌아보면.

조내관　어찌 그러시옵니까?
혜종　(뭔가 이상한 듯, 그러나 곧 털어 내며) 아니다... (간다)

숨죽인 채 고개를 조아리고 숨어 있던 세손, 혜종이 사라지면 그제야 안도하며 휴...얼른 세손 처소로 향하고.

S#35. 동. 세손 처소 / 밤

거의 탈진 상태의 휘와 홍내관. 휴... 식은땀을 닦아 낸다.
동시에 들어오는 세손. 놀라 벌떡 일어나는 두 사람. 곧 세손임을 확인하고 안도한다.

홍내관 마마! (울듯이) 왜 이제야 오시는 겁니까. 얼마나 걱정했다고요.
세손 (미소, 휘를 보며) 잘 어울리는구나? 아주 잘했다.
휘 예? (얼굴 빨개져 고개를 푹 숙이는)
세손 (그런 휘를 보는 표정에서)

S#36. 지운의 집. 외경 / 아침

S#37. 동. 마당

입궐 준비를 끝낸 정석조, 사랑채를 나서면
이미 준비를 마치고 기다리고 선 지운(14)
아버지! 반갑게 인사를 올린다.
곁으로 김씨부인과 노복들도 몇 함께 서 예를 갖추고.
지운을 바라보는 정석조, 자상한 표정 위로.
(E) 연향을 알리는 음악 소리가 흐른다.

S#38. 궐. 후원 (공신연이 펼쳐지는 곳 근처)

정석조와 함께 연회 장소로 걸어가는 지운. 들뜬 모습이다.

지운 공신연에 초대되어 궐에 오게 되다니... 정말 꿈만 같습니다.
정석조 (흐뭇한) 머지않아 너 역시 이곳에서 전하를 보필하게 될 것이니라.
지운 (들뜬 표정으로 둘러보는데)
이현 (E) 지운아!

정석조, 지운, 소리에 돌아보면
원산군과 함께 걸어오던 이현(14), 지운을 발견하고 반갑게 다가온다.

지운 (반가운) 현아!
정석조 자은군께 무슨 말버릇이냐! (얼른 이현과 원산군에게 예를 갖추면)
이현 아닙니다. 벗끼리 편히 말을 나누자 제가 청하였던걸요. (원산군의 눈치에) 연회장으로 곧장 올 거지? 가서 보자!

이현, 싱긋 미소. 원산군에게 달려가면
지운, 입 모양만, "이따 봐~" 손 흔들려고 하다가 아버지 눈치에 딴청 부리고. 정석조, 주의 주듯 엄한 눈빛. 그러나 자애롭다.
정석조, 다시 걸어가려는데 멀리, 왕을 보필하고 걸어가는 한기재의 모습 보인다. 그 뒤로 세자(혜종)와 세손이 따르는 모습까지.

정석조 (발견하고) 넌 잠시만 여기서 기다리거라. (간다)
지운 예. 아버지.

지운, 그런 정석조의 모습 바라보다 잠시 궐을 둘러보듯 시선 돌리는데, 조금 떨어진 곳, 흰 광목천이 바닥에 떨어져 있다.
지운, 갸웃? 하며 다가가 들어보면
조금 앞에 빨래가 가득 쌓인 바구니를 들고 골목으로 사라지는 휘의 모습.

지운 (발견하고, 어떡할까 하다가) 잠깐만! (쫓아가는)

S#39. 동. 다른 일각 (폐전각 근처)

지운, 빨래를 주워들고 휘를 쫓아가는데 거짓말처럼 방금까지 앞에 있던 휘의 모습이 보이지 않는다. 대신 지운의 앞엔 막다른 골목처럼 문을 걸어 잠근 폐전각만이 보이고.

지운 (당황스럽고) 뭐야, 어디로 사라진 거야 대체...?

지운, 황당한 듯 주변을 두리번거리는데
폐전각 담을 타고 오른 무성한 담쟁이넝쿨 사이로 무언가 펄럭이는 것이 보인다. 지운, ? 얼른 다가가 담벼락을 가리고 있는 담쟁이를 천천히 걷어보면 사람 하나 겨우 드나들 만한 작은 틈이 나 있다.
지운, 잠시, 그 틈 사이로 들어가 보면 그제야 드러나는 고요한 폐전각의 모습.

S#40. 궐. 폐전각

사람의 발길이 닿지 않은 폐전각.
지운이 주운 것과 똑같은 하얀 광목천이 빨랫줄에 널린 채 바람에 흔들리고 있다. 지운, 조금은 비현실적인 듯. 그 사이로 걸어가는데 그 길의 끝, 빨래 바구니를 옆에 둔 채 댓돌을 서안 삼아 홀로 책을 읽고 있는 휘(담이).
지운, 어쩐지 그 모습에 홀린 듯 잠시 바라보고 서면.

S#41. 동. 일각

휘, 지운이 온지도 모르고 책을 읽고 있다.

휘 비양...덕지...기... (卑讓德之基也)

휘, 잘 모르겠는지 더듬더듬 읽다 막히는데.

지운 (E)　기야.

휘, 깜짝 놀라 돌아보며 꺅~!! 저도 모르게 소리를 지르면
지운, 헉! 그 소리에 놀라 저도 모르게 휘의 입을 막고 바라본다.
서로 놀라 동그랗게 바라보는 두 아이. 그렇게 눈이 마주치면
지운, 그제야 깨닫고 아차! 얼른 손을 떼고 물러난다.

휘　(경계하며) 여긴 어찌 들어오신 겁니까? 분명 문이 잠겨있을 텐데...
지운　아, 오해 말거라. 나는 그저... (하다가, 옆에 놓인 책을 보고) 좌씨전인가? 궁녀도 이 책을 읽는단 말이야?

지운, 흥미로운 듯 바라보면
휘, 경계하듯 얼른 책을 뒤로 숨기고 자리를 피하듯 돌아서 달아난다.
전각 계단 아래로 달려가는 휘.

지운　잠깐만! (급히 휘를 쫓아가면)

S#42. 동. 전각 아래 (연못 앞)

달려가던 휘, 지운을 피하려다 책을 그만 놓치고 만다.
연못에 빠지는 휘의 책.
"내 책...!" 놀란 휘, 어떡해야 하나... 발 동동 굴리며 바라보면.

지운　(난감하다) 아, 미...안...
휘　(원망스럽게 지운 돌아보다가, 성큼성큼 연못으로 들어가려 하면)
지운　(놀라 따라 들어가, 잡으며) 미쳤어? 뭐 하는 거야?
휘　귀하신 분께 빌린 책입니다. 찾아야 한다고요. (지운을 뿌리치고 다시 들어

가려 하면)

지운 (다시 쫓아가 휘를 말린다) 찾아봐야 어차피 젖어서 못 쓸 거다. 내 다음에 꼭 구해줄 것이니...

휘 놓으십시오. 꼭 찾아야 합니다.

지운 아니 어떻게 저길 들어가겠다는 건데~?!

잡는 지운과 뿌리치는 휘
두 아이, 잠시 실랑이하다가 균형을 잃으며 어어어- 함께 풍덩,
그만 물에 빠지고 만다.

S#43. 동. 연못 물 속

생각보다 꽤 깊이 있는 물 속.
지운, 허우적대다 꼬르륵- 가라앉으면
수면으로 오르다 물에 가라앉는 지운을 향해 손을 내미는 휘.
지운, 꿈을 꾸듯 그런 휘를 바라본다.
지운을 구해 물 위로 끌어올리는 휘.

S#44. 동. 물 밖

겨우겨우 지운을 물 밖으로 끌어낸 휘, 지운이 의식이 없자 고민하다 후... 지운의 입술에 숨을 불어 넣는다. 따뜻한 숨결이 지운에게 맴돌고. 스르르 눈을 뜨는 지운. 자신의 입술에 입을 맞추는 휘의 모습에 화들짝 놀라 일어난다.

지운 (입을 가리며) 무, 무슨 짓이냐!!

휘 (젖은 얼굴, 걱정스러운 표정으로 보다가, 이내 안도한 듯, 저도 모르게 버럭) 도련님은 무예도 안 배우십니까? 중심도 제대로 못 잡고 그리 물에 빠져버리다니... 제가 얼마나 놀랐는지 아시냐구요!!

물이 뚝뚝 흐르는 머리카락, 젖은 얼굴로 지운을 바라보는 휘. 많이 걱정했었던 듯 눈물까지 글썽이며 지운을 바라보면, 얼떨떨하게 그 모습 보는 지운, 어쩐지 그런 휘의 모습이 어여뻐 보인다. 홀린 듯 멍한 표정의 지운에서.

S#45. 지운 집 / 다른 날 / 지운 몽타주

무복 차림의 지운, 비장한 표정으로 목검을 꺼내 들고 휙휙 돌리더니 이내 손에 들고는 정신 집중… 곧 흔들흔들 몸이 흔들리는 지운. 보면, 기왓장 따위 위에 한 발로 선 채 균형 잡기 연습을 하는 중이다.
어어어, 흔들리다 우당탕 넘어지고는 아야… 엉덩이를 부비면.

정석조 (다가와 바라보며) 지금 무얼 하는 것이냐?
지운 (검을 들고 일어나며) 아, 균형을 잡는 연습 중이었습니다.
정석조 균형? (픽 웃다가, 엄하지만 따뜻한 눈빛으로) 검은 그리 장난으로 쓰는 것이 아니다. 소중한 사람을 지키기 위해 써야 하는 것이니라.
지운 허면 저도 가르쳐 주십시오. 아버지! (눈 반짝, 벌떡 일어나고)

지운 집, 마당
정석조와 무예 연습을 하고 있는 지운.
시원한 음료와 수건을 가지고 다가오는 김씨부인, 그런 부자의 모습을 흐뭇하게 바라본다.

지운의 방 / 밤
늦도록 불을 켜고 필사를 하고 있는 지운. 열심히 하는 그 모습에서.

S#46. 궐. 폐전각 / 다른 날, 낮

휘 앞으로 불쑥, 필사한 『좌씨전』이 내밀어진다.

휘. 빨래를 널던 중이었던 듯, 옆으로 빨래 더미들 보이고.

휘　　(조금 놀라며) 이건...

지운　　구해준다지 않았느냐. 지난번 그 책...

휘　　(놀라 보면)

지운　　(괜히) 책방에 널린 게 이 책인걸, 굳이 찾겠다고 그 난리를... (하다가 휘가 널고 있는 빨래 더미에 시선이 간다) 이 많은 걸 혼자 다 한 것이냐?!

휘　　아... 별로 많지도 않습니다. (다시 빨래 널려는데)

지운　　이리 다오. (휘가 들고 있는 빨래를 뺏듯이 받아들며) 너처럼 하다가는 하루 종일 걸리겠다.

휘, 난감함에 "됐습니다~ 주세요." 말리고
지운, "잠깐만, 이리하면 되는 거지?" 하며 계속 빨래를 널어준다.

S#47. 동. 전각 마루 / 석양

전각 마루에 앉아 가득 널린 빨래를 바라보는 두 아이.
그 옆으론 두 아이가 빠졌던 연못이 보인다.
연꽃이 가득 핀 연못.

휘　　담입니다. 담이.

지운　　담이?

휘　　담 밑에서 주웠다고 해서 담이라는 것밖엔 몰라요.

지운　　그럼 낳아준 부모님은 한 번도 본 적이 없는 것이냐?

휘　　(애써 담담하게 끄덕이면)

지운　　(그런 휘를 안쓰럽게 바라본다)

휘　　(털고 일어나며) 오늘 고마웠습니다.

지운　　(아쉬운) 어? 벌써 가게...?

휘　　늦으면 이월이가 걱정하거든요.

지운　　이월이?

휘 아… 제 동방지기 친구요 (미소, 가려는데)

지운 (이리 헤어지기가 아쉽다. 저도 모르게 불쑥 옷깃 잡으며) 잠깐만!

휘 (? 돌아보면)

지운 (아차, 화들짝 떨어지고, 잠시 긴장으로 보다가) 저… 단옷날엔 뭐 하느냐?

휘 네?

지운 (우물쭈물 붉어진 얼굴에서)

S#48. 궐 출입문 / 다른 날, 낮

명절을 맞아 밖으로 나가는 궁인들의 설레는 표정들.
그 사이 휘도 있다.
휘, 약간 긴장된 표정으로 밖으로 나오면,
초조한 듯 기다리고 있는 지운. 휘를 보고 환해진다.
약간 쑥스러운 듯… 그러나 반가운 두 아이.

S#49. 단옷날의 활기찬 도성 풍경 몽타주

휘와 지운, 풍물패의 공연을 신나게 바라보고 있다.
환하게 웃음 터트리는 휘.
지운, 그런 휘를 예쁘게 바라보다가
휘와 눈이 마주치면 얼른 시선 피하는.
휘, 그런 지운의 모습에 어쩐지 수줍고.

광통교 아래, 돌다리 / 밤
다리 아래 천변, 사람들이 소원을 담은 유등을 띄우고 있다.
유등을 띄우기 위해 징검다리를 건너는 휘와 지운.
지운, 앞서가며 뒤를 돌아보면, 치맛자락이 불편한 듯 어렵게 징검다리를 건너오는 휘. 지운, 그런 휘에게 손을 내밀면, 잠시 망설이다 그 손을 잡는 휘.
지운의 힘을 빌어 성큼 다가가 안기듯 앞에 서고.

좁은 돌다리 위에 마주 선 휘와 지운. 가슴이 콩닥콩닥, 얼굴이 빨개진다. 당황한 휘, 얼른 건너가려다 순간 중심을 잃은 듯 휘청이면 그런 휘를 잡아주는 지운. 시간이 멈춘 듯 서로를 붙잡고 선 두 아이, 마주 보는 얼굴에 수줍은 미소가 스미고.
달빛 아래, 함께 다리를 건너가는 두 아이, 물에 서서 각자의 유등을 띄운다. 서로의 소망을 안고 떠내려가는 유등을 보는 표정에서.

S#50. 도성 거리 + 궐 문 앞 / 밤

함께 걷는 두 아이의 뒤로 유등의 물결이 일렁인다.

지운 세손마마께서 빌려주신 책이었다고?

휘 네. 꼭 한번 읽어보고 싶다 하니 흔쾌히 빌려주셨습니다.

지운 (조금 놀라며 바라보다가) 놀랍구나 정말. 선뜻 책을 빌려주신 그분도, 그런 책을 읽어보고 싶어 한 너도...

휘 (떠올리듯) 실은... 그 책을 읽어 보고 싶게끔 하신 분이 계시거든요.

지운 (? 본다) 그건 또 누군데?

휘 (보다가) 비밀입니다. 비밀... (미소)

지운 (그런 휘 보다가, 결연하게) 오늘부터 내게 목표가 하나 더 생겼다! 내 당당히 과거에 급제해서 세손마마의 곁을 지킬 것이다. 그분의 사람이 될 것이야!

휘 (갑작스러운 말에 황당하게 보며) 갑자기 무슨 말씀이십니까?

지운 얼마나 훌륭하신 분이냐. 오늘 너의 외출도 그분께서 도와주셨다지 않았느냐. 우리가 이렇게 만날 수 있었던 것도 생각해 보면 다 세손마마 덕분이니 내 그 은혜에 보답할 것이다.

휘 (황당하게 보다가, 지운의 엉뚱함에 풋- 웃음 터트린다)

지운 (그 모습 예쁘게 보다가 생각난 듯, 부스럭, 품속에서 무언가(작은 염낭)를 꺼내 건네는) 아, 이거... 열어 보거라.

작은 염낭을 받아 든 휘. 영문을 모른 채 염낭을 열어 보면.

그 안에서 나오는 건 '蓮膳(연선)'이란 두 글자가 적힌 종이.

휘	연...선? 뭐예요.... 이게?
지운	담이라는 이름도 예쁘지만... 어쩐지 좀 더 특별한 이름으로 널 부르고 싶어서.
휘	(보면)
지운	연꽃에게서 널 선물 받았으니 이 이름이 너와 잘 어울릴 거라 생각했다. 연선...
휘	(감동한 듯) 너무 예쁜 이름입니다. 연선... (아름다운 지운의 필체를 눈에 담듯 다시 바라본다. 문득 생각난 듯) 사흘 후에 궐 밖에서 경로연이 있을 것입니다.
지운	경로연? (무슨 말인가 보면)
휘	아까, 유등을 띄웠던 그 다리 아래서 기다려주세요! 저도 도련님께 꼭 드리고 싶은 게 생겼거든요. (떨리듯) 기다려... 주실 거죠?
지운	(그제야 알아듣고, 환해지며 끄덕) 당연하지! 기다릴게. 올 때까지, 꼭 기다리마.
휘	(수줍은 미소, 떨리듯 지운을 보는 데서)

S#51. 동. 일각 / 밤

궐에서 나오던 정석조, 궐 문 근처에 선 지운을 발견한다.

정석조	(? 보다가 다가가며) 지운(아)... (하다가 우뚝 멈춘다)

지운과 함께 있는 휘의 모습을 보는 정석조

플래시백 / 14씬
축국을 하던 세손의 모습.

정석조, 놀라 휘를 돌아본다.

지운에게 인사하고 궐로 달려가는 휘의 모습.

지운 (정석조를 발견하고 다가오며) 아버지!
정석조 (소리에 돌아보면)
지운 (반가운) 이제 퇴청하십니까?
정석조 이 시간에 네가 왜 여기 있는 것이냐.
지운 아... 그것이...
정석조 (대답을 기다리지 않고) 저 아인 누구냐.
지운 (봤구나) 실은 지난번 공신연때 궐에 갔다 만난 아입니다.
정석조 (확인하듯) 궁녀란 말이냐?

정석조, 뭔가 이상한 듯 다시 휘를 돌아본다.
수문장에게 출입증을 확인받고 안으로 들어가는 휘를 보는 정석조.
문득 섬광처럼 떠오르는 그 날의 장면들.

플래시백 / 7씬
흰 천 밖으로 빠져나온 아이의 손.
빗속, 어딘가로 급히 향하던 윤형설.

지운 (심상치 않은 정석조의 표정에) 왜 그러십니까 아버지?
정석조 (설마 그 아이가 살아 있었던 것일까 혼란스러운데)

S#52. 세답방. 휘의 처소 / 밤

어두운 방 안, 이월이와 다른 동방지기들은 벌써 잠들어 있고
휘만 홀로 깨어 지운이 건넨 제 이름을 보고 있다, 지운을 떠올리듯 얼굴에 수줍은 미소가 떠오르는 휘, 잠시, 옆에 둔 상자 안에서 윤목을 꺼내 든다. (33씬의 윤목) 지운에게 줄 선물인 듯, 소중히 바라보는 휘. 설레듯 떨리는 표정에서.

S#53. 세손전. 세손 처소 / 다른 날, 낮

책을 살피는 세손, 눈을 가늘게 뜨고 앞을 바라보면
긴장으로 앉아 있는 휘.

세손 (흥미롭게 휘를 살피며) 누구냐? 이리 정성스레 주석까지 달아 책을 필사를 해 준 이가.

휘 (화들짝 얼굴 붉어져) 예? 필사요?

세손 굉장한 달필인 것이 보통의 사내는 아닌 듯한데... 내게 부탁해 궐 밖 외출을 했던 것도 다 이 자를 만나기 위해서였더냐?

휘 아! 아닙니다... (우물쭈물 말 못 하면)

세손 (짓궂게 웃으며) 내게만 살짝 말해 보거라. 대체 어느 집 자제라든?

휘 예? (역시 놀라 본다. 얼굴 붉어지며 민망) 그런 것은 모릅니다...

세손 (쯧쯧 혀를 차고, 장난스러운) 궁녀에게 연정이라니... 이것 참 위험한데...?

휘 (화들짝) 여, 연정이라뇨!!

세손 뭘 그리 놀라느냐. 걱정 말거라. 내 비밀로 해 줄 테니.

세손, 그런 휘가 귀엽다는 듯 웃으며 바라보면
휘, 안절부절못하고 고개 숙이는데.

홍내관 (헐레벌떡 들어오며) 큰일 났습니다. 마마!!

휘, 세손 (돌아보면)

홍내관 (숨을 헐떡이며) 방금 전 대전 소환의 말이, 전하께서 익선 어른께 사약을 내리실 거랍니다!

세손 뭐?! (벌떡 일어나 충격으로 본다)

휘 (? 역시 바라보는)

S#54. 편전

왕 앞에 엎드린 혜종.

혜종 (간절한) 익선을 사사하신다는 뜻을 거두어 주십시오 아바마마.

왕 (시선 거두며) 세자가 나설 일이 아니다. 물러가라.

혜종 전하와 공신들에 대한 직언을 하였다는 이유만으로 파직과 유배는 물론 사사의 명까지 내리시다니요. 사실을 알면 앞으로 어느 누가 나라를 걱정하며 군주를 따르겠습니까.

한기재 (E) 저하의 말이 옳습니다.

혜종 (돌아보면)

한기재 (들어와 예를 갖추며) 단지 전하께 직언을 고하였다는 이유만으로 파직과 유배라니 당치 않은 일이지요...

혜종 (무슨 꿍꿍인가 노려보면)

한기재 (왕에게 서찰을 내밀며) 지난번 말씀드린 대로 익선이 반역죄인 남준과 주고받은 서찰이옵니다.

한기재, 왕에게 서찰을 건네면
혜종, 믿기지 않는

한기재 반역 죄인과 공모한 강화길을 사사가 아닌 참수형으로 다스려 조정의 모든 신하와 백성들에게 본을 보여 주시옵소서.

혜종, 충격으로 바라보면
한기재, 여유로운 표정으로 혜종을 바라보는 데서.

S#55. 휘의 처소 앞

휘, 걱정스러운 표정. 처소로 돌아오면
누군가와 함께 휘를 기다리고 있던 이월이 돌아보며 휘를 가리킨다.

이월　저기 옵니다. (휘를 부르며) 담이야!

휘, 보면, 앞에 서 있는 김상궁.
김상궁, 세손과 똑같은 휘의 모습에 놀란다. 그러나 최대한 침착하게.

김상궁　(떨리는) 네가 담이냐...
휘　그러하온데...
김상궁　따라오너라. (주변을 둘러보고 앞장서는)

일각 / 다른 상궁과 걸어 나오던 정석조,
김상궁을 따라가는 휘를 발견하는.

S#56. 빈궁 처소

빈궁, 발 너머에 앉아 있고.
휘, 그 앞에 엎드려 있다.

빈궁　(애써 감정을 감추며) 내 세손에게 일찍이 네 얘길 듣고 한번 만나보고 싶었느니라.
휘　(긴장, 더욱 고개를 조아리면)
빈궁　부모도 없이 오랫동안 산사에서 지내왔다 들었다. 헌데 어찌하다 궐에 와 궁녀가 된 것이냐.
휘　그것이... 반년 전 산사의 화재로 주지스님께서 돌아가시고 유리걸식하던 저를 이웃 아주머니께서 딱히 보시고 소개해 주셨습니다.
빈궁　고생이 많았겠구나... (눈물을 참으며) 그래, 외롭지는 않았느냐? 부모도 없이 깊은 산 속에서 홀로 지냈으니... 낳아준 부모님을 원망하진 않았느냐.
휘　(이상한, 잠시 보다가) 처음부터 혼자였으니 외로움이 무언지, 그리움이 무언지도 몰랐습니다. 하여 원망조차도 한 적 없었습니다.
빈궁　(그런 딸아이를 안쓰럽게 바라보는, 목소리 떨리며) 잠시만... 이리 가까이 와보겠느냐.

휘, 어떡해야 하나 김상궁을 바라보면
김상궁, 끄덕인다. 다가가 빈궁 앞에 내려진 발을 올려 주는 김상궁.
휘, 납작 엎드려 고개를 조아리면, 휘의 목덜미에 보이는 침 자국.
바라보는 빈궁, 훅 눈물이 차오른다.
빈궁, 눈물을 들키지 않기 위해 애써 고개를 돌리면
김상궁, 다시 발을 내려준다.
흐느끼듯 한동안 말이 없는 빈궁의 모습.
엎드린 휘, 이상한 듯 그런 빈궁을 보는 데서.

한기재 (E) 계집아이가 살아 있다?

S#57. 한기재 사저 / 밤

한기재, 앞에 앉은 정석조를 서늘하게 바라본다.

한기재 그날, 아이의 숨이 끊어진 것이 아니었단 말이더냐...
정석조 아무래도 그런 것 같습니다.
한기재 (허, 기막힌 듯 일그러지는 표정, 분한 표정에서)

S#58. 궐 일각 / 다른 날, 낮

햇살이 화창하다. 또래 아이들과 함께 옷감을 들고 가는 휘의 모습을 지켜보고 선 빈궁.

빈궁 (마음을 다잡듯, 김상궁 돌아보며) 시간이 없네. 더는 세손과 저 아이가 함께 있어서는 안 될 것이야.
김상궁 (고개를 조아리면)
빈궁 하루빨리 아이의 출궁을 준비해 주게. 서둘러 주시게...

김상궁 예. 빈궁마마...

안타까움에 고개를 숙이는 김상궁, 먼저 자리를 뜨면
차마 뒤돌아서지 못하고 홀로 오래토록 딸의 모습을 바라보는 빈궁.
휘의 얼굴을 가슴에 새기듯 아련히 바라본다.
잠시, 발길을 돌리는 빈궁. 그런데 그 앞에 언제 왔는지 한기재가 서 있다.
빈궁, 헉- 숨이 막히듯 사색이 되어 바라본다.

빈궁 아, 아버지...
한기재 (멀리, 빈궁의 뒤로 지나가는 휘를 바라보는 서늘한 표정에서)

S#59. 빈궁 처소

털썩- 그대로 내동댕이쳐지는 빈궁
한기재, 살벌한 표정으로 다가가 쓰러진 빈궁을 바라본다.

한기재 감히 니가 나를 속였더냐...
빈궁 (공포와 절망으로 주춤 물러서는데) ...
한기재 (잡아채듯 그런 빈궁의 목을 조른다) 언제까지 숨길 수 있을 거라 생각했느냐. 쌍생은 불가하다는 전하의 어명을 잊었던 것이냐?
빈궁 (숨이 막히는 듯 컥... 제 목을 감싸 쥔다) 사, 살려주십시오. 그 아인 아무것도 모릅니다... 곧 연경으로 보낼 것입니다. 지금껏 그래온 것처럼 죽은 듯 살아가게 하겠습니다. 그러니 제발, 제발 한 번만 눈 감아 주세요 아버지. 제발...
한기재 그 아이 때문에 지금껏 이루어 온 것들을 잃을 순 없느니라. 연경이든 어디든 그 아이가 살아 있으면 세상 끝까지 쫓아가 죽일 것이다.
빈궁 (절망스러운, 두렵게 바라본다)
한기재 아이가 살아 있는 한 비밀은 언제고 새어나가게 될 테니 말이다...
빈궁 (질리듯 두려운 표정에서)

S#60. 휘의 처소

벌컥- 궁녀 처소의 문을 여는 정석조.
그러나 휘는 없고 이월만 놀라 정석조를 바라본다.

정석조 담이라는 아이는 어디로 간 것이냐!

S#61. 궐. 출입문 앞

삼십여 명의 어린 궁녀들이 열을 지어 서 있다.
그사이 보이는 휘(세손) 그 위로

이월 (E) (두려운) 궐 밖에서 열릴 경로연의 일손을 도우러 갔을 것입니다.

휘(세손), 궁녀들과 함께 밖으로 나서는 모습에서.

S#62. 도성 거리 일각

궁녀들 사이 걸어가고 있는 휘(세손)의 모습. 그 위로

S#63. 세손전. 세손 처소 / 회상

궁녀 복장의 휘, 난감한 표정으로 세손을 바라보면.

세손 부탁이다. 담이야. 이번이 정말 마지막이야...
휘 하오나... 그날 하마터면 세자저하께 들킬 뻔하지 않았습니까...
세손 결국 몰라보지 않았느냐. 아바마마께서도 널 알아보지 못하셨으니 아무도

눈치채지 못할 것이다.

휘　그치만... (난감하게 바라보며, 어렵게) 실은... 선약이 있습니다. 정말 중요한 약속이요...

세손　(간절한) 스승님은 내겐 부모님과 같은 분이셨다. 그런 분을 이리 보내드릴 순 없어. 늦지 않으마...응? 마지막 인사라도 올릴 수 있도록 니가 한 번만 더 날 도와 다오.

휘　(그 눈빛에 더는 어쩔 수 없는데) ......

다시 현재
궁녀들과 함께 걸어가는 휘(세손). 참수형 집행이 이루어지는 곳 주변인 듯, 사람들이 북적이는 장소가 나타나자, 긴장하며 돌아보는 데서.

S#64. 동. 일각

다급히 휘(세손)의 뒤를 쫓고 있는 정석조. 시선으로 휘(세손)를 찾아보지만 똑같은 나인 옷을 입은 여자아이들 틈에서 휘(세손)를 찾는 것이 여의치 않은데, 어느 순간, 궁녀들의 행렬 속에 있던 휘(세손)가 슬그머니 자리를 벗어나 좁은 골목으로 사라진다. 그 모습 발견하는 정석조. 급히 휘(세손)를 쫓아 골목으로 들어가고.

S#65. 동. 골목

좁은 골목길을 요리조리 헤쳐 가는 휘(세손)의 모습.
정석조, 일정한 거리를 두고 휘(세손)를 쫓아가는데
휘(세손)가 향하는 골목 끝으로 수많은 사람들로 북적이는 것이 보인다.
그제야 그곳이 익선의 참수형 장소라는 것을 알아차린 정석조.
낭패스러운 듯, 복잡한 인파 사이로 사라지는
휘(세손)의 뒤를 쫓기 시작하는데.

S#66. 거리 일각 (참수형 집행장 앞)

참수형 집행을 참관하기 위해 모인 사람들 사이 윤형설의 모습이 보인다. 포박당한 채 앉아 있는 익선. 여전히 형형한 눈빛. 꼿꼿하다.
윤형설, 괴로운 듯 익선을 바라보면, 그런 윤형설을 발견한 듯 잠시 마주치는 두 사람의 안타까운 눈빛. 윤형설, 참담한 표정 감추며 익선에게 예를 갖추면, 곧 집행인의 신호와 함께 죄인들의 앞으로 걸어 나오는 망나니의 모습. 군사들, 익선을 붙잡아 목이 움직이지 않게 형틀에 고정한다. 눈을 감는 익선. 윤형설, 차마 지켜보기 괴로운 듯 잠시 고개를 돌리는데 순간 누군가 (어린 꼬마아이, 훗날 가온) 급히 군중 속을 빠져나가듯 윤형설을 치고 간다. 꼬마를 돌아보던 윤형설의 시선에 멀리, 사람들 사이를 헤치며 다가오고 있는 휘(세손)의 모습이 보이고! 그 뒤로 휘(세손)를 쫓는 정석조의 모습까지 보이자 불길한 예감이 드는 윤형설. 급히 사람들을 헤치고 휘(세손)를 향해 달려가기 시작한다.

S#67. 동. 집행장 일각 + 건물 뒤 골목

사람들을 헤치며 달려오던 휘(세손)
익선을 겨누던 망나니의 칼이 세차게 내려오면
스승님...! 충격에 빠진 듯 그대로 멈춘다.
동시에, 누군가, 휘(세손)를 잡아끌어 몸을 숨기는데
휘(세손) 앞에 서 있는 인물... 다름 아닌 윤형설이다!

윤형설 여기는 위험합니다. 저를 따라 오시지요!
휘(세손) (! 끌려가며) 이거 놓거라! 놓으란 말이다!

S#68. 동. 거리 (집행장과 조금 떨어진 뒤)

사람들의 눈을 피해 휘(세손)의 손목을 이끌고 달리는 윤형설.
휘(세손), 그런 윤형설의 손을 뿌리친다.

휘(세손) (윤형설을 쏘아보며) 아바마마께서 보내셨느냐. 날 찾아오라고?
윤형설 (그 말에 놀라 본다) !
휘(세손) (눈가가 붉어지며) 보내 다오. 내 스승님께 마지막 인사라도 올릴 것이니라...
윤형설 (믿을 수 없는 상황에 놀라 눈빛이 흔들리는데)

동시에, 두 사람을 발견한 듯 맞은편에서 달려오는 정석조.
급히 휘(세손)를 향해 활시위를 당긴다.
정석조를 발견한 윤형설, 반사적으로 검을 뽑아 들고 휘(세손)을 막아서면,
동시에 탕- 시위를 벗어나는 화살이 휘(세손)에게 날아온다!
그제야 놀라 돌아보는 휘(세손),
그러나 윤형설의 검이 화살을 쳐냈다.
정석조, 다시 활시위를 당기면

윤형설 어서! 몸을 피하셔야 합니다!

윤형설, 다시 휘(세손)의 손을 이끌고 달리기 시작하면
어쩔 수 없이 윤형설을 따르는 휘(세손).

S#69. 동. 다른 일각

담벼락 옆에 말 몇 마리가 매어져 있다.
말을 발견한 윤형설, 휘(세손)를 이끌고 달려오는.

윤형설 (급히 말고삐를 풀어내며) 일단 궐로 돌아가십시오.
휘(세손) 저자가 왜 나를 죽이려는 것이냐. (순간 이상한) 아니, 저자가 쫓는 것이 나인가 아니면 담이인가...

윤형설　(본다. 그 물음에 차마 뭐라 대답 못 하는데)

휘(세손)　어서 말해 보거라. 담이라면... 왜 그 아일 죽이려 하는 것인지.

윤형설　궐에 돌아가면... 모두 말씀드리겠습니다.

윤형설, 휘(세손)가 뭐라 할 새도 없이 그대로 세손을 말 위에 태우고 탁- 말을 달려 보낸다. 동시에 또다시 쉭- 날아드는 정석조의 화살.
윤형설, 달려가는 휘(세손)를 확인하고
검을 빼 정석조에게 달려간다.
정석조, 역시 검을 빼 들고 윤형설을 공격하는.
챙- 두 사람의 칼날이 부딪치고
막상막하의 일전이 펼쳐진다.
멀어지는 휘(세손)를 눈으로 쫓는 정석조의 시선...
챙, 또다시 검을 맞대고 서로를 노려보는 두 사람.
윤형설, 다시 공격하기 위해 몸을 트는 순간
정석조, 있는 힘껏 윤형설을 밀어내고 틈을 노려 옆에 매인 말 위에 오른다.
검으로 묶인 말의 끈을 끊어 내고 "이랴!!" 달려가기 시작하는 정석조.
윤형설, 놀라 바라본다!

S#70. 도성 외곽 거리

궁녀 복장으로 말을 달리는 휘(세손), 뒤를 돌아본다.
조금씩 가까워 오는 정석조의 모습에 두려워지는.
잠시, "이랴!!" 빠르게 말을 몰기 시작하는 휘(세손).
순간 또다시 쉭- 정석조의 화살이 날아와 휘(세손)이 탄 말을 맞춘다.
히이잉~ 놀란 말이 그대로 고꾸라지며 데구르... 말에서 떨어져 구르는 휘(세손). 고통스럽게 일어나 뒤를 돌아보면,
역시 말에서 내려 다가오는 정석조.

휘(세손)　달아나지 않고 정석조를 똑바로 바라보며) 당장 멈추거라. 나는...!

정석조, 멀리 달려오는 윤형설의 모습을 확인하고 다시 활을 겨눈다. 동시에 탕- 휘(세손)의 가슴을 관통하는 화살.
털썩... 그대로 쓰러지는 휘(세손)...
미약하게 숨이 붙은 채 달려오는 윤형설을 바라본다.
윤형설, "안 돼!!" 소리치며 달려가 급히 휘(세손)을 일으키지만,
이미 숨이 끊어진 듯 미동 없는 휘(세손).
정석조, 확인하듯, 그런 휘(세손)를 바라본다.
윤형설, 충격이다. 절망스러운 눈빛으로 바라보는 표정에서.

S#71. 세손전. 세손 처소

초조한 듯 손가락으로 서안을 톡톡 두드리고 앉은 휘(담이).
손을 펴 보면 지운에게 줄 윤목이 들어 있다.
휘, 시선 향하는 곳 보면
문밖 복도에서 다른 내관과 업무 얘기를 주고받는 홍내관의 모습.
홍내관, 난감한 듯 휘를 돌아보면
모른 척 시선 피하는 휘, 몰래 살피듯 바라본다.

홍내관 (다가와) 제가 잠시, 내반원에 다녀와야 할 것 같은데... 괜찮으시겠습니까?
휘 어? 어... (크게 끄덕끄덕)
홍내관 (아무래도 불안한 듯... 어쩔 수 없이 밖을 나서면)
휘 (가는 모습 보다가 벌떡! 자리에서 일어난다. 살며시 밖으로 나서는)

S#72. 세손전 일각

달리듯 급히 걸어가는 휘. 지나가는 궁인들, 휘를 발견하면 얼른 고개를 조아린다. 휘, 그제야 제 옷차림을 확인하곤 아차! 이대론 안 되겠다. 생각하듯... 발길을 돌려 궁녀 처소가 있는 쪽으로 향하려는데
휘가 사라진 걸 깨닫고 급히 쫓아온 듯, 헐레벌떡 달려오는 홍내관,

그런 휘를 발견한다.

홍내관 (헉헉 숨을 고르며) 거기 서!...십시오! 서라니까요!!
휘 (헉! 더욱 빨리 달려가고)

S#73. 세답방 근처 일각

홍내관의 눈을 피해 달리듯 걸어오는 휘, 뒤를 살피듯 돌아보면 다행히 홍내관의 모습은 보이지 않고. 휘, 휴... 안도의 한숨. 그러나 순간, 용포의 끝자락에 발이 걸려 철퍼덕 넘어지고 만다.
동시에 소매춤에 넣어 놓았던 윤목이 또르르 굴러가 어딘가에 멈추고, 아야... 주저앉아 무릎을 털어 내던 휘, 얼른 일어나 윤목을 찾기 위해 다가가는데, 휘보다 먼저 윤목을 집어 드는 누군가의 커다란 손... 휘, 고개를 들어 바라보면, 윤목을 집어 든 사람, 다름 아닌 한기재다! 세손의 것이 아닌 것 같은 물건에 살피듯 자세히 윤목을 바라보는 한기재. 이상한 듯 앞에 선 휘를 내려다보면
영문을 모른 채, 바라보는 휘. 긴장한 듯 떨리는 눈빛.
한기재, 차가운 표정으로 휘를 바라본다.
놀란 휘와 서늘한 듯 차가운 한기재의 표정에서. 1부 엔딩.

2부

네가 말한 그 소녀가 혹
담이라는 아이더냐.

…그 아이에 대해 알고 계십니까?

S#1. 궐. 세답방 근처 일각 / 1부 엔딩에 이어서

또르르 굴러가 어딘가에 멈추는 윤목.
휘(담이), 고개를 들어 바라보면, 윤목을 집어 든 사람, 다름 아닌 한기재다!
세손의 것이 아닌 것 같은 물건에 살피듯 자세히 윤목을 바라보는 한기재.
휘(담이), 긴장한 듯 떨리는 눈빛으로 올려다보면.

S#2. 빈궁 처소 일각

벌컥- 급히 문을 열고 안으로 들어서는 빈궁과 따르는 김상궁.
기다리고 있던 윤형설, 빈궁을 돌아본다.
빈궁, 두려운 얼굴로 바라보면
윤형설, 고개를 숙이고 한발 물러난다.
윤형설의 뒤로 누워 있는 궁녀 복장의 세손의 시신...

빈궁 (충격이다) 어찌... 어찌 이런 일이...

무너지듯 주저앉아 오열하는 빈궁.

잠시, 떨리듯 아이의 목 뒤를 확인하고 헉- 입을 막는다.
윤형설, 참혹한 표정... 김상궁 역시 고개를 숙인 채 몰래 눈물을 훔친다.

빈궁 (애써 정신을 차리려는 듯, 불안해지며) 담이... 담이 그 아이는 지금 어디 있느냐...!

S#3. 세답방 근처 일각

고개를 들어 한기재를 바라보는 휘, 목 뒤로 어린 시절 침 자국이 보인다.

한기재 혼자 여기서 무얼 하고 계시는 것입니까. 마마.
휘 (긴장한 듯) 그, 그것이... (급히 둘러대며) 서책을 읽다 답답하여 잠시 산보를 나왔는데... (당황한 기색을 숨기려 하면)
한기재 (그런 휘가 이상한 듯 잠시 본다, 다시 윤목을 보며) 이건... 마마의 것입니까?
휘 예? (어떡할까 하다가) 예... 제 것입니다...
한기재 사가의 아이들이나 가지고 노는 것이 아닙니까. 어찌 마마께서...
휘 (그 말에 긴장하며 보면)
한기재 (조금 의심스러운 듯, 읽듯이 가만히 휘를 바라보는데)
정석조 (E) 여기 계셨습니까. 대감!

적막을 깨듯 다가오는 누군가... 정석조다.
휘와 한기재, 소리에 돌아보면
칼을 차고 걸어오는 정석조. 돌아보는 휘와 눈이 마주치자 잠시 멈칫한다.
방금 전 자신의 손으로 죽인 아이와 똑같은 얼굴에 어쩐지 묘한 기분이 드는 듯, 휘를 보는데.

한기재 그래... 아이는 잘 보내 주었느냐?
휘 (무슨 말인가 보면)
정석조 (휘를 의식하듯 잠시 보고) 예. 대감.

한기재　(생각하듯 끄덕인다. 잠시 휘를 돌아보며) 그만 처소로 돌아가시지요. 전하께서 세손전 밖을 벗어나지 말라 명하시지 않으셨습니까.

휘　예... (눈치를 살피며 주춤, 그대로 물러나려 하는데)

한기재　잠깐...

휘　예?! (움찔, 긴장해서 돌아본다)

한기재　(다가와 휘를 보며) 어찌 그리 서둘러 가십니까. (손에 든 윤목을 건네며) 가져가셔야지요.

한기재가 건네는 윤목을 보는 정석조. 휘, 긴장된 표정으로 받아 들면, 동시에 "마마!!" 하고 휘를 찾아 달려오던 홍내관. 휘와 함께 있는 한기재와 정석조를 발견하고 헉! 얼른 몸을 움츠린다.

홍내관　(당황해, 고개를 깊이 숙이며) 어, 어찌 여기 계시는지요... 하, 한참 찾았습니다...마마...

한기재　(그런 홍내관을 돌아보며) 세손을 어서 처소로 모시거라. 오늘은 더 아무데도 나가시게 하여서는 아니 될 것이다. 알겠느냐?

홍내관　예? 예... (더 깊이 푹 숙인다)

한기재　(잠시 휘를 바라보다, 스치듯 그대로 걸어가면)

정석조　(역시 휘를 한 번 돌아보고는, 한기재의 뒤를 따른다)

멀어지는 두 사람을 보는 휘. 휴... 그제야 긴장이 풀린 듯, 제 손에 든 윤목을 확인하듯 바라보면.

S#4.　도성. 광통교 일각 / 석양

1부 51씬의 징검다리가 보이는 곳.
지운, 홀로 서 담이를 기다리고 있다.
담이와 비슷한 또래의 아이가 지나가면 행여나 담이일까,
기대하던 표정이 시무룩해지고.
아쉬운 듯 궐 쪽을 돌아보는 지운. 어느새 해가 저물고 있다.

S#5. 세손전 복도 + 처소 / 석양

휘, 홍내관의 눈치를 살피며 뒤를 따르고 있다.

휘　미안해... 진짜 이것(윤목을 보며)만 전해 주고 금방 다시 오려고 했는데...
홍내관　(더는 못 해 먹겠다. 입 삐죽) 마마께서 돌아오시면 다 이를 겁니다... 나가지 말라고 했는데 몰래 나갔다고 진짜 다 이를 거라고요.

홍내관, 씩씩대며 처소 문을 벌컥 여는데, 앞에 윤형설이 서 있다!
홍내관, 예상치 못한 윤형설의 모습에 허억! 놀라 보면
기다린 듯 다가오는 빈궁과 곁의 김상궁.
"야~ 복동아~" 하고 붙잡듯이 따라오던 휘. 갑작스러운 빈궁의 등장에 헉! 놀라 얼어붙듯 그대로 멈춰 고개를 조아린다. 갑작스러운 상황에 놀란 두 아이, 어찌할 줄을 모르고 서로를 바라보면,
윤형설, 세손의 의복을 입은 휘의 모습이 믿기지 않는 표정이다.

빈궁　(확인하듯 참혹한... 차마 아무 말도 못 한 채 딸아이를 바라본다)
휘　(두려운, 짐짓 모르는 척) 어, 어마마마... 기별도 없이 어찌...
빈궁　(기막힌 현실에 애써 눈물을 참아 내면)
휘　(긴장으로 바라본다)
빈궁　(무너지려는 스스로를 다잡으려는 듯, 독하게) 이 사실을 누가 또 아느냐...
홍내관　(뭐라 말해야 할지 몰라 당황하여 어버버) 예? 무, 무슨 말씀이온지...
빈궁　이 아이가 세손과 옷을 바꾸어 입었다는 것을 누가 또 아는 것이야!
홍내관　(헉! 기겁하며, 납작 엎드린다) 살려주십시오... (재촉하는 듯한 빈궁의 눈빛에 덜덜 떨며) 세손마마와 저, 그리고 담이밖에는 모르는 일입니다...
휘　(역시 납작 엎드린 채) 죽을죄를 지었습니다. 전 그저 세손마마의 명에 따라...
빈궁　(독해지는 눈빛, 휘의 양어깨를 꽉 잡아 눈을 마주치며) 절대, 절대 누구에게도 이 사실을 입 밖에 내어서는 안 된다. 죽는 그 날까지... 누구도 알아서

는 안 되는 것이야! 내 말 알아듣겠느냐?

휘 (두렵다. 영문을 모르고 바라보면)

빈궁 (떨리는 두 손... 괴롭게 꼭 깨문 입술 위로 눈물이 후두둑 떨어진다)

제 앞에선 빈궁을 두렵게 바라보는 휘와,
괴롭게 고개 숙이는 김상궁 그리고 윤형설의 모습에서.

〈연모 2부〉

S#6. 세손전. 세손 처소 / 밤

커다란 방 안에 휘와 빈궁만이 마주 보고 있다.

휘 (두려운) 세손마마는... 어디 계십니까...?

빈궁 (힘겨운, 참아 내며) 세손은... 죽었다.

휘 (충격으로) 예?! 돌아가시다니요...

빈궁 (마음이 미어지는) 이리 허망하게 너희 둘 모두를 잃을 순 없느니라...

휘 (여전히 멍해서 바라보면)

빈궁 (이를 악물고 다짐하듯) 널 살리기 위해서는 이 방법밖에는 달리 할 수 있는 일이 없다. 너를 버린 것도, 이리 만드는 것도 모두 다 너를 살리기 위함이니라... 이 어미 말 알아듣겠느냐?

휘 (도무지 무슨 말인지 알아들을 수가 없다) 어머니라니... 무슨 말씀이십니까...? 빈궁마마께서 제 어머니라니요...

빈궁 (애써 눈물을 참아 내며 그런 휘를 바라보면)

김상궁 (급히 들어오며) 상헌군 대감께서 지금 빈궁을 향해 오고 계시답니다!

빈궁 (놀라 돌아본다. 잠시, 문밖에 덜덜 떨고 서 있는 홍내관에게) 네가 이 아이를 지키거라.

홍내관 ! (덜덜 떨다 놀라 바라보면)

빈궁 내가 다시 찾을 때까지 여기서 한 발짝도 나가게 해서는 안 된다. 알겠느냐!

홍내관 (두려운, 여전히 덜덜 떨며) 예... (겨우 대답하면)

빈궁, 김상궁과 서둘러 세손전을 벗어난다.
멍하니 앉아 있는 휘를 한 번 돌아보고 함께 따르는 윤형설.
휘, 여전히 충격에 빠진 표정에서.

S#7. 빈궁. 마당 / 밤

한기재, 정석조를 대동하고 걸어온다.

정석조 (앞에 선 궁녀에게) 아뢰어라.

궁녀, 서둘러 안으로 들어가려는데.

빈궁 (E) 그럴 필요 없다!

정석조, 한기재, 소리에 돌아보면
어느새 도착해 한기재를 향해 걸어오는 빈궁. 분노와 원망이 뒤섞인 독한 눈빛으로 한기재를 바라본다.
빈궁의 곁을 따르는 김상궁과 윤형설.
정석조, 윤형설과 눈이 마주친다.
무거운 표정으로 서로를 바라보는 두 사람.

S#8. 세손전. 세손 처소 / 밤

휘, 여전히 멍하니 앉아 있고
홍내관, 문 옆에 앉아 "세손마마..." 중얼거리며 조용히 훌쩍인다.
그런 홍내관을 바라보는 휘.
잠시, 무언가 결심한 듯 자리에서 일어나 그대로 밖으로 향한다.

홍내관 (놀라 벌떡 일어나 쫓으며) 어디 가십니까!

S#9. 궐 일각 (빈전 근처) / 밤

인적 없는 궐 뒷길.

세손전을 벗어나 빠르게 걸어가는 휘.
홍내관, 급히 달려와 그런 휘를 붙잡는다.

홍내관 마마...! (휘를 막으며) 대체 어쩌시려고요!!
휘 (본다) 갈 거야. 내 자리로...

휘, 홍내관을 뿌리치고 걸어가려는데
조금 떨어진 곳, 한기재와 함께 걸어오는 빈궁의 모습이 보인다.
발견하는 홍내관. 헉! 놀라 얼른 휘를 주저앉힌다.

홍내관 (쉿! 두려운) 빈궁마마십니다...!

휘, 그 말에 돌아보면
한기재와 함께 빈전으로 들어가는 빈궁의 모습.
정석조 홀로 빈전의 앞을 호위하듯 서 있다.

S#10. 빈전(殯殿) 안 / 밤

빈궁과 한기재 마주 서 있다.
차갑게 날이 선 빈궁과 달리 차분히 가라앉은 한기재.

한기재 아이의 시신을 거두었다 들었다.

빈궁 (원망스러운, 독한 눈빛) 자식을 가슴에 묻은 어미입니다. 이제 와 제가 무슨 일인들 하지 못하겠습니까.

한기재 ...아이를 봐야겠다.

빈궁 (밖의 정석조를 보며) 왜, 정석조 저자를 믿지 못하시는 것입니까? 아버지의 명이라면 제 가족까지도 베어 바칠 자라 여겼는데요...

정석조 (묵묵히 고개를 숙이면)

빈궁, 이를 악물고 바라본다.
한기재, 앞에 있는 관을 열면 누워 있는 세손(궁녀 복장)의 시신.
가슴에는 화살이 관통한 자국이 보인다.

빈궁 정 불안하면 직접 데리고 가시지요. 제 딸아이니 이 아이에게도 아버지의 피가 섞여 있지 않겠습니까. 그러니 아버지 손으로 직접 아이를 보내주시지요.

한기재 (아이의 가슴에 난 활자국을 바라보다, 시선 거두고 빈궁을 보며) 어떤 부모도 자식의 마음에 상처를 주고자 하는 부모는 없다.

빈궁 (그런 아비의 그 말에 허, 기막혀 쓴 눈물을 흘리면)

한기재 이 모든 것이 너와 우리 가문을 위해서이니라.

S#11. 동. 밖 / 밤

한기재, 밖으로 나오면
홀로 빈전에 남아 눈물을 쏟아 내는 빈궁.
밖을 지키던 정석조, 한기재를 따라 사라지면

일각 / 풀숲에 몸을 숨긴 휘와 홍내관. 그 모습 모두 지켜봤다.
홍내관, 두려움에 입을 가리고 울음을 참아 내면
휘, 다리가 풀린 듯 그대로 주저앉는다. 그 뒤로 궁녀 복장으로 죽은 세손의 시신이 보이고...

S#12. 궐문 앞 / 다른 날, 낮

수문장이 지키고 선 궐 앞.
궁인들이 출입증을 보이며 안으로 들어간다.
지켜보던 지운, 조심히 다가가면 막아서는 수문장.

지운 (눈치 살피다가 얼른) 저, 기억 못 하십니까. 지난번에도 두어 번 왔었는데. 사헌부 감찰 정 석자 조자 되시는 분이 제 아버지십니다.

수문장 사헌부 감찰?

지운 (밝아지며) 예! 아버지께서 부탁하신 일이 있어... 잠깐이면 되니까 금방 다녀오겠습니다.

지운, 신나게 걸어가는데, 턱- 옷자락이 잡히며 들어 올려지는.
무서운 표정으로 바라보는 수문장.
지운, 깨갱... 바라보면.

(점프)
군사들에 이끌려 내동댕이쳐지는 지운.

수문장 다시는 얼씬거리지 말거라.

수문장, 손 탁탁 털며 눈 부라리고 돌아서면
엉덩이를 비비며 일어나는 지운. 한숨...

S#13. 동. 궐 뒤쪽 담벼락

지운, 까치발을 들고 낑낑 궐 담을 짚고 올라가려는데
너무 높아 어림도 없는 담벼락.
지운 콩콩 뛰어 담 너머를 살피려 하지만 아무것도 보이지 않는다.

그때 궐을 향해 걸어오는 궁녀 몇.
"이월아~ 같이 가." 하며 팔짱을 끼고 걷는다.
이월이란 소리에 번뜩! 돌아보는 지운.
지운, "잠깐만~~!" 얼른 뛰어가 궁녀들 앞을 막아선다.
궁녀들 "깜짝이야..." 어리둥절, 놀라 보면.

지운 니가 이월이냐?

이월 절... 아십니까?

지운 (밝아지며) 알다마다! 담이와 동방지기 친구 맞지? 들어가면 담이한테 이것 좀 전해 줄래?

지운, 품속에서 쪽지를 건네면, 멀뚱히 바라보는 이월.

지운 정지운, 아니 좌씨전이라고 하면 알 거다.

이월 (난감한) 그럴 수 없습니다...

지운 부탁이다. 내 직접 전하고 싶지만 들어갈 수가 없어서 그래. 이 서찰만 좀 전해 다오. 응?

이월 그게 아니라... 담이, 궐에 없어요.

지운 궐에 없다니?

이월 없어졌어요... 어디로 갔는지 아는 이도 없구요...

지운 그게 무슨 말이야...? (놀라 보는 표정에서)

S#14. 지운의 집. 마당

지운, 믿기지 않는 듯 멍한 표정으로 걸어온다. 그 위로

이월 (E) 경로연 때문에 궐 밖을 나간 후로 돌아오지 않았습니다. 상궁마마님도, 항아님들도 보았다는 이들이 없구요. (걱정) 궐을 나서면 갈 곳도 없는 아인데...

지운, 털어 내듯 자신의 방으로 향하려는데
들어오는 정석조.

지운 (얼른 인사하면)
정석조 (살피듯 보며) 오늘 궐에 갔었더냐?
지운 예? (당황, 눈치 보며) 아… 꼭 만나야 할 아이가 있어서요.
정석조 (그 말에 본다) 그 궁녀 말이냐.
지운 (맞다는 말 대신) 저, 아버지… 부탁이 있습니다. 혹 궐에 가시거든 그 아이에 대해 한 번만 알아봐 주시면 안 되겠습니까?
정석조 (본다)
지운 경로연에 참석하러 궐 밖을 나간 후로 보이지 않는다고 해서요… 아버진 사헌부의 감찰이시니까 알 수 있으실 것 같아서…
정석조 (불편한 듯 무거워지는 표정, 감추며, 차갑게) 사헌부가 한낱 궁녀의 일이나 쫓는 곳인 줄 아느냐.
지운 그게 아니라…
정석조 다시는 그 아이 얘긴 내 앞에서 꺼내지 말거라. (가면)
지운 (작게 한숨) …

S#15. 세손전. 휘의 처소

화려한 수라상을 앞에 두고 앉은 휘. 그러나 밥 한술 뜨지 못하고 멍하니 앉아만 있다. 홍내관, 걱정스럽게 바라보는데 들어오는 빈궁.
홍내관, 놀라 얼른 예를 갖추면

빈궁 (밥 한술 뜨지 않은 상을 보고) 종일 아무것도 먹질 않은 것이더냐.
휘 (괴롭게 고개를 숙이면) …
빈궁 (괴롭게 본다. 그러나 독하게 마음먹고 휘의 손에 숟가락을 쥐어주며) 먹거라. 밥이 모래 같이 느껴져도 씹어 넘기고, 물이 쓴 약 같이 느껴져도 참고 마시거라.
휘 (두렵다. 고개 숙여 흐느끼며) 싫습니다. 저는… 전부 싫습니다.

빈궁 네가 이리 포기해 버리면 여기 있는 모두가 죽을 것이다! 너도, 나도... 모두가 말이야...

휘 (그 말에 두렵게 바라보면)

빈궁, 붉어진 눈빛, 독하게 휘를 바라본다.
휘, 어쩔 수 없이 밥을 한입 입에 넣고 꾸역꾸역 씹어 삼키면,
그 모습에 소리를 참고 흐느끼는 홍내관.
김상궁도 애써 눈물을 참아낸다.
휘, 포기한 듯, 괴롭게 밥을 삼키는 모습에서.

S#16. 휘의 적응기 몽타주

빈궁의 목소리와 함께 휘의 적응 몽타주 보인다.

빈궁 (E) 앞으로 세손전 일은 김상궁과 홍내관이 알아서 책임질 것이니 너무 염려 말거라.

S#17. 세손전. 궁녀 집무실

궁녀들 모여 앉아 있고, 김상궁 그 앞에 서 있다.

김상궁 앞으로 세손전에 관한 일은 아주 사소한 것이라도 모두 내게 먼저 허락을 구하고 행해야 할 것이다.

궁녀들, 뭐라 더 말 못 하고 예... 고개 숙인다. 서로 바라보며 이상하다는 듯 입모양만...

S#18. 동. 휘의 처소 / 아침

빈궁 (E) 아침에 일어나면 세수간에서 세숫물을 가지고 와 수발을 들 것이다. 너는 그저 아무것도 하지 말고 궁녀들에게 모든 걸 맡기거라.

휘, 일어나서 습관처럼 이불을 정리한다.

김상궁 (E) 기침하셨습니까? 세숫물을 들이겠습니다.

소리와 동시에 궁녀1, 2 세숫물을 들고 들어오다가 이불 정리 중인 휘의 모습에 화들짝 놀라 바라본다.

궁녀1 (얼른 다가가며) 어찌 이러셨습니까...

뒤이어 들어오는 홍내관과 김상궁.
홍내관 역시 힉! 놀라 보면
김상궁, 난처한 표정. 휘를 보며 작게 고개를 흔든다.
휘, 내가 실수했구나... 긴장하며 바라보는...

S#19. 세손전 복도 + 마당

빈궁 (E) 세손의 일과는 단순하다. 매일 아침 대전과 교태전으로 가 전하와 중전마마께 문후를 올린 후 동궁전으로 와 저하와 내게 똑같이 하면 되느니라.

용포 차림의 휘, 어색한 듯 처소에서 나오면
길이 트이듯 양쪽으로 갈라져 고개를 조아리는 나인들.
휘, 이 상황이 어색한 듯 쭈뼛쭈뼛 걸어가다 용포에 발이 걸려 쿵- 홍내관에게 부딪히면. 홍내관, "어어어-" 하며 김상궁에게 넘어지고
김상궁, 그런 홍내관을 받아 안다가 뒤로 나자빠지면
뒤이어 따르던 궁녀들까지 도미노처럼 넘어진다.
휘, 겨우 정신 차리고 일어나 보면 어느새 초토화된 세손전 복도.

홍내관과 김상궁, 역시 헉! 기겁하는 데서.

S#20. 대전. 침전

왕과 중전(훗날 대비) 앉아 있다.
그리고 역시 문후를 온 듯 마주 앉아 있는 혜종과 빈궁.
휘, 들어서다 빈궁과 혜종의 모습에 잠시 주춤.
혜종, 휘를 바라보면 휘, 어쩐지 긴장되고. 고개를 숙여 시선을 피한다. 잠시, 빈궁의 눈짓에 자연스럽게 제 자리로 가 절을 올리는 휘.

중전 (흐뭇한 미소로 휘를 바라보며) 얼마간 세손의 몸이 좋지 않다 들어 걱정했는데, 이젠 다 나은 것이냐.
휘 (눈치, 목소리 가다듬고) 예... 걱정을 끼쳐 송구합니다...
중전 몸이 쇠하여 그런가 전보다 목소리에 힘이 없는 것 같기도 하구나.
빈궁 (긴장하며 그런 휘를 보면)
휘 (역시 긴장, 얼른 다시 목소리 가다듬고) 아, 아닙니다. 정말 괜찮습니다... (그러나 너무 긴장해 사레 걸려 콜록콜록 기침하면)
혜종 (보는)
휘 (긴장, 가슴을 툭툭 치며 바라보면)
중전 저런... 안 되겠다. 내약방에 말해 몸을 보할 탕약을 보낼 터이니 거르지 말고 챙겨 먹도록 하거라.
휘 예. 중전마마...
왕 곧 상참이다. 인사는 그만 됐으니 다들 물러가거라.

소리에 일어나는 일동.
안도하는 휘, 그러나 일어나다 또다시 용포의 끝자락을 밟고 꽈당 넘어진다.
문밖에 있던 홍내관과 김상궁, 힉! 제가 더 얼굴을 찌푸리는데 또르르 왕 앞에 굴러가는 휘의 공정책.
휘, 얼굴 빨개져 얼른 무릎걸음으로 걸어가 공정책을 쓰면
이상한 듯 돌아보는 왕과 혜종. 휘, 식은땀이 난다.

빈궁, 역시 긴장하여 바라보면, 잠시간의 침묵이 흐르는데
적막을 깨듯 혼자서 하하하 웃음을 터트리는 중전. 그런 세손을 귀엽다는 듯 본다. 휘, 그제야 하하하... 역시 어색하게 웃는데, 웃는 게 웃는 게 아니다.

S#21. 동. 궐 일각

얼굴이 빨개진 채 서둘러 걸어가는 휘.

휘 옷이 너무 길어서 자꾸 감겨... (공정책을 가리키며) 이건 너무 크고...
김상궁 오늘 안으로 전부 줄여 놓겠습니다.
휘 (끄덕이고 가야 할 곳의 반대로 가는)
홍내관 (헉! 후다닥 달려가) 거기가 아니고 저기요! 반댑니다. 반대...

휘, 헉! 다시 자연스럽게 방향 바꿔 걷는다.
갸웃, 그대로 다시 졸졸졸 따르는 상궁나인들
홍내관과 김상궁, 휴... 쫓아가고.

S#22. 세손전. 휘의 처소 / 밤

하루 일과를 마친 휘, 정말 죽을 맛이다.
탈진한 듯 앉아 있는데.

김상궁 (E) 마마... 중궁전에서 보내신 탕약이옵니다.

휘, 힘들다. 억지로 몸을 일으키면
탕약 소반을 들고 들어오는 나인 하나(궁녀2)

궁녀2 뜨거우니 조심히 드십시오.

휘, 듣는 둥 마는 둥, 어서 하루를 끝내고 싶다. 그대로 탕약 그릇을 들어 올리다 "앗 뜨거!" 화들짝 놀라며 놓친다.
쨍그랑 깨어지며 쏟아지는 탕약.

휘 아, 미안... 내가 실수로...
궁녀2 이를 어째... 송구합니다... 금방 다시 가져다드리겠습니다.

궁녀2, 서둘러 탕약 그릇을 치우다 손이 베고 만다.
"아얏!..." 놀라 보면, 제법 깊이 벤 상처. 피가 뚝뚝 흘러내린다.

휘 (역시 놀라며) 괜찮아? 어떡해 나 때문에...
궁녀2 (휘의 반응에 몸 둘 바를 몰라 하며) 아닙니다. 전 괜찮습니다...

궁녀2, 고통을 참으며 다시 탕약 그릇을 치우면

휘 지금 이게 문제야... (맨손으로 같이 치우며) 복동아! 복동아!!
홍내관 부르셨습니까. (안으로 들어서다 그 모습에 깜짝 놀란다)
휘 (눈치 못 채고) 내약방에 일러 약을 좀 가져오라 하거라.
홍내관 예?
휘 (정신없이 치우며) 어서~

하는데, 마침 들어오던 빈궁 그 모습 본다.
김상궁, 역시 놀라 보고. 마마!

휘 (그제야 멈칫... 깨닫고 얼른 일어난다)
빈궁 (사납게 노려보면)
궁녀2 (얼른 납작 엎드리며) 주, 죽여주십시오. 소인이 실수로 그만...

김상궁, 다른 궁녀들을 불러 서둘러 엉망이 된 방을 닦아낸다.
궁녀2, 손가락에 흐르는 피를 지혈하며 두렵게 달달 떨면 빈궁 (서늘하게) 다들 물러가거라.

궁녀2를 비롯한 궁녀들 고개를 조아리고 방을 빠져나가면
걱정스럽게 보는 휘.

휘 손이 깊게 베였습니다. 의원을 불러주십시오.

빈궁 그럴 필요 없다. 손이 찢어지든, 손가락이 잘려 나가든 신경 쓰지 말거라!

휘 (놀라 보다가) 저 때문에 다쳤습니다. 제가 그릇을 놓치는 바람에...

빈궁 (끊으며, 단호하게) 아니, 저 아이가 실수한 것이다. 그러니 절대 사과하지 말거라. 너는 다른 사람을 신경 쓸 필요가 없다. 오로지 너만 생각하거라. 다른 이들이 네게 어떤 신경을 쓰는지도 알 필요 없다. 세손은 그런 사람이다.

휘 ......

빈궁 다른 이들에게 머리를 조아릴 필요도, 어려워할 필요도 없다. 네가 고개를 숙일 사람은 오로지 전하와 저하뿐이니라. 알아듣겠느냐.

휘 그치만... 왜 그래야 하는 겁니까? (빈궁을 바라보며) 저는, 그런 사람이 되고 싶지는 않습니다.

빈궁 (그 말에 조금 놀라 보면)

휘 잘못한 일이 있으면 누구에게든 사과를 하는 것이 마땅한 것이라 생각합니다. 아무리 세손마마 일지라도요...

빈궁 (그 말에 잠시 보다가) 저들은 널 어려워해야 한다. 두려워하게 만들 거라. 하여 곁에 오지 못하도록 하거라. (단호한) 그래야 네가 산다.

휘 (그런 빈궁의 말에 괴로워지는 눈빛...)

S#23. 동. 밖 / 밤

세손전을 벗어나는 빈궁
독한 눈빛, 곧 풀어지며 걸어가다 잠시 기운이 빠진 듯 휘청인다.
다가가 얼른 빈궁을 부축하는 김상궁.

김상궁 괜찮으십니까. 마마...

빈궁 요사이 신경을 많이 썼더니 몸이 좀 노곤하구나.

김상궁 처소까지 제가 모시겠습니다.

빈궁 난 괜찮으니 세손을 챙기게. (간절한) 세손의 곁을 절대 떠나선 아니 되네...

김상궁 (안심시키듯) 그리할 것입니다. 걱정 마십시오...

돌아서는 빈궁, 그러나 자신의 몸 상태가 예전과 같지 않음을 느끼는 듯 문득 불안해지는 표정에서.

S#24. 세손전. 후원 / 다른 날, 낮

휘, 홀로 활을 쏘고 있다.

빈궁 (E) 저들은 널 어려워해야 한다. 두려워하게 만들거라. 하여 곁에 오지 못하도록 하거라. 그래야 네가 산다.

홍심을 멀리 빗나가는 화살. 휘, 다 때려치우고 싶다.
하암~ 하품하는 홍내관.

홍내관 (휘와 눈이 마주치면 눈치, 얼른) 가서 시원한 식혜라도 가지고 오라 이르겠습니다. (종종종 달려간다)

휘, 한숨, 다시 활을 쏘기 위해 자세를 잡는데
누군가 다가와 뒤에서 자세를 잡아 준다. 휘 보다 한 뼘은 더 큰 미소년... 이현이다.

이현 어깨는 한 선을 맞추셔야지요... 보폭은 이리 조금 더 벌리시고...

휘 (화들짝 떨어지며, 활촉을 검처럼 이현에게 겨눈다) 웬 놈이냐!

이현 (갑작스러운 상황에 당황) 접니다... 현이요!

휘 (여전히 경계하며 바라보는데)

다가오던 홍내관, 그 모습에 깜짝 놀라 허겁지겁 달려온다.

홍내관 (수습하려) 또 두 분이서 무예 대결을 벌이시고 계셨습니까...
이현 아니거든. 넌 이게 격검 대련으로 보이느냐?
휘 (그제야 ? 보면)
홍내관 (휘에게 알아차리라는 듯) 세손마마의 절친한 형님이신! 자은군께서 오셨으니, 얼른 다과라도 준비시키겠습니다.
휘 (그제야 알아채고 얼른 화살촉을 내린다) 미...(하다 멈추고) 제가 장난이 지나쳤습니다. 형님... (긴장하며) 헌데 어쩐 일로...
이현 어쩐 일이라니요. 곧 탄일이 아니십니까. 하여 이번엔 무엇이 갖고 싶으신지, 여쭈려고 겸사겸사 들렀지요.
휘 제 탄일...이요?
이현 잊으셨습니까?
휘 아, 아니요. 그럴 리가요... (떠올리듯, 어쩐지 기분이 이상한데)
이현 (그런 휘를 조금 낯설게 보는데)

S#25. 세손전 전경 / 다른 날

S#26. 세손전. 의대칸

화면 밝아지면, 탄일 맞이 단장을 하고 있는 휘의 모습.
각종 향합과 동백기름, 화장수가 보이고
머리를 길게 늘어뜨린 휘, 어색한 듯 앉아 있으면
김상궁, 정성 어린 손길로 휘의 단장을 돕는다.
머리를 빗겨 상투를 얹어 주는 손길. 그 위에 상투관을 씌우고
동곳까지 꽂아 마무리한 후, 잘 다려진 대례복을 입혀 준다.
마치 다시 태어나는 의식과도 같이 정성이 가득한 준비 과정에 조금 긴장

한 듯 보이는 휘. 김상궁, 마지막으로 면류관을 씌워주려는데, 안으로 들어오는 빈궁. 휘, 면복 차림으로 돌아보면.

빈궁 (세손과 같은 그 모습에 마음이 복잡한 듯, 잠시, 김상궁에게) 이리 주게.

김상궁, 면류관을 건네면
빈궁이 다가가 휘의 머리 위에 직접 면류관을 씌워 준다.
다정하고 자상한 손길로 휘의 의복을 매만져주는 빈궁.
휘, 어색한 듯, 기분이 좀 묘하다.

빈궁 어찌 그러느냐
휘 그것이... 실은 지금껏 전 제가 태어난 날조차 모르고 살아왔었거든요... 이리 누군가 저를 챙겨준 적도 처음이고...
빈궁 (안타까운 마음을 숨긴 채 바라본다) 준비가 다 되었거든 어서 나가자꾸나. (눈물을 감추려는 듯 돌아서면)
휘 예... (그런 빈궁을 보는 표정에서)

S#27. 궐 문 앞 + 궐 안

세손의 탄일을 맞아 궐을 찾은 사람들 사이 이현의 모습이 보인다.
수문장, 이현의 출입증을 확인하고 예를 갖추면
종복과 함께 유유히 궐 안으로 들어가는 이현.
따르는 종복의 모습, 다름 아닌 지운이다!

이현 이렇게까지 해서 궐에 와야 할 이유가 대체 뭐야?
지운 말했잖아. 명으로 가기 전에 꼭 한번 세손마마를 뵙고 싶었다고.
이현 (황당한 듯) 니 충정이 이리 깊었다고?
지운 아버지께서 허락을 안 하셔. 내가 궐에 오는 거 말이야.
이현 갑자기 왜? (보다가) 헌데, 설마 그 꼴로 세손전에 갈 건 아니지?
지운 (보면, 종복 차림이고)

이현, 픽 웃고, 준비한 옷 보따리 던져 주면, 받는 지운.

이현 처소로 곧장 가. 연회장에 들렀다간 들킬 수도 있으니까.

지운 (끄덕이고) 고마워. 은혜 꼭 갚을게!

S#28. 궐. 연회장

대례복 차림의 휘, 생일상 앞에 앉아 있다.
휘, 만감이 교차하는 듯 자신의 생일상을 바라보면
대신과 종친들, 줄줄이 걸어와 휘에게 축하를 건넨다.
휘, 곁에서 바짝 붙어 설명해 주는 홍내관의 보필을 받으며
인사에 답례하는.

S#29. 동. 일각

일각에 따로 자리한 빈궁과 혜종.
혜종, 아무것도 모른 채 축하받는 휘의 모습을 흐뭇하게 보고 있으면
빈궁, 떠나보내야만 했던 세손과 참혹한 휘의 운명에 가슴이 미어지는 듯
홀로 눈물을 참아낸다.

S#30. 동. 연회장 (휘가 있는 곳)

이현, 연회장을 돌아 세손의 처소 건물로 향하는 지운을 본다.

원산군 (다가오며) 뭘 그리 보고 섰느냐.

이현 (얼른) 아, 아닙니다. 형님.

이현, 원산군과 함께 휘에게 다가가면
홍내관 얼른 휘의 귓가에 작게 속삭인다.

홍내관 돌아가신 도현세자 댁의 아드님들이십니다. 저쪽이 원산군, 저긴 자은군... 전에 뵈셨죠?

원산군 (다가오며) 탄일을 축하드립니다.

휘 (본다. 어색한 미소) 고맙습니다. 형님...

이현 오늘은 헷갈리지 않으셨지요? 저 현입니다.

휘 그날은 정말 장난이었습니다... (애써 미소를 지어 보이는데)

한기재 (E) 무엇이 그리 헷갈리셨습니까.

휘, 돌아보면. 어느새 다가온 한기재. 인자한 미소로 휘를 바라본다.
한기재의 뒤로 따르는 정석조. 역시 휘에게 예를 갖추면.
두 사람을 알아보는 휘. 두려운 듯 저도 모르게 약간 놀라 본다.

일각 / 빈궁, 역시 긴장하며 그 모습 바라본다.

이현 오셨습니까... (얼른 지운 쪽 살피면, 이미 사라진 지운)

정석조 (예를 갖추면)

한기재 (휘에게) 탄일을 감축드립니다. 오늘따라 날씨도 이리 쾌청한 것이 이 땅의 모든 만물이 세손마마의 탄일을 기뻐하는 듯합니다.

휘 (작게 미소, 탁자 밑 내린 손으로 제 손톱을 뜯어내며 애써 침착을 유지한다) 가, 감사합니다...

한기재 세손께서 이리 장성하시다니 소신 참으로 감격스럽습니다.

흐뭇한 미소로 휘를 바라보는 한기재의 모습.
휘의 눈엔 그 모습이 빈전의 모습과 겹쳐져 더 두렵게 느껴진다.

플래시백 / 10씬
관을 열고 세손의 시신을 확인하던 한기재.

휘 (어지러운... 애써 공포를 참아 내느라 식은땀이 흐른다)

한기재 (아무것도 모른 채) 이 조선의 명맥이 모두 세손마마께 달려 있음을 잊지 마십시오. 소신, 지금껏 그래온 것처럼 앞으로도 목숨을 바쳐 모실 것입니다...

휘 (두려움으로 바라보는 표정에서)

S#31. 세손전. 휘의 처소

우엑... 대야를 앞에 놓고 힘겹게 게워 내는 휘의 모습.
걱정스러운 표정으로 면포를 건네주는 홍내관.

홍내관 너무 긴장을 많이 하셨나 봅니다. 이만하면 됐으니 이제 인사는 그만 받으시지요.

휘 (기운이 쏙 빠진 듯, 입을 닦고 자리로 가며) 괜찮아. 이 정도는...

홍내관 (걱정으로 보는데)

김상궁 (E) 사헌부 감찰 정석조의 아들이 알현을 청하옵니다.

휘 (아무 생각 없이 자리로 가며) 들라 하게.

동시에 문이 열리고 지운이 들어온다.
어느새 말끔하게 옷을 갈아입은 지운.
휘, 예상치 못한 지운의 등장에 깜짝 놀라 굳어진다.
지운, 고개를 들어 휘를 발견하려는 찰나
차르르- 앞에 놓인 발을 내려 급히 자신의 모습을 가리는 휘.
홍내관, 어리둥절 서서 보다가 손에 든 대야를 깨닫고 아차! 서둘러 방을 빠져나간다.

지운 (예를 갖추며) 사헌부 감찰 정 석자 조자의 아들 정지운이라 합니다. 인사를 허락해 주셔서 감사드립니다.

휘 (발 사이로 보이는 지운의 모습에 심장이 터질 것만 같은데)

지운 (단정한 자세로 정갈하게 앉아) 오늘이 탄일이시라 들었습니다. 외람될지는 모르겠으나 제가 아는 한 소녀로부터 훌륭하신 세손마마의 이야기를 전해 들은 후 꼭 한 번 직접 만나 뵙고 축하의 인사를 올리고 싶었습니다.

휘 (안절부절못하며 긴장으로 앉아 있다가, 쿵- 가슴이 내려앉는다. 그 소녀가 자신을 뜻하는 것 같아 고개를 들어보는)

지운 그 아이를 통해 전해 들은 세손마마의 모습은 권위와 위엄이 아니라 자애로써 백성을 대하시는 너그러운 군자의 모습이셨습니다. 하여 소신, 그날 이후 줄곧 마마의 곁을 지켜 드리고 싶다 소망하였습니다.

휘 (가슴 아픈 듯 바라보면)

지운 (잠시, 미동 없는 발 너머를 보다가) 소신은 곧 명으로 유학을 떠납니다. 훗날 제가 다시 이곳에 돌아오는 날, 오늘의 약속이 부끄럽지 않은 신하가 되도록 노력하겠습니다. 부디 그때까지 강건하시옵소서.

지운, 휘를 향해 절을 올리고 자리에서 일어나면
차마 아무 말도 하지 못한 채 그런 지운을 바라볼 수밖에 없는 휘.
가슴이 미어진다. 하고 싶은 말을 참아 내듯 옷자락을 꽉 붙잡는데
홍내관, 문을 열고 밖으로 나서려는 지운을 안내한다.

휘 (순간, 불쑥) 잠깐만!!

지운 (돌아본다)

홍내관 (갑작스러운 휘의 행동에 놀라 보면)

휘 (떨리는) 네가 말한 그 소녀가 혹 담이라는 아이더냐...

지운 (약간의 기대감으로) ...그 아이에 대해 알고 계십니까?

휘 (고민하듯, 소매춤에 넣어 놓았던 제 윤목을 꺼내 서안 위에 올리며) 너를 만나게 되면 전해 달라 하더구나.

지운 (! 놀라 본다)

홍내관 (보다가, 휘를 대신해 지운에게 윤목을 가져다주면)

휘 힘들 때... 의지가 되어 줄 것이라 했다. 그 아이에게도 그러했다더구나...

지운 (받고, 떨리듯) 혹, 그 아이가 어디로 갔는지는 모르십니까?

휘 (애써 참아 내며) ...모른다.

지운 (안타까운, 실망감이 스친다)

홍내관 (지운을 재촉하며) 이제 그만 나가보시지요.

불안해진 홍내관, 재촉하듯 다시 지운을 안내하면
떨리듯 바라보던 지운, 휘에게 깊이 예를 갖추고 밖으로 나간다.
탁- 문이 닫히고 텅 빈 방에 혼자 남는 휘.
옷자락을 쥔 휘의 손등 위로 투둑- 눈물이 떨어진다.

S#32. 세손전 일각

쓸쓸히 걸어 나오는 지운. 윤목을 바라본다.
담이를 떠올리듯 마음이 아파 오고.

S#33. 동. 세손 처소 안

지운이 나가고도 한참을 그대로 앉아 눈물을 참아 내던 휘.
잠시, 이대로 지운을 보낼 수 없다는 듯 자리에서 일어난다.
급히 처소를 박차고 나가는 휘.
홍내관, "마마!" 놀라 바라보면.

S#34. 세손전 근처 궐 일각

마음을 다잡듯 걸어가는 지운.
멀리, 한기재를 비롯한 대신 몇과 함께 세손전으로 다가오는 정석조의 모습이 보인다. 지운, 아버지의 눈을 피해 얼른 몸을 숨기면
지운을 발견하지 못한 채 지나가는 정석조.
그때, 궁녀 하나가 정석조에게 다가온다.
무언가를 물어보는 듯, 지운의 시선엔 궁녀의 뒷모습만이 보이고.

S#35. 동. 일각

정석조 앞에 다가온 궁녀, 이월이다.

이월 지난번 담이를 찾으셨던 그 감찰 나리가 맞으시지요?

정석조, 갑작스러운 이월의 등장에 난처한 듯 한기재를 바라보면
한기재, 서늘한 표정으로 정석조 돌아본다.

정석조 (난감한 듯, 대신들에게) 먼저들 가 계시지요.
한기재 (이월을 한 번 돌아보고 대신들과 먼저 걸어가면)
이월 (눈치 보다가) 경로연 이후로 담이가 궐에 오지 않고 있습니다... 혹시 그날 담이를 만나셨나 해서...
정석조 (본다. 잠시 생각하듯) 글쎄, 나도 보지 못하였구나.
이월 (아쉬운 듯) 예... (꾸벅 예를 갖추며) 실례가 많았습니다. (가려는데)
정석조 (생각을 마친 듯) 잠시만, 나를 좀 도와주겠느냐?
이월 예? (다시 돌아보면)
정석조 마침 일손이 좀 필요해서 말이다. (결심한 듯, 어쩐지 서늘한 눈빛)

S#36. 동. 다른 일각

지운의 시선으로 보이는 정석조, 이월과 함께 어딘가로 걸어가면
그제야 그 궁녀가 이월이라는 사실을 안 지운.

지운 저 아이는... (의아한 듯, 다시 그런 두 사람을 본다. 잠시 생각하다 조용히 뒤를 따라가기 시작하면)

S#37. 궐. 뒷산

인적 없이 고요한 숲속.

이월　(불안하게 보며) 대체 어디까지 가시는 건지... 항아님이 절 찾을 것입니다. 그만 돌아가 봐야 할 것 같은데...
정석조　이제 다 왔다. (돌아보는 눈빛 어딘가 서늘하고)
이월　(어쩐지 두려운 듯, 저도 모르게 주춤, 뒷걸음질 치면)
정석조　(검집에서 검을 꺼낸다) 미안하구나. 내 금방 끝내주마.
이월　(헉! 놀라 주저앉으며) 왜, 왜 이러십니까. 사, 살려주십시오...

이월, 주춤주춤 뒷걸음질 치다가 나무둥치 따위에 막히면
천천히 다가오는 정석조, 그대로 이월을 그어 내리려는데
"안 돼!!" 소리치며 달려오는 지운. 정석조의 앞을 가로막는다.

지운　(충격이다) 안 됩니다 아버지! 안 돼요!!
정석조　(지운의 등장에 놀라 눈빛이 떨리는) 네가 어찌 여기 있는 것이냐.
지운　대체 왜 이러시는 겁니까. 이 아이에게 왜... (믿기지 않는 듯 보면)
정석조　(애써 외면하며) 네가 상관할 바가 아니다. 비키거라.
지운　(원망과 충격으로) 아버지!!

정석조, 지운에게 가로막힌 사이 그대로 달아나려 하는 이월.
발견하는 정석조, 이월을 쫓으려 하면, 또다시 앞을 가로막는 지운
두려운 듯 고개를 젓는다.

지운　이러지 마세요. 아버지. 제발...
정석조　(괴롭다. 흔들리듯 검을 쥔 손이 떨리는데)

뒤를 돌아보며 달음질치는 이월, 어느새 숲의 초입을 향해 가면
정석조, 더는 어쩔 수 없다는 듯 자신의 앞을 막아선 지운을 밀치고 이월을 쫓기 시작한다. "아버지!!" 절망스레 소리치며 뒤를 쫓는 지운.
자신을 다잡듯 순식간에 이월을 붙잡아 칼을 내리긋는 정석조.
억- 단말마의 비명과 함께 이월이 쓰러진다.

검붉은 핏물이 튀어 정석조의 얼굴을 적시면,
달려오던 지운, 그대로 굳어 부들부들 충격으로 바라보고
돌아보는 정석조, 역시 괴롭게 흔들리는 눈빛. 참혹하다...
믿기지 않는 듯 떨리는 눈빛으로 정석조와 쓰러진 이월을 바라보는 지운.
그렇게 절망스럽게 마주 선 부자의 모습에서.
(E) "마마!! 세손마마!! 어디 계십니까!!" 휘를 찾는 궁인들의 목소리.

S#38. 세손전 / 밤

제등을 밝혀 들고 휘를 찾아다니는 김상궁과 궁인들의 모습 보인다.
빈궁, 소식을 들은 듯 다급히 다가오는 모습.

빈궁 세손은...!
김상궁 (고개를 숙인다) 아직... 세손전을 다 뒤져 보았으나 보이지 않사옵니다.
빈궁 (충격이다. 가슴을 부여잡고 힘겹게 숨을 내쉬면)
김상궁 (걱정으로) 마마...!
빈궁 다른 이들이 알아채기 전에 어서 아이를 찾아야 하네. 그 아이마저 잘못되면... 나는 죽어서도 눈을 감지 못할 것이야...
김상궁 걱정 마십시오. 아무 일 없을 것입니다...

S#39. 폐전각 안 / 밤

불빛 한 점 없는 고요한 폐전각.
세손복 차림의 휘, 괴로운 표정으로 홀로 전각 마루에 앉아 있다.

인서트 / 33씬에 이어서
지운을 쫓아 나온 휘. 그러나 지운의 모습은 보이지 않고
괴로운 듯 돌아서는데, 그런 휘의 시선에 멀리, 어디론가 걸어가는 정석조와
이월의 모습이 보인다. 휘, 놀라 바라보면

뒤이어 보이는 지운의 모습. 휘, 망설이다 역시 그 뒤를 쫓는다.

숲 일각
어느 순간, 지운을 놓친 듯, 홀로 헤매는 휘.
"안됩니다. 아버지!" 하며 막아서는 지운의 목소리에 급히 돌아본다.
휘, 소리가 나는 곳으로 달려가면
이월을 사이에 두고 대치하고 있는 정석조와 지운.
정석조, 그런 지운을 밀쳐내고 결국 이월을 그어 내리면
헙- 두 손으로 입을 막아내는 휘, 다리가 풀린 듯 그대로 주저앉아 버린다.
충격에 휩싸인 휘. 믿기지 않는 듯 바라보는 표정에서.

다시 현재
무너지듯, 눈물을 쏟아 내는 휘. 손으로 입을 막은 채 오열한다.
멀리 자신을 찾아다니는 궁인들의 목소리가 들려오자 더욱 괴로운 듯, 더는 어찌해야 할지 모르겠다. 두려운 듯, 무릎을 감싸 안는 데서.

S#40. 폐전각 앞 / 밤

땀범벅이 된 채 휘를 찾으러 돌아다니는 홍내관.

홍내관 마마~! 세손마마... 어디 계십니까...

홍내관, 두렵기도 하고 안타깝기도 한, 울컥 눈물이 솟구친다.
손으로 쓱쓱 눈물을 훔치다 감당이 안 되는 듯 기어이 폐전각 앞에 주저앉아 엉엉 눈물을 쏟아 내면,
역시 휘를 찾아 헤매다 홍내관을 발견하고 다가오는 김상궁.

김상궁 여기서 대체 뭘 하고 있는 겐가. 어서 세손마마를 찾지 않고!
홍내관 (본다. 훌쩍훌쩍 눈물을 훔치며 일어나) 저라면 하루도 견디지도 못했을 겁니다... 세손마마를 죽인 사람이 할아버지라니, 그런 사람들과 한 공간에서

지내야 하는 것이 얼마나 힘이 들었겠습니까. 근데 전 아무런 힘도 못 되어 드리고 되려 앞에서 무섭다고 울기만 했으니... 지금도 어디선가 혼자서 이 모든 걸 감당하실 생각을 하니 마음이 너무 아픕니다. 돌아오시면 더 잘해 드릴 텐데... 아니, 세손마마를 위해서라면 돌아오시지 않는 게 더 나은 것 같기도 하고. 그래서 어떡해야 할지 모르겠습니다...

인서트 / 폐전각 안
폐전각 돌담 뒤에 서서 그 얘길 다 듣고 있는 휘.
모든 현실이 두려운 듯, 또다시 눈물이 흘러내린다.

김상궁　(동감하듯 안타깝게 바라본다. 그러나) 세손마마를 위해서라도 마음을 단단히 먹어야 하네. 대전에서 알게 되는 날엔 모두 죽은 목숨인 게야.

홍내관, 끄덕이고, 눈물을 훔쳐낸다.
김상궁의 말에 어쩔 수 없이 일어나 다시 돌아서려는데
어느새 폐전각을 빠져나와 두 사람 앞으로 다가오는 휘의 모습.

홍내관, 김상궁　(놀라 보며) 마마!
휘　(두 사람의 얼굴을 보자 참았던 눈물이 다시 쏟아질 듯) 모두 나 때문이야. 모두... 세손마마도, 이월이도... 모두 다 나 때문에...
김상궁　무슨 일이 있으셨던 겁니까...
휘　(흐느끼며 말을 못 이으면)
김상궁　(안쓰러운 눈빛) 눈물을 거두시옵소서. 마마의 탓이 아닙니다. 모든 건 마마의 탓이 아니옵니다...

휘, 애써 입술을 깨물어 보지만 후두둑 떨어지는 눈물.
기어이 무너지듯 또다시 흐윽흑 눈물을 쏟아 내는 휘를
안타깝게 바라보는 김상궁. 안쓰러움에 역시 눈가가 붉어지면
바라보는 홍내관, 함께 눈물을 쏟아 내고.
뒤늦게 달려온 빈궁, 그런 세 사람의 모습을 바라본다.
깊은 안도와 자책감으로 눈물을 참아 내는 빈궁의 모습에서.

S#41. 세손전 후원 / 밤

밝은 달빛 아래 걷고 있는 휘와 빈궁. 주위를 물린 듯 단둘뿐이다.
휘, 여전히 무거운 표정. 고개를 숙인 채 말없이 빈궁을 따르면
그런 휘를 돌아보는 빈궁, 안타까운 마음이고.
빈궁, 문득 멈춰서 밤하늘을 올려다본다.

빈궁 달이, 참으로 밝구나.

휘 (여전히 고개를 숙인 채 괴로움을 참아 내면)

빈궁 널 가졌을 때 말이다. 아주 커다란 달이 내 치마폭 속으로 쏙 들어오더니 맑은 진주알 두 개로 쪼개지는 꿈을 꾸었더랬다. (떠올리듯) 그 하나가 니 오라비고, 또 하나가 바로 너였겠지.

휘 (처음 듣는 얘기에 빈궁을 보면)

빈궁 행복하였다. 너횔 가졌을 때 말이다. 참으로, 참으로 행복하였느니라.

그 말을 하는 빈궁의 눈가가 촉촉이 젖어 오면
떨리는 눈빛으로 바라보는 휘.

휘 어째서... 저를 나무라지 않으십니까?

빈궁 (보면)

휘 달아난 저를 왜 혼내지 않으시는 겁니까?

빈궁 (안쓰러운) 돌아오지 않았느냐. 이 어미에게로 다시 와 주었지 않았느냐... (애틋한 눈빛, 따뜻하게 바라보면)

휘 (그 눈빛에 눈물이 터질 듯) 이월이가... 죽었습니다. 이월이를 죽인 그 사람을... 용서할 수 없습니다... 그리고... 그리고 이제는 그분도... 모두 용서할 수 없을 것 같습니다...

휘, 지운을 떠올리듯 차마 말을 더 못 잇고 고개를 떨구면
빈궁, 그 마음을 헤아리듯, 가만히 휘를 안아 준다.

빈궁 (역시 눈물을 참으며) 용서하지 말거라. 미움이든 원망이든, 그 무엇이라도 좋다... 그 마음으로 살거라. 삶을 지탱할 힘만 있다면 그것으로 족하니라.

휘 (빈궁의 품에서 흐윽흑 흐느끼면)

빈궁 모든 죄는 이 어미가 짊어질 것이다. 다만, 너는 살아 다오. 모진 마음으로 그리 살아내 다오.

휘 (흐느끼듯) 어머니...

빈궁 (처음 듣는 그 말에 눈가가 붉어진 채) 고맙구나. 이런 나를 어미라 불러줘서... 참으로, 참으로 고맙구나.

휘 (흐윽흑 울음을 터트리면)

빈궁 (휘의 손을 잡고 바라보며) 명심하거라. 니가 진짜 세손이라는 걸. 너는 특별한 아이다. 누구보다 귀한... 선택받은 아이인 게야.

휘, 슬픈 눈으로 빈궁을 바라보면, 빈궁, 눈물을 감춘 채 고개를 끄덕인다.
괴로운 듯 오래토록 흐느끼는 휘. 빈궁, 또다시 따뜻하게 휘를 안아 주면
교교한 달빛 아래, 서로를 위로하는 빈궁과 휘의 모습에서.

S#42. 휘의 몽타주

세손전 마당 / 낮-밤
휘, 홀로 활을 쏘고 있다.
쏘고, 쏘고, 또 쏘고...
손톱이 부러지고 살이 터지면 붕대를 감아가며 다시 활을 쏘는 휘.
전과 달리 눈빛이 다부지다.

세손전
휘, 밤이 깊도록 서책을 읽고 있다.
병색이 짙어진 빈궁, 멀리서 그 모습 따뜻하게 지켜보고.

궐 후원 / 낮

종친들 모두 모여 활을 쏘고 있다.
홍심에 명중하는 휘의 화살.
자리에 앉아 지켜보는 혜종과 한기재, 만족스러운 표정으로 휘를 보면
휘, 다부지게 돌아보는 표정.
빈궁(병약해 보이는), 안도하듯 작게 미소, 끄덕여 준다.

S#43. 빈궁 처소 / 밤

다급히 빈궁의 처소로 걸어가는 혜종, 절박한 표정.
그 뒤를 윤형설이 따르고 있다.

S#44. 동. 빈궁의 침소 / 밤

창백한 낯으로 시름시름 죽어 가는 빈궁.
어느새 달려온 휘, 그런 빈궁의 손을 잡고 울부짖고 있다.
문밖엔 눈물을 훔치는 김상궁과 홍내관.

빈궁 미안하다... 내 너를 끝까지 지켜 주겠다는 약속을 지키지 못하겠구나...
휘 어머니...
빈궁 못난 어미를 만나 얼마나 힘들었느냐... 앞으로도 널 이 끝없는 고통 속에서 살게 해야 한다 생각하니, 차마 눈이 감기지가 않는구나...
휘 (흐느끼면)
빈궁 허나 나는 믿는다. 너라면, 반드시 잘 이겨낼 거라고... (희미하게 미소 지으며) 내 말하였지. 넌 아주 특별한 아이라고... 잊지 말거라 어여쁜... 내 딸아...

휘, 어머니...흐느끼면, 잠시 "세자저하 드십니다." 하는 나인의 목소리와 함께 황망한 표정으로 들어오는 혜종, 그런 두 사람을 바라본다.

휘 (젖은 눈으로 돌아보면)

빈궁 (슬픈 미소로 혜종을 바라본다) 저하...

혜종 (눈물을 참으며) 주위를 물려 다오. 잠시... 빈궁과 둘이 있고 싶구나...

빈궁, 끄덕이면
김상궁, 울부짖는 휘를 데려간다.
슬픈 표정으로 빈궁을 바라보는 혜종.

빈궁 (아득한 미소) 저하... 너무 슬퍼 마십시오. 생과 사는 하늘의 일... 소첩 잠깐 이지만 저하의 곁에 머무를 수 있어 기뻤습니다.

혜종 (목이 멘다) 난 아직 준비가 되지 않았는데... 어찌 이리 벌써 내 곁을 떠나려 하는 거요...

빈궁 (눈물을 참아 내며) 부탁이 있습니다. 저하. 부디 세손을... 그 애를 지켜주세요...

죽음 앞에서도 못다 한 그 말이 눈물이 되어 볼을 타고 흘러내린다.
죄책감 어린 눈빛으로 혜종을 바라보는 빈궁.
잠시, 툭. 힘없이 떨어지는 빈궁의 손을 괴롭게 바라보는 혜종.
텅 빈 방. 차가워진 그 손을 잡고 오랫동안 울음을 삼키는 혜종의 뒷모습에서.

S#45. 근정전 + 나루터 (휘와 지운 교차)

무표정한 얼굴의 휘. 면류관을 쓴 채 세자 책봉을 받는다.
흐뭇한 표정의 한기재와 달리 무표정한 얼굴로 어느새 왕의 자리에 앉아 있는 혜종. 휘, 무거운 표정으로 바라본다.

일각, 그런 휘를 바라보는 홍내관과 김상궁, 윤형설 등의 얼굴 위로, 둥-북이 울린다.

나루터

명으로 떠나는 지운. 김씨부인과 가솔들의 배웅을 받고 있다.
배에 오르기 전 잠시 뒤를 돌아보면
멀리, 홀로 서서 지운을 바라보고 있는 정석조.
지운, 정석조를 외면한 채 배에 오른다.
괴롭게 바라보는 정석조.
마침내, 지운을 태운 배가 앞으로 나아가기 시작하면

다시 근정전
둥- 다시 북이 울린다.
한기재와 정석조를 비롯한 만조백관들 모두 휘에게 예를 갖추면
결연한 듯, 다부진 표정으로 바라보는 휘의 눈빛.
면류관 구슬에 흔들리듯 반사되는 태양 빛이 눈부시게 빛난다.

S#46. 궐 전경 + 동궁전

뜨거운 태양을 비추던 화면이 점점 아래로 내려오면
위용 넘치게 드러나는 궐의 모습

자막 〈10년 후〉

"비켜!! 비켜!!" 소리치며 달려가는 홍내관.
품 안에 작은 보자기를 안은 채 동궁전으로 들어가면

S#47. 동. 휘의 처소 앞 + 안

휘가 던진 건지 어쩐 건지 모를 물건들로 난장이 된 처소 앞모습.
궁녀들, 서로 어쩔 줄을 모른 채 쩔쩔매며 조아리고 서 있으면
홍내관, 서둘러 안으로 들어가 의대칸으로 향한다.
착착착 문이 열리며 비밀스러운 공간으로 접근해 가듯 드러나는 의대칸.

S#48. 동. 의대칸 앞 + 안

홍내관 (문 앞에 멈춰, 숨 고르며) 저하, 저 복동입니다.

곧 문이 열리고 난처한 표정의 김상궁이 나온다.

김상궁 물건은 구했는가?
홍내관 예. 여기. (얼른 보자기를 건네며 보면)

햇살이 비춰 드는 의대칸의 발 너머로 긴 머리를 풀어헤친 아름다운 여인의 뒷모습이 보인다. 김상궁, 보자기를 받아 휘(20대)에게로 건네면.

휘 (확인하고, 서늘한 목소리) 이건 명주로 만든 것이 아니더냐?
홍내관 예. 광목으로 만든 것은 지금 구할 수가 없어서, 급한 대로 이거라도 쓰심이... (휘의 서늘한 눈빛에 불길해지는데)

S#49. 동. 처소 밖

으악- 비명과 함께 날아와 쿵 박히는 홍내관.
궁녀들, 헉! 더욱 긴장한다.
홍내관, 힝... 너무하다는 듯 가련한 표정으로 돌아보면.

S#50. 동. 의대칸 안

다시 자리로 돌아오는 휘. 못마땅한 표정이고.

김상궁 (안절부절못하며) 송구합니다. 새로 온 방자가 제 방을 치우다 광목가리개를 죄다 버리는 바람에... 앞으로는 이런 일이 없도록 더욱 신경 써 주의를 주겠나이다...

휘 (한숨, 어쩔 수 없다. 다스리고 돌아보며) 옷.

김상궁 예? 아, 예...!

김상궁, 서둘러 휘의 융복을 준비하러 가면
휘, 홍내관이 가져온 명주천을 이용해 가슴을 압박한다. 곧 긴 머리를 틀어 올려 상투를 올리고, 준비된 철릭과 토수로 마무리하며 여인에서 점차 사내로 변모해 가는 모습.

S#51. 동. 밖 + 마당

익위사들을 대동하고 밖으로 나오는 휘.
여인의 모습은 온데간데없이 융복 차림의 강인한 세자의 모습이다.
잔뜩 움츠린 궁녀들 사이, 앳된 얼굴의 문제의 방자가 서 있고.
휘, 준비해 둔 말에 오르려다 문득, 돌아보며, 서늘한.

휘 시키지도 않은 일은 하지 말거라. 모르면 가만히 있는 것이 바로 여기, 동궁전의 법도니라. (서늘한 눈빛, 그대로 말에 오르면)

방자, 덜덜덜 대체 내가 뭘 잘못한지도 모른 채 두렵게 떨며 본다.
휘, 익위사들과 함께 멀어지면, 긴장한 채 숨죽이던 궁녀들 그제야
숨이 터지듯, 휴... 끝났구나 안도하는. 그러나
모두 무엇 때문에 휘가 화가 났는지 정확히는 모르는 듯 웅성대고.

S#52. 삼개방. 마당

옹기종기 모여 앉은 아녀자들. 얼굴엔 약초 가루를 팩처럼 바르거나 침 따위가 꽂혀 있고. 그들 앞에 잔뜩 심취한 채 이야기 중인 질금.

질금 (심취해서 오버하며) 지학의 나이에 과거에 급제한 전설의 사나이... 명나라 예부시랑의 목숨을 구한 기적의 침술을 지닌...!!

아낙1 (눈 반짝!) 목숨을 구해? 어떻게?! 어떻게~~!

질금 하 이걸 또 말해줘야 하나... (그윽하게 보면)

S#53. 연경(명나라)의 주루 / 질금의 상상

명나라 말소리 시끄럽게 들려오는 주루 안.
한눈에 보기에도 지체 높아 보이는 한 사내(예부시랑, 40대)가 호위무사들에 둘러싸여 음식을 먹고 있다.

질금 (E) (비장한) 이것은 연경에서 제일 유명한 여각에서의 일이었지... 명나라 황제의 등극을 도운 제일 공신이었던 예부시랑이 음식을 먹다 기도가 막히는 사건이 벌어졌던 것이야...

예부시랑 순간, 무언가 목에 걸린 듯 컥- 괴롭게 목을 잡더니 숨쉬기가 곤란한 듯 그대로 쓰러져 허우적댄다. 당황한 호위무사들 예부시랑의 목에 걸린 음식을 빼보려 안간힘을 쓰고, 주인장 역시 당황해 누가 좀 도와 달라 다급히 소리친다. 그러나 웅성이기만 할 뿐 누구 하나 선뜻 나서는 이가 없는데.
그 순간, 어디선가 날아온 젓가락(혹은 이쑤시개) 한 쌍이 예부시랑의 가슴께에 탁탁- 나란히 박힌다. 컥 그대로 뒤로 쓰러지는 예부시랑. 갑작스러운 상황에 놀라 바라보는 일동, 젓가락이 날아온 방향을 돌아본다.
홀로 차를 마시며 책을 읽고 있던 도포 차림의 한 사내... 여유로운 몸짓으로 읽고 있던 책을 덮고 자리에서 일어나는 (뒷모습).
호위무사들, 무슨 상황인가 어리둥절... 선비를 향해 챙- 칼을 뽑아낸다.

호위무사1 누가 보낸 자냐!!

동시에, 벌떡- 몸을 일으키는 예부시랑. 콜록콜록 기침을 하더니 목에 걸린 음식을 멀리 뱉어 내고 숨을 몰아쉰다. 어떻게 된 건가 놀라 바라보는 일동, 설핏 미소로 그 모습 바라보던 도포의 사내. 읽던 책을 챙겨 들고 유유히 주루를 벗어난다.
잠시, 사내를 붙잡으려는 듯 따라 나가는 주인장.

S#54. 동. 가게 앞 / 질금의 상상

주인장, 사내를 찾듯 주변을 두리번거린다.
화려한 연경의 거리 속으로 걸어가는 도포 차림의 사내의 뒷모습.

주인장 잠깐만요. 나으리!!

주인장의 소리에 돌아보는 사내... 그제야 드러나는 얼굴,
단정하고 기품 넘치는 외모의 조선의 선비, 지운(20대)이다.
주인장의 시선으로 보이는 지운의 모습, 자체발광 효과 번쩍번쩍...

주인장 (경이롭게 바라보는 눈빛) 조선분이십니까?
지운 그렇소만.
주인장 이 은혜를 어찌 갚아야 할지...
지운 은혜는 무슨... 당연히 해야 할 일을 했을 뿐인데.
주인장 나으리께서 예부시랑의 목숨을 구하셨습니다. 귀한 분의 목숨을 구하셨으니 분명 큰 상을 받으실 것입니다.
지운 목숨은 모두 귀한 것이지요. 방금 쓰러진 이가 예부시랑이 아니라 이 거리의 걸인이었다 하더라도 난 똑같이 했을 것이오.

지운, 빛나는 미소, 책을 옆에 끼고 유유히 돌아서면
존경스러운 눈빛으로 그런 지운을 바라보는 주인장의 표정, 그 위로

S#55. 삼개방 마당 / 다시 현재

꺄- 자지러지는 여인들. "어쩜 좋아" "너무 멋있어..." "웬일이니 웬일이니..." 등등 감탄사를 쏟아 내는데, 동시에 붉은색 별감 복장의 구별감, 헐레벌떡 달려온다.

구별감　정의원! 정의원 어딨어!!
일동　(돌아보면)
구별감　(숨을 몰아쉬며) 큰일 났어 큰 일!! 아, 빨리 좀 나와보라니께!
영지　(약초 바구니 끼고 다가오며) 왜? 무슨 일 있어요?
구별감　지난번에 갔던 이판댁 말여. 지금 그 댁 따님 얼굴이 확 다 뒤집어져가지고 난리도 아니래잖어.

그 말에 응?? 이상한 듯 바라보는 여인들.
동시에 덩치 큰 호위무관이 시위하는 화려한 가마가 삼개방으로 들어선다.
여인들 놀라 홍해 갈라지듯 길을 터 주면
역시 놀라 바라보는 영지와 질금, 구별감.
곧 가마에서 내리는 여인... 소은(20대), 발진을 가리기 위해 견사(혹은 너울)로 얼굴을 가린 채 삼개방을 돌아본다.

소은　여기, 의원이라는 자는 어디 있느냐...

영지와 질금, 구별감, 헉! 긴장하며 바라보면
챙- 칼을 꺼내는 우락부락한 호위무사들
줄 서 있던 여인들 놀라 꺄- 흩어진다.
소란에 퍽- 문을 열고 밖으로 나오는 지운.

지운　뭐가 이렇게 시끄러워?

지운, 상상 속 이미지와 달리 도성의 세련된 꽃도령 모습이다.
바라보는 소은.

S#56. 동. 진료실

지운과 소은 마주 앉아 있다.
소은의 옆엔 험악하게 생긴 무사들, 호위하듯 양쪽을 지키고 서 있고.

지운 (본다. 전혀 주눅 들지 않고) 간혹 백 명 중 한 명꼴로 이런 경우가 있긴 하오.
소은 그 한 명이... 나다?
지운 걱정 마시오. 처방해 주는 약을 먹으면 반나절이면 가라앉을 테니.

지운, 약재함 앞에 선 호위무사2(지운보다 곱절은 큰) 밀어내고 약을 찾는다.

지운 어디 보자~ 발진이 오를 때 쓰던 약이...

그러나 텅 빈 약재함.
소은, 서늘하게 내려다보면.

지운 (당황하지 않고, 밖에 질금을 부른다) 질금아~
질금 (벌컥 문 열다 호위무사들 모습에 주눅 드는) 왜요, 형님?
지운 저기 약재 창고 가서 현황색 꽃 말린 것 좀 가져오너라.
질금 아, 그거! ... (하다가 난처한) 없는데?
지운 없긴, 오른쪽 세 번째 선반에 보면...
질금 (호위무사들 눈빛 피해 고개 절레절레)... 없어...
지운 (약간 당황) 없어?
소은 (바라보면)

동시에 다시 챙- 칼을 꺼내는 호위무사들.
질금, 헉! 얼른 지운 뒤로 숨는다.

지운 닷새만 시간을 주시오. 허면 내 약재를 구해 바로 처방을 해 주겠소.

하는데, 지운의 턱 끝까지 밀고 들어오는 칼날.
지운, 흠칫, 바라보면
동시에 문이 벌컥 열리며 호위무사3에게 붙잡힌 영지가 끌려 들어온다.

소은 오늘 안으로 구해 오시오. 아니면 여기 이 삼개방은 물론이고 이 아이의 목숨도 장담할 수 없을 테니. 아시겠소?
지운 (기막힌 듯 바라본다)
소은 (마주 보는 눈빛에서)

S#57. 강무장. 숲속 + 들판

빠르게 숲을 헤치는 노루 한 마리.
겁에 질린 채 거친 산길을 내달리고 있다.
그 뒤로 노루를 몰고 있는 몰이꾼들의 모습.
마침내 들판으로 뛰어나가는 노루를 뒤쫓는 건장한 풍채의 사내들. 저마다 화려한 무복을 차려입은 세자(휘)와 왕실의 종친들(원산군, 창운군, 제현대군 등)이다. 빠르게 치고 나가는 창운군. 가장 먼저 활을 날리지만, 아슬하게 빗나가며 바닥에 박히는 화살. 창운군. "젠장..." 바라보면, 이번엔 원산군이 날린 화살이 날아온다. 노루의 다리 쪽을 맞추는 화살. 그러나 절뚝이며 달아나는 노루. 원산군, 다시 시위를 당기는데, 그보다 앞서 어디선가 날아온 화살이 정확하게 노루를 맞춘다. 풀썩 쓰러지는 노루. 병조 군사 하나, 사냥터에 깃발을 올리면, 와- 환호하는 군사들. 활을 내리고 돌아보는 사람... 융복 차림의 세자 휘다. 휘, 빈 활을 내리며 가볍게 예를 취하면, 고개를 숙이는 원산군.

창운군 (달려가는 휘를 보며 고까운 듯) 꼴에 세자라고 잘난 척은...
원산군 (역시나 기분이 별로다. 그러나 티 내지 않는데)

창운군 상헌군 대감이 아니었으면 언감생심 동궁의 자리를 지키기나 했겠는가 말이네. 전하께선 중전의 치마폭에 쌓여 제현대군만 예뻐하시니, 저리 발악을 하는 건지 원...

원산군 (픽, 동조하듯 돌아본다. 그러나 겉으로는 점잖게) 말씀을 삼가시지요. 숙부님. 듣는 귀가 많습니다.

창운군 뭐 어떤가, 내가 없는 말을 한 것도 아닌데. (휘, 조금씩 가까워 오면, 어디 한번 들으라는 듯) 이럴 게 아니라 이참에 나도 한 마리 잡아 바쳐 상헌군 대감의 비위나 맞춰볼까...? 계집같이 고운 분보다 대장부같이 기백 있는 나를 더 예뻐하실지도 모르니 말이야. (킬킬대면)

달려가던 휘, 그 말을 들은 듯 멈칫 돌아본다.
킬킬대는 창운군. 보란 듯이 휘를 앞질러 지나가면.
순간, 쉭- 어디선가 날아온 화살이 창운군의 뺨을 스칠 듯, 바로 옆 나무에 박힌다. 그 바람에 놀란 창운군의 말이 앞발을 치켜들면, 말에서 떨어지는 창운군.

창운군 (고통에 찡그리며 일어나) 누구야! 대체 어떤 새끼가 감히!!

휘 (어느새 다가와, 활을 내린다) 외조부께 바치실 것이 필요하다기에.

원산군, 고개 돌려 보면
옆에 박힌 화살에 뱀이 꽂혀 있다.
창운군, 역시 보고 흠칫, 다시 휘를 쏘아보면.

휘 한 번만 더 함부로 입을 놀리시면 아무리 숙부님이라 해도 용서치 않을 것입니다. (차가운 표정, 그대로 창운군을 스쳐 가면)

원산군 (허, 제법이라는 듯 그런 휘를 본다)

창운군 (젠장, 분한 듯 일그러지는 표정. 멀어지는 휘를 보며) 저걸 진짜 죽일 수도 없고... (퉤, 짜증 나는) 그래 어디 한번 해보자 이거지?

S#58. 동. 숲 초입

멀리, 휘날리는 깃발들...
병조의 군사들이 산을 지키고 서 있다.
일각에서 지켜보는 지운과 질금. 낭패스러운 표정인데.

질금 진짜 여기밖에 없는 거야?
지운 (지켜보며, 끄덕)
질금 (침 꼴깍) 여기... 있는 건 확실하고?
지운 어. 내가 여기다가 씨를 뿌려 놨었거든.
질금 (에이씨... 보다가) 그냥... 다른 약재상에 가서 구하면 안 될까?
지운 독초라서 다들 취급 안 할 거다.
질금 도, 도, 독초? 설마 죽이려고?
지운 약초랑 독초는 종이 한 장 차이야. 어떻게 쓰느냐에 따라 약이냐, 독이냐 결정되는 거지. (돌아보며) 준비됐지?
질금 (어쩔 수 없다. 비장하게 끄덕이는)
지운 (눈짓하면)
질금 (멋지게 저벅저벅 걸어 나간다. 잠시, 으악~~~!!! 소리치며 미친놈처럼 군사들에게 달려가는)

S#59. 동. 일각

지켜선 병사1, 달려오는 질금을 발견하고 막아선다.

병사1 웬 놈이냐!
질금 (숨을 몰아쉬며) 호, 호랑이! 호랑이가 저기 있었습니다!!
병사들 (호랑이? 놀라 돌아본다)
질금 (가 보라는 듯 등 떠밀며) 빨리빨리 빨리요! 호랑이가 아주 떼를 지어 이리로 오고 있다니까요?
병사1 호랑이가 떼를 지어?
질금 아니 그러니까, 떼를 지은 게 아니라. 떼를 지은 것처럼 아주아주 큰 놈이었다니까요!!

병사들 (긴장하며 보면)

질금 아유 빨리요! 이러다 다 죽는다니까?! (다짜고짜 병사1의 등을 떠밀면)

병사1, 어쩔 수 없는, 옆의 병사 몇을 이끌고 질금이 말한 방향으로 향한다.
얼른, 지운이 있는 방향으로 신호하는 질금.
지운, 병사들 사라진 틈에 산으로 숨어드는.

S#60. 동. 본부석

강무장과 조금 떨어진 곳, 차일이 쳐진 본부석에 혜종과 중전을 비롯한 종친과 대신들이 앉아 강무를 지켜보고 있다.
혜종의 바로 곁에 앉아 있는 중전과
그 뒤로 지키고 서 있는 내금위장이 된 윤형설.
그 뒤로 한기재와 노학수, 정석조 등 한기재 측 대신들과 창천군 등 중전의 일파가 좌우로 앉아 있다. 중립을 지키듯 가운데 자리한 신영수 보이고, 본부석과 조금 떨어진 뒤로 홍내관과 김상궁 등 궁인들이 대기하고 있는 모습 보인다.

인서트 / 경쟁하듯 짐승을 쫓고 있는 휘와 제현대군(15).
창천군, 제현대군의 움직임에 저도 모르게 움찔움찔, 손에 땀을 쥐고 바라본다. 한기재 측 대신들, 역시 편을 나눈 경기를 지켜보듯 휘의 움직임에 움찔움찔... 마치 축구 경기를 관람하는 관중들처럼 어어어...!! 그렇지!! 추임새를 넣어가며 응원한다.

인서트 / 탕- 제현대군이 쏜 화살이 짐승을 맞춘다.
병조의 깃발이 올라가면
창천군과 중전 측 대신 몇 "그렇지!!" 기쁨으로 주먹을 꽉 쥔다. 그러다 얼른 표정 관리. 반면 한기재 측 대신들, 안타까운 탄식, 아...

혜종 (흐뭇하게 보며) 저 아이가 언제 저리 장성하였는지...
창천군 (겸손하게) 전하를 도와 나라의 큰 동량이 될 것입니다.
중전 (그런 창천군을 흐뭇하게 보면)

일각

대신1 (그 모습 보며 숙덕이는) 강무장까지 중전을 데려오시다니... 전하의 총애가 모두 중궁전으로 향하고 있다는 소문이 사실이었구만.
대신2 허니 세자께서 계시는데도 제현대군을 저리 예뻐하시는 게지.

대신1, 2 혜종 곁에서 웃고 있는 중전을 보며 혀를 차면
한기재, 역시 이 상황이 불만스러운 듯 보는 표정.

S#61. 동. 강무장 일각

휘, 숨을 몰아쉬며 말을 돌리면

제현대군 (겸양스러운) 이번엔 제가 운이 좋았습니다. 저하.
휘 (무심하게 바라보며) 하품이다.
제현대군 네? (보면)
휘 한 발을 쏘더라도 종묘에 올릴 수 있는 상품으로 맞히거라. (달려가면)

제현대군, 자신이 맞힌 짐승을 돌아본다.
한숨. 다시 고삐를 당겨 말을 달리기 시작하는.

S#62. 동. 다른 일각

종친들과 함께 달려가는 휘.
또다시 사냥감을 발견한 듯 빠르게 말을 달리면
그 모습 확인한 창운군, 비열한 눈빛, 갑자기 어디론가 말을 몰아 사라진다.

휘가 오는 방향을 가늠해 몸을 숨기는 창운군. 화살을 꺼내 휘를 조준한다. 이윽고 종친들을 따돌린 휘가 홀로 달려오면,
어디를 맞춰 겁을 줄까... 고민하던 창운군, 비열한 웃음과 함께 마침내 탕- 활을 날린다. 아무것도 모른 채 몸을 돌리던 휘, 순간, 날아오는 화살이 휘의 상투관을 치고 지나간다. 동시에 찰랑- 휘의 동곳이 날아가며 흑단 같은 긴 머리가 아름답게 풀어지고... 갑작스러운 상황에 놀라 돌아보는 휘. 동시에 휘가 탄 말이 놀라 앞발을 치켜들자 떨어지지 않기 위해 있는 힘껏 고삐를 움켜쥔다. 갑작스러운 움직임에 가슴을 동여맨 명주천까지 툭 끊어져 버린 듯, 당황한 표정이 되는데.

일각, 몸을 숨긴 채 그 모습 지켜보는 창운군. 통쾌하다는 듯, 비열한 웃음 짓는다. 그러나 휘가 돌아본 순간 너무도 여자 같은 세자의 모습에 제 눈을 의심하며 놀라는 모습.

창운군 뭐야. 완전 계집이잖아...

곧이어 둥둥둥- 몰이꾼의 북소리와 함께 원산군과 종친들이 탄 말이 달려오기 시작한다. 당황한 휘, 급히 말을 몰아 숲으로 사라지면, 허, 기막힌 듯 그 모습 바라보던 창운군. 눈을 빛내며 휘가 사라진 방향을 본다. 아무래도 무언가 이상한 듯 보는 표정에서.

S#63. 동. 숲 일각

급히 달려온 휘, 커다란 바위 뒤에 숨어 가슴끈을 조이고 있다. 차마 머리 손질은 하지도 못한 채 긴 생머리가 가슴을 뒤덮어 여인임이 더욱 실감 나는데... 순간, 수풀 속에서 부스럭, 인기척이 느껴지고.
놀라 돌아보는 휘. 경계하듯... 급히 곁에 둔 단도를 집어 든다.
잠시... 또다시 부스럭, 수풀이 흔들리면 그대로 쉭- 들고 있던 단도를 내던지는 휘! 빠르게 날아간 휘의 단도가 수풀 속 누군가의 옷깃을 찢으며 지나간다. 찢어진 제 옷깃에 놀라 돌아보는 사내... 다름 아닌 지운이다!

지운, 약초를 뜯고 있던 중이었던 듯, 갑작스러운 상황에 놀라 바라보면, 제 가슴을 가린 채 경계하듯 지운 쪽을 보고 있는 휘의 모습... 선녀처럼 아름답다! 잠시... 홀린 듯 멍하니 휘를 바라보는 지운과 그런 지운을 경계하는 휘의 눈빛이 마주치고...
그렇게, 비현실적인 공간 속, 운명적으로 재회한 두 사람의 모습에서. 2부 엔딩.

3부

만에 하나 다시 나를 본다 해도
그자라면 결코 나를 의심치 못할 것이다.
담이를 아는 이라면 세자가 계집일 것이라고는
절대로 생각지 못할 테니까…

S#1.　숲 (강무장) 일각 / 2부 엔딩에 이어서

땀을 흘리며 산을 오르는 지운.

지운　여기쯤인데...

지운, 약초를 찾듯 조심스럽게 두리번거린다. 마침내 찾은 듯 표정 밝아지며 몸을 굽히려는 순간, 쉭- 날아오는 휘의 단검. 지운의 옷깃을 스치고 박힌다. 헉- 놀라 단검이 날아온 방향을 바라보는 지운.
가슴을 가린 채 경계하듯 자신을 보고 있는 휘와 눈이 마주치고.
비현실적인 공간 속, 아름다운 휘의 모습에 정신이 홀린 듯 잠시 멍하니 굳어 선 지운. 문득 휘의 벗은(?) 모습에 정신을 차리듯, 헉! 놀란다.

지운　(얼른 고개 돌리며) 아니 난...!! 난 아무것도 못 봤소! 약초를 캐려고 왔다가 그만... (하다가, 아차 입을 다문다)

휘, 갑자기 나타난 지운의 모습에 놀라 경계하듯 몸을 움츠린다.
여인인 모습을 들키자 낭패스러운데. 여기서 세자의 융복을 입을 수도 없는 휘, 지운이 알아보지 못하게 급히 융복을 제 뒤로 감춘다.

지운 (눈치채지 못하고) 난 진짜 아무것도 못 봤으니까... 하던 일 쭉- 하시지요.

지운, 휘가 뭐라 할 새도 없이 얼른 몸을 돌려 산을 내려가려는데
멀리서 둥둥- 둥둥- 몰이꾼들의 북소리가 들려온다.
문득 걸음을 멈추는 지운,
걱정스러운, 그 자리에 붙박인 듯 앉아 있는 휘를 돌아본다.

지운 여기 있으면 많이 위험하오.
휘 (경계하듯 바라보면)
지운 (북소리에) 저 소리 들리지요? 임금님께서 친림하여 강무 중이라 하오. 그러고 있다간 짐승으로 오인받아 활이라도 맞기 십상이니... 갑시다. 내가 내려가는 길을 알려 주겠소.
휘 (의심스럽게 보다가, 눈빛 피하며) 필요 없으니 가시오.
지운 그러지 말고... (다가가며) 얼른 옷부터 좀 입으시구려...

하는데, 순간, 지운이 허리춤에 차고 있던 약초 칼을 발견한 휘. 빼앗듯 뽑아 들어 지운의 목을 겨눈다.

지운 (헉! 놀라 손들고) 입기 싫으면 안 입어도 되고... (하는데 휘의 뒤로 부려진 옷이 슬몃 보이는) 혹, 도망친 거요? 궁녀? 아니면...

지운, 강무장에 홀로 있는 휘를 이상하다는 듯 살피며 본다.
잠시, 그대로 지운을 공격하는 휘.
지운, 조금 놀라지만 예상외의 빠른 손놀림으로 휘의 손에 든 검을 쳐 떨어트리고 손목을 탁- 붙잡는다.
갑작스러운 전세 역전에 당황하는 휘.

지운 여인 치곤 제법인 솜씨였소. (칼을 다시 주워들며) 헌데 이 칼이 제법 날카로운 거라서? (유유히 허리춤에 다시 꽂으면)
휘 (낭패스럽게 보는데)

조금 떨어진 곳 들려오는 창운군의 목소리.

창운군 (E) 분명 이쪽으로 갔는데...

두 사람, 놀라 돌아본다.

S#2. 동. 다른 일각

창운군, 휘와 지운이 있는 곳으로 다가오고 있다.

창운군 (조금 전 상황에 아무래도 의심스럽다. 그러나 조금 걱정되기도 하고) 아씨. 오늘따라 활이 왜 이렇게 말을 잘 들어... 설마 내 얼굴을 본 건 아니겠지?

살피듯 주변을 돌아보던 창운군, 근처 매어진 휘의 말을 발견한다.

창운군 저건...! (휘가 있는 방향을 잠시 돌아보는 데서)

S#3. 동. 휘가 있는 곳

지운에게 붙잡힌 휘, 이 상황이 난감하다.
이제 어찌해야 하나 고민하는데
지운, 얼른 제 옷을 벗어 휘에게 걸쳐 준다.

휘 (! 놀라보면)
지운 따라오시오.

지운, 휘의 손을 이끌면, 휘, 갈등한다.

지운 이대로 잡히면 끝장이라고. 그쪽도, 나도...
휘 (본다. 어쩔 수 없이 일단 지운을 따라 달리는)

S#4. 동. 숲 일각 (계곡 근처)

휘의 손을 이끌고 달려가는 지운.
그러나 여기도, 저기도, 군사들이 포진해 있다.
두 사람, 다시 방향을 바꿔 달려가는데

군사1 웬 놈들이냐!
지운, 휘 !! (놀라 바라본다)

두 사람을 발견한 군사들, 잡아라! 소리치며 달려오면
지운, 반대쪽으로 이끈다. 또다시 들려오는 몰이꾼의 북소리.
몇 기의 말이 소리와 함께 달려온다. 원산군과 종친들이다.
앞으로는 군사들에, 뒤로는 종친들에 막혀 당황하는 휘.
지운 역시 낭패스러운데.
그런 휘의 눈에 지운의 뒤로 흐르는 검푸른 계곡물이 보인다.

휘 (어쩔 수 없다) 뛰어.
지운 뭐?

휘, 생각할 틈도 없이 지운을 퍽 밀친다. 헉! 소리와 함께 휘청, 계곡 쪽으로 기울어지는 지운. 자신도 모르게 순간적으로 팔을 뻗어 휘를 낚아챈다. 지운에게 잡혀 함께 떨어지는 휘.
풍덩! 지운, 휘를 안은 듯한 자세로 함께 물속으로 떨어진다.

S#5. 동. 일각

갑작스러운 물소리에 돌아보는 원산군
천천히 말을 끌고 물가로 다가간다.
그러나 아무도 보이지 않고...

S#6. 동. 휘가 있던 곳

창운군, 바위 뒤에 부려진 휘의 겉옷을 확인하고 놀란다.
휘의 옷을 집어 들고 보는 창운군

창운군 뭐야? 대체 어떻게 돌아가고 있는 거야...? (허, 기막힌, 혼란스러운데)

S#7. 동. 계곡 (물속)

함께 물에 빠진 휘와 지운.
휘, 지운이 못 올라가게 누르고 있다.
괴롭게 허우적대는 지운.
휘, 밖의 상황이 조용해지는 것 같아지자 수면으로 향하는데,
힘이 빠진 지운. 그대로 꼬르륵- 물속으로 가라앉는다.
수면으로 향하던 휘, 그런 지운을 돌아본다.
잠시 갈등하던 휘, 가라앉는 지운에게 다가가 손을 내민다.
지운의 손을 잡는 휘.
지운, 꿈을 꾸듯, 그런 휘를 바라본다.

플래시백 / 1부 43씬
어린 시절, 폐전각 연못 물속. 물에 빠진 지운을 구해 주던 담이(휘).

다시 현재
과거의 어느 장면처럼, 그렇게...

물속에서 서로를 마주 보는 두 사람의 모습에서.

〈연모 3부〉

S#8. 강. 나룻배

앞씬에 이어 잔잔한 물결 소리 이어진다.
고요한 강물 위, 시원스럽게 앞으로 나아가는 나룻배 한 척. 배 위, 바람을 맞으며 앉아 있는 한 선비... 이현(자은군, 20대). 이현, 조금씩 가까워져 오는 나루터를 바라보다 확인하듯 제 품속에서 작은 상자를 꺼내 본다. 상자 속, 한 손에 쏙 잡힐 크기의 가는 붓 한 필이 들어있고, 붓을 바라보는 이현의 입가에 보일 듯 말 듯 미소가 어리는데.

관리1 아까부터 뭘 그리 애지중지... 꼭 정인 껴안듯 보고 계십니까?
이현 (본다. 큼) 아무것도 아니네. (다시 품에 넣으려는데)
관리1 에이~ 그러지 마시고, 좋은 건 같이 좀 나눠 봅시다 군대감. 예?

관리1, 장난스러운 미소, 빼앗듯 상자 보면, 당황하는 이현.

관리1 (실망하며) 에게... 이건 그냥 붓 아닙니까? 초필이라기엔 축이 굵고, 중봉보다는 또 얇고...
이현 이리 주시게. 귀한 분께 드릴 선물이네. (빼앗아 상자에 도로 넣으면)
관리1 아무래도 붓을 만드는 필공이 영 잘못 만든 것 같습니다. 웬만한 사내들이 쓰기엔 너무 어정쩡한 것이,
이현 (말을 끊으며) 이제 도착했나 보군.

이현, 자리에서 벌떡 일어나면
그 바람에 배가 흔들리며 관리1, 으악- 휘청 넘어지고 만다.
붓이 든 상자를 제 품 속에 고이 모시듯 넣고 걸어가는 이현. 그 뒤로 우르

르 자리에서 일어나 짐을 들고 내리는 사람들에 이리 치이고 저리 치이는 관리1의 모습.

S#9. 동. 나루터

들고나는 사람들로 왁자하게 북적이는 나루터 모습.
이현, 배에서 내리면 기다리고 선 종복 하나 말을 끌고 이현에게 다가온다.

종복 먼 길 다녀오시느라 고생이 많으셨습니다. 군대감 어른.

이현 (끄덕이고) 두 달 만이구나. 이리 한양의 공기를 다시 맡는 것이. (미소로 보면)

조금 떨어진 곳, 누군가 물에 빠진 듯 소란스러운 소리가 들려온다. 보면, 선창의 짐을 옮기던 인부 하나가 물에 빠져 살려 달라 소리치고. 사람들은 빠진 물건을 건지느라 난리법석이다.

S#10. 동. 선착장 일각

관리1 (짜증) 뭐하냐. 저기 물건 빠졌잖아. 물건...!!

이현 (다가오며) 사람이 빠졌는데 무슨 짓들이냐! 물건은 두고 어서 저자부터 구하거라!

인부들, 서로 눈치 보다가 이현의 기세에 얼른 물에 빠진 사내를 구하면, 뭍으로 나온 인부1, 콜록콜록 기침하다 이현을 보고 납작 엎드린다.

인부1 (쩔쩔매며) 죽을죄를 지었습니다. 군대감 어른...

관리1 (씩씩대며) 이게 어떤 물건인 줄 아느냐! 네놈 목숨값보다 수백 곱절은 더 비싼 물건들이니라!!

이현 (당당한 위엄) 그만하게! 여깄는 건 모두 내가 책임질 것이니 자넨 어서 이

자를 의원에게 데려가 주게.

관리1 (놀라며) 예?! 이, 이걸 다 말입니까?!

인부1 (역시 놀라 보다가, 감사함에 연신 조아린다) 감사합니다. 군대감 어른... 감사합니다...

S#11. 동. 일각

이현, 다시 종복에게로 돌아와 준비해 온 말에 타려는 듯 본다.

이현 참, 형님은?

종복 원산군 대감께선 저하와 함께 강무에 나서셨습니다.

이현 (끄덕이며 말에 오른다) 어디라더냐.

종복 예?

이현 (밝게) 저하께서 계신 강무장 말이다.

S#12. 계곡 (물 밖)

졸졸졸 고요하게 흘러가는 물소리.
정신을 차리듯 헉! 하고 눈을 뜨는 지운.
돌아보면, 커다란 바위 위에 홀로 누워 있다.
조금 전 꿈을 떠올리듯... 휘를 찾으며 돌아보는 지운,
급히 물가로 뛰어간다. 그러나 휘는 보이지 않고.

지운 어떻게 된 거야... 설마... 죽었나? (걱정스러운 표정인데)

S#13. 동. 강무장 일각

심각한 표정으로 익위사 하나와 마주 선 윤형설.

곁엔 놀란 표정의 김상궁과 홍내관도 서 있다.

윤형설　(조금 놀라며) 저하께서 사라지시다니!

익위사　갑자기 계곡 근방 숲으로 달려가시더니 모습을 보이지 않으셨습니다.

김상궁　그게 대체 무슨...! (차마 말도 다 못 잇고 하얗게 질려 윤형설을 돌아보면)

윤형설　(최대한 침착하게) 내가 직접 전하께 고하기 전까진 각자 자리에서 대기하고 있거라.

익위사　예. (돌아서 가면)

홍내관　(가는 익위사 확인하고, 걱정스러운) 혹 저하께서 이대로 어딘가 떠나버리신 건 아니겠죠?

김상궁　저하를 그리도 모르는가! 저하께선 우리에게 아무런 말도 없이 사라지실 분이 아니네. 이건 분명 사고인 게야. 아니면 저하께서 난처한 상황에 처하셨거나...

윤형설　(홍내관에게) 자넨 나를 따라 오게. (급히 걸어가면)

김상궁　(허둥지둥 따르려는 홍내관에게 의복 보따리를 건네준다) 혹시 모르니 가져가게. 다른 사람이 보기 전에 반드시 저하를 찾아야 할 것이야.

홍내관　걱정 마십시오. 마마님. (허둥지둥. 의복 보따리를 받아 들고 얼른 뒤를 쫓으려는데)

이현 (E)　왜들 이리 소란인가?

소리에 놀라 돌아보는 홍내관과 김상궁.
이현, 어느새 두 사람이 있는 곳으로 다가오고 있다.

홍내관　(놀라) 자은군 대감! (어찌해야 하나 눈치 보며) ...예조의 일로 목천에 가셨다 들었습니다. 헌데 어찌...

이현　아, 생각보다 일이 빨리 끝났네. 헌데 무슨 일이 있는가? 저하께서는 왜 안 보이시고...?

홍내관　그, 그것이... (슬금슬금 눈치 보며 도망치듯) 이따 말씀드리겠습니다. 이따가! (후다닥 윤형설의 뒤를 쫓아 달려가면)

이현　(? 뭔가 심상찮은 느낌에 돌아본다. 불길한 듯 보는 데서)

S#14. 동. 숲 일각

지운의 겉옷을 입은 휘, 나뭇가지 등으로 머리도 틀어 올렸다.
수풀을 헤치고 빠르게 달려가는 휘의 시선에 멀리 이동하는 군사들의 모습이 들어온다. 너른 들판에선 여전히 말을 달리는 종친들의 모습 보이고. 그 뒤로 본부석에 앉은 고요한 혜종과 중전의 모습이 보인다.
그 뒤로 한기재와 창천군의 모습까지.
혜종과 달리 불만스러운 표정의 한기재.
휘, 그 모습에 자기도 모르게 주춤 걸음을 멈추는데.
잠시, 제현대군이 본부석으로 다가와 혜종에게 다가간다.
제현대군이 건넨 말에 다정한 얼굴로 돌아보는 혜종의 모습.
살가운 세 사람의 모습에 휘의 표정이 문득 어두워진다.

S#15. 궐. 후원 / 해 질 녘 / 과거 회상

면복 차림의 어린 휘, 멀리 누정을 바라본다.
홀로 산책 중인 혜종. 그 곁으로 어린 제현대군(5세)과 소훈(현 중전)이 다가와 예를 올린다. 어린 제현대군을 안아 드는 혜종의 모습.
휘, 그런 혜종의 모습을 바라보고 서 있으면 다가오는 김상궁.

휘 (괴로운) 결국 내가 세자가 되고 말았구나...
김상궁 (안타까운) 제현대군께서는 아직 많이 어리시지 않습니까...
휘 (혜종을 바라보며) 내가 태어나던 날... 아바마마께서는 뭐라 하셨나.
김상궁 (차마 말 못 하고 바라보면)
휘 아바마마께서도 날 죽이라는 데 동의하셨는가? 계집아이는 필요치 않다고... 그러니 죽여야 한다고 그리 말씀하셨는가?
김상궁 (안타까운) 어명이었습니다... 전하께선 선대왕의 어명을 거역할 수 없었을 것입니다.

휘, 이해는 하면서도 원망스러운.
슬픈 눈빛으로 멀리 혜종과 소훈, 제현대군의 모습을 지켜보는 데서.

S#16. 강무장 일각 + 숲 일각 / 다시 현재

잠시, 혜종에게 둔 시선을 거두는 휘.

일각 / 수풀 속 휘를 지켜보는 누군가의 시선(자객). 잠시, 휘를 향해 천천히 활을 겨눈다. 화살촉이 휘에게로 향하고...

휘, 문득, 어떤 느낌에 돌아보면, 동시에 쉭- 휘를 향해 날아오는 화살 하나!
휘, 놀라 바라보는 순간 누군가 휘를 안고 옆으로 굴러 상황을 피해낸다.
휘, 갑작스러운 상황에 놀라 바라보면
그런 휘의 몸을 덮듯 위에서 안은 채 내려다보고 있는 이현.

이현 괜찮으십니까 저하!

휘, 갑작스러운 이현의 등장이 반갑기도 하고 놀랍기도 한 듯
형님...! 잠시 보다가, 다시 활이 날아온 방향으로 시선을 돌리는데
동시에, 어디선가 쉭-쉭- 연이어 덤불을 향해 화살들이 날아든다.
소리가 나는 쪽을 돌아보는 휘와 이현.
어느새 다가와 활을 들고 선 사람. 윤형설이다!
휘의 안전을 확인한 듯, 다시 활을 겨누는 윤형설.
쏟아지는 화살을 피하듯, 멀리 검은 그림자 하나가 빠르게 달아나는 모습이 보인다.
활을 거두고 그림자를 쫓아 뛰는 윤형설.
휘, 윤형설과 함께 자객을 쫓으려다 이현에게 막힌다.

이현 (막아서며) 내금위장께서 쫓아가셨으니 곧 붙잡을 겁니다!

휘 하지만! (그러나 이미 멀어진 자객과 윤형설의 모습)

이현 (걱정으로 살피며) 괜찮으신 겁니까? 다치신 덴 없으신 거지요?

휘 (그제야 이현을 돌아본다) 형님께선 어찌 여기에 계신 겁니까?

이현 (대답 대신, 걱정으로) 여긴 안전하지 않으니 일단 가시지요. 군사들에게 사실을 알려야 할 것입니다.

휘 잠시만요! 형님... (잠시 난감한 듯 제 옷을 내려다본다)

이현 (그제야 깨닫듯 보면, 물에 빠져 젖은 머리와 옷차림) 그러고 보니 저하의 옷이 왜...

동시에 홍내관, 옷 보따리 들고, 헉헉, 달려오며, "저하!!" 부른다.
휘, 홍내관의 모습에 그제야 안도하듯, 이현을 의식하며 걸음을 옮긴다. 그런 휘의 모습을 보는 이현. 걱정 어린 표정에서.

S#17. 동. 숲 일각

빠르게 달아나는 복면의 자객(군복 차림)을 쫓아 달려가는 윤형설.
그러나 너무 멀리 떨어진 거리. 윤형설, 어쩔 수 없이 활을 뽑아 겨누면,
무성한 나무들 사이, 아슬하게 스쳐 가는 화살들.
윤형설, 다시 한번 집중해 탕- 활을 날리면
마침내 퍽- 자객의 가슴께를 맞추는 화살. 동시에 수북한 낙엽들 사이로 자객이 굴러떨어진다. 윤형설, 급히 자객이 구른 장소로 달려가 살피는데.
깊은 골짜기, 온데간데없이 사라진 자객의 모습.
주변을 돌아보는 윤형설, 낭패스러운 표정인데.

혜종 (E) 자객이라니!

S#18. 동. 본부석

융복으로 환복한 휘. 혜종 앞에 서 있다.

곁엔 이현도 함께 서 있고.
휘, 상투로 올린 머리가 물에 젖은 채 혜종을 보면.

혜종　진정 자객이 세자를 공격하였다 그 말이냐?
이현　예. 내금위장께서 뒤를 쫓고 있으니, 곧 정체를 알 수 있을 것입니다.

그 말에 술렁이는 대신들.
한기재, 역시 놀라 바라보면.

노학수　(지레 놀라 벌떡 일어나며, 군사들에게) 뭣들 하느냐! 당장 가 자객을 잡아들이지 않고!!

군사들, "네!" 대답하며 흩어진다.

중전　(급히 다가와 걱정스러운 척) 어디 다친 곳은 없습니까? 정말 큰일 날 뻔하였습니다.
휘　(그 모습에 살짝 표정이 굳는데)
중전　(무섭다는 듯, 혜종 돌아보며) 그만 궐로 돌아가시지요. 전하. 아무래도 여긴 위험한 것 같사옵니다. 제가 어가를 준비시키라 이를 테니... (하는데)
한기재　(막아서며) 아무도 강무장을 떠날 수 없습니다.
중전　(흠칫해 본다. 언짢은 듯) 그게 무슨 말입니까. 좌상.
혜종　(역시 본다)
한기재　군사들이 지키고 있는 강무장입니다. 내부에 조력자가 없었다면 자객이 어찌 이곳까지 들어올 수 있었겠습니까. (하며 의심스럽다는 듯 중전과 창천군을 바라보면)
창천군　(기막힌 듯 보며) 그 말은 지금 우리가 자객을 보내기라도 했다 그 뜻이오?
한기재　(부정 않고 바라보면)
노학수　(흘러가는 말처럼) 세자저하의 신변에 문제라도 생기면 득을 볼 분들이 이곳에 계시기는 하지요...큼큼...
창천군　(욱해서) 뭐, 뭐요?!
중전　(억울하다는 듯, 혜종 보며) 전하...!

혜종 (날카롭게 바라보며) 모두 말을 삼가시오!!

한기재 (중전을 감싸는 혜종을 불만스럽게 보며) 그러니 밝혀내야 할 것 아닙니까. 이 산을 모조리 불태워서라도 저하를 시해하려 한 자의 정체를 반드시 밝혀야만 할 겁니다.

긴장감이 감도는 천막 안,
서로를 바라보는 혜종과 한기재의 눈빛이 팽팽하게 맞서는데
급히 달려오는 군사1, 일동 돌아보면.

군사1 삼일봉 인근에서 자객으로 추정되는 자의 시신이 발견되었다 하옵니다!

일동 (놀라 보는 데서)

S#19. 숲 일각

낙엽이 가득 쌓인 골짜기, 활에 맞아 쓰러진 군사의 시신이 보인다. 윤형설, 다가가 시신을 살피면, 제가 쏜 화살이 분명하다.

윤형설 (어쩐지 의심스러운 듯, 무거운 표정) 시신을 옮기거라.

예! 윤형설의 명에 시신을 수습하는 군사들.
윤형설, 잠시 살피듯 주변을 둘러보면.

S#20. 동. 일각

몸을 숨긴 채 그 모습을 지켜보는 누군가...
군사들, 시신을 수습해 멀어지면. 지켜보던 시선 역시 몸을 숨겨 산을 빠져나간다. 부상을 입은 듯, 피가 배어 나오는 어깨를 꾹 누른 채 사라지는 자객의 모습. 손에 든 검에 달린 인상적인 부절이 스치듯 보여지는 데서.

S#21. 강무장. 본부석이 보이는 곳

원산군, 일각에서 본부석을 지켜보고 서 있다.
소식을 듣고 한발 늦게 달려온 창운군 놀라 바라보면.

창운군 어찌 된 일인가? 자객이라니!

원산군 (창운군을 돌아본다) 설마 숙부님께서 벌인 일은 아니시겠지요?

창운군 (화들짝 놀라며) 뭐?! 미, 미쳤는가!! 난 아닐세. (원산군의 눈빛에) 저하께 장난을 좀 치긴 했지만... 그건 한참이나 전의 일인데... (낭패스러워지면)

원산군 (한심하다는 듯 보다가) 헌데 그건 무엇입니까?

보면, 창운군이 숨겨 온 휘의 옷.

창운군 아, 저하의 융복이네. 나무 밑에 있더군. 아무래도 뭔가 이상하지 않은가? 이럴 게 아니라 당장 전하께 가져가 설명을...

원산군 (막으며) 자객으로 의심받고 싶지 않다면 잘 숨기시는 게 좋을 겁니다.

창운군 뭐, 뭐?! (그 말에 침 꿀꺽, 끄덕이고 급히 옷을 숨기는데)

이현 (다가오며) 여기 계셨습니까 형님.

창운군 (화들짝 돌아보다, 안도하며) 에이씨 놀랐잖아... (감추는데)

이현 (그 모습 의문스럽게 보면)

원산군 왔으면 집으로 곧장 가지 않고 어찌 강무장으로 온 것이냐.

이현 전하께 예를 올리는 것이 우선이라 생각했습니다.

원산군 (끄덕인다) 네 덕에 저하께서 큰 봉변을 피했다 들었다.

이현 당연히 해야 할 일이었습니다.

원산군 (그 말에 어쩐지 표정 불편해지며) 그래... 예전부터 저하의 일이라면 몸을 사리지 않는 게 바로 현이 너였었지.

이현 (그 말에 보면)

원산군 (털어 내듯) 어머니께서 걱정이 많으시다. 다음부턴 집으로 곧장 가도록 하거라. (그 말만 하고 돌아서면)

창운군 어디 가는가! 같이 좀 가자니까! (급히 따르고)

이현 (무거워진 표정으로 그런 원산군을 보는 데서)

S#22. 동. 본부석 일각

휘와 혜종, 한기재를 비롯한 대신들 윤형설이 수습해 온 시신을 확인하고 있다.

노학수 (놀라며) 아니 이 자는... 의홍위의 군사가 아닌가...!

혜종 (본다. 이상한 듯) 이 자가 세자를 노린 자객이 확실한가?

윤형설 (잠시 망설이듯, 휘를 한 번 보고) ...주변인들의 말에 따르면 이 자가 평소 좌상대감께 좋지 않은 감정을 가지고 있었다 합니다. 술을 마시면 좌상대감은 물론 외손이신 세자저하까지 모두 시해할 것이라 떠드는 것을 들은 자가 한둘이 아니었다 합니다.

한기재 (차갑게 보면)

휘 (무겁게 바라본다)

일동 (크흠...불편한 듯 괜히 한기재와 세자의 눈치를 보면)

창천군 (비웃듯 한기재를 본다. 혜종에게 다가가며, 들으라는 듯) 범인이 밝혀졌으니 그만 환궁하시지요. 전하.

혜종 (흠... 잠시, 한기재를 보다가 윤형설에게) 또 다른 배후가 있지는 않은지 철저히 조사하게. (휘를 한 번 보다가, 창천군과 함께 걸어가면)

얼른 그 뒤를 따르는 중전, 휘의 곁을 지나며 꼴좋다는 듯 피식, 옅게 입꼬리를 올린다. 표정이 굳어지는 휘.
곧 혜종과 함께 창천군 측 대신들 빠져나가면.

노학수 저, 저, 저런! 이건 명백한 음모입니다! 음모!! 이게 다 중전 측에서 꾸민 일인지 알게 뭐란 말입니까. (답답한 듯) 전하께서 날로 저리 중전의 치마폭에 싸여 계시니... 이러다 정말 제현대군이 저하의 자리까지 노릴 판국이 아닙니까.

호판 병판대감... (눈치 주듯 보면)

한기재 (서늘한 눈빛으로 바라본다)

노학수 (헉! 그제야 정신 차리고) 아니 저는, 절대 그런 일이 있으면 안 된다는 의미에서... (눈치 살피고, 괜히 군사들에게) 가마를 아직도 준비를 안 하면 어떡하냐!! (황급히 자리를 뜬다)

휘 (참담하게 보면)

한기재 (휘를 돌아본다. 잠시) 두려우셨습니까?

휘 (보면)

한기재 자객에게 쫓기던 그 순간... 턱 끝까지 다가온 죽음이 두려우셨느냐 묻는 것입니다.

휘 (참아 내듯 주먹을 꽉 쥔다. 차마 뭐라 말 못하고 바라보면)

한기재 (차가운 표정) 저하를 쫓아 온 자는 이미 차갑게 식어버렸으니, 이제 저하께서 반격을 하셔야지요.

휘 (무슨 말인가 보면)

한기재 저하께서 자객에 쫓기는 그 순간, 저하를 걱정하던 자와 웃고 있던 자... 그들을 구별하십시오. 저하의 목숨을 노리던 자보다 더욱 경계해야 할 것이 바로, 호시탐탐 저하의 자리를 노리는 궐 안의 이들이니 말입니다. 제 말, 무슨 뜻인지 아시겠습니까?

휘 (차가운 표정. 보이지 않게 다시 주먹을 꽉 쥔다. 고개 숙이며) 예. 알고 있습니다... 외조부님.

한기재 (그제야 다정한 눈빛으로 돌아와 끄덕인다. 돌아서며) 의관들은 무엇 하고 있는가. 어서 저하의 예체를 살피지 않고!

한기재의 호통에 달려오는 의관들.
휘, 차가운 표정으로 그런 한기재를 바라보면
멀어지는 혜종의 무리를 바라보는 한기재의 서늘한 표정.

S#23. 소은의 집. 별당 밖 / 밤

영지, 마당에 묶여 있고

질금, 담벼락 아래서 영지를 지켜본다.

질금　(안타깝다. 낮게) 영지야~! 영지야...!

곧 방에서 소은 (여전히 얼굴은 가리고) 걸어 나온다.
헉! 머리를 내리고 몸을 숨기는 질금.

S#24. 동. 마당 / 밤

소은　삼개방 의원이라는 자는 아직인가?
호위1　예.
소은　세간의 소문만 듣고 천박한 의원 따윌 믿은 내가 잘못이지...
영지　(두렵지만 차분하게) 꼭... 오실 겁니다.
소은　(영지를 돌아본다)
영지　의원님은 약조한 건 꼭 지키시는 분입니다. 그리고... 그만큼 실력도 출중하신 분이구요.
소은　(흥, 기막혀 보다가) 그 믿음이 가상쿠나. (손으로 영지의 턱을 들어 올리며) 이제 보니 꽤 예쁘게 생겼네... 죽이지는 말고 자자를 새겨볼까?
영지　(! 긴장하며 보는데)
지운 (E)　그 손 놓지?
영지 / 질금　오라버니..! / 형님!

두 사람, 안도하며 바라보면
일동, 돌아본다.
지운. 약초 바구니를 소은 앞에 던지듯 놓는다.

지운　약속한 대로 가져왔소. 약초.
소은　(제법이라는 듯) 도망이라도 갔을 줄 알았더니...
지운　난 도망 따윈 안 가오. 지켜야 할 사람이 있으면 더더욱.
소은　(재밌다는 듯 보다가) 헌데, 이걸 바르면 나아진다는 건 어찌 믿지?

지운　(자신만만한) 기대가 없었다면, 이리 날 기다리지도 않았겠지. 아니 그렇소?
소은　(허, 재밌다는 듯 본다)

지운, 자신만만하게 소은 바라보다 얼른 묶여 있는 영지에게 다가간다.
마치 친동생처럼 다정하게 영지를 살피는 지운.
그 모습 바라보는 소은의 표정에서.

S#25. 궐 전경 / 다른 날, 낮

S#26. 대비전

대비, 상석에 앉아 있고
옆으로 중전과 제현대군 자리하고 있다.
대비 앞엔 휘.

대비　내 강무장 소식을 듣고 잠을 이루지 못하였는데 이리 세자의 얼굴을 보니 이제야 마음이 놓입니다...
중전　(속마음 숨기고) 하늘이 도왔습니다. 우리 제현대군께서 형님 걱정을 어찌나 하였던지.
제현대군　범인이 잡히게 되어 정말 다행입니다. 형님.
휘　(보다가, 시선 피하며 대비에게) 심려를 끼쳐 드려 송구합니다.
제현대군　(휘의 행동에 조금은 서글퍼지는 눈빛)
대비　(중전을 보며) 듣자 하니 중전께서도 강무장엘 따르셨다던데.
중전　(움찔하여) 아, 예... 그것이 전하께서...
대비　(말 끊으며) 빈계지신이라 하였습니다. 나설 자리와 그렇지 않은 자리를 구분할 줄 알아야지요.
중전　명심하겠사옵니다. 대비마마... (고개를 숙이면)
대비　(시선 거두고, 다시 온화한 표정으로 휘를 보며) 세자는 장차 이 나라를 이끌어야 할 국본이십니다. 언제나 조심, 또 조심하셔야 해요. 이 할미 말 아시겠지요?

중전 (그 말에 애써 표정 관리하면)

휘 (그런 중전의 표정 놓치지 않는다) 예. 할마마마...

S#27. 동. 마당

휘, 밖으로 나오면, 휘를 기다리고 선 홍내관과 김상궁.
그들 뒤로 휘를 따르는 상궁나인들 기계처럼 타다닥 뒤로 물러나 대기한다.
불편한 표정 감추지 못하며 밖으로 나오던 중전과 그 뒤를 따르는 제현대군. 그 모습 보면.

중전 (비꼬듯) 새삼 느끼는 거지만 동궁전 궁인들은 참으로 체계가 잘 잡힌 것 같습니다. 항상 보면 어찌 저리도 오보 간격을 잘 유지하고 있는지... 어쩔 땐 신기할 정도니 말입니다.

휘 (무심한 듯 당당하게) 장차 나라를 다스릴 자라면 작은 것에도 소홀함이 없어야겠지요. 동궁전의 체계를 잡는 일 역시 마찬가지 아니겠습니까.

제현대군 역시... 또 한번 배웠습니다. 형님.

휘 (싸늘한 표정, 중전에게 예를 갖추고 돌아서면)

중전 (얄밉게 바라보며, 혼잣말) 하나뿐인 아우에게 어찌 저리 매몰찬지. 저러니 산중에서 자객에게 쫓기기나 하는 게지.

제현대군 (말리듯) 어머니...!

중전 (큼...) 말이 그렇다는 겁니다. 먼저 태어난 게 뭐가 유세라고... (가는 휘의 모습 얄밉게 보다 돌아서면)

제현대군 (멀어지는 휘와, 중전을 보며 근심 어린 한숨 푹... 마음이 무겁다)

S#28. 동궁전 일각

휘, 걸어가면 여전히 오보 간격 유지하며 따르는 일동들.

홍내관 (통쾌한, 따르며 낮게) 잘하셨습니다. 아주 제 속이 다 시원한 게,

김상궁 (쓰읍 보고, 걱정) 중전마마와 척을 져서 좋을 것이 뭐가 있겠습니까.

휘 내가 척을 졌더냐? 중전마마의 눈에 내가 눈엣가신 게지.

홍내관 (목소리 낮춰) 혹, 정말로 중궁전에서 자객을 보낸 것은 아니겠죠?

김상궁 (쓰읍, 보고) 궐 안에선 항상 입조심해야 한다는 것을 모르느냐.

휘 (그럴 수도 있다 생각하는 듯, 표정 약간 어두워져 처소로 향하면)

홍내관, 김상궁 (각자의 감정으로 아웅다웅 따르고)

S#29. 동궁전. 휘의 처소 복도

휘, 처소로 들어가면
자연스럽게 안으로 따르는 김상궁
나머지 나인들은 더는 다가가지 않고 각자 정해진 자신의 자리에 착착 자리한다. 홍내관, 확인하고 마지막으로 들어가 문을 닫으면.

S#30. 동. 처소 안 + 의대칸

처소로 들어온 휘, 곧바로 의대칸으로 걸어간다.
홍내관, 문 앞을 보초 서듯 지키고 섰고
김상궁만이 휘를 따른다.

S#31. 동. 의대칸 안

휘, 자연스럽게 걸어가 팔을 펼치면
김상궁, 익숙하게 휘의 의복을 갈아입혀 준다.

김상궁 (잠시 보다가) 헌데... 강무장에서 보았다는 그 사내는 어찌하여 그냥 살려 보내신 것입니까. 저하를 노린 자객과 한패일지도 모르지 않습니까.

휘 (그제야 멈칫, 잠시 떠올리듯)
플래시백 / 1부 43씬 + 3부 7씬
물에 빠지는 지운의 모습, 어린 시절 지운과 겹쳐 보인다.
순간 자기도 모르게 지운에게 손을 뻗는 휘.

휘 (머뭇하다) 약초를 캐러 왔다고 하는 걸로 봐선 인근의 약초꾼이나 의원일 거다. 그도 아니면 사렵을 하려던 자겠지.

김상궁 (끄덕이는, 그러나 평소와 다른 휘를 못내 걱정스럽게 보면)

휘 (생각이 많은 표정인데) ......

S#32. 궁녀 처소 일각 / 밤

창고 같은 공간. 궁녀들 여럿 비밀스럽게 모여 있다.
궁녀의 얼굴에 침을 놓아주는 사내... 지운이다.

지운 (놀라며) 자객? 강무장에 정말 자객이 있었다고?

궁녀1 (누워 침 맞으며) 그렇다니까요. 세자저하를 노렸대는데, (목소리 낮춰) 세자가 자기 외조부인 상헌군을 꼭 빼닮아서 성질머리가 좀 고약해야지. 그러니 앙심을 품은 이들이 어디 하나둘이겠어?

지운 세자 성격이 그렇게 더러워?

궁녀1 말해 뭐해. 아주 개야. 개! 눈빛만 마주쳐도 으르렁~ 찬바람이 설설~ 부는 게, 별호가 괜히 동빙고겠냐고.

지운 동빙고? (제가 기억하는 세손과 다르다. 그저 픽 재밌다는 듯 웃는데)

궁녀1 참, 아까 뭐 물어봤었지? 강무장에 간 궁녀?

지운 어! 그러니까 뽀얗고 조막만 한 얼굴에 머리는 흑갈색이고, 눈은 어... 여기 비취 정도 크기! (떠올리듯) 눈동자가 또렷한 게 어찌 보면 차가워 보이고, 어찌 보면 강단 있어 보이는 그런 인상이었는데...

궁녀2 (구경하다가) 차가운 인상이면 지밀에 홍심이 아냐?

지운 홍심이?

궁녀3 아냐, 강단 있어 보인대잖아. 대전 수라간 은영이 같은데?

지운 은영이?

궁녀1 딱 들어보니까 동궁전 연옥이구만. 뭐.

궁녀들, 저들끼리 맞다 아니다 실랑이하면서
의심 가는 각 처소의 궁녀들 이름을 빠른 속도로 쭉- 읊기 시작한다.
엄청나게 많은 이름들.

지운 (멍하니 듣다가) 그 많은 이들이 다 따라갔다고?

궁녀1 얘들만 갔게? 여기서도 기십 명은 더 갔을걸요?

지운 그럼 그중에 혹시 갔다가 돌아오지 않은 이는...없나? 물에 빠져 생사를 모른다던가?

궁녀1 무슨 말도 안 되는 소릴... 근데, 그건 왜 물어요?

지운 아니, 뭐... 그냥... (이상한 듯 갸웃... 휘를 떠올리듯 생각하는 데서)

S#33. 동궁전. 처소 / 밤

어두운 방 안. 홀로 잠든 휘,
무서운 꿈을 꾸는 듯, 인상을 찌푸리고 불편해 보인다.

S#34. 빈전 / 휘의 꿈 속

머리끝까지 하얀 천에 덮여 안치되어 있는 시신 보인다.
휘, 떨리는 손으로 하얀 천을 걷어보면... 드러나는 세손의 얼굴.
휘, 견디기 힘든 듯, 뒤돌아 허겁지겁 뛰쳐나가려는데
그런 휘의 앞을 가로막는 누군가... 한기재다!
무서운 얼굴로 휘를 보고 있는 한기재!

휘 (공포에 질려) 외... 외조부님...

한기재 (다가가, 목을 조르며) 너는 세손이 아니다... 죽어야 하는 건 너였다. 니가 죽었어야 했느니라...

휘, 헉! 숨이 막혀 뒷걸음질 치다 턱- 어딘가에 막힌다.
돌아보는 휘. 어느새 죽은 세손의 얼굴, 성인이 된 휘의 얼굴로 바뀌어 있다! 고통스러운 휘, 놀란 표정에서.

S#35. 동궁전. 처소 / 밤

헉! 짧은 비명과 함께, 벌떡! 일어나는 휘.
땀으로 범벅이 된 얼굴엔 공포가 생생한 듯, 헉헉, 숨을 몰아쉰다.

S#36. 궐. 일각 / 밤

내관들과 헤어져 동궁전으로 들어가던 홍내관. 졸린 듯 크게 하품하다 후원 쪽에서 들리는 소리에 문득 ? 돌아본다.

홍내관 누가 있나...?

S#37. 궐. 후원 / 밤

탕- 홍심을 명중하는 휘의 화살.
융복 차림의 휘, 비 오듯 땀을 흘리며 활을 쏘고 있다.
과녁 주변엔 이미 많은 활들이 박혀 있고.

홍내관 (놀라 달려오며) 저하! 침수에 드셨다더니... 여기서 대체 뭐하고 계신 겁니까?

휘 (본다) 꿈자리가 시끄러워 나왔다. 신경 쓰지 말고 먼저 들어가거라. (다시 탕- 활을 쏘면)

홍내관 (걱정) 또 그 꿈을 꾸신 겁니까? 한동안 괜찮으시더니...

휘 (말없이 다시 활을 꺼내 시위에 걸다 문득, 무언가를 발견한 듯)

홍내관 약방에 말해 청심원이라도 가져오라 이르겠습니다...그만 처소로 들어가시지요. (하는데)

휘, 쉿! 순간 홍내관을 이끌고 나무 뒤로 몸을 숨긴다.

홍내관 (당황하며) 갑자기 왜 그러십니까?

휘 (무언가를 발견한 듯, 당황스러운 눈빛) 그자다!

홍내관 예? 그자라니요?

홍내관, 휘가 바라보는 곳을 보면
멀리 궁녀의 처소를 빠져나오는 한 사내... 지운이다.
잠시, 주변을 살피던 지운, 어딘가로 은밀히 걸어가면.

휘 (놀라 흔들리는 눈빛) 저자가 어떻게 궐에... (바라보던 눈빛 변하며 화살을 챙겨 든다)

홍내관 (놀라) 어쩌시려고요!

휘 넌 여기서 기다리거라.

휘, 활을 들고 지운이 사라진 방향으로 급히 걸어가면
홍내관, 이러지도 저러지도 못하고 바라보다 뒤늦게 쫓아가는데.

S#38. 동. 궁녀 처소 밖 일각 / 밤

지운, 군사들의 눈을 피해 은밀히 걸어가면
그런 지운을 낚아채는 누군가.
지운, 놀라 돌아보면 별감복 차림의 사내... 구별감이다.

지운 아이씨, 놀랐잖아.

구별감 놀라긴... 그래 확인은 해 봤어? 강무장에서 본 그 궁녀, 죽었는지 살았는지 알아보고 싶댔잖여.

지운 몰라, 이제 보니 궁녀가 아니었던 것 같기도 하고...

구별감 대체 뭔 일인데 생전 안 오겠다던 궐까지 다 들어오고 말여... (하는데)

지운 (품속에서 노리개 하나 꺼내 건네며) 받어.

구별감 (금세 입 다물고, 좋은, 노리개 살피다가) 전부터 궁금했는데 말여. 자네 이렇게 번 걸 죄다 빈촌에다 갖다준다는 말이 있던데... 증말이여?

지운 누가 그래? 쓸데없는 소리 말고 어서 앞장이나 서.

구별감 (아무렴) 그려 가자고, 수문장 바뀌기 전엔 나가야 하니께. (앞장서면)

지운 (주변 살피다 따르는)

S#39. 동. 궐 일각 + 휘가 있는 곳 / 밤

지운, 구별감의 안내를 받으며 궐을 빠져나가는데, 다가오는 금군들.
지운, 앞에 보라는 듯 툭툭 치고 얼른 담 옆으로 몸을 숨긴다.

구별감 (얼른 금군들에게 다가가며) 아이고 이 밤에 수고들이 많네~

금군1 대전별감 아니시오? 이 시간에 여긴 어쩐 일입니까.

구별감 아니, 어쩐 일은 아니고... 별일들 없지? 집에도 다들 평안하고.

담장 뒤에 몸을 숨긴 지운.
구별감이 금군에게 이런저런 얘기를 하는 것을 지켜본다.

일각 / 조금 떨어진 곳에서 그런 지운을 지켜보는 휘.
잠시 고개를 돌리던 지운. 문득 무언가를 발견한 듯 어느 한 곳을 바라본다. 잠시, 고민하듯 구별감을 살피던 지운, 결심한 듯 어딘가로 조심스럽게 걸어가는.

S#40. 동. 일각 + 폐전각 앞 / 밤

기회를 엿보던 휘, 그런 지운을 쫓기 시작한다.
사냥감을 노리는 맹수처럼 집요하게 지운을 쫓는 휘.
마침내 지운의 걸음이 더뎌지자, 결심한 듯 날이 선 화살을 시위에 건다.
금방이라도 지운을 향해 활을 쏠 듯, 차가운 휘의 눈빛 위로.

S#41. 궐. 어느 창고 / 밤 / 과거 회상

궁녀 하나, 두려움에 질린 표정으로 무릎을 꿇고 애원하고 있다.
그 앞엔 두려운 표정의 어린 휘(12세)와 그 모습 바라보고 선 빈궁.
김상궁과 홍내관 역시 걱정스러운 표정으로 지켜보고 있고.

세손전궁녀 살려주십시오. 전 정말 아무것도... 아무것도 못 봤습니다. 제발, 한 번만 살려주십시오.

휘 (두렵고, 괴롭다. 어찌해야 할지 모르겠는데)

빈궁 (품에서 단검을 꺼내 휘에게 건네며) 한 번에 끝내거라. 그래야 고통이 없느니라.

휘 (두렵게 본다. 울먹이며) 전... 전 못하겠습니다... 못합니다. 전...

빈궁 니가 못하면 모두가 죽는다! 니가 해야 하는 거다. 앞으로도 늘...니가 해내야 할 일이야...

휘 (두려움에 질린 궁녀를 본다. 어떡해야 할지 모르겠다) 하지만 전...

세손전궁녀 (칼을 보고 놀라 휘에게 매달리며) 평생 모른 척 살아가겠습니다. 누구에게도 발설하지 않겠습니다. 세손마마가 여인이란 사실은 누구에게도!

동시에, 윽... 외마디 비명과 함께 축 늘어지는 궁녀.
휘, 놀라 돌아보면, 빈궁이 직접 궁녀를 찔렀다.
떨리는 빈궁의 표정. 그러나 침착하고 단호하게 쓰러진 궁녀를 바라본다.
쓰러진 궁녀를 보는 휘, 탈진한 듯 그대로 털썩 주저앉는다.
차마 지켜보기 힘든 듯 고개를 돌리는 홍내관과 안타까운 표정의 김상궁.
그리고 어린 휘의 괴로운 표정에서.

S#42. 동. 폐전각 앞 (휘가 있는 곳 + 지운이 있는 곳) / 밤

다시, 결심한 듯, 팽팽하게 활시위를 당기는 휘.
그런데 지운이 서 있는 곳, 다름 아닌 과거 휘와 지운의 추억이 서린 폐전각 앞이다. 지운, 잊고 있던 기억을 떠올리듯 조심스럽게 폐전각으로 다가서면. 휘, 놀라 바라본다. 시위를 당긴 손끝이 흔들리고. 설마 아니겠지... 마음을 가다듬듯 다시 지운을 겨냥하는데.
동시에 허물어진 폐전각 담장 틈을 가린 담쟁이넝쿨을 벌리고 자연스럽게 그 안으로 들어서려는 지운. 휘 ! 놀라 활시위가 흔들린다.
동시에 휘의 손을 떠난 화살이 지운의 뺨을 스치듯 지나쳐 전각의 담벼락에 박히고.

S#43. 동. 폐전각 (지운이 있는 곳) / 밤

담벼락에 박힌 화살에 놀라 돌아보는 지운! 뺨을 스친 상처에서 주르륵 피가 흘러내린다. 지운, 인상적인 화살깃에 시선이 가는데. 동시에 달려오는 구별감.

구별감 여기서 뭐하는 거여 (하다가 벽에 박힌 화살에 히익 놀라며) 어떻게 된거여! 얼굴에 그 피는...

지운 (화살이 날아온 방향을 돌아본다) 저기서 날아왔어...

구별감 (당황하며) 이거 사달 났구먼... 일단 나가자고. 어여와 어여!!

구별감, 혼비백산 서둘러 지운을 이끌면
지운, 휘가 있는 어둠 속을 돌아보고 어쩔 수 없이 구별감을 따른다.
그 모습 지켜보는 휘, 심장이 터져버릴 듯, 혼란스러운 표정인데.

S#44. 동. 일각 (휘가 있는 곳) / 밤

휘를 찾은 홍내관이 다급히 달려온다.

홍내관 (숨을 몰아쉬며, 낮게) 여기 계셨습니까. 저하. (하다가 휘의 손에 있는 빈 활을 보고 헉! 놀란다) 화살은... (헉!) 진짜로 죽이신 겁니까?!

홍내관, 놀라 돌아보는데
담벼락에 꽂혀있는 휘의 화살.

홍내관 (휴... 겨우 안도하면) 어찌 된 겁니까. 저하...
휘 (혼잣말처럼) 저 입구를 아는 건 그 아이와 나밖엔 없는데... 저자가 어떻게...

홍내관, 무슨 말인가 보면
휘, 손에 빈 활을 쥔 채 여전히 혼란스럽게 바라보는 표정에서.

S#45. 삼개방 / 밤

지친 얼굴로 삼개방에 들어서는 지운. 궐에서의 일을 떠올리듯 잠시 생각에 잠기는데, 영지와 질금이 초조한 듯 마당을 서성이다 그런 지운을 발견한다.

영지 / 질금 오라버니...! / 형님 (달려오면)
지운 안 자고 왜들 나와 있어?
질금 그, 그게 있지... (난감한 듯 돌아보면)

삼개방을 보고 있던 정석조. 지운을 발견하고 다가온다.
어색한 분위기에 질금을 이끌고 자리를 피해 주는 영지.

지운 (순간 표정 굳어지고) 여긴 어찌 알고 오신 겁니까.

정석조 (상처 난 뺨을 잠시 보다가) 집엘 다녀갔다 들었다. 도성엔 언제 돌아온 것이냐.

지운 (시선 피하며) 어머니를 뵈러 갔던 것입니다. 그러니 그만 돌아가 주시지요. (스쳐 가려는데)

정석조 배움을 구한다 하여 기껏 명나라까지 보내 놓았더니 천한 기술 따위나 배우고 돌아온 것이더냐.

지운 (멈칫, 돌아보고) 천한 기술이 아닙니다. 때로는 사람의 생명을 살릴 수도 있는 귀한 기술입니다. (이월의 일을 떠올리듯) ...아버지로 인해 죽어간 사람들의 목숨도 어쩌면 살렸을지 모를... 그런 것이지요.

정석조 (본다. 답답한 듯) 대체 언제까지 그날의 일로 네 인생을 허비하며 살 것이냐. 대체 언제까지 나와 네 어밀 실망시킬 생각이란 말이더냐...

지운 언제까지냐고요? 아마 평생을 떠올리며 살 겁니다. (괴로운) 죄 없는 아이를 베던 아버지의 그 모습이... 앞으로도 평생 저를 괴롭히겠지요.

정석조 (그런 지운을 보면)

지운 (떠올리자 괴로운) 대체... 그 아일 죽인 이유가 무엇입니까?

정석조 말하지 않았느냐. 그 아인 역모에 가담하였다고.

지운 그 얘길 제가 믿을 거라 생각하십니까?

정석조 (보면)

지운 그저 어린아이였지 않습니까. 아무것도 모르는... 아이였다고요.

정석조 (괴롭지만, 애써 담담히 바라보며) 이미 지나간 일이다. 그만 털어버리거라.

지운 털어버리라고요... (허탈한 듯, 원망스럽게 보며) 그래도 한때는 아버지를 존경했습니다.

정석조 ......

지운 아버지를 닮고 싶었습니다. 그 모든 것이 불의 위에 세워진 것이라는 걸 알지 못했을 때는 말이지요...

정석조 (괴로움을 삼키며) 불의라 하였느냐? (지운을 똑바로 보며) 청백리라 불리던 네 조부의 삶이 내게는 더 없는 불의였다. 가족의 목숨은 지키지도 못하면서 선비의 꿋꿋한 기개만을 외치며 사는 것이 정의라면, 평생을 불의와 타협하며 사는 것이 더 나을 것이니라.

지운 (그 말에 맞서듯) 저는 그렇게 살지 않을 것입니다.

정석조 (보면)

지운 아버지처럼도, 할아버지처럼도요. 그러니 더는 제 삶에 간섭하지 마십시오. 더는 이곳에 찾아오지도 마시고 말입니다.

지운, 그대로 정석조를 스쳐 지나가면
그런 지운을 보는 정석조. 눈빛이 괴로워지는데.

S#46. 삼개방. 지운 방 (혹은 진료실) / 밤

약재들이 가득한 어두운 방 안.
지운, 괴롭게 홀로 앉아 있다.

플래시백 / 2부 37씬
제 눈앞에서 이월을 베던 정석조.
고통스러운 듯 괴로운 지운의 모습에서 dis.

S#47. 도성 일각 / 다른 날, 낮

화면 밝아지면, 미복 차림의 휘와 홍내관이 거리를 걷고 있다.

휘 삼개방?

홍내관 예. 그날 그자를 데려간 구별감이라는 자가 삼개방 의원을 한 번씩 궁녀들에게 소개해 줬답니다.

휘 (생각하듯 끄덕이면)

홍내관 그런데 꼭 이렇게 직접 움직이셔야 하는 겁니까? 그냥 저 혼자서 다녀와도 되는데...

휘 내 눈으로 직접 확인할 거다.

홍내관 (조심스러운) 그자가 정말 정석조의 아들이면요...

휘 (멈칫) 죽일 거다.

홍내관 (놀라) 진심이십니까? 그래도 한때는 좋아했던 분인데...

휘 (스스로에게 다짐하듯) ...그런 것이 다 무슨 상관이란 말이냐. 나를 본 자가 정말로 정석조의 아들이라면, 죽여야지. 누구보다 위험한 자라는 뜻이니까.

홍내관 (걱정스럽게 보면)

휘 (애써 담담한 표정, 긴장을 감추며 걸어간다)

S#48. 삼개방 앞

각양각색의 여인들이 아쉬운 표정으로 삼개방에서 돌아 나온다.
일각에서 지켜보는 휘와 홍내관.
휘, 막상 왔지만 차마 용기가 나지 않는데

일각 / 손님들을 배웅하던 질금, 홍내관을 보고 달려온다.

질금 혹시... 그때 예약 주신 동산골 선비님?

홍내관 (당황하다, 휘의 눈치에) 예? 아, 예... 그렇소만...

질금 아이고 이걸 어쩌나! 많이 기다리셨지요? 의원님께서 하필 오늘 급한 일로 자릴 비우셔가지고... (주변 여인들 눈치 살피며 낮게 귓속말) 얼른 따라 오십시오. 홍월루에 가면 뵐 수 있을 것입니다.

홍내관 호, 홍월루? 기루 말이오?

질금, 쉿! 그대로 홍내관을 이끌고 걸어가면
홍내관, 어버버... "잠시만..." 휘에게 어떻게 해보라는 듯 휘를 돌아본다. 갓을 당겨 내리고 모른 척 돌아서는 휘. 끌려가는 홍내관을 바라보며 자기도 당황스러운.
고민하던 휘, 어쩔 수 없이 뒤를 쫓는다.

S#49. 홍월루 전경

S#50. 홍월루. 일실

전날 밤, 정석조와의 대화를 떠올리듯 괴롭게 앉아 있는 지운.
곧 문이 열리고 구별감 들어온다.

지운 (떨치듯, 구별감 보며) 알아봤어? 그날 밤 나한테 활을 쏜 자가 누군지...

구별감 (다가가 앉으며) 그게 말여. 그날 궐에 있던 숙위군들은 죄다 찾아가서 떠봤는데 다들 개미 새끼 한 마리 본 적 없다더구먼. 아무래도 군사는 아닌 것 같은디...

지운 (이상한) 군사가 아니면 화살은 그럼?

구별감 너무 걱정 말어. 사달이 났으면 벌써 났을 것인디, 어쨌거나 궐은 조용하니께...

지운 (본다. 그러나 의아한 듯 골똘한 표정에서)

S#51. 동. 마당

내관을 따라 기루로 들어오는 휘. 처음 오는 기루의 풍경에 당황한다. 고운 옷을 입은 기녀들과 선비들이 오가는 홍월루 풍경.
휘, 저도 모르게 얼굴을 붉히며 시선을 피해 서둘러 안으로 들어간다.

S#52. 동. 복도

휘, 홍내관을 찾으려는 듯, 방방마다 열린 문틈으로 사람들을 살피며 걸어간다. 대낮부터 술에 취한 선비들과 기녀들의 남사스러운 모습에 얼굴을 찌푸리는 휘. 순간, 어디선가 귀에 익은 목소리가 들려와 돌아보면, 문틈으로 보이는 창운군의 모습. 곁엔 시강원의 필선도 함께 앉아 있다. 휘, 두 사람을 알아보고 놀라는데.

S#53. 동. 창운군이 있는 방

기녀를 끼고 앉은 창운군. 화려한 비단옷을 입고 술을 마신다. 앞엔 난감한 표정의 필선과 또 다른 선비1이 함께 앉아 있고.

필선 (당황스러운) 야, 약점이라니요...

창운군 그러니까, 저하께서 분명 뭔갈 숨기는 것 같은데... 도통 뭔지 모르겠어서 말입니다. 필선께선 저하의 스승이시니 뭘 좀 아실 것 아닙니까.

필선 아니, 제가 뭘 안다고...

창운군 (떠올리니 다시 흥미로운, 목소리 낮춰) 아니~ 강무장에서 세자 머리가 촤악~ 이렇게 풀렸는데! 이거 뭐 완전 계집이더라니까?

필선, 선비1 (그 말에 헉! 놀라 저도 모르게 주위를 둘러보면)

창운군 (신경도 쓰지 않고) 스승님은 못 보셨습니까? 전에는 왜, 세자한테서 묘하게 여인의 정취 같은 것이 느껴진다고도 하셨지 않습니까!

필선 그, 그거야! 저하의 문체를 빗댄 말이었지요. 워낙에 선이 곱고 유려하시니 칭찬 삼아 드린 말씀이온데...

문밖, 휘, 두 사람의 대화에 표정 굳어진다.
처음 활을 날린 자가 바로 창운군 이었구나. 알게 된 휘, 주먹을 꽉 쥐고 겨우 참아 내는데.

창운군 (짜증 나는) 아, 진짜...자꾸 이렇게 모른 척 잡아떼실 겁니까? 예?

선비1 (창운군을 말리듯) 그만하시지요. 군대감. 행여나 누가 들으면 어쩌시려고 자꾸 그런 말씀을... 술이 과하신 모양입니다.

창운군 (순간 표정 싹 변하며 선비1을 바라본다) 뭐? 술이 과해? (벌떡 일어나 선비1의 멱살을 잡아 올리며) 니 눈엔 내가 술에 취해 헛소리라도 하는 걸로 들리나 보지?

선비1 오해십니다. 전 그저...

창운군 아주 왕친인 나를 우습게 여기는구나. 이것들이...

창운군, 그대로 퍽- 선비1을 내동댕이치면 쨍그랑- 상이 엎어지며 그릇들이 깨지고. 나동그라지는 선비1, 필선과 기녀들 두려움에 떨며 바라보면

동. 밖, 휘, 잠시 어떡해야 하나 바라보는데.

창운군 (다가가 일으키며) 다시 한번 말해봐! 다시 말해보라고!!

하다가, 순간 문틈으로 자신을 바라보고 있던 휘와 눈이 마주친다. 갑작스러운 상황에 놀라는 휘! 창운군, 그대로 저벅저벅 걸어가 벌컥- 문을 여는데, 어느새 텅 빈 복도. 아무도 없다.

S#54. 동. 옆 방

지운, 어느새 왔는지 휘의 입을 막고 밀착해 숨어 있다.
지운, 안심시키듯 쉿... 문밖을 살피면.
휘, 지운을 알아본 듯, 놀라 커지는 눈. 긴장을 삼키려는 듯 마른 침을 삼킨다. 아무것도 모른 채 밖을 응시하는 지운. 얼굴엔 그날 화살에 빗맞은 상처가 보인다. 잠시, 찬찬히 지운의 얼굴을 뜯어보는 휘... 자세히 보니 어린 시절 얼굴이 남아 있는 듯도 하다. 쿵쾅쿵쾅... 정신없이 뛰기 시작하는 심장 소리에 저도 모르게 주춤, 한걸음 뒤로 물러서는 휘. 그로 인해 덜컹 흔들리는 문소리에 돌아보는 지운. 그제서야 휘를 알아본 듯 놀라 바라보면.

지운 당신은...
휘 (긴장, 그대로 지운의 손을 쳐낸다) 이게 무슨 짓이냐...!
지운 (긴가민가하며) 혹시... 나 본 적 없소? 아니 왜 강무장에서...
휘 강무장?
지운 (선비차림의 휘를 보며, 갸웃하는) 그러니까... 그땐 분명히 여(인)...

지운이 뭐라 더 말을 하려고 하자, 더는 안 되겠는 듯
그대로 문을 벌컥 열어버리는 휘.

지운	(놀라 막으며) 무슨 짓이오! 겨우 구해줬더니.
휘	(서늘하게 바라보며) 누가 누굴 구했다는 거냐. 지금.
지운	(답답한 듯 보며) 밖에... 아직 소문 못 들었소?
휘	(보면)
지운	(슬쩍 살피며 낮게) 이 구역 미친놈... 똥은 웬만하면 피하는 게 상책이오. (다시 서둘러 문을 닫으려고 하는데)
휘	(그 말에 픽 보다가 쾅- 문을 열고 그대로 저벅저벅 걸어 나간다)
지운	(헉! 놀라) 이보시오...! (잡으려고 하는데)

S#55. 동. 복도

곤죽이 된 선비를 팽개치며 손을 털던 창운군.
탕- 열리는 문소리에 돌아보면.

휘	(다가오며) 여기서 뵙습니다. 숙부님?
창운군	(황당한) 아니 이게 누구십니까? 저하께서 어찌 이런 곳엘 다...
필선	세, 세, 세자저하!! (놀라 어디라도 숨으려고 하면)
휘	필선께서도 계셨군요. 시강원 스승님께서 종친과 함께 대낮부터 술자리라니... 참으로 훌륭하십니다?
필선	아니 그게 아니라... (당황, 창운군의 눈빛에 뭐라 말도 못 하고 납작 엎드려 달달 떨면)
지운	(쫓아오다 놀라 바라보는)
휘	(피떡이 된 사내를 보며) 참, 그 성격은 여전하십니다. 전하께서 종친이라는 신분을 내세워 함부로 사람을 때리지 말라 주의까지 주신 걸로 아는데...
창운군	함부로 때리다니요... 왕실을 기만하니 훈계를 한 것을 가지고...
휘	훈계? (끄덕이며, 낮게) 전하께는 비밀로 해 드리지요. 한참 벼르고 계시거든요. 물론 대비전도 마찬가지고요.
창운군	(그 말에 젠장... 기분 나쁜 듯 보며) 헌데 저하께서 이런 곳엔 어쩐 일이십니까? 궐에 차고 넘치는 게 여인들일 텐데... (비웃듯 보면)

휘 (뭐라 할까 하다가) 제가 숙부님과 같겠습니까. 전 그저 벗을 좀 만나러 왔을 뿐입니다.

창운군 벗?

휘 (놀라 바라보는 지운을 돌아보며) 술맛도 떨어졌는데 그만 가지.

일동 (그 말에 다들 지운을 바라보면)

지운 (나? 당황스러운 듯 돌아보는데)

휘 (나가려다가, 돌아보고) 참, 활 솜씨가 제법 느셨던데?

창운군 (순간 깨닫지 못하고 무슨 말인가 보면)

휘 (제 갓(상투)을 톡톡 친다. 천천히 다가가 귓가에 낮게) 자객의 배후가 되어 목이 잘려 나가고 싶거든 (서늘하게 보며) 계속 그리 까부시던가.

창운군 (그제야 얼굴이 하얗게 질려 바라보면)

휘 (픽, 웃음기 거둔 굳은 얼굴로 그대로 걸어간다)

지운, 여전히 당황스러운 듯 멍하니 있다가, 창운군과 눈 마주치면 하하하... 어색한 웃음. 갸웃하며 얼른 휘를 쫓아가는.
창운군, 허, 기막힌 듯, 황망하게 서 있다가 표정 구겨지며
"에이씨!" 퍽! 옆에 있는 문 따위 차다가 정강이 잡고 "으악!"
제 분에 못 이겨 발악하고.
필선, 이러지도 저러지도 못하고 달달달 난 망했다 표정.

S#56. 동. 마당

얼결에 따라 나온 지운.
기녀들, 그런 지운을 보고 "의원님~ 언제 왔어요." "저번엔 덕분에 피부가 백옥 같아졌어요." "오늘은 시술 안 해요?" 등등 알은체하며 애교를 부린다.
지운, 난감한 듯, 휘의 눈치를 살피며 얼른 기녀들을 물리치고 휘에게 달려가면.

휘 (문득 멈추며) 그래, 아까 하려는 말이 뭔가?

지운 예?

휘　　강무장이라니... 군사나, 종친이 아닌 자가 강무장에 들어왔을 리는 없을 테고... (서늘하게 바라보면)

지운　　(헉!) 물론입니다! 거길 들어가다니요. 목숨이 두 개가 아니고서야 누가 감히... (들키진 않았겠지... 어색하게 웃으며 괜히 시선 피하면)

휘　　(본다. 떨리듯 진지한 눈빛) 네 이름이 무엇이냐.

지운　　예?

지운, 갑작스러운 휘의 질문에 당황하며 바라본다.
휘의 의중을 파악하려는 듯 망설이며 휘를 바라보면
애써 담담한 듯, 그러나 긴장을 숨기는 휘의 눈빛이 너무나 진지하다.

지운　　(그 눈빛에 어쩔 수 없이) 정...지운이라 합니다. (예를 갖춰 고개를 숙인다)

휘　　(맞구나! 쿵- 내려앉으며 지운을 바라본다)

지운　　(아무것도 모른 채 고개를 숙이고 있으면)

휘　　(흔들리는 눈빛, 애써 참으며) ...명나라에선 언제 돌아온 것이냐?

지운　　(자신을 기억하는 휘를 놀라운 듯 바라본다) 저를, 기억하십니까?

휘　　(애써 차갑게 바라보며) 그래, 이제 보니 기억이 나는 듯도 하구나. 오래전 나를 찾아와 인사를 전하였지.

지운　　(고개를 숙인다) 망극하옵니다. 저하... 전 정말 세자저하이신 줄은 꿈에도 모르고... 저하께서 저를 기억하고 계실 거라곤 더더욱 생각지도 못하였습니다. 무례를 용서하십시오.

휘　　(본다. 애써 참아 내며) 좋다. 내 용서하마...

지운　　(안도하며) 감사합니다 저하...! 역시 예나 지금이나 아량도 넓으시고 인품도 훌륭하신 것이 여전히 멋진 분이십니다. (오버하면)

휘　　(여전히 차갑게 바라보며) 허나, 다시 한번 내 눈에 띄게 되면... 그땐 너를 용서치 않을 것이다. (복잡한 심정 감추며) 내 말... 명심하거라.

지운　　예? (보다가, 당황스러운) 예... 저하.

잠시 차갑게 지운을 바라보던 휘, 그대로 지운을 지나쳐 걸어가면
마침, 밖으로 나오던 홍내관, "저하!" 하고 휘를 쫓아간다.
갑작스러운 상황들이 당황스러운 듯 바라보는 지운에서.

S#57. 한기재 사저 / 밤

한기재, 상석에 앉아 있다.

정석조 (들어와 예를 갖추며) 부르셨습니까. 대감.

한기재 (본다) 정지운이라는 자가 자네 아들인가.

정석조 (갑작스러운 말에 바라보면)

한기재 (맞구나, 회심의 미소) 침술 실력이 뛰어나다 소문이 자자하더군.

정석조 (어두운 표정, 고개를 숙이면)

한기재 명나라에서 예부시랑을 구한 적이 있다 들었네.

정석조 (모르는 일이다. 조금 놀라 보며) 명나라에서 유학한 것은 사실이나 예부시랑의 일은 알지 못합니다.

한기재 (아무렴 상관없다는 듯) 곧 명나라 사신단이 방문할 것이네. 그때 예부시랑께서도 함께 오신다더군. 이런 때에 자네 아들이 세자저하를 보필하면 큰 힘이 될 것 같네만...

정석조 (갑작스러운 제안에 놀라 본다)

한기재 (의미심장한 미소, 바라보는 데서)

S#58. 동궁전. 휘의 처소 / 밤

야장의 차림의 휘, 서안 앞에 앉아 홀로 지운을 회상하고 있다.

플래시백
/ 3씬. 강무장, 휘에게 옷을 걸쳐 주던 지운.
/ 54씬. 홍월루, 휘의 입을 막고 밀착하던 지운.

다시 현재
조용히 들어오는 홍내관.

휘, 소리에 돌아보면

홍내관 (다가오며, 눈치) 김상궁마마님께서 저하의 침수를 살펴 드리라 하여...

휘 난 괜찮으니, 그만 가 쉬거라.

홍내관 (나가려다, 조심스럽게) 그리 그냥 두어도 되겠습니까?

휘 (보면)

홍내관 정석조의 아들이면 말씀하신 대로 누구보다 위험한 자인데... 게다가 저하를 알고 있는 자입니다... 행여 눈치라도 챈다면...

휘 (표정 굳어지며) 그럴 리 없을 것이다. 이제 다시는 내 앞에 나타나지 않을 테니... 너도 보지 않았느냐. 참으로 시답잖고 한심한 인물이 되었더구나.

홍내관 (조심스러운) 하오나... 세손마마를 직접 죽인 이의 아들입니다....

휘 (그 말에 괴로운) 그러니 더욱... 일을 키울 수 없지 않느냐. 만에 하나 다시 나를 본다 해도 그자라면 결코 나를 의심치 못할 것이다.

홍내관 어째서 말입니까?

휘 (떠올리듯 쓸쓸한) 담이를 아는 이라면 세자가 계집일 것이라고는 절대로 생각지 못할 테니까...

홍내관, 걱정스러운 표정, 뭐라 더 말 못 하고 물러가면
홀로 남은 휘의 쓸쓸한 표정에서.

S#59. 소은의 집. 소은의 방 / 다른 날, 낮

소은, 발 뒤에 앉아 있고
그 앞에 지운이 마주 앉아 있다.
지운에게 염낭을 내미는 소은의 몸종

소은 지난번의 실례는 용서하게. 내가 무례했네.

지운 (그 말에 바라본다) 사과는 내게 할 것이 아니라 자자를 새기려고 협박했던 그 아이에게 해야 하는 것이 아닌가?

소은 (살피듯 본다) 정이 깊은 아인가? 그저 허드렛일이나 돕는 정도라 여겼는

데...

지운 (못마땅하게 본다) 그래서 험히 다뤄도 된다고 생각한 것이오? 죄 없는 이의 얼굴에 자자를 새길 만큼?

소은 (움찔, 찔려서) 알겠네. 내 그 아이에게도 사과하면 될 것이 아닌가...

지운 (그런 소은을 바라보며 싱긋 미소 지으면)

소은 (그 미소에 움찔, 괜히 새침한) 여기까지 왔는데, 괜찮다면 차라도 한잔하고 가겠는가?

하는데, 어느새 일어나 앞에 내려진 발을 훅- 걷어내는 지운
소은의 앞으로 불쑥 다가서면, 놀라 바라보는 소은.

소은 이게 무슨 짓(이오)...! (하는데)

지운 얼굴을 기억하였으니 약속은 꼭 지킬 거라 믿겠소. (싱긋 미소, 돌아서면)

소은 (당황스럽고, 갑자기 들어온 그 미소에 쿵... 심장이 뛰기 시작한다)

지운, 그런 소은을 두고 그대로 돌아서 밖으로 나가면.
홀린 듯 멍하니 보던 소은. 깨닫듯 "잠깐만!!" 그대로 지운을 쫓아 나간다.

S#60. 동. 별당 마당

지운 걸어가면 "잠시만!" 다급히 쫓아오는 소은.

지운 (그제야 돌아본다) 왜, 내게 뭐 더 할 말이 남았소?

소은 (숨을 몰아쉬고 지운을 본다. 막상 쫓아는 왔는데 무슨 말을 해야 할지 모르겠고)

지운 (? 보면)

소은 (떨리듯, 불쑥) 소은이라 하네! 신소은... 기억해 두시게나.

소은, 어쩐지 수줍은 듯 괜히 새침하게 바라보면.
지운, 황당한. 그러나 재밌다는 듯 보는 표정에서.

S#61. 삼개방

지운, 염낭을 살피는 흐뭇한 표정, 삼개방으로 걸어오는데
사헌부 감찰이 들이닥쳐 삼개방을 엉망으로 뒤지고 있다.
그런 군사들을 말리다 잡혀 끌려가는 영지와 질금.

지운 (놀라) 질금아! 영지야!!

질금 / 영지 형님!! / 오라버니!!

지운 (감찰에게 다가가며) 이게 다 무슨 짓이오! 뭔가 착오가 있는 것 같으니 당장 (하는데)

관원1, 군사들에게 눈짓하면, 지운도 포박당한다.
"무슨 짓이야. 놔! 놓으라고!!" 소리치며 끌려가는 지운과 영지, 질금.

S#62. 사헌부 마당 / 밤

"열넷! 열다섯!" 소리 들려오면 이를 악물고 장을 맞고 있는 지운.
그 곁에 포박되어 꿇려 있는 질금과 영지, 그 모습 보며 벌벌 떤다.
곤죽이 된 지운, 정신을 잃을 듯 어디론가 질질 끌려가면
뒤이어 장틀에 묶이는 질금. "하나요!" 장을 맞고 "아악!" 비명 지른다.

지운 (비명 소리에 번쩍! 정신 돌아온 듯, 급히 질금을 돌아보며) 저들은 아무것도 모릅니다! 모두 제가 시킨 것이니 저를 더 치십시오!!

군사들에 끌려가는 지운, 발버둥 치며 처절하게 외치지만 소용없고,
계속되는 질금의 비명 소리에 세상이 무너진 듯, 좌절한다.

S#63. 옥사 접객실 / 밤

끌려 들어오는 지운. 보면 정석조가 앉아 있다.
지운, 그제야 모두 알겠고, 원망스러운.

지운 군사들을 보낸 것이 아버지셨습니까.
정석조 (담담한) 그래, 내가 보냈다.
지운 (원망스러운) 저 아이들은 아무 죄가 없습니다. 풀어주십시오. 다 제가 시킨 것입니다.
정석조 그렇겠지. 삼개방의 의원이 너라 하였으니 말이다.
지운 허면 다 알고도 이러셨다는 말씀이십니까? 대체 왜!!
정석조 이렇게라도 하지 않으면 이제는 내 말을 듣지 않을 것이 아니냐.
지운 (허, 기막힌 듯 쏘아보며) 제게 왜 이러시는 겁니까. 제가 아끼는 아이들까지 볼모로 삼아가며 저를 괴롭히는 이유가 대체 무엇이란 말입니까...!
정석조 내가 바라는 건 딱 하나밖에 없다. 네가 출사해 인간답게 사는 것 말이다.
지운 (원망스럽게 바라보면)
정석조 이제부터는 내가 시키는 대로 하거라. 그리만 하면, 저 아이들은 무사할 것이니라.

지운, 그런 아버지의 말에 원망스러운 눈빛으로 괴롭게 쏘아본다.
정석조, 감정을 숨기듯, 담담한 눈빛으로 마주 보는 데서.

S#64. 동궁전. 비현각

휘, 집무실 책상에 앉아 붓글씨를 쓰고 있다.

플래시백 / 56씬
휘의 물음에, "정지운이라 합니다." 하고 제 이름을 말하던 지운.

휘, 심란한 듯, 잠시, 붓을 내리고 종이를 바꾸는데, 조용히 다가선 누군가의 손이 스치듯 들어와서 휘의 손에 붓(8씬)을 넣어 준다.
휘, 놀라 보면, 마주 선 이현.

이현 뭘 그리 놀라십니까? (장난스러운) 써보시지요. 손에 꼭 맞으실 겁니다.
휘 (그제야 픽, 풀어지듯 웃고, 괜히 못 믿겠다는 듯 장난스러운 표정) 정말입니까? (글씨 써 보는데, 놀랍도록 꼭 맞는 붓이다. 표정 숨기지 못하고)
이현 (의기양양한) 제가 말씀드렸지요? 저하께 꼭 맞는 건, 저하보다 제가 더 잘 알아본다고요.

그 말에 픽, 웃고 마는 휘, 내친김에 몇 자 더 적어보면
이현, 그런 휘를 보며 저 역시 설핏 미소가 어리는데.

홍내관 (들어오며) 저하 곧 서연에 드실 시간입니다.
휘 벌써 그리되었느냐? (일어나며) 어쩌죠. 저는 이만 나가봐야 할 것 같은데. 오늘부터 새로운 서연관이 오신다하여서요.
이현 필선께서 사직을 하셨다고요? 시강원의 서연관들이 너무 자주 바뀌는 것 같아 걱정입니다.
휘 그러게 말입니다. 조정에 어찌 그리 인물들이 없는지... (잠시, 창운군과 함께 있는 필선을 떠올리듯 조소)
이현 (? 휘를 보면)
휘 (붓을 들어 보이며) 그럼, 감사히 쓰겠습니다! (나가면)
이현 (보며, 미소)

S#65. 동. 시강원 앞

붓을 들고 가벼운 발걸음으로 걸어가는 휘.

휘 그래, 이번에 새로 온 서연관은 어떤 자라더냐.
홍내관 (휘를 따르며) 상헌군께서 일찍이 점찍은 젊은 인재라는 말만 들었습니다.
휘 (상헌군이라는 말에 표정 굳어지고) 이번엔 얼마나 버티나 봐야겠구나. (걸

어가는)

S#66. 동. 시강원 안

휘, 위풍당당 안으로 들어가면
정좌하고 앉아 있는 서연관, 일어나 휘를 향해 예를 갖춘다.

휘 (자리에 앉으며) 칭찬이 자자한 훌륭한 인재라 들었습니다. 앞으로 잘 부탁...

고개 들던 휘, 문득 굳어지며 놀라는 표정.
예의 바른 미소로 휘를 바라보는 서연관. 지운이다!

지운 오늘부터 저하의 서연을 맡게 된 사서 정지운이라 합니다.
휘 (들릴 듯 말 듯) 너는...

놀라 지운을 바라보는 휘
그런 휘를 바라보며 다부진 표정 짓는 지운.
그렇게 다시 만난 두 사람에서. 3부 엔딩.

4부

오늘부터 저하의 서연을 맡게 된
사서 정지운이라 합니다.

너는…
네가 어찌 여기에 있는 것이냐.

S#1. 시강원 안 / 3부 엔딩에 이어서

휘, 위풍당당 안으로 들어가면
정좌하고 앉아 있는 서연관, 일어나 휘를 향해 예를 갖춘다.

휘　(앉으며) 칭찬이 자자한 훌륭한 인재라 들었습니다. 앞으로 잘 부탁...

고개 들던 휘, 문득 굳어지며 놀라는 표정.
예의 바른 미소로 휘를 바라보고 있는 서연관. 지운이다!

지운　오늘부터 저하의 서연을 맡게 된 사서 정지운이라 합니다.
휘　(들릴 듯 말 듯) 너는... (당황스럽고) 니가 어찌 여기에 있는 것이냐...
지운　이리 저하를 다시 만나게 되다니 참으로 광영이옵니다.
휘　(기막힌) 다시 내 눈에 띄면 용서치 않을 것이라는 말을 잊었던 것이더냐?
지운　그럴 리 있겠습니까. 하오나 신하된 자가 왕명을 거역할 수는 없는 법... 소신 전하의 교첩을 받고 저하의 시강을 책임지게 되었으니 그날의 실수는 부디 용서해 주시지요.
휘　(허, 기막힌데)
지운　(다부진 표정, 자리에 앉으며) 허면 시경을 펼치시지요.

지운, 자연스럽게 자리에 앉아 책을 펼치면
휘, 어이없는. 그런 지운을 본다. 이 상황이 당황스러운데.

〈연모 4부〉

S#2. 궐. 편전

혜종, 장계를 읽던 시선 거두고 휘를 바라본다.

혜종 새로 온 사서의 임명을 취소해 달라?
휘 사서 정지운은 양반의 신분으로 삼개방이라는 곳을 운영하며 사특한 침술로 반가의 여인들과 사대부가 사내들을 유린하였다 들었사옵니다. 또한, 재물을 탐하며 때로는 은밀히 궐에까지 들어와 궁녀들과 친분을 맺는 등 그 행실이 문란하다 하니 어찌 그런 자를 스승으로 모실 수 있단 말입니까. 부디 재고하여 주십시오. 아바마마.
혜종 (본다) 그자는 좌상이 직접 추천한 자다. 네 말의 증좌가 있느냐?
휘 (차마 자신이 직접 보았다는 말은 하지 못하고) 대전별감 구춘생과 수방나인들을 심문해 주십시오.
혜종 (보는 표정에서)

S#3. 동. 대전 / 몽타주

휘, 서 있고
혜종 앞에 넙죽 엎드린 구별감과 궁녀들(3부의) 각각 cut, cut, cut

구별감 대전을 지키라는 명을 받은 제가 어찌 사사로이 낯선 이를 궐에 들이겠습니까. 이는 있을 수 없는 일이옵니다. 전하...

/cut

궁녀1 기가 허해 내의녀에게 부탁해 침을 맞은 적은 있사오나 삼개방 의원이라니 금시초문이옵니다. 게다가 삼개방의 의원이란 자는 한성부 옥사에 갇혀 있다 들었는데... 그런 자가 어찌 시강원에 있겠습니까.

궁녀1, 2, 3 서로 눈치 살피듯 고개 조아리면

혜종 (실망한 기색, 묵묵히 바라보다가) 모두 나가 보거라.

일동 (예를 갖추고 서둘러 물러나면)

휘 모두 거짓입니다! (답답한) 정지운 그자를 불러서 직접 물어보십시오. 홍월루라는 곳에서 분명 저를 만났다 할 것입니다.

혜종 (그 말에 휘를 보며) 홍월루? 기루에 갔단 말이더냐.

휘 (헉! 놀라 고개를 숙이고) 잠행 중 우연히 들렀을 뿐입니다.

혜종 (못마땅한 듯 보며) 한 나라의 세자가 허락도 없이 궐 밖을 나간 것도 모자라, 기루나 어슬렁거리다니... 참으로 답답하고 어리석구나.

휘 (뭐라 더 말 못 하고 고개 숙이면)

혜종 (한심한 듯 보며) 정무가 바쁘다. 그만 물러가거라.

휘 하오나! (하다가 자신을 바라보는 혜종의 마뜩잖은 표정에)...예. 아바마마...

휘, 원망 어린 눈빛 감추며 돌아서 나가면
혜종, 그런 휘를 보는 표정이 무겁다.

S#4. 시강원 집무실

커다란 종이에 세자와 종친 관계도가 보이는 왕실 가계도가 그려져 있다. 서리 복장의 만달, 나무 막대 정도를 들고 지운에게 설명하는.

만달 들어는 보셨습니까? 동빙고! 세자저하의 별호입니다. 사시사철 얼음 창고처럼 서늘한 분이라 하여 동빙고마마, 오보 이상 가까이 다가가면 안 된다 하여 오보저하라 불리지요.

지운 (흥미로운 듯 끄덕이다가) 헌데, 옆에 있는 짐승들 그림은 또 뭔가?

지운 가리키는 곳 보면, 호랑이, 매, 토끼, 쥐 정도의 그림.
세자와 이어진 관계도로 그려져 있다.

만달 아, 이건...(주변 둘러보고 목소리 낮춰) 종친 서열도입니다.

지운 서열도?

만달 이제 막 춘방에 오신 분께 이런 말은 실례지만... 다수의 서연관들께서 자의 혹은 타의로 종학행을 결정하시곤 하니 이 또한 알아두시면 유용할 것 같아 위험을 무릅쓰고 준비해 보았습니다.

지운, ? 무슨 말인가 바라보면
만달의 설명과 함께 종친들의 얼굴이 화면 위로 떠오른다.

만달 에... 먼저 여기 이 호랑이는 용맹과 기개, 힘을 나타내는 의미로 주상전하의 형님이자 돌아가신 도현세자 댁의 장자이신 종부시 제조,

지운 (알겠다는 듯) 원산군 대감이시구만.

만달 엥? 어찌 아셨습니까? (갸웃 보다가) 에... 옆에 있는 매는 모두에게 필요한 고마운 동물이지요. 예조참판,

지운 자은군 대감!

만달 (? 김새고) 제법 준비를 하고 오셨나 봅니다?

지운 허면 저기, 저 토끼는 누군가?

만달 (지운이 끼어들까 경계하며, 빠르게) 순하게 생겼으나 뒷배가 든든한 토끼는 현 중전마마의 소생이자 영상대감의 외손. 왕위 계승 2순위 제현대군을 뜻합니다! (후... 뿌듯한 미소 지으면)

지운 (그건 몰랐다는 듯 오...) 그럼 저 들쥐는?

만달 아, 낮말은 새가 듣고 밤 말은... (목소리 낮춰) 창운군 대감께서 들으십니다. 전하의 이복동생이시자 왕실의 골치 덩어리... 뭐 굳이 따로 설명 안 드려도 아시겠죠?

하는데, 들어오는 범두, 잠이 부족한 얼굴로 만달과 지운을 본다.

범두 (알겠는) 또 그 설명인가? 자네도 참 정성이네... (휘적휘적 자리로 가 엎드린다. 순식간에 코고는)

만달 (놀라 종이 덮었다가, 안도) 문학께선 늘 저리 잠이 부족하십니다...

문수 (들어오며) 저 자식은 또 자냐?

지운, 만달 (얼른 인사하면)

문수 자자, 오랜만에 새 식구도 왔으니까, (기대) 한잔해야지?

지운 예?! 아, 그게... 오늘은 제가 가볼 데가 좀 있어서... (난처한 미소)

S#5. 한성부 옥사 / 밤

질금, 엉망으로 터진 채 쪼그려 자고 있다.
지운, 나졸 하나에게 염낭을 쥐어주고 질금에게 다가간다.

지운 (안타까운) 질금아!

질금 (소리에 번쩍 깨서 본다) 형님!! (걱정으로) 여긴 또 왜 왔어...!

지운 몸은 좀 어때? 괜찮아?

질금 괜찮긴... 하도 맞았더니 똥 눌 때 힘도 못 주겠어...

지운 (안타까운) 미안하다. 나만 이렇게... (보다가) 영지는?

질금 한성부에 있긴 있댔는데... 잘 모르겠어.

지운 (끄덕이고) 조금만 참아. 내가 꼭 구해 줄 테니까...

질금 형님...우리 때문에 너무 애쓰지 말어. 영지나 나나 우리 남매, 어차피 형님 안 만났으면 애저녁에 죽은 목숨들인걸. 이제 와 어떻게 되든 형님 원망 안 해. (옅은 미소로 보면)

지운 (그 말에 더 안타까운 표정인데)

S#6. 동궁전. 휘의 처소 / 밤

야장의 차림의 휘, 서안 앞에 앉아 있고
그 앞을 지키는 홍내관과 김상궁. 심각한 표정이다.

홍내관 정사서와 삼개방에 대해서는 아무래도 더 조사하기가 어려울 것 같습니다. 정석조 그자가 이미 다 손을 써 정리한 모양이더라고요.

휘 본인의 아들을 서연관으로 올릴 좋은 기회를 놓칠 리 없었겠지...

김상궁 (걱정으로 보다가) 괜찮으시겠습니까. 서연관은 매일 저하와 독대를 해야 할 정도로 가까운 자리입니다. 혹여라도 저하에 대해 눈치라도 챈다면...

휘 절대 그럴 리 없을 것이다.

홍내관, 김상궁 (보면)

휘 그 전에 제 발로 궐을 나가게 될 것이니까.

홍내관 아니 무슨 수로...

휘 서연관 하나쯤 떼어내는 거야 식은 죽 먹기보다 쉬운 일 아니겠느냐... (픽, 가소로운 미소)

S#7. 비현각 안 / 다른 날, 낮

높이 쌓인 서책을 바라보는 지운. 당황스러운데.
애써 감정을 드러내지 않으려는 듯, 차가운 표정으로 그런 지운을 바라보는 휘.

지운 저를 부르신 이유가...

휘 아, (책 돌아보며) 저의 식견이 짧아 혼자서는 독해가 불가한 것들이라 말입니다. 스승님께서 좀 일러주시지요.

지운 (당황) 예? 이걸 다 말입니까?

휘 내 외조부인 좌상대감의 추천을 받은 인재라 들었는데... (도발하듯) 왜? 못 하시겠습니까?

지운 아니요! 합니다! 할 수 있고말고요! (결연하게 보면)

휘 (가소롭다는 듯, 차갑게 입꼬리를 올리는)

S#8. 길. 일각

끙끙 책을 잔뜩 들고 시강원 집무실로 걸어가는 지운.
군사1(3부 4씬)과 함께 지나가던 창운군, 그런 지운을 알아본다.

창운군 뭐야 저거... 그때 홍월루 그놈 아냐?
군사1 (그 말에 함께 돌아본다)

S#9. 시강원 집무실

지운, 털썩, 탈진한 듯 자리에 앉는다.
앞씬의 결연한 표정과 달리 벌써 지친 듯,
높이 쌓인 책들에 혼이 빠져 멍하고. 허, 기막히는.
뭔가 하고 보던 범두와 만달, 알겠다는 듯 쯧쯧...

만달 아니 그새 저하께 찍히셨습니까 그래?
지운 찍히다니?
범두 지난번 낙향한 필선께서는 1년에 걸쳐서 사기의 요약본을 만드셨네.
만달 그리고 1년이 되던 그 날 떨어지는 낙엽처럼 낙향하셨지요.
지운 낙향이라니요!
문수 (쯧쯧...바라보며) 마음을 단단히 먹게! 이것은 시작에 불과하니...

무언가 떠올리듯 비장한 표정이 되는 문수, 보덕, 만달의 표정에서.

S#10. 시강원 집무실 (이하 지운의 몽타주)

엄청난 서책에 둘러싸여 밤-낮으로 열심히 필사하는 지운 그 위로 앞씬 집무실 문수의 모습 교차되어 보이고.

문수 처음은 가볍게 경전의 필사부터지만 조금씩 강도가 거세질 걸세!

지운, 엄청나게 빠른 속도로 필사를 이어가지만
그보다 더 빠른 속도로 쌓여만 가는 책들.
옆으로 너무 많이 써 망가진 붓들이 엉망으로 흩어진 모습 보이고.

S#11. 동궁전. 누정 / 밤

화려한 술상 앞에 마주 앉은 휘와 지운.

휘 (저의를 숨기듯 온화한 표정) 새로 온 스승께 속수*를 올리는 대신 소박한 술자리를 마련하였으니 받아 주시지요.

휘, 콸콸콸 지운의 잔에 술을 따른다.
공손한 자세로 술을 받는 지운. 속내를 읽듯 보는 표정 위로.

S#12. 홍월루. 일실 / 밤

함께 술을 먹는 지운과 시강원 스승들.

문수 (술잔을 들고 비장하게) 취중의 실수를 노리시는 걸세! 그러니 저하 앞에선 절대 취해선 아니 되네. 절대, 절대!!! (푹 취해 쓰러지고)

---

* 제자가 되려고 스승을 처음 뵐 때에 드리는 예물

S#13. 다시 누정 / 밤

휘 그럼 쭉~ 들이키시지요. (회심의 미소로 지운을 바라보면)

공손히 받아드는 지운, 고개를 외로 틀어 술을 마시는데
옷깃에 미리 준비해 온 술 깨는 환약 꿀꺽!
지운, 마시고, 마시고, 마시는 모습과 함께 쌓여가는 술병들.
그러나 끝까지 꼿꼿한 지운의 모습에 휘, 이것 봐라...표정 굳어지고.
홍내관, 멀쩡한 지운의 모습에 뭐가 잘못됐나? 술병째 마셔보다가 해롱해롱, 저 홀로 퍽- 넘어가는 데서.

S#14. 도성 인근. 논바닥

지운, 온몸이 흙탕물 투성이가 된 채 미꾸라지를 잡아 올리고 있다.
옆엔 이미 몇 양동이의 미꾸라지들 잡혀 있고.
미끄러지듯 빠져나가는 미꾸라지 때문에 넘어지고, 엉덩방아 찧고 난리도 아닌 지운. 논둑에서 서서 응원하듯 보는 문수, 범두, 만달.

지운 (욱 치받아) 아니 이런 건 대체 왜 시키는 거랍니까?!
문수 (비장하게) 그건 말이지...
일동 (문수를 바라보면)
문수 그냥 자네가 싫은가 보지 뭐.

지운, 황당하게 보면.
일동, 긁적긁적, "밥이나 먹으러 갈까? 추어탕?" 얘기하며 멀어진다.
"으악~!" 광활한 논바닥 한가운데 악에 받친 지운의 포효

S#15. 계곡

바위 위에 널린 지운의 옷이 보이고.
계곡물에 입수해 엉망이 된 몸을 씻어내고 있는 지운.

지운　　으~ 비린내! (생각할수록 열 받고) 내 돌아가 당장 사직소를...! (하는데 문득 떠오르는)

플래시백 / 3부 63씬에 이어서

정석조　　보름 후에 명의 사신단이 도착한다. 그때까지 만이라도 저하의 곁을 잘 지키고 있다면, 그땐 그 아이들을 풀어주마.

다시 현재
지운, 한숨... 떨치듯 다시 어푸어푸 몸을 씻기 시작한다.

휘 (E)　　제법이군.

지운, 소리에 돌아보면
조금 떨어진 바위 위, 여유로운 표정으로 지운을 내려다보고 있는 휘.
지운, 예상치 못한 휘의 등장에 놀라 보면

휘　　지금쯤이면 떨어져 나갈 거라 여겼는데.
지운　　(그 말에 굳어지다, 지지 않고) 송구하오나 소신, 산전수전 공중전까지 다 겪은 자라 말입니다. 그럴 일은 없을 겁니다.

두 사람의 눈빛 잠시 부딪히면

휘　　(맹랑하다는 듯 웃고) 내 앞으로 얼마나 더 버티는가 한번 지켜보지.

차갑게 돌아서는 휘, 그대로 멀어지면
바라보는 지운. 표정 어두워진다.
뒤를 따르는 홍내관. 지운의 옷을 훔쳐 온 듯 멀리 계곡에 던지고 회심의 미소 지으면.

지운 (무겁게 돌아서다, 뒤늦게 상황을 인지하고) 내 옷...?! 내 옷!! 야!!!

S#16. 동궁전. 휘의 처소 / 밤

처소로 돌아오는 휘, 심란한 표정인데
방 안 한가득 서책이 쌓여 있다.

휘 이게 다 무엇이냐?
김상궁 지난번 정사서에게 시킨 필사본이라 하옵니다.
홍내관 (책을 바라보며 주책없이 오... 놀란다) 세상에 이걸 진짜로 다 했네...

김상궁, 눈치 주면, 얼른 입 다무는 홍내관.
바라보던 휘, 옆에 놓인 책 한 권을 들어보면
세월이 흘렀으나 익숙한 지운의 서체가 눈에 들어오고.

플래시백 / 1부 46씬
필사한 책을 건네던 어린 지운.

휘 (탁- 책을 덮는다. 심란한) 무엇하느냐. 어서 치우지 않고!

홍내관과 김상궁, 휘의 눈치에 얼른 책을 들고 나가면
복잡한 표정의 휘에서.

S#17. 이현의 군저 전경 / 밤

S#18. 동. 사랑채 / 밤

화려한 잔칫상 앞에 둘러앉은 종친들. 끊임없이 음식이 들어온다.
이현을 제외한 원산군, 창운군, 제현대군 등 보이고.

종친1 강무가 끝난 지 언제라고 벌써 또 사냥을 나가셨습니까.

원산군 내 몸이 근질거려 참을 수가 있어야지.

종친2 이러니 원산군 댁 곳간엔 짐승들 핏물이 가실 날이 없다지요.

종친들 (그 말에 와하하 웃으면)

원산군 (흐뭇하게 보며) 함께 하고 싶으면 언제든 오시게. 누구든 환영이니.

창운군 헌데, 아까부터 현이 이 새끼는 왜 안 보여?

원산군, 이현을 찾는 창운군의 말에 불편한 표정이 스친다. 그러나 티 내지 않고, 또 다른 종친들과 이야기를 주고받으며 술을 마시면
제현대군, 이런 자리가 불편한 듯 홀로 슬그머니 일어나는데.

S#19. 동. 후원 / 밤

고양이(혹은 강아지)에게 밥을 주고 있는 이현.
사랑채에서 빠져나온 제현대군이 이현에게 다가온다.

제현대군 여기 계셨습니까 형님?

이현 (그제야 돌아보고 다가가며) 아, 왜 나오셨습니까. 더 드시지 않고요.

제현대군 (마음 무거운) 저하도 안 계신데 저리 모이는 것이 영 불편해서요. 헌데 형님은 왜 혼자 나와 계십니까?

이현 (차마 저 자리가 불편하단 얘긴 못하고) 아... 저는 고기가 좀 물려서요. 지겹네요. 이제. (짐짓 능치듯 편하게 웃으면)

제현대군, 그제야 풀어지듯 함께 웃는데
다가오는 종복.

종복 누가 자은군 대감을 찾아오셨습니다.

S#20. 동. 마당 / 밤

종복 하나와 함께 마당을 가로질러 밖으로 걸어가는 이현.

이현 이 밤에 나를 찾아온 이라니?
종복 그것이... (머쓱하게) 둘도 없는 정인이라 말하면 아실 거라고...
이현 뭐? (황당하고, 허, 기막힌데)

S#21. 동. 대문 밖 / 밤

이현, 밖으로 나오면 아무도 없다.

종복 어라... (당황하며) 분명 여기서 도련님을 찾으셨는데...
이현 (픽, 허탈이 웃고) 웬 이상한 치가 네게 장난을 한 모양이구나.

누군가의 장난이라 생각한 이현, 다시 돌아서려는데
달빛을 받으며 다가오는 웬 선비 하나. 부채로 얼굴을 가렸다.

지운 오랜만입니다. 군대감...
이현 (? 뭔가 이상한 듯, 보면)

탁- 그제야 얼굴을 가린 부채를 치우는 사내. 지운이다.

지운 (싱긋, 웃으며) 나다, 현아. 니 정인!
이현 (놀랍고, 반가운) 정지운... 니가 어떻게!

S#22. 홍월루. 일실 / 밤

술상을 놓고 물러가는 기녀들.
지운과 이현, 둘만 마주 앉아 있다.

이현 (술잔을 들다 놀라며) 사서?

지운 (크- 달게 술을 넘기면)

이현 새로 온 서연관이 자네였단 말이야? 명에선 대체 언제 온 건가?

지운 한 1년 됐나? 아, 도성에 온 지는 서너 달 안 됐고. (웃으면)

이현 어찌 그리 바람처럼 떠돌아다녀? (섭섭한) 아무리 그래도 궐에 왔음 나부터 찾아왔어야지.

지운 (불쑥 손 내밀며) 보이는가? 이 고운 손에 굳은살 박힌 거? 아무리 동빙고라지만, (떠올리니 괘씸한) 저하께선 원래 그리 성정이 고약하신가? (역한 듯 앞의 생선요리 정도 밀어내며) 내 이제 이리 미끈하게 생긴 것들은 꿈에도 보고 싶지 않다니까.

이현 (알겠다는 듯 웃고) 천하의 정지운이 아주 된통 당한 모양이구만. (농담처럼) 어떻게, 내가 저하께 잘 좀 봐 달라 얘기해 줘?

지운 그럴래? 우리가 아주 찐한 사이니까 제발 좀 잘 봐달라고 니가 말이라도 해주면 먹히려나?

이현 (의외의 말에) 불같이 싫다고 화낼 줄 알았더니, 진짜 무슨 일이라도 있었던 거야?

지운 있지... 많았지 아주. 지금도 많고 말이야. (픽 웃고 쓰게 술 마시면)

이현 (그 모습에) 대체 뭔데 그래? 혹시, 아버지 일이야?

지운 (보면)

이현 아버지 때문에라도 궐엔 안 들어올 거라더니...

지운 (순순히 인정하듯 끄덕끄덕, 그러나 털어 내듯) 말하자면 길다. 술이나 마시자. 오늘은. (쓰게 웃고, 술잔 내밀면)

이현 (따뜻하게 보고) 이유야 어쨌든 잘 왔다. 니 능력 그대로 썩히긴 아쉬웠거든.

지운 (그 말에 픽 웃고, 짐짓 분위기 풀려는 듯) 어쭈~ 이제 제법 군대감 같이 말하십니다?

이현 (역시 장난) 알면 그 버릇없는 말투부터 고쳐야 되지 않겠느냐!
지운 아이고 용서하시지요. 군대감 어른. (안주 하나 입에 넣어주며) 드릴 건 없고 이거라도. 자 아~ (애교) 아~

이현, 징그럽다 치워라, 지운과 티격태격, 엎치락뒤치락하는데 마침 음식 정도 들고 들어오던 기녀1. 엉켜 있는 두 사람에, 엄마야!

기녀1 (징그럽게 보며) 두 분 지금 뭐 하시는 겁니까?
이현, 지운 (화들짝, 떨어지며 민망한 듯 큼큼... 그러다 풉. 서로 보고 웃는 데서)

S#23. 동궁전 외경 / 다른 날, 낮

홍내관 (E) 저하, 자은군 대감께서 드셨습니다.

S#24. 동. 휘의 처소

휘와 이현, 마주 앉아 차를 마시고 있다.

휘 어제 군저에서 종친들의 모임이 있었다지요.
이현 예... 저하께서도 오셨으면 좋았을 텐데요.
휘 그런 자리에 제가 가면 모두가 불편할 것 아닙니까. 적당히 빠져 드리는 것이 배려겠지요.
이현 (마음 쓰여 보다가) 참, 새로 온 서연관은 어떠셨습니까? 마음에 드십니까?
휘 아... (떠올리듯) 뺀질하고, 능글맞은 것이 능력보다는 말로만 해결하려는 자로 보이더군요. 오래 볼 자는 아닐 듯하였습니다.
이현 (걱정스러운, 은근히) 능력이 아주 출중한 자라 들었는데... 문무에도 뛰어나고, 인품 역시 좋아 훌륭한 벗들도 많다 들었습니다. (슬쩍 보면)
휘 흥, 그게 다 외조부님께 잘 보이고 싶어 하는 자들이 꾸며낸 허풍이겠지요. 유유상종이라는 말이 괜히 있겠습니까. 그런 자를 벗으로 둔 이라면 안 봐도 뻔하지요.

이현 (움찔! 찔려서 큼큼...) 뭐 그렇게까지... (민망한 듯, 찻잔 드는데)

홍내관 (들어오며) 저하, 곧 서연에 들 시간이십니다.

휘 (본다) 알겠다. (그러나 관심 없다는 듯, 차만 마시면)

이현 (뭐라 말도 못 하고, 신경 쓰여 바라보는데)

S#25. 시강원 집무실

서책을 들고 선 지운. 앞에 문수와 범두가 서 있다.

범두 (화들짝 놀라며) 저하께서 수업에 안 들어오시다니!

지운 (뭐가 잘못됐나?) 예...그런데 왜...?

문수 (심각한) 비로소 최후통첩인 건가...

지운 예? 최후통첩... 이라니요? (그제야 깨닫고, 심각해지는 데서)

S#26. 동궁전. 후원

탕- 홍심에 명중하는 화살. 휘, 활을 쏘고 있다.

홍내관 정말로 주강에 들지 않으실 겁니까? 세자 책봉을 받으신 후부터는 단 한 번도 시강원 수업은 빠진 적이 없지 않습니까.

휘 (단호하게) 안 들어간다고 몇 번을 말하느냐. (다시 활을 드는데)

지운 (E) 이유가 무엇입니까?

휘와 홍내관, 돌아보면 어느새 다가와 예를 갖추는 지운.
휘, 표정이 굳어진다.

지운 저를 피하시는 이유, 아니, 쫓아내시려는 이유 말입니다.

휘 (비웃듯) 그건 정사서가 더 잘 알 텐데, 아닙니까?

지운 저하께서 내신 과제는 모두 통과하였던 걸로 아는데요.

휘 (흥, 무시하듯, 대답 대신 활을 들면)

지운 저는 저하의 스승입니다! 학문과 도의(道義)를 알려드릴 임무를 다하고자 하니, 저하께서도 그만 서연에 임해 주시지요.

휘 (탕- 쏘고. 비웃듯, 돌아본다) 학문과 도의라니... 우습군요. 학문은 모르겠으나, 도의라는 것은 정사서께 배울 것이 없을 것 같은데 말입니다.

지운 (무슨 말인가 보면)

휘 삼개방이라는 곳을 운영했다 들었습니다. 저를 만난 곳도 기방이었지요. 그런 곳에서 침이나 놓는 한량 같은 자가 제 아비의 뒷배로 서연관의 자리에 오른 것이 부끄러울 법도 한데, 참으로 뻔뻔하십니다.

지운 (이유가 그것이었구나. 표정 굳어지고) 허면, 앞으로도 계속 저를 피하실 생각이십니까?

휘 가능하면 그럴 겁니다. 정사서께서 양심껏 그만둘 때까지.

지운 송구하지만 그리는 못 하겠다면요.

휘 (뻔뻔하다는 듯 본다) 참으로 철면피군. 하긴 세자의 스승이라는 자리가 탐날 만도 하겠지. 네 아비처럼, 기회를 놓치는 법이 없는 자로구나.

지운 (그 말에 더욱 굳어진다)

휘 (그대로 지나가려 하면)

지운 (그대로 보낼 순 없다) 그럼 이렇게 하는 것은 어떻겠습니까?

휘 (돌아보면)

지운 저와 내기를 하는 겁니다. 만약 이 내기에서 제가 지게 되면, 저하의 뜻대로 제가 물러나지요.

홍내관 (놀라 보면)

지운 단, 제가 이기면 저하께선 저와의 서연에 다시 나오시는 겁니다.

휘 내기?

지운 이번 회강에서 저를 포함한 모든 서연관에게 통자생을 받으십시오. 전하와 대소신료 모두가 모이는 회강이니 저 역시 함부로 불자생을 드렸다간 되려 큰 벌을 받겠지요. 어떠십니까?

휘 내가 왜 그런 걸 해야 하지? 난 내기 따위는 할 생각이 없는데?

지운 (절박한) 어떻게 하면 이 제안에 응해 주시겠습니까?

휘 글쎄... 그럴 일은 없을 것이다. 뭐 네 목숨이라도 걸면 모르겠지만.

휘, 지운을 무시하듯 지나쳐가 다시 활을 잡아 들면
굳어져 보는 지운, 잠시, 결심한 듯 과녁 앞으로 저벅저벅 걸어간다.
놀라 보는 휘와 홍내관.

휘 무슨 짓이냐 이게!
지운 (과녁 앞에 가 서며, 휘를 똑바로 바라본다) 걸겠습니다. 제 목숨.

허, 기막힌 듯 보는 휘와
비장한 지운, 둘 사이 긴장이 감도는데.

S#27. 예조 앞

이현, 안으로 들어가려는데 예조관원1 달려온다.

예조관원1 큰일 났습니다! 지금 저하께서 새로 온 사서께 활을 겨누고 난리도 아니라 합니다.
이현 뭐? (놀라 보는 데서)

S#28. 동궁전. 후원

과녁 앞에 선 지운.
휘, 지운을 향해 팽팽히 활시위를 겨누고 있다.
주변의 궁인들 그 모습에 놀라 어쩔 줄 몰라 하고.
일각의 한기재, 대신들과 걸어오다 역시 소란에 바라본다.

홍내관 (안절부절못하며) 보는 눈이 많습니다. 제발 활을 내려놓으세요.
휘 죽는 것이 소원이라니, 그리 해 줘야지 않겠느냐.

휘, 시위를 당긴 손에 더욱 힘이 들어간다.
과녁 앞에 선 지운. 긴장된 표정. 그러나 여전히 꼿꼿한 눈빛인데.

일각 / 달려오는 이현. 그런 두 사람의 모습이 충격이다.
이현, "저하...!" 말리려는 순간
탕- 먼저 시위를 벗어나는 화살. 빠르게 지운에게 날아간다.
헉! 놀라 보는 홍내관. 꺅- 궁녀들의 비명 소리!
지운, 날아오는 화살을 똑바로 응시하다, 눈을 질끈 감으면
퍽- 소리와 함께 지운의 머리칼을 스친 화살이 아슬아슬하게 과녁에 적중한다. 휴... 안도의 한숨을 내쉬는 이현.
홍내관, 역시 십년감수한 듯 식은땀을 닦아 내면
과녁 앞에 선 지운을 바라보는 휘의 차가운 눈빛.

휘 (역시 작게 안도하고) 니 배포에 한 번은 수락하지. 그 내기.

휘, 그대로 돌아서면, 조금 떨어진 곳에 자신을 보고 선 한기재.
휘, 표정이 굳어진다. 바라보면
지운, 휴... 그제야 참았던 긴장을 토해낸다.
가슴을 쓸어내리는 이현, 그런 지운을 바라보는 데서.

이현 (E) 삼개방이라니?

S#29. 궐 일각

마주 선 지운과 이현.

지운 나한텐 목숨처럼 중요한 아이들이야. 구할 수만 있다면 뭐든 할 거다. 난.
이현 그렇다고 이렇게까지... (답답한 듯 보고) 그래서 이제 어떻게 할 생각인데?
지운 (역시 답답하고) 글쎄... 이제부터 알아봐야지.
이현 (허, 기막힌 듯 보고)

지운 헌데 상헌군 대감이 저하의 외조부라더니, 사이는 별로 안 좋은가 봐?
이현 (그 말에 보는 표정에서)

S#30. 시강원. 서고

지운, 문수와 함께 책을 고르고 있다.

문수 저하야 원래 그런 성정이라지만, 자네도 참, 어찌 그리 겁도 없이...
지운 (문수의 말은 듣는 둥 마는 둥, 앞씬 이현의 얘기를 떠올린다)

플래시백 / 27씬에 이어서

이현 아버지인 전하와 외조부인 상헌군 사이에서 곤란하신 거지. 두 분, 사이가 썩 좋은 편이 아니니 말이야.

지운 (그제야 모두 알겠다. 끄덕이며 혼잣말) 그래서 나를 그렇게 밀어냈던 건가...
문수 뭘 그렇게 혼자 중얼거리고 있나? (책 한 권 쥐어주며) 그러지 말고 저하께 가서 얼굴도장이라도 찍고 오게. 눈 딱 감고 잘못했다. 용서도 빌고.
지운 예?
문수 아, 어서~! (안가고 뭐하냐는 듯 고갯짓)
지운 (난감한데)

S#31. 동궁전. 휘의 처소

휘, 긴장한 표정. 보면 앞에 한기재가 앉아 있다.

한기재 백주대낮에 스승에게 활을 겨누다니... 어찌 그리 무모하셨습니까.
휘 (긴장을 감추며) 세자인 저를 우습게 여기기에 본을 보였을 뿐입니다.

한기재 (꾸짖듯, 그러나 눈빛은 부드럽다) 발톱을 드러내는 것은 괜찮으나, 저하의 상대는 그자가 아닙니다. 허니, 다시는 오늘 같은 소란은 일으키지 마십시오.

휘 (그 말에) ...정지운, 그자를 왜 저의 스승으로 추천하셨습니까.

한기재 (보면)

휘 행실이 좋지 않다 들었습니다. (긴장을 감추며) 외조부님의 측근인 정석조, 그자의 아들이기 때문입니까?

한기재 (난데없는 말에 재밌다는 듯) 지학의 나이에 과거에 급제한 젊은 인잽니다. 곁에 두신다면 언젠가 큰 힘이 될 수 있을 겁니다.

휘 (그 말에 뭐라 더 말 못 하고 바라보면)

한기재 설령 저의 사람이면 어떻겠습니까. (누르듯) 궐은 진흙탕 같은 곳입니다. 어차피 내 사람이 아니면, 다른 이가 틈을 엿보겠지요. 허니 이런 일에 일일이 신경 쓰지 마십시오. 홀로 고고할 필요는 없단 뜻입니다.

휘 하오나,

한기재 (말을 끊으며) 나의 사람이 곧 저하의 사람입니다. (누르듯 바라보며) 앞으로도 소신의 이 뜻을 잘 새기셔야 할 것입니다.

휘 (불편한 표정 애써 감추며) 예. 외조부님...

S#32. 동. 복도

지운, 다 들은 듯, 표정 무거워져 서 있으면
뒤늦게 다가와 그런 지운을 보는 홍내관.

지운 (얼른 책을 내밀며) 아, 보덕 어른께서 책을 좀 가져다드리라 하여...

홍내관, 책 받으면
지운, 그대로 돌아선다. 휘의 사정을 알게 된 듯 어두운 표정.

S#33. 삼개방 마당

다 쓰러져 폐허가 되어버린 삼개방.
몸종 잔이와 함께 안으로 들어서던 소은, 놀라 걸음을 멈춘다.

소은 이게 다 무슨 일이야... 어찌 이리 무너졌지?
잔이 (건물 안을 살피더니) 안에도 아무도 없습니다.
소은 (놀라 보는 표정)

S#34. 소은의 집. 사랑채

신영수, 서책 읽으며 앉아 있으면

소은 (E) 아버지, 저 소은입니다.

소리와 함께 곧 소은이 들어온다.
바라보는 신영수.

신영수 하경이를 만나러 병판댁에 갔다더니, 벌써 돌아오는 것이냐.
소은 예... (말할까 말까 망설이다) 아버지... 혹 삼개방이라는 곳에 대해 아시는 게 있으신지요.
신영수 (본다) 얼마 전 헌부의 집의가 나서 철거하였다는 그곳 말이냐?
소은 (조금 놀라) 집의께서요? 작고 비루한 의원 하나를 없애는데 어찌 집의께서 직접 나서셨단 말입니까.
신영수 흔한 일은 아니다만 사대부가를 중심으로 풍속을 어지럽힌다 하니 아주 명분이 없다 할 수도 없겠지. 헌데 그건 갑자기 왜 물어보는 것이냐.
소은 (잠시 보다가) 아버지께선 늘 제게 무슨 일이든 약조한 것은 꼭 지켜야 한다고 말씀하셨지요?
신영수 (보면)
소은 실은... 그곳에서 일한 계집아이에게 사과를 전할 일이 있습니다. 그 아이에게 꼭 사과를 하겠노라 약조를 한 적이 있거든요. 그곳 의원과 말입니다.

신영수 그게 무슨 말이냐?

소은 제가 약조를 지킬 수 있게 도와주시어요 아버지. 그 의원을 한 번만 만나게 해주세요. 네?

신영수 (의아한, 그런 소은을 보는 표정에서)

S#35. 도성 외곽. 거리 일각 / 밤

대감 하나가 술에 취해 남여(가마)를 타고 다리를 건너고 있다.
"내가 누군 줄 아느냐 이놈들아!" 술주정하던 대감, 요의를 느낀 듯
잠시 가마를 세우면, 어둠 속, 지켜보는 어떤 시선.

S#36. 동. 일각 (다리 위 혹은 강가) / 밤

다리 위에서 바지춤을 내리는 대감.
누군가의 시선이 대감의 등 뒤로 빠르게 다가가면
"웨, 웬 놈이냐!" 소리와 함께 으악! 외마디 비명 들려온다.
순간, 다리 아래로 추락하는 대감의 모습에서.

S#37. 한기재 사저. 사랑채 / 다른 날, 아침

한기재, 손엔 부고 소식이 적힌 서찰이 들려 있다.
앞엔 청지기 엎드려 있고

한기재 (대수롭지 않게, 서찰 접으며) 종복들 몇을 보내 조문을 대신하거라.

청지기 예. 대감. (물러가면)

한기재 (무언가 생각하는 표정에서)

S#38. 시강원 안

지운, 종이에 싼 무언가를 휘에게 건넨다.

지운 이번 회강에 출제할 문제이자 저하께 드리는 과제입니다.

휘 과제? (보면, 종이 안에 있는 건 식물(연꽃)의 씨앗이다)

지운 이것의 싹을 틔워 무슨 씨앗인지 알아내 학습하고 오셔야만 회강 때 제 질문에 답을 하실 수 있으실 것입니다. (곧은 시선으로 보면)

휘 (무슨 꿍꿍인가 바라본다)

지운 혹시라도 다른 이들을 시켜 알아낼 생각은 하지 않는 게 좋으실 겁니다. 이 문제는 오직 저하께서만이 답할 수 있는 것이니까요. (의미심장한 미소)

S#39. 동궁전 일각

휘, 홍내관을 거느리고 걸어온다.

홍내관 (따르며) 이건 연씨 아닙니까? 연자육!

휘 아니다.

홍내관 예? (씹어보며) 맞는데?

휘 이리 쉬운 문제에 목숨까지 걸었겠느냐. 분명 다른 뜻이 있는 거다.

휘, 생각하는 눈빛, 발길을 돌리려는데
조금 떨어진 곳 웅성이고 있는 동궁전 나인들.
휘와 일동 무슨 일인가 멈춰 서서 본다.
나인들에 둘러싸인 무사 복장의 한 사내... 가온(20대, 남).
훤칠한 키에 또렷한 이목구비까지 멀리서도 눈에 띄는 미남자다.

휘 누구냐 저자는.

홍내관 글쎄요? 저도 처음 보는 잔데... 동궁전 사람은 아닌 듯합니다.

휘 무슨 일로 왔는지 알아보고 어서 내보내거라. (가려는데)

순간, 저벅저벅 휘에게 다가오는 가온.

가온 (예를 갖추며) 오늘부터 저하의 호위를 맡게 된 김가온이라 합니다.

그 말에 휘, 홍내관, 김상궁 뭐?! 놀라보는 표정에서

혜종 (E) 호위무사라니요?

S#40. 대비전 후원

대비, 치마저고리 차림 그대로 후원에서 활을 쏘고 있다.
자주 있는 일인 듯, 응원하듯 물러선 대비전 내관과 상궁나인들.
혜종이 다가오자 그제야 활을 내리고 돌아보는 대비.

혜종 진정 어마마마께서 명하신 일이옵니까.
대비 (대수롭지 않게) 내 일전에 주상께 여쭙지 않았습니까. 지난번 강무장의 일도 그렇고 걱정이 되어 그냥 있을 수가 있어야지요. (다시 활을 겨누며) 마침 병조에 믿을만한 이가 있다 하여 추천을 받았으니 그리 알고 계세요.
혜종 동궁전의 일은 제가 신경 쓰면 될 일입니다.
대비 (탕- 쏘면, 홍심에서 조금 멀어진 화살, 아쉽다는 듯 찌푸리며) 그럼 진작에 신경을 쓰셨어야지요. 주상은 어찌 그리 세자에게 무심하답니까.
혜종 (그 말에 불편한 듯 바라보면)
대비 중전과 금슬이 좋은 것까지야 뭐라 할 순 없겠지만, 이 나라 세자는 제현대군이 아닙니다. 세자의 권위도 생각을 하셔야지요.

대비, 날을 세우는 것이 아니라 걱정스러운 느낌으로 혜종을 보다가 다시 과녁을 향해 활을 겨눈다. 탕- 날아가는 화살.
혜종, 무거워지는 표정에서.

S#41. 동궁전 어느 전각 앞

궁인들의 발길이 뜸한 어느 전각 앞
홍내관, 가온과 마주 서 있다.
마치 상대를 탐색하듯 이리저리 가온을 살펴보는 홍내관
삐딱한 눈빛으로 가온을 바라본다.

홍내관 그래, 소속은 어디였나?
가온 의홍위 갑사였소.
홍내관 (끄덕끄덕하고) 뭐, 내가 자네를 이렇게 따로 부른 것은, 좋든 싫든 이제 자네도 동궁전 소속이 되었으니 규칙 몇 가지는 숙지하는 게 좋을 것 같아서 말이네.
가온 (보면)
홍내관 첫째, 저하의 곁을 따를 때는 항상 최소 오보 뒤로는 물러서서 따라야 하네. (다섯 발자국을 붕붕 뛰어 보란 듯이 자리 지정하고) 자네 자린 여기!
가온 (무표정으로 보면)
홍내관 (다시 다가와 에헴,) 둘째, 저하께 보고할 모든 문제는 뭐든! 나와 김상궁 마마님을 거쳐야 하네!
가온 (본다)
홍내관 그리고 셋째! 저하께선 변화를 아주~ 싫어하는 분일세. 뭐든 제자리에. 제시간에, 그것을 하던 사람이 해야 하지 갑작스럽게 변경된 일정이나 상황을 극혐! 하신다네. 내 말 무슨 뜻인지 알아듣겠나? (권위적으로 내려다보고 싶으나 잘 안 된다. 괜히 까치발 들고 꼬나보면)
가온 (무표정하게 보는 데서)

S#42. 궐 일각

걸어가는 휘, 곁엔 가온이 바짝 붙어 휘를 따른다.
홍내관, 경계하며 낮게 "오보! 오보 유지!"를 외친다.

그러나 아랑곳 않고 붙어 따르는 가온.
휘, 그런 가온의 존재가 거슬리는데.
가온에게 정신이 팔린 궁녀들, 걸어가며 자기들끼리 낮게 수군수군.

지밀1 그래, 이게 궐이고, 이게 성은이지!
지밀2 이 정도면 대비전에 가서 절이라도 해야 되는 거 아니야?
지밀3 호위무사면... 밤에도 저하 곁을 지키시겠지? 오늘부터 밤에 서는 번은 내가 다 맡을게. 그럼 깨어있어도 꿈속 같으려나?

"미쳤어 미쳤어~" 저들끼리 까르르- 신나는 궁녀들.
휘, 그렇지 않아도 혹 하나 더 달려 심기가 상하는데,
가온을 좋아하는 궁녀들의 모습에 열이 더 뻗친다.
휘, 걷다가 불시에 우뚝 멈춰서면
정신없이 따라오다 엄마야, 그대로 도미노처럼 서로 부딪히는 나인들.

휘 오보... 오보! 오보 뒤로 물러서서 따르라는 내 말을 잊었더냐? (혼잣말처럼) 그렇지 않아도 회강 준비로 머리도 지끈거리는 판에...

휘의 말에, 힉! 익숙한 듯 다다다 뒤로 물러서는 나인들.
김상궁, 눈치 주듯 바라보면
나인들, 고개를 푹 숙이고 휘의 눈빛을 피한다.
휘, 불만스럽게 고개 돌리다가 그림자처럼 바짝 붙은 가온을 본다.

휘 (차갑게) 넌 오보 뒤로 물러나라는 내 말이 안 들리는 것이냐?
가온 (본다. 뒤로 한발 물러서 고개를 숙인 채 그대로 서 있으면)
휘 (서늘하게) 오보! 내 곁에서 오보 이상 물러나라 했다.
가온 (어쩔 수 없이 조금 더 뒤로 물러나면)
휘 더, 더 뒤로 가거라. 더.
가온 (멈춘다) 저하의 곁을 지키라는 어명이 있었습니다.
휘 어명이라... 그렇다면 넌 대전의 사람이냐?
가온 (무슨 말인가 바라보면)

휘 아니구나. 할마마마께서 추천하였으니 대비전의 사람이겠구나. (떠보듯) 그 것도 아니면 외조부의 사람이거나...

가온 (본다. 단호하게) 모두 아닙니다.

일동 (가온의 단호한 대답에 모두 놀라 바라보면)

가온 저는, 그저 저하를 지키라는 명을 따를 뿐입니다. 그러니 굳이 따지자면 이제부터 동궁전의 사람입니다.

예상치 못한 가온의 그 말에 나인들 꺄-! 멋지다며 픽픽 쓰러진다.
새어 나오는 비명을 참기 위해 허벅지를 꼬집으며 참아 내는.
일동을 쏘아보는 휘.
일동, 헙! 얼른 입 꾹 다물고 고개 숙이면
휘, 다시 가온을 본다. 대체 어떤 자인가 가늠하듯, 불안한 표정으로 보다 다시 걸음을 옮기면, 5보 정도 떨어져 그 뒤를 따르는 가온.
손에 들린 검에 달린 부절이 언뜻 강무장 자객의 것과 같아 보인다.

S#43. 비현각 안 + 밖 / 낮 - 밤 / 몽타주

씩씩대며 비현각으로 들어온 휘.
가온과 홍내관 함께 문 앞을 지킨다. 불만스레 가온을 돌아보던 휘, 책상으로 다가오면, 책상 가득 서책들이 쌓여 있고. 옆으로 지운이 준 연씨가 보인다. 연씨를 보는 휘의 표정, 심란해 보이고.
잠시, 다시 자리에 앉아 책을 펼치는 휘.
의지를 다지듯 다시 읽어 나간다. 연씨를 다시 살피기도 하고 골똘한 모습.
그렇게 낮에서 밤으로 시간이 바뀌고.
문 앞의 홍내관 꾸벅꾸벅 졸지만, 꿋꿋이 선 가온.
비현각 안의 휘 골똘한 모습에서.

S#44. 대전. 편전

혜종, 한기재가 건넨 천거 단자를 보고 있다.

한기재 얼마 전 사고로 목숨을 잃은 평안도 감찰사를 대신할 인물이옵니다.

혜종 (모두 한기재의 사람이다. 표정이 굳어져) 아주 친숙한 인물들이오. (뼈 있는) 그대에게.

한기재 이조와 병조에서 고심해 삼망(三望)* 한 이들이니 전하께서 따로 특지(特旨)** 를 내릴 것이 아니라면 낙점해 주시지요.

혜종 (못마땅하다) 얼마 전 시강원 사서도 직접 천거하였다 들었는데 시강원에 감찰사에, 온갖 곳들을 두루 신경 쓰시느라 퍽 바쁘시겠소.

한기재 (받아치며, 뼈 있는) 장차 세자저하께서 크게 쓰실 인물들입니다. 아무리 바쁘더라도 제가 해야 할 일인 것이지요.

혜종 (기막힌 듯, 그 뻔뻔함에 표정이 굳어진다. 마주보는 눈빛에서)

S#45. 정전 전경

S#46. 정전

혜종 앞씬의 일로 기분이 언짢은 듯 앉아 있다.
좌우로 도열한 대신들.
영의정인 창천군 일파와, 좌의정인 상헌군의 일파로 나뉘어 있다.
그들 사이 이판인 신영수와 종친인 원산군 서 있고.
이현은 이제 막 도착한 듯 들어와 원산군의 곁에 가 선다.

신영수 전하의 탄일을 기해 명나라에서 보낸 사신단이 곧 한양에 도착할 것입니다. 이에 본격적으로 사신단을 맞을 준비를 해야 할 듯하옵니다.

혜종 그래 사신단을 영접할 이는 누가 좋겠소.

---

* 이조와 병조에서 적임자 3명의 명단을 적어 왕에게 추천하던 제도
** 왕의 특별 명령

노학수 그야 응당 세자저하께서 맡으셔야지요. 당연한 것 아니겠습니까.

창천군 (혜종 한 번 보고) 근자에 명국은 나라의 내분으로 정국이 많이 어지러운 상황입니다. 하여 이번 사신단 방문은 누구보다 명나라 사정에 밝은 이가 맡는 것이 더 나을 듯싶습니다.

혜종 일리 있는 말이오. 허면 영상은 누구를 추천하시오.

창천군 최근 사행단으로 명나라에 다녀온 자은군께서 이번 영접을 맡는 것이 어떻겠습니까.

노학수 (기막힌 듯 창천군을 보며, 옆 호판에게 낮게) 제현대군이 어려 저 일을 맡을 수 없을 것 같으니 자은군을 들먹이는 것 아닙니까.

호판 (낮게) 어떻게든 세자저하의 위상을 깎아내리겠다는 심산인 게지요.

한기재 (창천군의 그 말에 표정 굳어져) 사신단의 영접은 세자께서 하시는 것이 관례였다는 것을 진정 모르시는 것입니까.

혜종 (받아치듯) 자은군은 종친이니 국격에 어긋남은 없을 거요.

한기재 (날카롭게 바라보면)

이현 (자신이 지목되자 조금 놀라) 하오나 전하...

혜종 (쐐기를 박듯) 이번 영접은 자은군이 책임지고 맡거라.

이현 (조금 놀라 보다가, 어쩔 수 없는) 예... 성심을 다하겠습니다.

혜종의 반격에 비웃듯, 분한 표정이 되는 한기재.
설욕하듯 바라보는 혜종의 눈빛, 부딪히며.

S#47. 비현각 안

휘, 아직까지 연씨에 대한 명쾌한 답을 찾지 못한 듯, 비현각 안을 초조하게 왔다갔다하고 있다.

플래시백 / 36씬
오직 저하께서만이 답할 수 있다던 지운.

휘 (지운의 의도를 생각하듯, 답답한) 대체 무슨 꿍꿍이란 말이야...

휘, 답답한 듯 책장의 책들을 마구 꺼내 보다가, 문득 떨어진 책 한 권을 주우려고 굽히는데, 책장 밑, 깊숙한 곳, 보이는 상자 하나.
멈칫, 고민하다 상자를 꺼내는 휘.
떨리듯, 상자를 열어보면, 지운에게 받은 좌씨전과 염낭이 들어 있고.
『좌씨전』을 넘겨보는 휘의 눈빛이 아련해진다. 잠시, 책장 위에 『좌씨전』을 둔 채, 염낭을 열어 '연선'이라 적힌 이름을 보는 휘.

휘 (무언가 알아낸 듯) 설마...

동시에, 이현이 비현각 안으로 들어와 휘를 찾는 소리가 들린다.

이현 저하, 여기서 뭐 하고 계십니까?
휘 (놀라 급히 상자를 닫고 밀어 넣는다. 당황을 숨기려고) 혀, 형님!
이현 뭘 그리 놀라십니까? (널브러진 책들 황당하게 보며) 좀... 도와드릴까요?
휘 예? 아니, 아닙니다. (발로 툭툭 차 밀어내며, 괜히) 참! 이번 사신단의 영접을 책임지신다 들었습니다. 제가 뭐 도와드릴 건 없겠습니까?
이현 아닙니다. 저하도 신경 쓰실 일이 많을 터인데...
휘 궐 밖에 가실 때 함께 가고 싶어 그러지요. 눈치도 없으시긴. (약간 오버하며 하하하 어색하게 웃으면)
이현 (그런 휘가 귀엽고) 허면 회강연 먼저 끝내시고 이야기하시지요. 저하께 중요한 일이 아닙니까.
휘 (눈치 못 챘겠지? 안도하며) 예! 아무래도 그러는 게 좋겠지요? (어색한 웃음, 책장을 돌아본다)

S#48. 시강원 외경 / 다른 날, 낮

화면 밝아지면, 덧문을 열고, 회강을 준비하는 분주한 궁인들의 모습 보인다.

S#49. 동궁전. 휘의 처소

휘, 김상궁의 도움을 받아 의관을 정제하고 있다.
그런 휘를 바라보는 홍내관, 걱정되는 듯 초조한 표정이고.

홍내관 정말입니까? 정말 문제의 답을 알아내신 겁니까?
휘 그렇대도. (떠올리듯, 훗, 자신만만 미소로 동궁전을 나서면)

S#50. 동궁전 복도

회강장으로 걸어가는 휘, 자신만만한 표정.
홍내관과 김상궁 등 기대감으로 그 뒤를 쫓고 있다.
곁에 가온도 보이고.

S#51. 시강원. 회강장

덧문을 터 크게 만들어 놓은 전각 방.
곁으로 서연관들 앉아 있고.
그 뒤로 한기재를 비롯한 신료 몇 자리하고 있다. 구석 자리에 정석조도 보이고. 상석에 앉은 혜종과 그 뒤로 호위하듯 선 윤형설.
중앙에 자리한 휘를 바라본다. 휘의 맞은편엔 지운이 보이고.
정석조, 약간 긴장한 표정으로 지운을 보는데.

시강원관리 다음은 시강원 사서 정가 지운의 진강 차례입니다.

휘, 지운을 본다. 반듯하게 앉아 있는 지운.
일각, 홍내관과 김상궁 자신들이 더 긴장하여 지켜보고
그 사이, 조용히 들어와 자리하는 이현.

지운　지난 서연에서 제가 저하께 과제를 하나 드렸지요.

휘　예. 스승님께서 제게 심어 싹을 틔우라 씨앗을 주셨습니다.

지운　그것이 무슨 씨앗인지 알아내셨습니까?

휘　연꽃 씨앗입니다.

지운　(미소) 제대로 맞추셨습니다.

홍내관, 김상궁　(휴... 안도하고)

지운　허면 제가 어떠한 연유에서 그 연씨를 드렸는지는 읽으셨습니까?

휘　종경록(宗鏡錄)에 따르면, 사람은 스스로 마음이 있는 자리를 알지 못하나, 심장이 연꽃의 형상과 같다 하였습니다. 마음에 연꽃을 피우면 득과 이가 상응한다 하였지요.

지운　(끄덕이며 가만히 바라보면)

혜종　(무표정한 얼굴로 그런 두 사람을 바라본다)

휘　또한 더러운 진흙에 물들지 아니하고 그 향기를 간직하니, 고결한 연의 뜻을 본받아, 백성을 어여삐 여기는 정신을 잃지 말라는 의미이겠지요. (자신만만하게 바라보면)

지운　(가만히 끄덕이다가) 송구하오나, (불자생을 들려고 하는 순간!)

휘　(비웃듯) 허나, 경서에나 나올 법한 철학을 되풀이하고자 제게 이런 문제를 내진 않으셨겠지요.

지운　(당황한 듯 불자생을 내리고 보면)

휘　연은 본디 버릴 것이 하나도 없는 식물이지요. 잎사귀, 뿌리, 과방, 암술, 씨앗까지 전부 백성들에게 귀한 먹거리와 약재로 쓰입니다. 군자라 일컫는 선비들이 연에서 고결함을 보려 할 때, 백성들은 생사를 보았을 것입니다. 하여, 그저 애민을 마음먹은 군주가 아니라, 백성의 그늘진 삶까지 굽어살필 수 있는 맑은 눈의 성군이 되라는 뜻으로 받아들였습니다.

휘의 답에 감탄한 듯 끄덕이는 다른 서연관들과 대신들.
이현, 걱정스레 지운을 보면.
한기재, 그런 휘를 제법이라는 듯 바라본다.
혜종, 무심한 듯, 그러나 만족스러운 표정.
휘, 자신만만한 미소로 지운을 바라보면.

지운 (가만히 끄덕이다가) 훌륭한 답변이십니다. 허나, 제가 바라던 답은 아니 옵니다 저하.

휘 아니라고요? (놀라 당황스럽게 보면)

지운 군주라고 어찌 항상 타인만을 생각하겠습니까. 자애(自愛)를 아는 사람이야 말로 진정한 애민을 베풀 수 있는 법이지요.

휘 (발끈하며) 그것이 내게 주었던 연씨와 무슨 상관이란 말입니까!

지운 누군가, (한기재를 잠시 보다가) 궐은 진흙탕 같은 곳이라 말하더군요.

휘, ! 그 말에 한기재와의 말이 떠오른 듯 돌아본다.
한기재, 역시 표정 차가워지며 지운을 본다.

지운 연꽃은 진흙 속에서 피어나나 주변을 맑게 하고, 꽃잎에 더러운 물이 닿더라도 그대로 떨쳐낼 뿐 어떤 흔적도 남기지 않습니다. 주변의 부조리한 환경에 물들지 아니하고, 홀로 고결하게 피어나는 연꽃처럼 저하 역시 굳건한 군주가 되시길 바라는 마음으로 그 연씨를 드렸던 것입니다.

플래시백 / 29씬
홀로 고고할 필요 없다던 한기재.

지운 대의를 운운하며 무고한 이들을 함부로 하는 자들이 있다지요. 허나 그 어떤 대의도 백성들의 목숨보다 가치 있을 수는 없습니다. 부디 저하께서도 이 연꽃처럼 진흙탕 속에서도 무엇이 가장 중요한지 스스로 판별하고 다잡을 수 있는 고고함을 잃지 마시길 바라겠습니다.

한기재, 역시 그 뜻을 알아챈 듯 날카롭게 지운을 바라본다.
지운, 당당하게 그 시선 받아내 듯 한기재를 보면.
난처한 듯, 무겁게 굳어지는 정석조의 표정.
이내 지운, 탁. 不 강경패를 내려놓고 휘를 보면
놀라 입이 벌어지는 서연관들, 내관들, 궁녀들.

지운 소신, 이번 회강에선 저하께 불자생을 드리겠나이다.

당황한 표정으로 불자생과 지운을 번갈아 보는 휘.
지운의 불자생에 장내가 술렁이기 시작하면.
서늘하게 식어내린 표정으로 그런 지운을 바라보는 한기재.
이현, 역시 놀라 바라보는데... "하하하!" 통쾌한 웃음소리 들려온다.

혜종 뛰어난 통찰력이다. 나는 그 대답이 참으로 마음에 드는구나.

혜종, 제법이라는 듯 지운을 바라보면
그 말에 순식간에 장악되는 장내 분위기.
지운, 혜종을 향해 고개를 숙여 예를 갖춘다.

혜종 (한기재를 향해) 썩히기 아까운 능력이라더니. 상헌군의 말대로 정말 뛰어난 인재오.

한 방 먹은 한기재, 분한 듯 일그러지는 표정, 그러나 마지못해 고개 숙이면.
정석조, 이 상황이 난처하고, 지운을 돌아본다.
당당하고 곧은 표정으로 그런 정석조를 보는 지운.
휘, 대체 무슨 생각인 것인가, 기막힌 듯 지운을 바라보면
지운, 그런 휘를 돌아본다. 마주보는 두 사람의 눈빛에서.

S#52. 회강장 앞

혜종을 따라 회강장을 벗어나는 대신들.
일각에 선 가온, 옆으로 비껴서며 예를 갖춘다.
멀어지는 혜종을 바라보는 가온. 어쩐지 눈빛이 서늘하게 변하는데.

S#53. 동. 일각

걸어가던 혜종, 잠시 뒤를 돌아본다.
휘 일행을 따라 동궁전으로 향하는 가온의 모습.

혜종 병조에서 추천했다는 자가 저자인가.
윤형설 (본다) 예 전하.
혜종 (가늠하듯 바라보는)

S#54. 회강장 일각

휘, 걸어가면, 홍내관과 김상궁, 가온 등등 휘를 따른다.

홍내관 씨앗의 정체를 맞추었는데 불자생이라니... 정말 말도 안 되는 것 아닙니까? 저하께서 틀린 답을 말한 것도 아니고 순 자기 의견 가지고.
휘 됐다. 전하께서 수긍하셨으니 어쩔 수 없지 않느냐.
김상궁 (한숨, 걱정스러운 표정으로 따르는)
휘 (복잡한 표정으로 회강장 안 지운을 돌아보는 데서)

S#55. 동궁전. 누각 / 밤

푸짐한 연회상을 앞에 두고 술을 마시고 있는 서연관들.
회강 후 회강연을 벌이는 중이다. 휘는 상석에 앉아 있고.
다들 지운에게 한마디씩 하며 주거니 받거니 술을 마시면
오랜만에 즐거운 지운. 문득 휘가 있던 자리를 슥 돌아본다.
상석의 휘, 어느덧 자리를 떴는지 안보이고.
지운, 신경 쓰이는 듯 둘러보는데.

S#56. 동. 후원 + 연못 앞 / 밤

술자리를 벗어난 지운, 휘를 찾듯 잠시 주위를 돌아본다.
연꽃이 만개한 연못 앞, 생각에 잠긴 듯 가만히 못을 보며 서 있는 휘.
조금 떨어진 곳에서 가온이 그런 휘를 지키고 있고.
다가가던 지운, 휘의 모습이 어쩐지 신비로우면서도 아름답게 느껴지고.
저도 모르게 그 자리에 멈춰 서 잠시 바라보는데,
시선을 돌리던 휘, 그런 지운을 발견한다.
눈이 마주치는 두 사람.

지운 (얼른 깨닫듯 다가가며) 여기 계셨습니까. 저하...

휘 (다시 연못을 향해 시선을 돌리며 무심히) 모두 들었던 겁니까? 외조부께서 내게 한 말들을요.

지운 (아...) 송구합니다. 일부러 들으려 한 것은 아니었는데... 제 대답이 많이 불편하셨습니까?

휘 (픽, 쓰게 웃고) 인상적이었습니다. 이 궐에서 누구도 하지 못한 말이었으니까.

지운 (그 말에 안도하듯 옅게 미소 짓는데)

휘 허나, 두 번 다시 그런 짓은 하지 않는 것이 좋을 것입니다. 여긴 정사서가 생각하는 것처럼 그리 만만한 곳이 아닙니다. 위험하고, 무서운 곳이지요. 정사서는 모르겠지만. (냉소적으로 보면)

지운 (잠시 그 눈빛 바라보다) 저도 알고 있습니다. 궐이 위험한 곳이라는 걸.

휘 (보면)

지운 (무거워지는 표정) 그리 만드는 이들 중에 저희 아버지도, 저하의 외조부이신 상헌군 대감도 포함되어 있겠지요.

휘 (그 말에 놀라 지운을 본다)

지운 실은, 모두 제 얘기였습니다. 회강에서 했던 말들 말입니다. (놀라 굳어 선 휘를 보며) 하여 설령, 이 일로 위험에 처한다 해도 두렵지 않을 것입니다. 다만 제가 두려운 건 진창뿐인 그들의 모습에 익숙해질까 봐, 그런 모습을 닮아 갈까 봐... 그것이 두려울 뿐이지요.

지운의 그 말에 흔들리듯 그런 지운을 바라보는 휘.

지운, 곧은 눈빛으로 그런 휘를 보는데, 어쩐지 그 눈빛에 슬픔이 서려 있다.

플래시백 / 2부 37씬
정석조 앞을 가로막던 지운. 그 상처 받은 눈빛...

휘 (흔들리듯, 그런 지운의 시선을 피해 내면)
지운 (역시 털어 내듯, 시선 돌리며) 헌데 제가 드린 씨앗의 싹은 어디 있습니까?
휘 연의 자리가 어디겠습니까. 받은 날 바로 이 못에 던져두었지요.
지운 (의외다) 허면, 보자마자 무슨 씨앗인지 아셨단 겁니까? 저하껜 어려운 문제일 거라 여겼는데...
휘 연자육은 본디 수라상에 반찬으로 자주 오르는 것인데 그걸 어찌 모르겠습니까.
지운 (아차 싶은 표정) 제가 수라상은 본 적이 없어서...
휘 (그 말에 픽, 그제야 옅은 웃음으로 돌아보면)
지운 (그 미소를 예쁘게 보다가) 허면 그 연씨도 곧 꽃을 피우겠네요.
휘 (? 그 말에 본다)
지운 (그런 휘를 바라보며, 곧은 미소) 그때까지, 잘 부탁드리겠습니다. 저하.

물결에 일렁이듯, 불빛이 반사된 지운의 얼굴에 해사한 미소가 떠오르고,
그런 지운을 바라보는 휘의 눈빛, 또다시 떨리듯 흔들린다.
잠시, 멀리서 지운을 찾는 시강원 스승들의 목소리가 들려온다.
"정사서! 뭐하나~ 어서 오라니까~!"
돌아보는 지운. "예 갑니다. 지금!" 크게 소리치고.

지운 (자신을 바라보고 선 휘를 향해) 가시지요 저하. 오늘은 아무 생각 마시고 함께 한잔하고 푸십시오. 뭐든 말이지요.

지운, 맑게 웃으며 돌아서면
그런 지운을 바라보는 휘, 입가에 보일 듯 말 듯 옅은 미소가 피어오르는 데서.

S#57. 궐 밖 / 다른 날, 낮

휘를 데리러 와 기다리고 있는 이현.
세자 곤룡포가 아닌, 화사한 두루마기 선비 복색으로 궐을 빠져나오는 휘.
곁엔 가온과 홍내관이 있다.
미소로 휘를 보는 이현.

이현 가시지요 저하. 하루가 짧을 것입니다.
휘 예. 형님

휘와 이현 걸어가면
따르는 가온과 홍내관.

S#58. 동. 다른 일각 / 낮

이현의 호위를 받으며 걸어가는 휘.
궐 밖의 자유로운 공기에 벌써 얼굴이 밝아진다.
가온이 휘의 가까이에 붙어 호위를 하려 하자,
팔로 자연스럽게 가로막으며 돌아보는 이현.

이현 너무 걱정 말게. 저하의 곁은 내가 충분히 지킬 수 있으니.

이현의 눈빛에 걸음을 멈추고 거리를 두는 가온.
이현, 언제 그랬냐는 듯 휘에게 따뜻한 미소를 지으며 앞서가면
홍내관, 초조한 듯, 서둘러 두 사람을 따른다.

S#59. 문수 집. 사랑채

편한 복장의 문수, 팔에 붕대 정도 감고 앉아 있으면
갓 도포 차림의 지운, 황당한 듯 그런 문수를 본다.

지운 보덕 어른 팔이 왜...?

문수 아... (멋쩍은) 그래서 말인데. (책 한 권을 건네며) 이것 좀 나 대신 후딱 써서 궐에 가져다주지 않겠나?

지운 이건... (보다가) 지금 저한테 대필을 부탁하시는 겁니까?

문수 (찔려서 괜히 버럭) 대필이라니! 저하께서 필요하다 하신 자룐데 누가 쓰는 게 뭐가 중요한가! 사람 참, 말을 해도!! (하다가 괜히 팔을 쳐서 아악!... 호들갑 떨면)

지운 (황당. 난감하게 바라본다)

문수 (큼큼. 얼른 태도 바꿔) 내 부탁할 데가 자네밖에 없어서 그래... 자네도 알잖는가. 저하께선 무슨 일이 있어도 시키신 건 꼭 확인하시는 분이란 걸.

지운 문학 어른은요?

문수 그 자식 얘긴 하지도 마. 휴일이면 연통도 안 받는 놈이야. 그 자식이. 나쁜 자식... 나 아니었으면 벌써 시강원에서 쫓겨나도 쫓겨났을 놈인데... (은근한 눈빛으로 보며) 저하께서 돌아오시기 전에 얼른 써서 좀 가져다주게. 내 이 은혜는 절~대 잊지 않을 테니까. 응?

지운 (문수가 건넨 책을 난감한 듯 보는 표정)

S#60. 저잣거리 스케치

신나게 거리를 구경하는 이현과 휘.
휘를 조용히 따르는 가온과 연신 간식거리를 먹어 치우는 홍내관.

휘와 이현, 즐겁게 포목점 비단을 구경하며 고른다.
비단을 고르고 나서는데, 휘와 부딪치는 고운 낭자.
경쟁하듯 얼른 휘를 감싸 보호하는 이현과 가온.
덕분에 벌러덩 넘어지는 것은 여인뿐이다.
여인의 손을 잡아주는 휘.

넘어진 여인, 얼굴을 붉히며 휘를 바라보면
당황하는 휘. 이현, 얼른 휘를 이끌고 다음 장소로 향하고.

방물전
이현, 진지하게 물건들을 구경하면
휘, 괜히 관심 없는 척, 그러나 흘깃... 옥가락지 하나를 만져보는.

이현 (돌아보며) 이건 어떻습니까 저하?
휘 예? 아 그것보단 저게 더 나을 것 같은데...

화들짝, 얼른 만지던 가락지 내려놓고 이현에게 향하면
놓치지 않고 보는 이현의 표정.
가온, 그런 휘를 바라보면, 막아서는 홍내관.
마침 방물전 안으로 여인들이 쏟아져 들어와 북적이기 시작하면
걱정스레 휘를 살피던 이현, 무언가 생각난 듯,
홍내관과 가온의 눈을 피해 슬쩍 휘의 손을 잡아당긴다.

휘 (! 놀라 돌아보면)
이현 (목소리 낮추고, 장난기) 저하 저쪽에 뒷문이 있습니다. 가시지요.

휘의 등을 감싸 이끌며 가온을 따돌려 뒷문으로 빠져나가는 이현.
얼떨결에 끌려가는 휘. 뒤늦게 그 모습 발견한 홍내관과 가온, 그러나
북적이는 여인들에 가로막혀 쉽게 뒤를 쫓지 못하는데.

S#61. 동. 다른 일각 / 낮

복잡한 시전 거리. 사람들 사이를 정신없이 달리다가
쫓아오는 홍내관과 가온을 피해 몸을 숨기는 이현과 휘.

휘 어찌 이러십니까. 형님...

이현　(짐짓 장난스럽게) 재밌지 않습니까. 어린 시절 함께하던 술래잡기 놀이처럼요.

휘　(그 말에 허, 웃음 지으면)

맑게 웃는 휘를 따뜻한 눈으로 보는 이현.
품에서 비단으로 싼 주머니를 내민다.

휘　이게 무엇입니까? (열어보면, 아까 옥가락지)

이현　저하께 드리는 선물입니다.

휘　(여인임을 들켰나 싶어 쿵) 어찌 저에게 이런 것을...

이현　나중에 정인이 생기시면 주십시오. 은애하는 여인이 생기면 그때.

눈에 띄게 안도하는 휘. 당황하며 이현이 준 주머니를 보고 있는데
마침 휘 근처 어물전 좌판에서 거리 쪽으로 물을 촥-뿌리는 상인1.
먼저 발견한 이현, 저하! 얼른 소매를 펼쳐 물을 막아주며 휘를 제 품속으로 끌어당긴다.

이현　괜찮으십니까 저하... (하다가, 너무 가까운 휘의 얼굴에 쿵... 저도 모르게 심장이 뛰는. 더 뭐라 말도 못 하고 그대로 휘를 바라보면)

휘　(굳은 이현 보며 의아한) ...형님?

이현　(그제야 정신이 들듯 퍼뜩 얼른 한 발 떨어지며) 송구합니다 저하. 더러운 물이 튈까 저어되어...

좌판주인　(안절부절못하며 다가와) 에구머니나. 이걸 어째... 귀하신 분 옷에 이런 짓을 했으니...

이현　괜찮네. 그럴 수도 있지.

좌판주인　(연신 꾸벅 인사를 하고 사라지면)

휘　(그런 이현 따뜻하게 보다가) 옷이 젖어 어찌합니까.

휘, 걱정스러운 눈빛으로 젖은 이현의 소매를 살피면
이현의 눈엔 휘의 구겨진 갓이 보인다.
조금 전 이현이 끌어당기느라 약간 구겨져 버린 갓.

이현　(난감) 저 때문에 저하의 갓이 상했습니다.
휘　(올려다보면)
이현　잠시만 기다리십시오. 얼른 새것으로 구해오겠습니다.
휘　괜찮습... (하는데 벌써 가버린 이현. 그 뒷모습 보는)

S#62. 동. 다른 일각

책을 보며 걸어오던 지운, 조금 떨어진 곳, 찌그러진 갓을 쓰고 홀로 서 있는 휘를 발견한다. 지운, 본능적으로 몸을 돌려 모른 척 지나가려는데, 찌그러진 휘의 갓이 눈에 보이고.
사람들, 멀끔하게 생긴 선비의 찌그러진 갓을 보며 쿡- 웃으며 지나가자, 약간 민망한 듯 제 갓을 벗어 괜히 이리저리 살피는 휘의 모습.
바라보던 지운, 어떡할까 하다가 휘에게 다가간다.

지운　(불쑥 제 갓을 벗어 내밀며) 일단 제 것이라도 쓰시지요. 저하.
휘　(갑작스러운 지운의 등장에 놀라 보면) 정사서...
지운　(어느새 휘의 머리에 갓을 씌워주며) 도포의 완성은 갓입니다.
휘　(갑작스러운 지운의 행동에) 이 무슨! (노해서 쏘아보는데)
지운　(진지한) 보는 눈이 많사옵니다. 저하의 품위를 지켜 드리는 것 또한 신하된 도리니 소신의 무례를 용서하십시오. (끈을 묶어주려 하면)
휘　(당황해 그대로 멈칫 바라보다, 손을 쳐내고) 제, 제가 하지요.

휘, 끈을 묶으려는데 익숙지 않은 데다 떨려서 자꾸만 헛손질을 한다.

지운　(휘의 손을 부드럽게 밀어내고 대신 갓끈 묶어 준다) 직접 묶어보신 적 없으시지 않습니까. 잠시만 그대로 계십시오.

지운, 예의 바른 손길로 휘의 갓끈을 정성스럽게 매어 준다.
지운의 손이 자꾸만 휘의 턱에 닿을 듯 닿지 않을 듯 묘하게 스쳐 가고...

그럴 때마다 긴장한 듯 시선을 피하는 휘.
지운, 역시 그런 휘를 의식하듯 손길이 더욱 조심스러워진다.
갓끈을 매어주느라 두 사람의 얼굴이 점점 가까워지고...
가만히 지운을 바라보는 휘의 눈빛이 흔들리기 시작한다.
지운, 역시 시선을 느꼈는지 휘를 바라보면,
순간, 얽히듯 부딪히는 두 사람의 눈빛.
휘, 쿵쾅대는 심장을 감추듯 긴장된 눈빛으로 지운을 본다.
지운, 역시 묘한 감정이 이는 듯, 떨리는 눈빛으로 휘를 바라보는.
그렇게 서로를 마주 보고 선 두 사람의 모습에서. 4부 엔딩.

5부

그래도 한 번쯤은…

믿어 볼 수 있는 것 아닙니까?

S#1. 저잣거리 일각 / 4부에 이어서

지운, 예의 바른 손길로 휘의 갓끈을 정성스럽게 매어 준다.
지운의 손이 자꾸만 휘의 턱에 닿을 듯 닿지 않을 듯 묘하게 스쳐 가고...
그럴 때마다 긴장한 듯 시선을 피하는 휘.
지운, 역시 그런 휘를 의식하듯 손길이 더욱 조심스러워진다.
갓끈을 매어주느라 두 사람의 얼굴이 점점 가까워지고...
가만히 지운을 바라보는 휘의 눈빛이 흔들리기 시작한다.
지운, 역시 시선을 느꼈는지 휘를 바라보면,
순간, 얽히듯 부딪히는 두 사람의 눈빛.
휘, 쿵쾅대는 심장을 감추듯 긴장된 눈빛으로 지운을 본다.
지운, 그 눈빛에 어쩐지 묘한 감정이 이는 듯,
떨리는 눈빛으로 휘를 바라보는데.

S#2. 동. 다른 일각

새 갓을 들고 오던 이현, 다가오다 그런 두 사람을 발견한다.
이현의 눈엔 지운의 뒷모습만이 보이고.

사내의 뒷모습과 그 너머 떨리는 눈빛의 휘를 보며 굳어지는 이현.

S#3. 동. 다시 휘가 있는 곳

휘, 시선을 피하듯 얼른 고개를 돌리면

이현 (어느새 휘 앞을 감싸듯 막아서며) 웬 놈이냐!
휘 (당황해 그대로 물러서며) 형님...
지운 (보고, 놀라며) 현아...!
이현 (그제야 알아보고) 정지운... (당황) 네가 여긴 어쩐 일이야...?
휘 (얼떨떨한) 두 분이 아는 사이셨습니까?
이현 그게... (난감한 듯 지운 보면)
지운 (역시 난감하지만, 더는 숨길 수 없고) 벗입니다. 아주 절친한.
휘 (당황스러운) 벗이라고요?

플래시백 / 4부 24씬
이현에게 지운의 욕을 하던 휘의 모습.

휘 (민망함에 얼굴이 붉어진다. 조금 원망스레) 왜 진작 말씀하시지 않으셨습니까. 전 그것도 모르고...
이현 (미안한) 송구합니다. 저하께 부담이 될까 봐 그런 것이니 너무 노여워 마십시오.
지운 (그런 두 사람 살피듯 보다가) 혹 제 흉이라도 보신 건 아니시지요?
휘 (흥, 밉게 보며) 뭐 찔리는 것이라도 있는 모양입니다.
지운 찔리다니요! 저하께서야 말로 뭔가 걸리는 게 있으신 것 같은데...
휘 (기막힌) 뭐라고요! (뭐 저런 인간이 다 있나, 기막혀 보는데, 문득 지운이 옆구리에 끼고 있는 보덕의 책을 발견한다) 그 책은... 내가 보덕께 따로 부탁한 것 같은데 왜 정사서가 들고 있는 겁니까?
지운 예? (당황, 얼른 뒤로 숨기며) 아...! 이건 제 것입니다. 제 것...

휘, 의심스러운, 이리 줘 보라며 다가가면
지운, "제 것이라니까요..." 이현의 뒤로 몸을 피하며 책을 숨긴다.
이현을 사이에 두고 책을 뺏으려는 휘와 숨기려는 지운, 잠시 실랑이를 벌이면. 가운데서 당황스러운 이현.

홍내관 (E) 저하~~!!

조금 떨어진 곳에서 휘를 발견한 홍내관과 가온이 다가오고 있다.
사색이 되어 헐레벌떡 달려오는 홍내관을 발견한 휘,
그제야 아차, 난감한 표정인데.

지운 (살았다. 그 틈에 얼른 물러서며) 허면, 두 분, 일 보시지요.

지운, 휘와 이현에게 인사하고 얼른 줄행랑친다.
그런 지운을 웃으며 바라보는 이현.

홍내관 (휘에게 달려오며 원망스럽게) 저하! 제게 말도 없이... 어찌 여기 계신 겁니까!
이현 (난감해하는 휘를 보고 대신 나서며, 짐짓 모르는 척) 그러는 자네들이야말로 저하를 보필하지도 않고 어딜 다녀오는 겐가.
홍내관 예?! (허, 어이없고 억울한데) 아니...! (뭐라 더 말하려는데)
가온 (묵묵히 고개를 숙인다) 송구합니다.
휘 (이현을 바라보며 쿡- 웃음 참으면)
이현 (찡긋, 따뜻하게 미소)

휘, 문득 멀어진 지운 쪽을 돌아보는 데서.

〈연모 5부〉

S#4. 궐 문 앞 / 밤

휘를 문 앞까지 데려다주는 이현.
그 뒤에 바짝 붙어 눈에 불을 켜고 따르는 홍내관과 곁의 가온.
휘, 뒤통수가 따갑다.

휘 오보 뒤로 떨어지지?
홍내관 (앙갚음하듯) 또 어디로 사라지실지 모르지 않습니까.
휘 여기 궐 문 앞이다. 가긴 어디로 간다고...

휘, 곁에 붙은 가온이 불편한 듯 홍내관에게 좀 물러나라 눈짓하면
홍내관, 어쩔 수 없다는 듯 그제야 찔끔 물러선다.
가온도 약간 떨어져 따르고

이현 (문 앞에 서서) 오늘 큰 은혜를 입었습니다.
휘 아닙니다. 형님 덕에 저도 오늘 모처럼 즐거웠습니다.
이현 (다정히 보면)
휘 (떠오른 듯) 아, 이거... (품속에서 아까 옥가락지 꺼내서 돌려준다) 저보단 형님께 더 필요하지 않겠습니까. 형님이야말로 나중에 연모하는 여인이 생기면 주시지요. (따뜻하게 웃으면)

이현, 어쩔 수 없이 받아든다. 아쉬운 듯 옥가락지에 시선이 머물고.
잠시. 휘, 궐로 돌아가면 그 뒤를 따르는 가온.
홍내관, 또다시 쉼 없이 조잘대며 잔소리를 쏟아낸다.
휘, "알았대도..." 타이르며 앞서가면
그런 휘가 궐에 들어가 안 보일 때까지 지켜보는 이현. 조금은 씁쓸한 표정 감추며 돌아서는 모습에서.

S#5. 동. 처소 안 의대칸 / 밤

휘의 환복을 돕는 김상궁.

김상궁 표정이 밝으십니다. 궐 밖에서 뭐 재미난 일이라도 있으셨는지요.
휘 재미난 일은 무슨...

휘, 아무 생각 없이 갓을 벗어 건네다가 멈칫.
제게 닿던 지운의 손길과 눈빛을 떠올리자 얼굴이 화끈해진다.

플래시백 / 1씬
눈빛이 마주치던 두 사람.

김상궁 왜 그러십니까?
휘 뭐, 뭐가?
김상궁 (걱정으로 살피며) 옥안이 달뜬 것이 미열 기운이 있어 보이십니다.
휘 (그 말에 더 붉어지며) 아, 아니다! 나갔다 왔더니 조금 더워 그렇구나... (시선 피하면)
김상궁 (평소와 다른 휘에 갸웃, 겉옷과 갓을 치우려는데)
휘 그건, 내일 서연 때 돌려줘야 하니 따로 잘 정리해 두게...
김상궁 예? (손에 든 갓을 보다가) 예. 그리하겠습니다. 저하.

김상궁, 그런 휘가 이상한 듯 보다가 물러나면
휘, 큼... 약간 민망한 듯 시선 피하는 표정에서.

S#6. 이현의 군저. 이현의 방 / 밤

이현 옷을 갈아입는데 주머니(소매)에서 옥가락지가 나온다.
심란한 듯 옥가락지를 보는 이현의 얼굴 위로.

S#7. 세손전. 휘의 처소 + 의대칸 / 이현의 과거 회상

어린 이현, 장난기 가득한 표정으로 살금살금, 작은 고양이 한 마리를 안고 안으로 들어온다. 주변을 살피던 이현, 휘의 서안 앞에 고양이를 내려놓으려는 찰나, 밖에서 들려오는 한기재와 빈궁 등의 목소리.
이현, 헉! 놀라 주변을 살피다가 얼른 고양이를 안은 채 병풍(혹은 의대칸)으로 들어가 몸을 숨기면, 곧이어 들어오는 휘와 한기재, 빈궁 등.
한기재, 조금 노기 서린 표정으로 휘를 보면
앞에 선 어린 휘, 말에서 떨어진 듯 얼굴과 몸에 생채기가 보인다.

한기재 (서늘히) 말 위에 앉아 무슨 다른 생각을 하셨기에 그런 바보 같은 실수를 다 하신 겁니까.

휘 (한기재의 서슬에 두려운 듯 주눅 들어) 소, 송구합니다...

빈궁 (걱정과 긴장, 막아서듯) 세손의 안정이 우선입니다. 하실 말씀이 있으시거든 의원이 다녀간 후에 하시지요.

한기재 (노려보며, 서늘하게) 이깟 일로 죽는 법은 없습니다.

빈궁 (그 눈빛에 더 만류하지 못하고 보면)

한기재 (다시 휘를 보며) 요사이 마마의 행동이 예전 같지 않사옵니다.

빈궁, 휘 (긴장으로 본다)

한기재 세손께선 소신의 귀하신 핏줄이십니다. 허니 누구보다 완벽해야만 합니다. 아시겠습니까?

휘 (긴장으로 바라보면)

한기재 (확인하듯) 부디 소신의 기대를 무너뜨리지 마시옵소서.

휘 (두렵다. 시선 피해 고개 숙이며) 예... 외조부님...

일각 / 고양이와 함께 몸을 숨긴 이현, 역시 긴장으로 지켜보는데
순간, "야옹..." 작게 울음 우는 고양이.
이현, 헉! 숨이 막힐 듯 얼른 고양이를 끌어안고 몸을 더 웅크린다.
다행히 듣지 못한 듯 동요 없는 일동.
한기재, 잠시 돌아보는 듯하다가 주눅 든 휘에게 시선 주고 먼저 자리를 뜨면, 안도하듯 돌아보는 빈궁. 고개 숙인 휘를 바라본다.

휘 송구합니다. 말을 타는 일이 아직 익숙지 않아...

빈궁 알고 있다. 네 외조부의 앞이라 더욱 긴장하였겠지.

휘 ......

빈궁 좌익위께 일러 따로 가르침을 부탁하마. 죽은 네 오라비의 실력까지는 어렵더라도, 다른 이의 눈에까지 세손과 차이가 나 보여선 아니 될 것이다.

휘 예... 빈궁마마...

빈궁 또 그 소리! (엄히 보다가, 안쓰러운 듯) 상처가 심하다. 옷부터 갈아입는 것이 좋겠구나.

일각 / 몸을 웅크린 이현, 그런 두 사람의 대화에 놀라 보면.
빈궁이 지켜보는 가운데 김상궁의 도움을 받아 환복 하는 어린 휘.
"아..." 상처 때문에 아픈지 표정이 일그러진다.
잠시... 병풍 틈, 이현의 시선에 선명히 보이는 가슴가리개를 한 휘의 모습이 드러나고, 완연한 소녀의 모습에 믿기지 않는 듯, 시선을 돌리고 마는 어린 이현. 충격에 빠진 모습에서.

S#8. 세손전 마당 / 이현의 과거 회상

어린 휘와 격검 대련 중인 어린 이현.
휘가 여자라는 생각에 제대로 공격할 수가 없다.
빈틈을 치고 들어오는 휘.
이현의 목검이 날아가 멀리 떨어진다.

어린 이현 (의욕 없는) 저하께서 이기셨습니다...

어린 휘 (분한 듯) 왜 봐주신 겁니까?

어린 이현 (그런 휘의 말에 보면)

어린 휘 (독한 눈빛) 제가 어리다고, 약하다고 봐주지 마십시오. 이리 성의 없는 승리는 사양할 것입니다. (돌아서 가면)

어린 이현 (조금 놀라 보는 표정에서)

S#9. 빈전 / 과거. 이현의 회상

상복 차림의 어린 휘. 빈궁의 신주를 보며 흐느낀다.
뒤에서 지켜보는 어린 이현. 휘의 두려움을 떠올리자 저 역시 가슴이 아픈 듯 표정이 무거워지고.

(점프)
어린 이현, 상복 차림 그대로 울다 지쳐 잠든 어린 휘에게 제 옷을 덮어 준다. 안타까운 듯 가만히 어린 휘를 바라보는 표정에서.

S#10. 이현의 군저. 이현의 방 / 밤 / 다시 현재

씁쓸한 얼굴로 옥가락지를 서랍에 잘 넣어두는 이현에서.

S#11. 시강원 전경 / 다른 날, 아침

S#12. 시강원 안

제 앞에 놓인 갓 함을 열어보는 지운.

지운 굳이 돌려주지 않으셔도 되는데...
휘 (냉랭하게) 다음부턴 시키지도 않은 짓은 하지 마시지요. 정사서에겐 그런 행동들이 지켜야 할 예의와 호의일지 모르나 내겐 그저 불필요한 아부와 아첨 같아 보이니 말입니다.
지운 아니 아부라니! 저 그런 사람 아닙니다. 제가 뭐가 아쉬워서...! (영지, 질금을 생각하면 조금 아쉬운 처지긴 하다. 큼큼. 시선 피하면)

휘, 그 모습에 괜히 차갑게 굴며 책을 넘기면

지운, 그런 휘의 태도에 구시렁거리며 갓을 치운다. 그러다 문득 갓끈에 달린 장식품을 발견하고 갸웃.

지운 (살피며) 이게 원래 있었나? 혹시, 저하께서 달아 주신 겁니까?

휘 (괜히 놀라, 버럭하며) 내가 그걸 왜! 그건 원래 있던 겁니다!

지운 아님 아니지 왜 소리를 치십니까...

휘 내가 언제! (문득 민망한, 가다듬고) 소리를 쳤다고... (지운과 눈 마주치면, 큼... 괜히 시선 피하다가) 그나저나, 정사서께서 자은군 형님과 벗이었다니, 참으로 놀랐습니다.

지운 (뿌듯하게 보며) 방이유취, 물이군분... 비슷한 성질끼리 모인다는 방증이 아니겠습니까. 하하핫...

휘, 됐다 말을 말자, 시선 거두고 책 퍽퍽 펼치면
지운, 입 삐죽, 책 펼치다 문득 시선을 내린 휘의 모습에 시선이 고정된다. 길고 선명한 속눈썹, 뽀얀 피부에 고운 턱선까지.
지운, 자기가 무슨 불경한 생각을 하는 건가. 얼른 털어 내고 책을 마저 펼치면, 바라보는 휘. 그 위로

질금 (E) 세자저하가 여자처럼 느껴진다니!

S#13. 한성부 옥사 / 밤

지운이 넣어 준 듯한 음식을 한입 가득 베어 물던 질금. 어이없다는 표정으로 옥사 밖 지운을 본다.

질금 이 형님 진짜 위험한 사람이네...?

지운 그게 아니라! 말했잖아. 그날 강무장에서 본 그 궁녀하고 좀... 닮은 것 같다고...

질금 그 말이 그 말이지. 아냐, 그게 더 나쁘지? 하늘 같은 세자저하를 감히... 아주 죽을라고 환장했구만?

지운 니가 생각해도 그렇지?

질금　(아구아구 정신없이 음식 먹으면)
지운　천천히 좀 먹어. 여기서 굶냐.
질금　응. 굶는데?
지운　(울컥하는) 아니 여긴 애들 밥도 안 먹이고 진짜!!
질금　(열심히 먹다가 문득 영지 생각에 멈춘다) 영지는 안 굶고 잘 있나... 다른 건 다 참아도 배고픈 건 못 견디는 앤데...
지운　걱정 마. 갈 때마다 먹을 건 푸지게 넣어주고 있으니까. (그러나 무거운 마음이다)

S#14. 동. 영지 옥사 앞 / 밤

조금 긴장한 듯 옥사를 둘러보며 선 소은.
영지. 경계하는 표정으로 소은을 본다.

영지　여긴... 어찌 알고 오신 겁니까? (경계하듯) 아직도 저, 아니 우리 의원님께 무슨 볼일이라도 남으신 겁니까?
소은　(뭐라고 먼저 말을 꺼내야 할까, 어색하게 보며) 그러니까 말이지...
영지　(여전히 경계한 채) 의원님이 어디 계신지는 전 정말 모릅니다. 그걸 물으시려고 왔다면, (하는데)
소은　(불쑥) 사과하고 싶었어!
영지　(뜻밖의 말에 ? 보면)
소은　자자를 새기겠다 협박한 거... 미안하구나. 진심은 아니었어. 그땐 너무 화가 나서... 용서해 줄래?
영지　(갑작스러운 말에 당황스러운) 용서...요?
소은　(답지 않게 머뭇머뭇, 수줍게 바라보며 끄덕이면)
영지　(당황스러운) 아니 그거야 뭐... (황당한) 정말 그것 때문에 여기까지 오신 거라고요?
소은　(긍정적인 반응에, 다가가 영지의 손을 탁 잡으며) 실은... 앞으로 너와 나 각별한 사이가 될 수도 있을지 몰라. 의외로 내 사람에겐 간 쓸개 다 내주는 무른 사람이거든. 나. (걱정스러운 듯 옥사를 살피며) 여기 뭐 필요한 건 없니? (끼고 있던 옥가락지 정도 빼서 건네며) 옥지기한테 주면 먹을 음식이랑 덮을 거리도 좀 가져다줄 거야. 뭐해. 받지 않고.

소은, 부쩍 살가운 표정으로 영지를 바라보면
적극적인 소은의 구애가 당황스러운 영지, 황당한 표정에서.

S#15. 대갓집. 사랑채 / 밤

어둠 속, 방으로 향하는 대감(대감2) 하나의 뒷모습이 보인다.
지켜보는 시선... 빠르게 다가가면
(E) 꺅- 여종의 비명 소리

S#16. 동. 사랑채 마당 / 아침 - 낮

여종 하나, 주저앉은 채 두려움에 질려 어딘가를 보면,
공중에 발이 붕- 뜬 채 목을 맨 대감2의 시신.

(점프)
사랑채 앞으로 금줄이 쳐 있고.
사헌부의 군사들이 시신을 내리고 있다.
조금 떨어져 바라보는 정석조, 무언가 이상하다는 표정.

S#17. 궐. 연무장

윤형설, 금군들의 훈련을 지켜보다 돌아서는데
다가오는 누군가. 정석조다.
조금 놀란 듯, 바라보는 표정에서.

S#18. 윤형설 집무실

윤형설과 정석조 마주 앉아 있다.

윤형설 (조금 놀라 보며) 운암이 죽다니...

정석조 (사무적인) 이달에만 벌써 두 번짼니다. 10년 전 익선의 추국 당시 결정적 증언을 한 자들이 죽은 것이. (무언가 알아내려는 듯 윤형설을 보며) 스스로 목을 달았다 하나, 제 눈엔 그리 보이지 않더군요.

윤형설 (그 말에 조금 놀라고, 생각에 잠긴 듯, 잠시 말이 없는데)

정석조 (그 반응에) 내금위장께선 뭔가 알고 있을 거라 생각했는데. 제가 잘 못 생각한 모양이군요. (용무가 끝난 듯 자리에서 일어나려 한다)

윤형설 (그런 정석조를 보다가) 단지, 그 말을 하려고 나를 찾은 건가?

정석조 (보면)

윤형설 (잠시 보다가) 10년 만이네, 자네가 이리 나를 찾은 것이. 동문수학하던 벗과의 만남까진 아니더라도 안부 정도는 물어 볼 수 있겠지.

두 사람 잠시 마주 보는 눈빛.

정석조 (눈빛 가라앉으며) 내 안부가 궁금할 이유는 없을 것 같은데.

윤형설 ...정지운이라 하였나? 아들이 서연관이 되었다는 얘기는 들었네.

정석조 (그 말에 보면)

윤형설 젊은 시절의 자네를 닮았다면 분명 훌륭한 스승이 되어주겠지. 저하께 말이네.

정석조 (그 말에 자조 섞인 미소가 옅게 떠올랐다 사라지고) 바쁜 시간을 빼앗았군. (다시 눈빛 차가워지며, 사무적으로) 실례가 많았습니다. 그럼...

정석조, 그대로 밖으로 나가면
바라보는 윤형설, 무거워지는 눈빛에서.

S#19. 동궁전 일각

윤형설과 헤어져 궐을 빠져나가던 정석조.
동궁전을 발견하고 문득 돌아본다.
지운을 떠올리듯 잠시 생각하는데
마침 동궁전으로 향하던 문수와 만달, 그런 정석조를 알아본다.

문수 (다가오며) 혹시...?
정석조 (돌아보면)
문수 (도를 아십니까처럼 다가와) 정지운을 아십니까?
정석조 (보는 데서)

S#20. 시강원 집무실

문수와 마주 앉은 정석조.

문수 (차를 건네며, 점잖게) 시강원의 보덕, 양문수라 합니다.
정석조 (가볍게 예를 갖추면)
문수 (요리조리 뜯어보며) 정사서가 누굴 닮아 잘 생겼나 했더니, 아부질 닮아 잘 생겼네~ 헌데, 궐엔 어쩐 일로? 정사서를 보러 오신 겁니까?
정석조 아닙니다. 헌부에 일이 있어 들렀습니다.
문수 예... 정사서가 참, 요즘 젊은 사람답지 않게 싹싹하고, 능력도 어찌나 출중한지, 꼭 젊은 시절 저를 보는 것 같더군요. 아드님을 정말 잘 키우셨습니다! 하하하.
정석조 (그 말에 옅은 미소, 그러나 어쩐지 마음 한편이 씁쓸하다. 잠시 지운을 떠올리듯 돌아보는데)
문수 이왕 궐에 오신 김에, 정사서 서연이 끝나면 다 같이 술 한잔...
정석조 (어느새 자리에서 일어나며) 아닙니다. 일이 바빠 먼저 실례하겠습니다.
문수 (당황) 예? 아니 정사서 안 보고 갑니까? 저기...!

S#21. 창운군의 군저. 별채

향이 타며 피어오른 묘한 연기로 가득한 내부.
눈 옆에 인상적인 점이 있는 여인(궁녀4)
고개를 숙이고 돌아앉아 있다.
그 앞엔 앞섶을 풀어 헤친 창운군. 곁으론 휘의 융복(3부 6씬)이 놓여 있다.

창운군 (무언가에 취한 듯 조금은 나른한 표정) 그래, 알아보라고 한 건.
군사1 (곁에 앉은 여인을 잠시 보다가) 사헌부 집의 정석조의 아들이라 합니다. 필선을 대신해 시강원 사서로 입궐했다 들었습니다.
창운군 집의 아들이면 상헌군의 사람이란 말이잖아? (김샌 듯 보면)
군사1 (알겠다는 듯) 벗이라더니, 그런 인연이었나 봅니다.
창운군 벗이라... (흥, 비웃듯) 세자가 여자를 알아야 할 나이쯤부터 병적으로 사람들을 멀리했지. 헌데 밀회를 즐기는 벗이라니... 좀 이상하지 않아?
군사1 예? 뭐가...?
창운군 설마... 세자가 남색인가?
군사1 (헉! 놀라며) 예? 서, 설마요...
창운군 (제 생각에 취해) 하긴, 나이 약관에 한 번도 계집을 품지 않은 것도 흔하지는 않지. (궁녀4 보며) 그것도 널린 게 계집인 궐 안에서... 아니 그러느냐?
군사1 그래도 그건... (차마 두려워 동조도 못 하고 고개 숙이면)
창운군 (곁에 둔 휘의 옷을 바라본다. 잠시, 타고 있던 향 하나 뽑아 들고 뭔가 재밌는 일이라는 듯 비릿한 미소) 남색이 아닌 사내라면, 이 향에 취하고도 눈앞의 여인을 모른 척할 수는 없을 터...

S#22. 궐 일각

지운, 범두와 함께 걸어가고 있다.
일각에선 축국 중인 어린 소환들.
멀리, 상궁나인을 대동하고 이동 중인 휘가 보인다.

걸어가는 휘의 머리맡으로 꽃잎이 한 송이, 두 송이 떨어지기 시작하면, 걸음을 멈추고 문득 바라보는 휘. 찰나의 순간 입가에 미소 같은 것이 떠올랐다 사라지는 것도 같고.
그 모습 바라보는 지운, 휘의 모습이 또다시 여인처럼 느껴진다.
지운, 정신 차리려는 듯 고개 젓는데,
순간 어디선가 날아온 공이 휘 쪽으로 향한다.
놀라 바라보는 지운과 범두.

S#23. 동. 일각

휘를 향해 날아오는 공.

홍내관 저하! 피하시옵소서!!

동시에, 가온이 재빨리 휘의 앞을 막아서며 공을 대신 맞는다.
가온의 등에 맞고 떨어지는 공.
일동, 안도하는데
뒷마당에서 축국을 하던 어린 소환들(10대 초반) 공을 쫓아 달려오다 앞에 선 휘를 보고 히익!! 기겁한다.

휘 (서늘하게 노려보며) 네가 찬 공이더냐?
소환1 (얼른 납작 엎드리며) 용서해 주십시오 저하. 죽을죄를 지었습니다.
휘 (뭐라 한마디 하려는데)
지운 (그새 다가와 가온에게 말하듯) 참으로 멋있었습니다! 몸이 아주 재빠른 것이, 덕분에 저하도 이리 멀쩡하시고! (눈치 살피듯 환히 웃으며) 아니 그렇습니까 저하? (뒤늦게 예를 갖추면)
휘 (허, 어이없다는 듯 본다)
소환들 (여전히 덜덜덜... 두렵게 보면)
지운 (휘 눈치 살피며, 부러 밝게) 이것 참... 오랜만에 공을 보니 또 옛날 생각이 다 나네. (가슴, 머리, 발 사이로 현란한 드리블 선보이며) 어떻습니까? 저하께서도 한 번 차보시겠습니까?

휘 정사서나 많이 하시지요! (더 말 않겠다는 듯 싸늘히 돌아서면)

지운 (안도. 소환들과 눈 마주치면 안심하라는 듯 찡긋) 그럼 오랜만에 몸 좀 풀어 볼까~

소환들, 고개 들어 빼꼼 눈치만 살피는데
현란한 드리블 솜씨 뽐내며 뛰어가는 지운.

지운 (소환들 돌아보며) 거기서 뭣들 하느냐. 어서 오지 않고.

홍내관 (휘 대신 아이들에게 어서 가보라고 눈짓하면)

소환들, 살았다. 주춤주춤... 휘에게 예를 갖추고 얼른 지운의 뒤를 쫓아간다. 아이들과 한판 신나게 축국을 하는 지운. 골을 넣으면 환한 미소로 좋아하는 모습. 어린아이처럼 해맑아 보인다.

흐뭇하게 바라보던 홍내관, 고갤 돌려 보면
휘 역시 가려다 그 모습 어떤 느낌으로 바라보는.

휘 (홍내관과 눈 마주치면 움찔, 얼른 관심 없는 척) 수준이 똑같은 것이 참으로 한심하구나.

순간, 아이들이 찬 공이 또다시 휘에게로 굴러온다.
지운, 멀리서 달려오며 홍내관에게 공 좀 차 달라고 하면
휘, 제가 먼저 반대로 뻥- 공을 차버리고 휙 가버린다.
지운, 황당하고. 어우 �! 세자만 아니면 저걸 확... 얄밉게 본다.
홍내관, 마치 야구의 수신호처럼 '알잖아. 니가 참아라...' 표현하는

휘 (E) 부윤옥(富潤屋)이요 덕윤신(德潤身)이라.

S#24. 시강원 안

휘, 책을 읽고 있고. 지운, 그런 휘를 보고 있다. 순간 떠오르는

플래시백 / 22씬
떨어지는 꽃잎을 보던 휘의 아름다운 모습

지운, 그럴 리 없다. 저 혼자 고개를 절레절레 흔들면
그런 지운의 모습에 신경 쓰이는 휘, 그러나 애써 모른 척 책을 읽어 나간다. 잠시, 책에 집중하던 지운, 다시 흘깃 휘를 보더니 이번엔 책을 들고 자리에서 일어나 휘 주변을 왔다 갔다 맴돌기 시작하고.

휘 (신경 쓰이는) 부는 집을 윤택하게 하고, 덕은 몸을 윤택하게 하니, 고군자 필성기의(故君子 必誠基意) 군자는 반드시 그 뜻을 참되게 할 것이다...
지운 (왔다 갔다 책을 읽다 멈칫, 휘를 본다)
휘 (애써 차분히 다음 장을 넘기는데)
지운 (손을 뻗어 휘를 감싸듯 다가온다)
휘 (놀라 지운의 손을 탁- 잡아챈다. 경계하며) 무슨 짓입니까!

지운, ? 왜 그러냐는 듯 휘를 바라본다.
지운의 손끝이 가리키는 곳, 휘가 빼먹은 구절 하나.

지운 심광체반(心廣體胖), 그 구절은 읽지 않으셨습니다만.
휘 (당황, 자신의 실수에 얼굴이 홧홧해진다. 떨치듯 손을 놓고 괜히) 땀을 흘렸지 않습니까. 가까이 다가오지 마십시오.
지운 (깨닫고) 아, 예... (냄새나나? 킁킁 자신의 냄새를 맡아본다)
휘 (애써 가다듬고) 심광체반... 마음이 너그러우면 몸도 편안해... (하다가, 그런 지운의 모습에) 그만 좀 하십시오!
지운 아니 전 저하께 불편이라도 드릴까 봐...
휘 그러게 누가 어린 소환들이랑 하릴없이 공놀이나 하라 하였습니까? 시강원의 서연관이라는 자가 참으로 한가하십니다.
지운 (그 말에 발끈하며) 하릴없다니요! 그게 다 심신을 단련하고 정신을 수양

하는 일이온데. 알지도 못하시면서... (궁얼궁얼)

휘 (흥, 무시하듯 보면)

지운 (그 모습이 얄밉고, 괜히 들으라는 듯) 수신제가 치국평천하라, 대학에 이르기를! 집 안이 바르게 된 후에야 나라를 다스리고, 천하를 평안케 한다 하였지요.

휘 (실소하며) 그거 지금 나한테 한 말입니까?

지운 (근엄하게) 저하껜 궐이 곧 집이고 가정이니 궐 안의 사람들을 이해하고 함께하는 것이 무엇보다 중요한 일 아니겠습니까...

휘 (가소롭다는 듯 보는) 그 말은, 궐에서 나고 자란 내가 이곳에 대해 모르고 있다...?

지운 뭐, 그럴 수도 있지요.

휘 (약 오르고, 벌떡 일어나며) 좋습니다. 허면 직접 보여 드리지요.

지운 (당황스럽게 보면)

휘 내가 궐에 대해 얼마나 알고 있는지, 확인해 보면 될 것 아닙니까.
(지운의 뒤편, 문 쪽을 보며) 아, 말 나온 김에, 시강원부터 살펴보면 되겠네요. (픽, 살벌한 미소, 걸어가면)

지운 (헉! 뭔가 잘못됐다!) 저하 잠시만!! (하다가 살벌한 휘의 눈빛에 힉!)

휘 감히, 내 앞을 가로막으시는 겁니까?

지운 (헉! 조금 비켜서고) 그게 아니라... (시강원 사람들에게 신호를 주려는 듯 어흠어흠!! 하다가, 또 괜히 벽을 탕탕 치며 기침 콜록콜록! 한다) 기침이... (눈치 살피면)

휘 (가소로운 듯 보다가 퍽- 지운 밀치고 그대로 걸어간다)

지운 (헉! 난감한 표정으로 휘의 뒤를 따르고)

S#25. 동. 시강원 집무실

평온한 집무실 안, 지운의 신호를 눈치채지 못한 듯
문수와 만달, 마주 앉아 쌍륙 게임을 하고 있고. 범두는 세상모르고 잠든 채인데... 그 순간, 시강원 쪽 문이 벌컥 열리면서, 쿵쿵! 발소리와 함께 지운의 난감한 목소리 "저하..! 이러시면...!"

돌아보던 문수, 그제야 깨닫고 헉! 급히 고뇌하는 포즈 잡으면,
만달, 익숙한 듯, 기계적인 동작으로 천으로 만들어진 쌍륙판을 탁탁 접어 안아 들고 책장 열어서 던지듯 넣고 쾅- 책장 문 닫고 막아서듯 서 먼지 닦는 척 한다. 책장 소리에 범두 놀라 깨어나선, 서책에 글 쓰는 척 하지만, 책은 다 뒤집어졌고, 관모도 꾸깃한데...
언제부터 서 있었는지, 이미 휘가 그 모습 지켜보고 있다.

문수 (그제야 발견한 척 급히 서, 예를 갖추면) 저하. 무슨 불편한 일이라도 있으셨는지요. (땀 삐질)

범두, 만달, 그제야 휘를 발견한 연기하며, 문수 옆으로 와 예를 갖추는.

휘 불편은 내가 아니라 정사서께서 겪으시는 것 같습니다.

일동 (? 보면)

휘 궐은 내게 집과 같은 곳이니, 궐의 사정을 샅샅이! 살펴야 한다고 가르침을 주셔서요. 내 오늘 그 가르침에 따라 한번 제대로 살펴보려 하는데... (픽 서늘하게 보면)

일동, 헉! 긴장하고. 네놈이 원흉이구나!... 찌릿, 지운을 쏘아 본다.
지운, 움찔, 난처해져 시선 피하면
휘, 그들을 지나쳐 집무실을 돌아보기 시작한다.
식은땀 삐질 흘리며 따르는 일동, 어색한 웃음으로 어서 이 상황이 끝나기를 바라는데.

휘 경서는 어찌 보관하고 있습니까. 주석을 달아 주신 경서들을 따로 잘 보관해 달라 말씀드렸던 것 같은데.

문수 그야 당연히... (책장으로 향하면)

만달 (쌍륙판을 우겨 넣었던 책장이다) 어흐흐흠!! 큼큼!! (재채기 소리로 위장해서, “거기,(에)! 안돼(취)!” 문수에게 눈짓하며 도리도리)
문수, 못 알아듣고, 퍽! 열면.
우르르 쏟아지는 정리 안 된 문서들과 쌍륙판.

휘 역시... 빈틈없이 정리되어 있었네요.

휘의 서늘한 미소에 일동, 사색이 되어 서로 바라본다.
지운, 몸 둘 바를 모른 채 쏟아진 문서들과 쌍륙판 정리하기 시작하면, 다리 풀린 문수 함께 주우려다 철퍼덕 넘어지고
범두와 만달 등 넙죽 엎드리며 (E) 죽여주십시오 저하~
시강원 일동들의 목소리가 궐 너머로 퍼져간다.

S#26. 각사 몽타주

\# 내의원
또다시 (E) 죽여주십시오 저하~ 소리가 울려 퍼진다.
한쪽에 쭉 엎드린 채 바들바들 떨고 있는 의원들의 머리 위로 날아드는 약재들. 휘, 약 칸을 일일이 열어보며 곰팡이가 피거나 엉켜 제대로 정리되어 있지 않은 것들은 모조리 꺼내 던지고 있다.
날아드는 약재를 피하며 뒤를 따르는 지운의 모습 위로,

휘 왕실과 궁중의 건강을 책임져야 할 내의원에서 약재 하나 제대로 관리하지 못하다니...
의원, 의녀들 주, 죽여주십시오 저하...
휘 오냐. 내 오늘 소원대로 너희 모두를 죽여주마!!

휘, 분한 듯 탕- 작두를 내려치는 모습에서.

\# 궐 곳곳
말 먹이로 쓰는 짚단을 교체하는 사복시 관원들
행사에 쓸 장막을 정리하는 전설사 관원들
각종 화초와 농사 기구를 정리하는 장원서 관리 등
휘가 지나가는 자리마다 정신없이 바빠진 관리들의 모습에서.

S#27. 동. 궐 일각

윤형설과 함께 지나가던 혜종
소란스러운 궁인들의 모습에 의아하게 바라본다.

혜종 어찌 이리 소란인가?
상선 저하께서 서연관과 함께 각사의 시찰을 하고 계시다 하옵니다.
혜종 시찰?

바쁘게 움직이는 관원들의 모습을 돌아보는 혜종.
어쩐지 조금은 무거운 표정인데.
조금 떨어진 곳, 그런 혜종을 지켜보는 누군가의 시선...
돌아서던 윤형설, 이상한 느낌에 바라보면
전각 사이 좁은 골목에서 급히 사라지는 그림자 하나!
윤형설, 혜종에겐 내색지 않고 조용히 그림자의 뒤를 밟는다.

S#28. 동. 궐내 각사 뒷길 + 어느 전각 앞

그림자를 쫓아 빠르게 달려가는 윤형설.
그러나 윤형설보다 재빠르게 몸을 숨기는 그림자!
구불구불 좁게 이어지는 전각의 뒷길을 달려가던 윤형설
담장을 뛰어올라 그림자의 앞으로 급히 착지한다.
윤형설, 챙- 급히 검집에서 검을 꺼내 빼 들면
놀라 꺅- 하고 주저앉는 사람, 다름 아닌 지나가던 어린 나인이다.
어린 나인, 바들바들 두려움으로 바라보면.

윤형설 (얼른 칼을 거두고 아이를 일으킨다) 괜찮으냐?

어린 나인, "네..." 인사하고 얼른 제 갈 길을 가면.
윤형설, 놓쳤음을 직감한다. 낭패스러운데.
윤형설, 칼을 집어넣고 여기가 어디쯤인가 가늠하듯 돌아본다.

휘 (E) 내금위장 아니십니까?

보면, 어느샌가 다가온 휘의 행렬.
휘와 지운의 뒤로 홍내관과 김상궁을 비롯한 상궁나인들. 그리고 그들 곁으로 묵묵히 자리하고 있는 가온도 보인다.

윤형설 (휘에게 예를 갖추면)
휘 여기서 무얼 하고 계신 겁니까?
윤형설 (대답 대신) 각사를 시찰하고 계시단 얘기를 들었습니다.
휘 아... 시찰은 아니고, 서연의 일부라 해 두죠. (지운 쪽 눈짓하면)
지운 (예를 갖춘다)
윤형설 (잠시, 정석조를 떠올리듯 보다가, 휘에게) 전하께서 기다리시는지라. 먼저 가보겠습니다. (예를 갖추고 돌아선다)

S#29. 동. 일각

걸어가던 윤형설, 멀어지는 휘 일행을 돌아본다.
잠시 주변을 보면 어느 곳도 몸을 숨길만 한 곳은 없어 보이고
더욱 이상한데. 윤형설, 문득 자신의 신발에 묻은 진흙을 발견한다.
뒷길의 진흙탕에 더럽혀진 신발
닫듯 다시 휘 일행을 돌아보는 윤형설.
휘의 곁을 따르는 가온의 신발에 언뜻 진흙 자국이 보인다.
윤형설, ! 의심스럽게 바라보는데.

S#30. 동. 휘가 있는 곳

휘와 조금 떨어져 뒤를 따르는 가온.
자신을 주시하는 윤형설을 의식하듯 조용히 걷고 있다.

홍내관 (쓱 다가오며) 뭔 측간엘 그리 오래가 있나? 한 번에 쑥 뽑아내질 못하고.
가온 (긴장을 감추고 보면)
홍내관 되도록이면 물을 많이 마시게. 아, 홍시도 멀리하고! 내가 겪어봐서 알지, 그 고통을... (괜스레 코를 막고 걸어가면)
가온 (윤형설이 사라진 곳을 돌아본다. 차가워지는 눈빛)

S#31. 동궁전. 수라간

긴장한 얼굴로 휘의 표정을 살피는 나인들.
주방을 둘러보던 휘의 시선, 한쪽으로 물러나 있는 나인들에게로 향한다.
나인1 머리가 흐트러지고 치맛단엔 흙탕물이 튀어 있는 모습.
공손히 모으고 있는 손의 손톱 아래 껴있는 까만 때들도 보인다.

휘 (순간 인상 구겨지며) 위생 관리를 대체 어찌하고 있는 것이냐.
나인1 소, 송구합니다. 저하! 그러니까 이것이 실은...(뭐라 말하려는데)
휘 (듣지도 않고, 싸늘히 돌아선다)

나인1, 얼굴 빨개져 얼른 손을 웅크려 손톱 가리면
그 모습 보는 지운, 한쪽에 있는 시금치(등 뿌리채소)를 발견하고
잠시 생각하듯, 곧 휘를 따라나서는 모습에서.

S#32. 동. 수라간 마당

나인들의 배웅을 받으며 걸어가는 휘.
또다시 어딘가로 향하려 하면

지운　이만하면 된 것 같습니다. 저하.

휘　(픽 비웃듯 보며) 왜, 설마 벌써 지치신 겁니까?

지운　그게 아니라...(잠시 생각하다) 저하, 잠시만 저와 함께 좀 가주시겠습니까?

휘　가다니, 어딜 말입니까?

S#33. 궐 일각 (누마루 혹은 언덕) / 석양

어느새 해가 뉘엿뉘엿 넘어가고 있다.
지운, 궐이 훤히 내려다보이는 누마루(언덕)에 가서 서면
휘, 지운의 옆으로 다가간다.

지운　참으로 멋지지 않습니까?

휘　갑자기 여긴 왜 오자고 한 것입니까.

지운　이곳에 서면 궐의 구석구석 모두가 보이더군요.

멀리 석양이 비쳐 금빛으로 물든 궐의 풍경.
각사의 마당엔 휘가 지적한 것들을 시정하느라 바쁜 궁인들의 모습 보이고.
궐 구석, 어딘가에선 예전 담이의 모습처럼, 어린 나인 하나가 빨래를 걷고 있는 모습도 작게 보인다.
각자 자신의 위치에서 오늘 하루를 정리하는 궐 내 사람들의 모습들.

휘　(잠시, 평화로운 그 풍경을 감상하듯 말없이 바라보면)

지운　(문득 근처에 있던 민들레를 뿌리째 뽑아 온다) 혹 이것이 무엇인지 아시옵니까?

휘　그건 민들레가 아닙니까.

지운　맞습니다. 민들레는 비교적 구하기 쉬워 민간에선 종종 약재로 사용하곤 하지요. (손톱으로 뿌리의 흙을 긁어내며) 이 뿌리에 묻은 흙들은 물로도 잘 씻기지 않아 깨끗이 다듬기 위해선 직접 긁어내야 하는데 그러다 보니 손이 매일 까맣게 변하지 뭡니까. 손을 씻어도 쉬이 빠지지 않더라고요.

휘 (대수롭지 않게 보다 문득 아까 일 떠오르는) ...수라간에서의 일을 탓하고자 하십니까? 내가 잘 알지도 못하고 다그쳤다고요.

지운 그럴 리가요. 저 역시 잘 알지도 못하면서 저하 앞에서 거드름을 피웠지 않습니까...

휘 (그 말에 멈칫, 조금 누그러져 보면)

지운 실은, 그들도 사람인지라 늘 완벽할 수는 없다는 것을 말씀드리고 싶었습니다. 당장 눈앞에 보이는 결과들로만 판단하여 나무라는 것보다는 저하를 향한 또, 백성을 향한 그들의 마음을 한번 믿어 보시는 것은 어떠시겠습니까.

휘 (그런 지운을 보면)

지운의 목소리 위로 각자의 자리에서 열심히 일하는 각사 관원들의 모습 보인다.

지운 (E) 그들 역시 늘 전하와 저하를 위해 최선을 다하려 애쓰고 있고, 누구보다 더 조선의 백성들을 아끼고 생각하고 있을 것입니다.

늦은 밤, 잔뜩 쌓인 경서들에 주석을 달고 있는 서연관들의 모습.
정성스레 약재를 다리는 의관의 모습.
제 자식처럼 말을 보살피는 사복시 관원의 모습까지.

지운 (휘를 보며 농담처럼) 궐이라는 집이 아닌 그 안의 사람들을 봐 달라. 그리 말씀드리고 싶었던 것을... 어찌 그리 불같으신지...!

지운, 분위기를 풀어보려는 듯 짐짓 장난스레 휘를 탓하며, 미소 띈 얼굴로 돌아보면. 그런 지운의 모습에 흔들리는 휘. 그러나 애써 가다듬고 냉소 띤 얼굴로 마주 본다.

휘 참으로 순진하시군요...

지운 (그런 휘를 보면)

휘 사람들의 마음을 믿어 보라 하셨습니까? 세상에서 가장 믿을 수 없는 것이 사람의 마음입니다. 나를 위해 남을 속이고, 내가 살기 위해 남을 죽일 수도 있는 것... 그것이 바로 인간의 본성이니까요.

휘, 시선을 피하듯 차가워진 눈빛으로 궐을 돌아보면
지운, 그런 휘의 말에 안타까운 듯, 무거워진 표정으로 휘를 바라본다. 따뜻하게 물들어가는 궐의 풍경과는 달리 괴로운 듯, 씁쓸한 휘의 얼굴. 그 위로.

플래시백 / 2부 22씬

빈궁 오로지 너만 생각하거라. 다른 이들이 네게 어떤 신경을 쓰는지도 알 필요 없다. 세손은 그런 사람이다.
어린 휘 (괴로운) 그치만... 왜 그래야 하는 겁니까? (빈궁을 바라보며) 저는... 그런 사람이 되고 싶지는 않습니다.
빈궁 저들은 널 어려워해야 한다. 두려워하게 만들 거라. 하여 곁에 오지 않도록 하거라. (단호한) 그래야 네가 산다.

괴롭게 바라보는 어린 휘의 표정에서.

S#34. 동궁전. 휘의 처소 안 / 밤

야장의 차림의 휘, 서책을 앞에 두고 서안 앞에 앉아 있다.
심란한 표정. 휘, 생각을 털어 내듯 다시 책장을 넘기는데
문득 다시 떠오르는 낮의 지운과의 일.

인서트 / 33씬에 이어서
괴로운 표정으로 궐을 바라보는 휘. 씁쓸한 듯 돌아서면

지운 그래도 한 번쯤은... 믿어 볼 수 있는 것 아닙니까?
휘 (보면)
지운 다른 누구를 위해서가 아니라 나를 위해서... 저하를 위해서 말입니다.
휘 (무슨 말인가 보면)

지운, 휘의 곁으로 멀찍이 떨어져 쩔쩔매듯 서 있는 상궁나인들을 돌아본다.

지운 (진심 어린) 사람들과 너무 거리를 두려 하지 마십시오. 그럼 저하께서 외로워지십니다...

휘 (! 지운의 진심 어린 눈빛에 흔들리듯 바라보는 표정에서)

S#35. 동궁전. 휘의 처소 / 밤 / 다시 현재

괴로운 듯 탁- 책을 덮고 자리에서 일어나는 휘

순간, 밖에서 궁녀의 비명 소리와 함께 작은 소란이 인다.

휘, 놀라 돌아보는데.

S#36. 동. 복도 / 밤

휘, 벌컥 문을 열고 나온다.

보면, 어린 지밀궁녀 하나, 창백한 얼굴로 쓰러져 있고.

휘 웬 소란이냐...

김상궁 (다가오며) 나인 하나가 잠시 어지럼증을 일으킨 것 같습니다. 괘념치 마시고 안으로 드시지요.

쓰러진 나인의 옆에서 어쩔 줄 모르고 서 있는 또 다른 지밀나인(지밀1) 하나. 눈물이 그렁한 채, 두려운 듯 고개를 조아린다.

휘 (잠시 보던 휘, 그대로 돌아서려다, 옆에 선 가온에게) 저 아이를 침소까지 데려다주고 의관을 불러 시료케 하거라.

가온 예. 저하. (고개 숙이면)

지밀나인, 가온에게 안긴 궁녀를 걱정스럽게 바라본다.
그러나 앳된 얼굴엔 짙은 피로감이 묻어 있고
그 모습 놓치지 않고 보는 휘.

휘 너도 저 아이와 함께 따르거라.
지밀1 (놀라고) 예?? 저, 저는, 저하의 침소를 지켜야 하옵니다.
휘 (괜한 위악으로) 대체 누가 내 침소를 지킨단 말이냐. 툭하면 마른 풀처럼 픽픽 쓰러지는 너희들로 인해 서책 한 번 마음 편히 읽기가 어렵다. 내 더는 이런 일로 신경 쓰고 싶지 않으니, 오늘 밤은 모두 물러가 내 눈에 띄지 않게 하거라.
김상궁 (놀라) 저하, 어찌...! 그것은 아니 될 말씀입니다.
휘 (단호한) 아니 될 것 없다. (김상궁 눈빛에) 그리 염려된다면 오늘 밤은 (김상궁과 가온 보며) 너희 둘만 남아 침소를 지키거라.

휘, 그 말만 하고 안으로 들어가면
김상궁, 휘의 마음을 눈치챈 듯, 더는 막아서지 못한다.
파리한 안색의 나인들, 갑작스러운 상황에 우물쭈물 긴장으로 보고 서 있으면.

김상궁 (어쩔 수 없는) 모두들 물러가거라.
나인들 (정말 그래도 되나, 서로 돌아본다. 애써 좋은 표정 감추며) 예. 마마님... (서둘러 물러가면)

방 안 / 물러가는 나인들을 돌아보는 휘.
쓰러진 궁녀를 들어 올려 침소로 데려가던 가온.
창호에 일렁이는 휘의 그림자를 잠시 돌아보는 모습에서.

S#37. 병조 서고 / 밤

윤형설, 일렁이는 촛불 하나를 밝혀둔 채 병적부를 살피고 있다.

『김가온, 본관. 의령. 17세에 지방군으로 입적.
부-김원행(金元行) 본관, 의령
모-박성양(朴性陽) 본관, 창녕』

별다른 특이점은 없는 병적부 속 인적 사항.
그러나 낮의 일을 떠올리듯, 의심 어린 윤형설의 표정에서.

S#38. 시강원 집무실 / 밤

휘가 한바탕한 후, 서책이 시강원 가득 쌓여 있고, 잔업을 하는 듯한 시강원 사람들. 쭈뼛대고 들어오는 지운.
범두가 문간을 턱- 막아서는.

범두 보덕 어른께서 화가 아주 단단히 나셨네.
만달 (문수 뒤에서 불쑥) 11년 시강원 생활 중 이리 무참하게 치부를 들킨 적은 없다며 매우 상심하셨다 전하랍니다.
범두 품에 가져온 것의 가치가 출입여부를 결정지을 것이네. 준빈 되었나.
지운 (다행이다. 자신감 넘쳐 끄덕) 물론입니다! (짜잔! 꺼내려 하는데)
범두 (손짓으로 잠깐! 하고) 쫄리면...(하는데)
지운 (자신 있는 미소와 고개 가로젓고, 술병 짜자잔!! 꺼내면)
만달, 범두 (기겁하며) 감홍로!?!
문수 (소리에 뛰쳐와 병을 살피며) 어찌 이걸...! (코로 킁킁 냄새도 맡으며 황홀한 듯)
지운 (조심스럽게) 허면... 이제 들어가도 되는 것입니까?
문수 (무섭게 보다가) 뭐하고 섰는가! 어서 들어오지 않고!! (범두, 만달 밀치며) 야 비켜비켜. 가서 상 펴라. (후다닥 뛰어 들어간다)
지운 (휴... 살았다...)

(점프)
둘러앉은 시강원 사람들, 앞엔 널브러진 술병들 여럿 보이고.

어느새 모두 거나하게 취했다.

문수 해서! 난 이곳에 살아남을 놈들은 한눈에 알아본다 이걸세.

범두 저도 알아보셨습니까?

문수 (끄덕) 한눈에 알아봤지. (범두 가리키며) 미묘하게 줏대 없고 (만달 향해) 적당히 불의를 행하며, 그저 쥐죽은 듯... 눈 감고 귀 닫을 줄 아는 자만이 이곳에 뿌리내린다. 말하자면... 천치들 중 가장 똑똑한 자들만이 살아남는 달까... 세자저하의 취향이 그러하시네. 아, 물론 나는 예외고 말일세. 큼큼...

범두 (그 말에) 여기서 가장 오래 살아남으신 분이지요.

만달 (덧붙이며) 저하의 신임도 가장 많이 받고 계신 분이고요.

문수 (제 무덤 판 듯, 가만 쏘아보며) 어쨌든...!! (지운을 향해 다시 번뜩) 너! 너 말야. 정지운이. 너 아주 위험하다 이거야.

지운 예?

문수 감히... 저하께 간언을 했다지?

범두 (안타까운) 그 말씀을 들으시고 보덕 어른께서 실망이 이만저만이 아니시었네.

만달 (지운에게 귓속말처럼, 하지만 모두가 들을 수 있는) 근자에 유례없는 천치가 들어왔다 기뻐하셨거든요. (문수 쪽 빼꼼 보면)

지운 (잔 따라주고 속없는 웃음, 하지만 이가 갈리고 으득...) 그러셨습니까.

문수 내 자네를 일찍이 알아보아 그리 도움을 주었건만! 마지막 조언이네. 귀담아들어. 잠자는 호랑이의 코털은... 건드는 게 아닐세. 이타심과 애민은 그분께 필요한 덕목이 아니니... 아무쪼록 오래 살아남고 싶거들랑, 눈 감고, 귀 닫고... 그리 지내시게. 알겠는가?

유언을 남기듯, 그대로 픽 고꾸라지는 문수.
얼결에 어깨로 문수를 훅 받아준 지운.
범두와 만달, 익숙한 듯 일어나 상하로 나뉘어 문수를 질질질 끌고 간다.

만달 뭐하십니까. 좀 돕지 않고요.

지운 (엉거주춤) 어? 어...!!

지운, 후다닥 달려가 문수를 챙긴다. 세 사람 합심하여 문수를 옮기는 모습, 어느새 한 팀 같아 보인다.

S#39. 동. 처소 안 의대칸 / 밤

휘의 환복을 돕는 김상궁.

김상궁 물이 식지 않게 탕 안에 더운물을 더 채워 놓았습니다.

휘, 끄덕이고 목욕을 위해 밖으로 나서려는데
문밖, 막 돌아오는 참인 듯, 커다란 벽처럼 문 앞을 지키고 서는 가온의 그림자. 휘, 문득 깨닫고 불편한 표정이 되는데.

김상궁 (역시 난감한 듯 혼잣말처럼) 빨리도 다녀왔네... (휘의 심기를 살피며) 탕욕을 마칠 동안만이라도 다른 곳으로 물러가 있으라 이르심이 어떠실런지요.
휘 (생각하다가) 됐다. 괜한 의심만 살 뿐이지. (나가면)
김상궁 (아무래도 걱정스럽다. 무거운 표정으로 따르는)

S#40. 동. 복도 / 밤

휘, 김상궁과 욕조가 준비된 방으로 향한다.
따르는 가온. 김상궁, 불편하게 바라보면
잠시, 목욕물이 준비된 방문 앞에 서는 김상궁
방문을 열고, 휘와 김상궁만 안으로 들어간다.

김상궁 (가온을 보며) 자네는 여기서 기다리시게.

김상궁, 문을 닫으면 어쩔 수 없이 그 앞에서 대기하는 가온.

S#41. 동. 목욕간 안 + 밖 / 밤

뜨거운 탕의 수증기인지, 다른 무엇인지 모를 연기로 뿌옇게 보이는 목욕간 안. 커튼처럼 내려진 발 뒤로 커다란 함지박에 따뜻한 물이 가득 담겨 있다.
그 안에 들어서기 전에 휘의 옷시중을 드는 김상궁.
휘의 다리 위로 무거운 용포가 툭 흘러내린다.

휘 그만 나가보시게.
김상궁 예. 저하...

김상궁, 걱정스러운 눈빛으로 바라보다 밖으로 나온다.
돌아서 문을 닫으면, 문틈으로 머리를 풀기 위해 천천히 상투관에 손을 올리는 휘의 뒷모습이 보인다. 잠시, 찰랑... 아름답게 흘러내리는 휘의 긴 머리칼. 휘, 야장의 속 저고리 고름을 풀어 내면 가슴을 가린 끈이 설핏 보이고

휘 (옷을 벗어 내려다 순간 뭔가 이상한 듯, 손을 멈칫한다) 오늘따라 왜 이리 연기가... 무슨 향이지?

휘, 낯선 향기에 의아하게 돌아보는데.
순간 무언가 발견한 듯, 쾅- 그대로 문을 열고 안으로 들어오는 가온. 놀라 바라보는 김상궁, "저하!!" 사색이 되어 쫓아가면.
휘, 역시 놀라며 급히 옷을 여민다.

휘 (옷을 여미고) 이게 대체 무슨!!

동시에 칼을 빼 휘를 향해 휘두르는 가온.
휘, 놀라 바라보면, 김상궁, 역시 경악하듯 "저하!!"
동시에 휘의 뒤로 가려진 발이 힘없이 찢어져 내린다.
보면, 찢어진 발 너머로 놀라 주저앉은 채 떨고 있는 궁녀4.
(창운군의 군저에 있던 그 여인이다!)

궁녀가 놓친 향 끝에서 한 줄기 기묘한 연기가 피어오르고 있다.
갑작스러운 상황에 도망도 가지 못한 채 납작 엎드리는 궁녀4.

휘 너는...
김상궁 (놀라고) 여기서 대체 무얼 하고 있는 것이냐!
궁녀4 그것이... 남자의 기, 기운이 나게 하는 향을 준비해.. 아니아니 기력을... 저하의 건강을 북돋고자... (횡설수설하는)
김상궁 네 이년!! 누가 네게 그런 것을 시켰단 말이더냐.
궁녀4 그러니까 그게... (하다가 두려움에 힝 울음 터트리는) 죽여주십시오. 실은 전부 창운군 대감께서 시키신 일입니다. 이리하면 저하께 승은을 입을지도 모른다고 하여...

허, 기막혀 바라보는 휘와 김상궁.
가온, 여전히 표정 없는 얼굴. 휘를 돌아본다.
머리를 풀어 헤친 휘의 모습에 조금 동요하듯, 그러나 티 내지 않은 채 검집에 검을 넣으면. 바라보는 휘, 표정에서.

창운군 (E) 용서하십시오. 큰어머니...

S#42. 대비전 / 다른 날, 낮

대비, 노한 얼굴로 창운군을 노려본다.

창운군 (난처한 표정) 전 그저 저하께서 여인에게 통 관심이 없으신 것 같아 신하된 도리로 비책을...

퍽- 하고 목침이 날아와 창운군을 맞힌다.

창운군 (헉! 피하느라 비굴하게 굽히는)
대비 (분기탱천) 철이 없다 해도 어찌 이리 철이 없을 수가 있어... 내가 네놈 때문에 주상을 뵐 면목이 없느니라.

창운군　송구합니다...

대비　당장 세자를 찾아가 빌 거라. 그 두 손이 발이 되도록 빌고 또 빌어야 할 것이야. 알아듣겠느냐?

창운군　뭘 그런 걸로... 그래도 명색이 제가 숙부 아닙니까...

대비　(무섭게 노려보며 주먹을 움켜쥐면)

창운군　예. 그리하겠습니다. 큰어머니... 지금 갑니다. 지금...

창운군, 도망치듯 물러나면
대비, 후... 한숨을 내쉬는. 억장이 무너지듯 바라본다.

S#43. 동궁전. 휘의 처소

창운군 휘와 마주 앉아 있다.

휘　선물은, 아주 감사했습니다.

창운군　마음에 드셨으면 하룻밤 품어 주시지 그러셨습니까.

휘　숙부님께 안긴 여인을 어찌 제가 또 품을 수 있겠습니까. 그런 패륜을 저지를 수야 없지요.

창운군　무슨 그런 말씀을... 본의와 다르게 저하께 무례를 범한 것 같아 송구스럽습니다.

휘　송구스럽다? 다시는 내 앞에서 까불지 말라... 그리 일렀을 터인데.

창운군　(그 말에 표정 굳어진다. 괜히 능청스럽게) 강무장의 일을 아직도 마음에 쌓아 두셨습니까?

휘　(기막힌 듯 쏘아보면)

창운군　다 지난 일 아닙니까. (목소리 낮춰) 본 사람도 없을 테고... (당당한) 이제와 그 얘길 꺼내봤자 저하께 별 도움도 아니 될 터인데... (여유롭게 맞받아보면)

휘, 기막히고. 분한 듯 주먹을 움켜쥐는데

순간, 쾅! 거세게 문이 열리며 들어오는 한기재.
갑작스러운 한기재의 등장에 휘와 창운군 놀라 바라본다.
두 사람, 예를 갖출 새도 없이 빠르게 다가오더니 그대로 퍽! 창운군의 뺨을 거세게 날려 버리는 한기재. 창운군, 그대로 나가떨어지면. 놀라 그런 한기재를 보는 휘와 홍내관 등.

창운군 (역시 놀라, 황망한 표정으로 뺨을 쥐고) 상헌군 대감... (하는데)

한기재 선대왕의 묘에 네놈도 같이 묻어드릴 것을!!

창운군 네... 네놈?!

한기재 (서슬 퍼런 눈빛으로 노려보며) 대비전의 비호 아래 저하를 시해하려 하였다?

창운군 (헉! 그제야 문득 심상치 않음 느끼고, 얼른 푹 숙이며) 시, 시해라니요. 천부당만부당한 소립니다. 전 그저... (하다가, 한기재의 눈빛에) 용서하시지요. 상헌군 대감. 제가 죽을죄를 지었습니다...

한기재 (다가가 살벌하게 마주 보며) 저하의 권위에 도전하는 것은 나에 대한 도전입니다. 아시겠습니까?

창운군 아, 아, 압니다. 알고말고요.

한기재 대비께서 역성을 들어주는 것도 이번이 마지막일 것이니, 또 한번 대비전의 비호만 믿고 설쳐대다간 그 목이 먼저 달아날 것입니다. 창운군 (헉! 제 목을 쥐어본다. 얼른 엎드리며) 예. 예. 명심하겠습니다. 대감... (휘에게 어떻게든 해보라는 듯이 비굴한 눈빛 보내면)

휘 (보다가) 당분간 안치형에 처해 달라 전하께 말씀 올리겠습니다. 그러니 부디 노여움을 푸시지요.

창운군 아, 안치형이라니!! (하다가 한기재의 눈빛에 다시 납작 엎드린다. 미치겠는데)

한기재 (살벌하게 쏘아보다가, 휘를 보며) 저하께서 이리 무르시니 어찌 대업을 이루시겠습니까.

휘 (그 말에 긴장하며 바라보면)

한기재 이 사람은 저하께 누를 끼치는 자라면, 누구의 피도 두렵지 않습니다... (의미심장한) 그 누구라도 말이지요.

창운군 (헉! 그 말에 더 달달 떨려온다)

한기재 (다시 경고하듯 창운군 돌아보면)

휘 (그런 한기재의 모습이 숨이 막힌다. 괴로운 표정에서)

S#44. 궐 문 앞 + 어느 골목

창운군, 죽다 살아났다는 기색으로 헐레벌떡 달려 나오느라 관복이 다 풀어 헤쳐져 있다. 황급히 관복 다듬으며 걸어오면, 그런 창운군의 목 끝으로 훅 들어오는 날카로운 칼날.

창운군 으, 으악! (놀라 바닥에 쓰러졌다. 긴장으로 보면)

잠시, 벽 뒤에서 유유히 걸어 나오는 사내, 이현이다.
확인하곤 격분해 벌떡 일어서는 창운군. 오늘 날 잡았다 싶어 짜증이 밀려오고.

이현 (칼은 그대로 둔 채, 여유로운) 놀라셨습니까? 그러게, 죄를 짓고 살면 안 되는 것인데.

창운군 (확 치밀며) 이 새끼가 돌았나... 칼 안 치워?! 재수가 없으려니까...

창운군, 일어서선 그대로 이현의 칼날을 팍- 쳐내려는데
이현, 유연한 움직임으로, 빠르게 돌아 칼끝으로 창운군의 갓끈을 쳐낸다. 창운군의 얼굴을 스칠 듯, 아슬아슬하게 지나가는 칼날에 툭 터지는 창운군의 갓끈. 동시에 갓끈 장식으로 달린 옥구슬 따위가 바닥에 차르르 떨어지면. 놀라 보는 창운군, 황당한 듯 이현을 쏘아본다.

창운군 이런 미친... 무슨 짓이야!!

이현 다시 한번 세자 저하를 농락한다면, 다음번엔 제 칼날이 여기서 멈추진 않을 것입니다. 아시겠습니까? (서늘하게 식어 보면)

창운군 (그 눈빛에 조금 움찔해 보다가) 니가 왕실의 숙부인 내게 이런 짓을 하고도 무사할 성싶으냐!

이현 (비웃듯) 상헌군께선 무사할 성싶던데. (서늘하게) 저만 문제가 됩니까? (주변 둘러보며, 으쓱) 누구 하나 본 이도 없는 일을 가지고.

창운군 (뭐야. 다 아는 거야? 쪽팔리기도 하고, 붉으락푸르락한데)

이현 저하께선 숙부님의 저급한 수준을 맞춰 드리기 어려울 터이니 (칼 빙빙 돌리며) 원하신다면 제가 이리 종종 놀아 드리지요. (경고하듯, 칼 탁- 넣으며 씩 웃는데)

창운군 (빙빙 돌리는 칼에 훅훅 쫄다가) 뭐?! 이 새끼가 진짜!

창운군, 한기재에게 받은 치욕과, 이 모욕에 더욱 분기탱천하여 노발대발 난리 치면. 그 모습을 뒤로한 채, 여유롭게 걸어가는 이현. 무겁게 얼굴 굳어지는 데서.

S#45. 비현각 안

책장의 책을 꺼내는 휘. 조금 전 한기재를 떠올리듯

플래시백 / 43씬

한기재 이 사람은 저하께 누를 끼치는 자라면, 누구의 피도 두렵지 않습니다... (의미심장한) 그 누구라도 말이지요.

휘, 괴롭다. 털어버리려는 듯 이것저것 책을 잔뜩 꺼내 들고 책상으로 걸어오면, 다가오는 홍내관.

홍내관 많이 놀라셨을 터인데 주강에 들기 전까지 만이라도 조금 쉬시지요. 어제도 창운군 대감께서 꾸민 그 몹쓸 일 때문에 한숨도 주무시지 못하셨잖습니까.

휘, 자리에 앉아 책을 펼치는데, 그 옆으로 보이는 『좌씨전』(4부 47씬).
휘, 미처 의식 못 한 듯, 들고 있는 책에 시선 주며

휘 아니다. 머리가 복잡하니 방에 있으면 잡생각만 드는구나.

홍내관 그러니 오수라도 좀 취하시는 것이... (안타까운) 또 그 악몽을 꾸실까 봐 그러시는 거지요?

휘 (약한 모습 보이기 싫고) 계속 그리 서 있을 것이냐?

홍내관 (걱정스럽게 보면)

휘 (그 마음에, 한숨 쉬고) 알았다. 허면, 주강은 다음으로 미루자 전하고 오거라. 난 여기서 눈 좀 붙이고 있으마.

홍내관 예. 허면 금빙 디녀오겠습니다. (나가면)

휘 (픽 힘없이 웃으며 본다. 다시 표정 무거워지는데)

S#46. 동궁전 일각

밝은 동궁전 분위기 속, 비현각으로 향하는 지운. 술자리의 여파로 상태가 좋지 않다. 구별감, 그 모습 보곤 다가오고.

구별감 (밝은 분위기 감상하듯 보다가) 오늘은 입궐이 늦었네? 어째, 내가 구해다 준 감홍로가 효과 좀 발휘했나부지?

지운 (말도 말라는 듯 손 휘젓고) 그거 가짜 아냐? 속 쓰려 죽겠네 진짜.

구별감 가짜라니! 음~청 어렵게 구한 것인데... (그러나 찔리는 듯, 웃으면)

지운 (대충 알겠고) 근데, 오늘따라 동궁전 분위기가 밝은 것 같다?

구별감 아, 저하께서 어제 애들을 일찍 물리셨대잖어. 재들 간만에 푹 자가지고, 저 봐. 저, 날아다니는 거.

지운 저하께서?

구별감 책 읽는데 성가시다고 그랬대나 봐. 그러고 보면 승질이 까탈시러운 것도 영 나쁜 것만은 아니여? (웃으며 본다)

지운 설마... (설마 하며 보는 표정, 픽, 미소가 어린다. 다시 속 움켜잡고)

S#47. 시강원 집무실 앞

지운, 걸어오는데, 힘겹게 걸어 나오는 만달의 모습 보인다.

지운 어딜 가나?

만달　　주강 시각이 다되었는데, 저하께서 아직 비현각에 계신다 해서요. 뫼시러 가는 길입니다. (역시 속이 안 좋은지 표정 좋질 않고, 걸어가며 읍...)

지운　　(지나가려다가, 그 모습 보고, 걱정스러운) 괜찮은가?

만달　　(그 말에) 예? 아... 괜찮습니다. (가려다가 읍...)

지운　　(얼른 붙잡으며) 내가 뫼셔오지. 자넨 들어가 좀 쉬시게.

만달　　안 그러셔도 되는데... (읍...)

지운, 얼른 들어가라 손짓하고 돌아서 걸어가면
그 뒤로, 홍내관 엇갈리듯 시강원으로 들어가는 모습 보이고.

S#48. 비현각 안

햇살을 받으며 책상에 엎드려 잠이 든 휘.
책들 사이에 지운의 『좌씨전』도 언뜻 보인다.
잠시, 끼이익- 문 열리는 소리와 함께 조심스럽게 안으로 들어오는 지운. 고요한 비현각의 분위기가 어색한 듯, 두리번거리며 휘를 찾는데 마침 책상 쪽에 언뜻 보이는 휘의 옷자락.
지운, 발견하고 다가간다.

지운　　저하... 서연에 드실 시간...(이옵니다)

하는데, 엎드려 잠이 든 휘의 얼굴. 무서운 꿈이라도 꾸는지 식은땀이 흐른다. 지운, 그런 휘를 보곤, 어쩐지 걱정스러운 듯
휘를 깨워야 하나, 말아야 하나 잠시 망설이는데.
문득 괴롭게 찌푸리는 휘의 표정.
지운, 덩달아 인상이 써지고.

지운　　고뿔이라도 걸리셨나...?

지운, 휘의 이마를 짚어보려 손을 잠시 뻗치는데...

순간, 휘의 표정이 편안해 보이고,
지운, 말간 휘의 얼굴을 보는데, 쿵- 순간, 가슴이 뛰기 시작한다.
세자라서 인지, 왜인지, 몸에 손을 대질 못하겠고...
휘의 코앞에서 멈춘 지운의 손바닥... 뭐지... 이상한 기분에 제 손등만 바라보고 있는 지운. 옆에 『좌씨전』이 보일 듯 말 듯...
지운, 차마 손을 짚지 못하고 다시 손을 거두려는데, 순간, 지운의 손을 확 잡아채는 휘. 순식간에 휘와 위치가 바뀌어서 벽(장식장) 쪽으로 밀쳐진 지운. 잠에서 깬 휘가, 본능적으로 지운의 목을 짓눌렀다. 지운, 켁켁! 하고 보면, 그제야 지운인 걸 확인하고 놀라는 휘.

지운 저하... 접니다. 저... (숨 막힌 듯, 켁켁)
휘 정사서...! (놀라 목을 누른 손을 풀고 보는데)

동시에 지운이 부딪힌 반동으로 쓰러지려는 장식장.
장식장에 올려 둔 도자기들이 휘에게로 쏟아지려 하고.
어어! 놀란 지운, 순간적으로 휘를 확 끌어당겨 돌려 안으면
멍하니 지운을 보고 있던 휘, 갑작스러운 상황에 놀라는데.
동시에 쨍그랑, 연이어 바닥에 부딪히며 깨어지는 도자기들.
지운, 휘가 다칠까 봐 제 품 속에 꼭 끌어안고 더욱 감싼다.
자신을 보호하듯 감싸 안은 지운의 모습에 놀라 바라보는 휘.
눈빛이 떨려 오고.
지운, 휘의 안위를 확인하듯, 제 품 속에 안긴 휘를 바라본다.

지운 (휘를 감싸 안은 채) 괜찮으십니까? ...저하.

휘, ! 떨리는 눈빛으로 지운을 바라보면
지운, 안도와 함께 묘한 감정에 역시 눈빛이 떨려 오고
그렇게 마주 보는 두 사람의 눈빛.
시간이 멈춘 듯, 서로를 바라보는 두 사람의 모습에서. 5부 엔딩.

6부

저 멀리엔 뭐가 있습니까?
성문을 지나 줄곧 달려가면 정말로
끝도 깊이도 알 수 없는 바다라는 것이 있긴 한 겁니까?

S#1. 비현각 안 / 5부 엔딩에 이어서

본능적으로 지운의 목을 누른 휘.
그 반동으로 쨍그랑, 연이어 바닥에 부딪히며 깨어지는 도자기들.
지운, 휘가 다칠까 봐 제 품 속에 꼭 끌어안고 휘를 감싼다.
자신을 보호하듯 감싸 안은 지운의 모습에 놀라 바라보는 휘.
두 사람의 눈빛, 떨리듯 마주친다.

지운 (휘를 감싸 안은 채) 괜찮으십니까? ...저하.

휘, ! 떨리는 눈빛으로 지운을 바라보면
역시 묘한 감정에 떨리듯 바라보는 지운의 눈빛.
순간, 소란한 소리에 쾅- 문을 열고 급히 들어오는 가온.
휘, 순간 당황해 퍽- 지운을 밀쳐 낸다.
으악- 나동그라지듯 밀려난 지운. 얼떨떨한 듯 휘를 바라보면.

가온 어찌 된 일입니까? 저하!

붉게 달아오른 채 상기된 휘의 얼굴. 감정을 숨긴 채 애써 차갑게 돌아선다.

가온, 어쩐지 묘한 분위기에 그런 두 사람을 바라보면, 그제야 바닥에 깨어진 도자기 조각들 보이고. 뽑았던 검을 다시 꽂아 넣고 깨어진 도자기를 줍기 시작하는 가온.
지운도 얼른 그 옆에 쪼그려 앉아 깨어진 도자기를 줍기 시작한다.
차마 눈도 못 마주친 채 상기된 두 사람의 얼굴.

홍내관 (뒤늦게 들어오다 난장판이 된 비현각을 보고 놀라며) 아니 이게 왜... 어서 사람을 불러 치우라 하겠습니다! (하다가 지운 발견하고) 헌데 정사서께선 왜 여기 계시는 겁니까?
지운 아, 보덕 어른께서 저하를 뫼시고 오라 하셔서...
홍내관 오늘 서연은 못 하실 것 같다고 제가 방금 말씀드리고 오는 길인데,
휘 (말 끊으며) 서연은 그냥 하는 게 좋겠다. 가서 다시 말씀드리거라.
홍내관 예? 하지만...

휘, 잠시 지운과 눈 마주치면 떨리듯 다시 시선 피한다.
불편한 듯 그대로 비현각을 벗어나는 휘.
보던 홍내관, 저하~?! 하고 급히 휘를 따르면.
멀어지는 휘를 보는 지운의 표정. 조금 전 일을 떠올리듯 멍하니 혼란스럽다. 한눈팔려 아얏! 도자기 조각에 손이 베이는 지운.
급히 입으로 지혈하는데. 방금 그 감정은 대체 뭐였지... 두근두근... 혼란스러운 표정에서.

〈연모 6부〉

S#2. 시강원 전경

문수 (E) 춘지생기 관철사시(春之生氣 貫徹四時).

S#3. 시강원

문수와 휘 마주 앉아 수업을 하고 있다.

문수 춘즉춘지생 하측춘지장 추즉춘지 수동즉춘지장(春則春之生 夏則春之長 秋則春之 收冬則春之藏)이라...

휘 봄이란 봄의 생겨남이요, 여름은 봄의 자라남이요...

평소와 다름없이 무심히 책을 읽는 휘.
그러나 생각은 조금 전 비현각에 가 있고.

플래시백 / 1씬
자신을 보호하려 꼭 감싸 안던 지운.

휘, 저도 모르게 얼굴이 붉어진다.
문수, 그런 휘를 ? 바라보면

휘 (문수 시선 깨닫고 큼큼 다시 강독한다) 가을은 봄의 거두어들임이요, 겨울은 봄의 간직해둠이라...

S#4. 시강원 마당 + 시강원 안

붕대를 칭칭 감아 커다래진 손가락을 보며 멍하니 걸어오는 지운.
만달, 그런 지운 발견하고 쪼르르 달려온다.

만달 저하께서 오신지가 언젠데 뫼시러 가신 분은 어찌 이제 오십니까?

지운 아... 사고가 좀 있었네.

만달 사고요?

지운 (대답 대신, 무언가를 발견한 듯 멍하니 어딘가를 바라본다)

만달, 지운 손가락 발견한 듯. "아니 손이 왜..." 하다가, 지운의 시선 향하는 곳 돌아보면, 문수와 서연 중인 휘가 보이고.

만달　저하께서 손꾸락을 꺾으셨습니까?!
지운　(휘의 모습 어쩐지 어여삐 보인다. 순간, 또다시 두근, 심장이 뛰자 헉! 제 가슴을 짚으며, 혼잣말) 뭐지? 대체 왜... (멍하니 휘를 보면)
만달　(알겠다는 듯) 사서 나리께서도 술병이 아주 독하게 나셨나 봅니다. 쯧쯧... (안타깝게 바라보면)
지운　(여전히 멍하니 휘를 보는데)

S#5.　동. 시강원 안 + 마당

책을 보고 앉은 휘. 밖의 지운의 목소리를 들은 듯 저도 모르게 시선을 주면. 문수, ? 그런 휘를 보다가. 고개를 쭉 빼고 휘가 보던 곳을 바라본다. 그곳에 역시 휘를 보는 지운이 보이고.

문수　(? 보다가, 손은 지운을, 눈은 휘를 가리키며) 지금 두 분이 뭘... 하시는...
휘　(깨닫고 시선 피한다) 뭐, 뭐가 말입니까!
문수　(오잉? 더 이상한) 저하의 안색이 감홍로처럼 붉어지셨습니다?
휘　(그 말에 민망한 듯, 저도 모르게 벌떡 일어난다)
문수　(놀라서 덩달아 일어난) 어찌 그러십니까?
휘　채, 책을 두고 왔나 봅니다!
문수　(갑자기?) 에? 책? (휘의 서안에 있는 책 보며) 있으신데...
휘　석강 때 필요한 책을 두고 왔습니다.
문수　아... (하다가, 다시) 예? (잠깐 의심스러운 눈으로 휘를 보면)
휘　잠시만 다녀오겠습니다. (시선을 피하려 나서려 한다)
문수　(막아서며) 저하께서 어찌!
휘　(움찔 보면)
문수　(아부의 미소) 편히 계십시오. 제가 해결해 드리겠습니다! (나가는)

동. 밖
문밖으로 빼꼼 고개 내민 문수.
지운에게 이리 오라 손짓한다.
지운, 그제야 깨닫고 예?! 다가가면.

문수 정사서? 오늘 유난히 할 일이 없나 봐?
지운 저요? 저 할 일 많은데... (뻘쭘하고)
문수 어. 됐고. 비현각에 가서 책 좀 가져오지. 저하께서 필요하시다 하니, 빨리 가게. 어여. 썩!

문수, 휘를 돌아보며. 나 잘했지? 씩 미소 지으면
휘, 어색한 웃음... 떨리듯, 멀어지는 지운에 잠시 시선 주는.

S#6. 동. 비현각 복도 + 비현각 안

궁녀 하나의 안내를 받아 집무실로 들어가는 지운.
궁녀들 깨진 도자기 치우며 밖으로 나온다.
어느새 깔끔하게 정돈된 휘의 집무실이 보이자 조금 전 휘와의 상황이 떠오른 듯 어쩐지 떨리는 지운... 도리도리, 정신 차리려는 듯 고개 젓고 서고로 향한다.

S#7. 시강원 안

문수. 다시 수업을 재개한다.
휘, 마음잡고 책으로 시선을 두는데.
그제야 떠오르는『좌씨전』책

인서트 / 5부 48씬 책상 위에 있던『좌씨전』!

휘, 사색이 되어. "안 돼...!" 놀라 벌떡 자리에서 일어난다.
놀라 바라보는 문수. "어찌 그러십니..." 하는데. 이미 밖으로 뛰쳐나가는 휘.
문수, "저하!! 어디 가십니까!!" 당황하는 데서.

S#8. 동궁전 일각 + 비현각 (교차)

뛰듯이 빠른 걸음으로 비현각으로 향하는 휘의 다급한 모습과 『좌씨전』에 접근해 가는 지운의 모습 교차로 보인다.
서고로 향하려던 지운, 휘의 책상 위에 놓인 좌씨전을 본 듯, 되돌아 다가가는데

S#9. 동. 비현각 안

벌컥- 집무실 문을 열어젖히는 휘.
설마 하는 마음으로 숨을 가다듬고 지운을 바라보는데
돌아서는 지운의 손엔 이미 『좌씨전』이 들려 있다!

휘 (! 난처해져 바라보면)
지운 저하... (해명을 바라듯 본다) 이 책이 왜 여기에 있는 것입니까?
휘 (본다. 애써 아무렇지 않은 척) 찾으라는 책은 찾지 않고 엉뚱한 책을 들고 왜 여기에 있냐니... 내 책이니 당연히 내가 가지고 있는 것이 아니겠습니까.
지운 (믿기지 않는 듯 보며) 이 책은 담이, 아니... 제가 좋아했던 소녀에게 직접 필사해 준 책입니다.
휘 (그 말에 멈칫, 애써 가다듬으며) 도통 무슨 말을 하는지 알아들을 수가 없군요. 책은 내가 찾을 테니 그만 나가주시지요. (시선 피해 책장으로 향하면)
지운 진정 담이라는 궁녀를 기억하지 못하십니까?
휘 ......
지운 저하께선 세손이셨던 시절 불쑥 찾아뵈었던 제게 그 아이가 남긴 선물까지

직접 전해 주시지 않으셨습니까.

휘　(애써 담담하게) 궐에 흔해빠진 것이 궁녀들입니다. 그리 오래된 일을 내가 어찌 다 기억하겠습니까.

지운　하지만 저는, 기억하셨잖습니까.

휘　(멈칫, 보면)

지운　기루에서 처음 뵈었을 때, 저하께선 저를 기억하고 계셨습니다.

휘　그건...! 그저 맹랑한 소년이 일찍부터 아첨에 능하다 여겨 기억에 남은 것뿐입니다. 이제 됐습니까? (시선 피하듯 책장의 책을 찾아 들고 나가려 하면)

지운, 차마 더 묻지 못한 채, 어쩐지 혼란스러운 눈빛.
손에 든 『좌씨전』을 내려다본다.
지운을 돌아보는 휘, 심장이 터질 듯, 그러나 굳어지는 표정에서.

이현 (E)　담이?

S#10. 강가 (혹은 연못) 나루터 일각 / 밤

달빛이 비치는 고요한 강가.
이현과 지운, 나루터로 쓰이는 널판 위에 나란히 앉아 낚싯대를 드리우고 있다. 지운의 손엔 담이에게 받은 윤목이 들려있고.

지운　(끄덕이고) 어릴 적 내가 좋아했던 그 궁녀 말야.

이현　(그제야 떠오른 듯) 아~ 공신연 때 만나 한눈에 반했다던 그 아이?

지운　(떠올리듯) 그 애한테 준 서책을 저하께서 가지고 계시더라고.

이현　(약간 의아한) 저하께서?

지운　(끄덕인다. 반쯤 생각에 잠긴 얼굴로 손에 쥔 윤목을 보는데, 생각이 복잡한 듯... 잠시 그대로 벌러덩 누워 하늘 보며) 담이 말야. 그때 왜 그렇게 사라진 걸까? 나한테 한 마디 말도 없이... (떠올리듯) 살아 있다면, 지금쯤 누군가의 아내가 되었겠지? 그 아일 꼭 닮은 애들도 낳고 말야...

이현　(지운의 마음을 헤아리듯, 부러 밝게) 놀라운데? 자네에게도 순정이란 게 있었다니 말야. 도성의 여인들론 성에 안 차 명나라에 간 거라 그리 허세를 부리지 않았나.

지운 (서글픈 듯 픽 웃고, 털어 내려는 듯 이현을 돌아본다) 헌데, 넌 좋아하는 사람 없어?

이현 (그 말에 저도 모르게 멈칫, 본다) 좋아하는 사람?

지운 인물이면 인물, 재력이면 재력, 거기다 성품까지 좋으신 왕친께서,

이현 (시선을 돌려 물에 담긴 찌를 보며, 무심한 듯) ...있지.

지운 (못 알아듣고 끄덕이다, "뭐?!" 벌떡 일어나 앉으며) 누군데? 어느 집 규수? 먼 종친인가?

이현 (알 듯 모를 듯 드리운 낚싯대만 바라보고)

지운 얼굴은? 성격은? 정혼은 하였나? 설마 벌써 날을 잡은 건 아니지?

이현 (떠올리듯) 아주 어여쁘지. 따뜻하고...

지운 (배신감) 어찌 나한테 한 마디 말도 않고...! (안달 나서) 언제 소개시켜 줄 건가? 여인들은 내가 딱 보면 알지.

이현 글쎄, 소개 시켜 줄 수 있을지 모르겠구만.

지운 (무슨 말인가 보다가, 더 놀라며) 설마 자네 혼자 품은 연심인 건가?

이현, 그 말에 쓰게 웃는데, 동시에 입질이 오는 지운의 낚싯대.
지운, "어! 왔다! 왔어!!" 급히 낚싯대를 들어 올려 보면, 먹이만 먹고 텅 비었다. 에라이... 김빠진 지운, 벌러덩. 다시 누워 하늘을 보면
픽 웃으며 보던 이현, 다시 강을 응시하는 표정. 쓸쓸해진다.
지운, 역시 무언가 심란한 표정인데.

S#11. 동궁전. 휘의 처소 / 밤

김상궁의 도움을 받아 의관정제를 하는 휘. 낮에 일 때문에 표정이 무겁다.

김상궁 (마무리하고 물러나며) 며칠 무리를 하신 탓인지 안색이 좋지 않사옵니다. 오늘은 일찍 침수에 드시지요. 저하.

휘 (끄덕이고, 잠시... 가는 김상궁 보다가) 저기,

김상궁 말씀하시지요. 저하.

휘 (고민하다가) 혹시 내 기록… 아니, 담이에 대한 기록이 어떻게 됐는지 알고 있어?

김상궁 (갑작스러운 말에) 갑자기 그건 왜…

휘 (마주하기 조금은 두려운 듯, 그러나 굳게 바라보는 표정에서)

(점프)

어두운 방. 등잔불 아래 홀로 앉아 담이의 기록이 담긴 궁녀 명부를 보고 있는 휘. 그 위로

김상궁 (E) 빈궁마마께서 생전에 정리해 두신 것으로 알고 있사옵니다.

담이라는 이름 옆으로 병으로 출궁했다는 기록이 남겨져 있다.
어쩐지 묘한 감정으로 바라보는 휘. 눈빛이 착잡하다. F.O

S#12. 한성부 전경 + 판윤 집무실 / 다른 날, 낮

한성부 판윤과 마주 앉은 신영수.
곁엔 소은이 다소곳이 앉아 있다.

판윤 (의아한 듯 바라보며) 대체 무슨 일이기에… 고작 옥에 갇힌 의원 하날 만나겠다고 예까지 걸음을 다 하셨습니까.

신영수 (소은 한 번 돌아보고) 말씀드리기 송구하오나 제 여식이 그 의원에게 진 빚이 있다 하여, (무거운 표정) 죄인의 면회는 부모나 형제가 아니면 불가한 것을 잘 알고 있습니다. 허나 자식의 과오를 바로 잡는 것이 부모의 도리가 아니겠습니까. 하여 부끄러움을 무릅쓰고 찾아뵌 것이니 부디 너그럽게 이해해 주시지요.

판윤 (잠시 호탕하게 웃는다) 전하와 상헌군 앞에서도 언제나 당당하신 분이라 생각했는데, 자식 문제 앞에서는 천하의 이판대감도 어쩔 수가 없는 모양입니다.

신영수의 표정을 살피는 소은.
약간의 죄책감이 느껴지는 듯 바라보는 데서.

S#13. 동. 면회실 (접객실)

한성부 참군의 안내를 받아 안으로 들어가는 소은, 자리에 앉으면.

참군 그 의원을 데리고 올 터이니 잠시만 기다리시지요. (나간다)

소은, 지운을 다시 만난다는 생각에 긴장이 되는 듯.
머리를 만지고 옷매무새를 가다듬어 본다.
잠시, 참군의 손에 이끌려 들어오는 사내 하나.
조용히 소은 앞으로 가 앉는다.

소은 (옆으로 돌아앉아 새침하게) 그 아이에겐 사과했소. 뭐... 그쪽이 꼭 하라고 해서 한 것은 아니고. 나 역시 옳고 그름은 아는 사람이라... 이 말을 전하려 들른 거요.

사내 ......

소은 (아무 대꾸 없자) 내가 와서 많이 놀랐소? 아님 감동이라도 한 건가?

소은, 웃고. 기대감으로 고갤 들다 앞에 앉은 사내의 모습에 깜짝 놀란다.
소은의 앞에 있는 사내, 다름 아닌 질금이고

소은 누, 누구요!

질금 (머쓱한, 난감하게 바라보면)

소은 (그제야 알겠고) 너는...! 그 의원은 대체 어딜가고 네가 왜 여길 나온 것이냐!

참군, 무슨 말인가 보면

질금, 낭패스러운 표정, 입을 꾹 다문다.
놀라 바라보는 소은에서.

S#14. 시강원 안

휘, 지운에게 11씬, 자신이 보고 있던 궁녀 명부를 건넨다.

지운 (보고) 이게 무엇입니까?
휘 (애써 담담하게) 지난번엔 내가 말이 심했던 것 같아 말입니다.
지운 (의아한 듯 보다가, 책자에 시선이 가면)
휘 그 궁녀... 죽었다더군요. 병으로 출궁한 후 얼마 못 되어 그리 되었답니다.

책자를 펼쳐보던 지운, 휘의 그 말에 놀라 바라본다.
담이라는 이름 옆으로 선명히 적힌 출궁 기록에 잠시 눈빛 떨려 오면
바라보는 휘. 역시 마음 복잡하고.

지운 (잠시... 표정 갈무리하며) 그랬군요... 하여 저하께서도 기억을 못 하셨나 봅니다.
휘 (그런 지운의 눈을 차마 보지 못하겠다)
지운 (어쩐지 복잡해진 표정인데)
휘 (그 모습에 잠시) 그 아이가, 많이 특별했나 봅니다.
지운 (떠올리듯) 첫사랑이었습니다. 저를 많이 바뀌게 해준 아이였지요... 다시 만난다면 고마웠다 그리 말을 해 주고 싶었는데... 이젠 그리 할 수도 없게 되었네요. (쓸쓸한 미소, 눈빛엔 슬픔이 스치고)
휘 (그 눈빛에 쿵- 심장이 떨어진다. 애써 시선을 피해 내면)
지운 이런 일로 저하께 심려를 끼친 것 같아 송구합니다. (털어 내려는 듯, 책을 펼친다)
휘 (가슴이 메어오듯 그런 지운을 바라보는 표정에서)

S#15. 폐전각 입구 + 안 / 석양

담이를 떠올리듯 폐전각 입구를 보고 선 지운.
조심스럽게 담쟁이넝쿨 사이를 헤치고 안으로 들어선다.
예전의 모습은 온데간데없이 황폐하게 변한 폐전각의 모습을 바라보는 지운. 그 시절 아름다운 추억마저 모두 사라진 듯 마음이 아파 오는데. 지운의 시선에 비친 폐전각의 모습, 어느새 과거의 아름다웠던 모습으로 바뀌며, 지운의 시선으로 어린 휘와 어린 지운이 나타난다. 함께 빨래를 널고 있는 어린 휘와 어린 지운.

어린 휘 여기 폐전각에 얽힌 얘기를 아십니까?
어린 지운 무슨 얘기?
어린 휘 옛날에 궐 밖의 한 사내를 사랑한 궁녀가 제 사랑을 이루지 못한 아픔을 견디지 못하고 결국 이곳에서 목을 매달았다지 않습니까. 그 후로 사람들의 발길도 끊기고, 흉물스럽게 변해서 역대 왕들이 몇 번이나 이곳을 없애려고 했는데... 그때마다 저주라도 붙은 듯이 여길 건든 사람은 죄다 병에 걸리거나 죽어나갔다지요 아마? 그 후로 없애지도 못하고 이렇게 문을 닫아걸어 버렸답니다.
어린 지운 뭐?! (어쩐지 으스스한) 으... 넌 무섭지도 않느냐? 이런 곳에서 혼자...
어린 휘 (그 모습에 픽 웃고) 무섭긴 뭐가 무섭습니까. 덕분에 드나드는 사람도 없고 좋기만 한데.

어린 지운, 왠지 으스스한 것 같아 담이 뒤에 딱 붙어 따르면,
허, 어이없는 어린 휘. 풋 웃고 만다. 귀신이다~ 장난치는 휘와 하지 말라며 도망가는 지운. 두 아이가 있는 폐전각은 아름답기만 한데.
다시 스르르 아이들의 모습 사라지며 드러나는 황폐한 폐전각 풍경.
연못 위 거짓말처럼 연꽃 한 송이만 덩그러니 피어 있는 모습에 마음이 더 아프다.

S#16. 동궁전 근처 일각 / 석양

동궁전을 향해 급히 걸어오는 이현. 손엔 작은 함(사탕이 든)이 들려 있다. 사복시 관원 하나와 함께 말과 마구 등을 챙겨 걸어가던 홍내관. 그런 이현을 발견하고 다가온다.

홍내관 영접 일로 바쁘시다 들었는데... 어쩐 일이십니까?

이현 오늘 저하께서 서연을 일찍 물리셨다고? 혹 무슨 일이라도 있는겐가?

홍내관 아... 간만에 그날입니다.

이현 (? 보면)

홍내관 아 왜. 있잖습니까... (말을 돌아보면)

이현 (짐작 가는 듯, 문득 걱정스러운 표정 짓는데)

홍내관 (이현의 손에 든 함에 꽂혀) 헌데, 그건 뭡니까? 혹시! 입안에 넣으면 달콤하면서도 사르르 녹아내린다는 그 귀한...! (하며 자기도 모르게 손 뻗는데)

이현 (휙, 지나쳐 어느새 훌쩍, 말 위로 뛰어오른다) 이건 내가 좀 빌리지. (이랴! 하고 달려가면)

홍내관 (놀라 보다, 아쉬운 듯) 아니, 거 하나만 주고 가시지... (입맛만 쩝쩝...)

S#17. 도성이 내려다보이는 언덕 (혹은 성곽길) / 석양

말을 타고 달려온 이현.
익숙한 듯, 어디쯤에선가 속도를 줄이더니 말에서 내린다.
보면, 멀리 도성이 내려다보이는 언덕 위, 홀로 앉아 있는 휘의 뒷모습. 그와 조금 떨어진 곳엔 가온이 홀로 대기하듯 서 있다.
가온, 걸어오는 이현을 발견하고 고개를 숙이면,
그런 가온을 한 번 보고, 휘에게로 걸어가는 이현의 모습.

S#18. 동. 휘가 앉은 곳 / 석양

무복 차림의 휘, 멀리 석양이 드리우는 도성의 모습을 바라보고 있다.

표정, 어쩐지 쓸쓸하고 외로워 보이는데.

이현　(짐짓 태연하게 다가오며) 뭐니 뭐니 해도 역시 이곳만큼 바람길이 잘 통하는 곳이 없지요.

휘　형님... (돌아보며) 영접 준비로 강화에 가신다더니, 아직 안 가셨습니까?

이현　(곁에 와 편히 앉으며) 내일로 미뤘습니다. 오늘은 제게 더 중요한 일이 좀 있어서요.

휘　(보면)

휘　중요한 일이라니? 무슨...

하며 돌아보는데, 동시에 그런 휘의 입안으로 무언가를 넣어 주는 이현. 휘, 갑자기 볼이 볼록해져 동그랗게 바라보면

이현　(싱긋 웃으며) 지난번에 맛보고 싶으시다 하셨잖습니까. 갑자기 생각이 나서 말이지요.

휘　(황당하게 보다가) 설마... 이것 때문에 미루셨다는 건 아니지요?

이현　뭐, 겸사겸사... (저도 하나 물고는, 장난스레 씩 웃는다. 휘가 보던 곳을 돌아보곤) 매번 실컷 달리고 싶으시다면서, 늘 여기서 멈추십니까. 왜.

휘　(그 말에 조금 씁쓸한 표정 스치며) 돌아가야 되지 않습니까. 궐로. 제가 아는 길은 딱 여기까지거든요.

이현　(마음을 헤아리듯 그런 휘를 보면)

휘　형님께선 아주 멀리까지도 가보셨다 하셨지요? (멀리 석양 지는 도성의 풍광을 바라보며) 저 멀리엔 뭐가 있습니까? 성문을 지나 줄곧 달려가면 정말로 끝도 깊이도 알 수 없는 바다라는 것이 있긴 한 겁니까?

이현　예. 있지요. 그곳에 돛이 아주 큰 배도 한 척 있습니다. 그 배에 오르면 어디든 갈 수 있지요. 아주 먼 곳이라도요.

휘　(상상하듯, 먼 곳을 그려보면)

이현　저하께서 길을 물으시면, 제가 알려 드리겠습니다. 언제든 말이지요. (안타까움 숨기듯, 따뜻하게 미소로 바라보면)

휘, 고마운 듯 미소. 그러나 마음은 무겁다.

이현, 그런 휘의 속내를 짐짓 모르는 척,
관모까지 벗어둔 채 벌러덩, 팔을 머리에 괴고 편히 드러눕는다.

이현 앞으로 딱 반 시진입니다!
휘 (? 보면)
이현 아쉽지만 반 시진 후엔 해가 질 터이니, 그때까지만이라도 편히 바람도 맞고, 풍광도 즐기시지요. 저는 요 며칠 무리를 좀 했더니, 잠이 쏟아져 말입니다.

이현, 마음껏 먹으라는 듯 사탕함 슬쩍 밀어주고, 편안히 눈을 감으면
휘, 옅은 미소. 다시 멀리 석양을 바라본다.
부드러운 바람이 두 사람을 스쳐 가고.
그렇게 오래 함께해 온 듯 편안해 보이는 두 사람의 모습에서.

S#19. 폐전각 안 / 다른 날, 낮

떨어진 낙엽들을 쓸고, 거미줄을 치고, 마루를 닦으며 청소하는 지운.
허리를 펴고 돌아보면, 전날보다 훨씬 깔끔해져 있는 모습이다.
지운, 뿌듯하게 보는데, 문득 한 편에 휑하게 비어 있는 화단 보인다.
어쩐지 마음이 쓰이는 듯, 잠시 빈 화단을 보는 지운의 모습에서.

장원서 서리 (E) 동궁전에서 꽃을요?

S#20. 장원서

지운과 장원서 서리 마주 보고 서 있다.

장원서 서리 (이상한 듯) 그런 말은 들은 바가 없는데... 혹 어디에 쓰신답니까?
지운 그것이... (난감한데) 힘들면 꽃씨라도 좀 얻을 수 없겠나?

장원서 서리 (미심쩍게 보다가) 궐에 옮겨 심으려 꽃을 조금 가져다 둔 게 남기는 했는데... (구석을 보면, 꽃이 꽤 있다)

지운 (눈이 번쩍, 다가가며) 조금만... 어떻게, 안 되겠나? (간절하게 깜빡깜빡)

장원서 서리 (움찔 보는 데서)

S#21. 궐. 연무장 일각

꽃을 한 아름 들고 걸어가는 지운, 꽤 설레어 보인다.
문득 고개를 드는데, 멀리 익위사들과 함께 훈련 중인 휘의 모습이 보인다.
잠시 서서 감탄하듯 바라보는 지운.
잠시, 땀을 닦으며 돌아보던 휘, 그런 지운을 발견한다.
눈이 마주치는 두 사람.
지운, 먼저 휘에게 다가가 예를 갖추면.
휘. 지운이 한 아름 안고 있는 꽃들을 본다.

휘 (평소와 다를 바 없이 조금 차갑게) 그건 뭡니까?

지운 (꽃 보는, 멋쩍은) 아. 꽃을 좀 심으려고요. 심고 싶은 곳이 생겨서...

휘 예... (한심하게 보고, 돌아서려는데)

지운 (불쑥 한 발짝 다가가는) 참! 그때... 알아봐 주신 것 감사했습니다.

휘 (성큼 다가온 꽃을 든 지운에 멈칫한다. 또다시 설렐 것 같자 애써 무시하며) 예... (얼른 다시 지나쳐 가려는데)

지운 (할 말이 있는 듯 더 다가오는) 이제 다시 서연에 드신다 들었습니다. 한동안 바쁘셨다고.

휘 (계속 가까워지는 지운이 신경 쓰이는데)

동시에, 멀리서 "나으리! 사서 나리!!" 부르며 만달이 달려온다.
만달, 달려오다 휘를 발견하곤 헉! 얼른 인사하면
그 틈에 쌩하니 지나가는 휘. 다시 익위사들에게 향하려는데

만달 (보다가, 마음 급한) 대체 여기서 뭐 하고 계십니까. 큰일 났습니다. 큰 일!!

지운 무슨 일인가?
휘 (걸어가다 그 말에 슬쩍 돌아보면)
만달 그것이. 이판대감께서 나으리를 파직시키라는 상소를 올렸답니다...!!
지운 뭐? 파직?!

지운, 놀라서 손에 든 꽃을 놓치고 바라보면
역시, 놀라 바라보는 휘와 휘의 곁으로 다가오던 홍내관 등.
지운, 멍하니 서 있다, "안 돼..." 달려간다.
만달, 함께 따라가면
휘, 떨어진 꽃을 바라보는 표정. 심각해지는 데서.

S#22. 정전 안

혜종 앉아 있고, 좌우로 도열한 대신들. 한기재, 창천군, 원산군, 노학수, 호판 등등 (이현은 없고)

혜종 (신영수를 보며) 세자의 서연관인 사서 정지운이 삼개방이란 곳의 진짜 의원이다?
신영수 아뢰옵기 황공하오나 그러하옵니다. 전하.

그 말에 웅성이는 대신들.
원산군, 한기재의 표정을 살피듯 바라보면
한기재, 담담한 표정을 유지한 채 서 있다.

혜종 이판의 말이 사실이라면, 한성부 옥사에 있다는 그자는 대체 누구란 말이오?
신영수 그자는 그저 삼개방의 일을 돕던 자라 하옵니다.
혜종 (한기재를 돌아본다. 표정 무겁게) 이게 어찌 된 것인지 좌상께서 한번 말해보시오. 사서 정지운은 좌상이 직접 추천한 자가 아니오?
한기재 (동요하지 않고) 이판께서 하신 말은 모두가 사실이옵니다. 전하.

창천군 (기막히고) 허면 좌상께선 그 모든 것을 알고도 한낱 저잣거리의 의원을 세자 저하의 스승으로 추천했단 말입니까!

한기재 (여유로운) 한낱 저잣거리 의원일지라도 배울 점이 있으면 배워야지요!

창천군 (그 말에 뭐라 더 말 못하고 불만스레 보면)

한기재 (다시 혜종 보며) 소신, 이 나라의 좌의정이기 전에 세자저하의 외조부로써 누구보다 저하의 학문에 깊은 관심을 가지고 있사옵니다. 하여 지금껏 수많은 서연관을 추천하였고, 정지운 역시 같은 과정을 거쳐 추천 드린 것입니다.

혜종 (속을 읽듯이 보면)

한기재 전하께서도 지난 회강에서 직접 보시지 않으셨습니까. 정지운이란 자는 인품과 문재(文才) 모두 누구보다 뛰어난 인재이옵니다. 그러한 자가 자신이 가진 의학적 지식을 나누기 위해 삼개방이라는 약방을 운영한 것이 어찌 그리 큰 흠이 된다 하겠습니까.

신영수 (차분하게) 약방을 운영한 것이 흠이 아니라 이를 숨겨 전하와 저하를 능멸한 것이 더욱 큰 죄가 아니겠습니까.

한기재 (못마땅한 표정 숨기며, 그런 신영수를 본다)

신영수 소신 역시 약방을 운영한 것이 서연관으로서의 결격 사유라 생각지는 않사옵니다. 허나 풍속을 어지럽힌다는 이유로 헌부의 집의가 직접 삼개방의 철거를 명하였다면, 이는 분명 적지 않은 폐단이 있었기에 그런 것이 아니었겠습니까.

한기재, 그 말에 차가워진 표정.
혜종, 생각에 잠기듯, 바라보는 표정에서

중전 (E) 아하하하하~!

S#23. 중궁전

창천군과 마주 앉은 중전. 신나서 파안대소한다.
밖의 눈치를 살피는 창천군.

중전 이판께서 내게 손을 내밀어 주지 않는다 원망하였더니, 이리 기특한 일도 다 하시고... 참으로 알 수 없는 분이 아닙니까.

창천군 그리 좋아하실 것 없습니다. 상헌군이 어떤 인물입니까. 오늘 조정에서의 모습을 보아하니 이미 다 알고 있는 눈치였습니다. 아마 적당한 선에서 서연관 하나 문책하고 끝내려 하겠지요.

중전 그러니 도와야지요. 전하께서 우리 제현대군께 거는 기대가 크십니다. 이번에야말로 우리가 나서 상헌군과 세자의 힘을 제대로 빼 드려야지 않겠습니까? (의미심장한 미소)

S#24. 한기재 사저 / 밤

낭패스러운 표정으로 무릎을 꿇고 앉아 있는 정석조.
한기재, 그런 정석조를 무심하게 바라본다.

한기재 왜 그 아이들을 살려두었는가.

정석조 (고개 숙인다) 제가 이판대감을 뵙고 직접 말씀을 드리겠습니다.

한기재 이판이 그리 호락호락한 인물인 줄 아는가. (한심한 듯) 제 입에 넣어준 밥조차 받아먹질 못하고 일을 그르치다니...

정석조 송구합니다. 대감. 이번 일은 제가 어떻게든 해결하겠습니다...

한기재 물론 그래야지. 자네가 끔찍이 아끼는 아들의 생사가 걸린 일 아닌가.

한기재, 못마땅한 듯 차갑게 바라보면
고개를 숙인 채 무겁게 굳어지는 정석조의 표정에서.

S#25. 이조 건물 앞 / 밤

지운, 이조 관원 하나와 마주 서 있다.

지운 (답답한) 이판대감께 드릴 말씀이 있습니다. 잠시만 대감을 만나게 해 주십시오.

이조관원 전하의 재가가 있기 전까진 따로 뵙지 않겠다고 전하셨습니다.

지운 잠시면 됩니다. 잠시만...

이조관원, 지운을 뿌리치고 들어가면
지운, 낭패스러운데... 돌아서면, 다가오고 있는 정석조.

S#26. 동. 다른 일각 / 밤

서로를 바라보며 마주 선 지운과 정석조.

정석조 네가 결국 이 아빌 치욕스럽게 만드는구나.

지운 (마음이 무겁고) 이제라도 그 아이들은 풀어주십시오. 모든 것은 제가 다 책임질 것입니다.

정석조 (비웃듯) 어떻게 책임질 것이냐. 왕실을 기망한 죄로 네 목숨도 보전키 어려울 것인데, 대체 어떻게 책임을 진단 말이더냐.

지운 ...애초에 저를 벌하시면 될 일이었습니다. 왜 죄 없는 그 아이들까지 붙잡아 모두를 힘들게 하시는 겁니까.

정석조 모두를 힘들게 하는 건 바로 너다...

지운 (괴롭게 보면)

정석조 (싸늘히 보다가) 사흘 후 조참 때 전하께서 네 거취를 정하실 거다. 그때까지 무슨 수를 써서라도 서연관의 자릴 지켜 내거라. 그렇지 않으면 니가 끔찍이 아끼는 그 아이들은 물론이고 너와 나, 그리고 네 어미까지, 모두 무사치 못할 것이니 말이다.

지운 (그 말에 괴로운 표정에서)

S#27. 휘의 처소 / 밤

김상궁, 휘의 침수를 봐주고 있다.
들어오는 홍내관, 휘와 마주 보면.

휘 그래, 어찌 되었다더냐.

홍내관 생각보다 일이 심각한 모양입니다. 전하께서 정사서뿐만 아니라 아들을 빼돌린 집의 영감의 죄까지 함께 물으실 것 같습니다.

휘 (비웃듯 차가운 표정) 그것이 진정 사헌부 집의인 정석조만의 뜻이겠느냐. 그자의 뒤엔 늘 내 외조부이신 상헌군께서 있다는 것을 모르는 자가 없을 텐데...

홍내관 (끄덕이고) 어찌 됐든 잘된 일 아닙니까. 두 사람 모두 저하껜 불편한 자들이었으니... 이참에 싹 다 쫓아내서,

휘 (심란한, 말을 끊으며) 늦었다. 그만 나가 보거라.

홍내관 예? (엉거주춤 일어나며) 예. 저하... (눈치 보며 나간다)

휘 (복잡한 표정. 심란한 듯 앉아 있는데)

김상궁 (정리하고 일어나 다가오며) 정사서의 일로 심란하십니까?

휘 (멈칫, 돌아본다)

김상궁 (단호하게) 정석조의 아들입니다. 세손마마를 돌아가시게 했던... 아니, 저하를 죽이려 했던 자의 아들이란 말입니다.

휘 (괴롭지만 애써 담담하게) 알아 나도.

김상궁 (독하게 각인시키듯) 잊어선 아니 되옵니다. 절대로, 잊지 마시옵소서.

김상궁, 걱정스러운 얼굴로 휘를 바라보면
그 말에 무거워지는 휘의 표정에서.

S#28. 한성부 옥사 / 밤

구별감, 질금이를 면회하러 왔다.

질금 (주먹밥 정도 먹으며, 훌쩍이는) 나 때문이야. 이판대감께서 하도 무섭게 말씀하셔서... 진짜 지금이라도 안 늦었을까? 내가 삼개방 의원이 맞다

고 다시 말하면... 영지랑 형님은 살 수 있는 거겠지?

구별감 그게 시방 무슨 소리여?

질금 집의 어른께서 그러셨어. 그렇게만 말하면 다 잘 될 거라고.

구별감 이런 미친놈... 그 말을 믿어? 차라리 너 죽고 양지바른 땅에 묻어 준다 그럼 그건 믿어 볼만 허겠다. 잉? 이 미련한 놈아!

질금 (무서운 소리에 눈물이 더 터지고) 그럼 어떡해. 나 땜에 형님 목이 날아 간다는데에..

구별감, 역시 답답한데, 옥지기 하나 달려와 빨리 나가야 된다 재촉한다.

구별감 (끌려나가며) 내 정사서한테 가서 다 말해 줄 거니까. 그때까지 허튼 생각 말고. 모른다고 잡아떼. 무조건 모른다고. 알겠어?

남겨진 질금, 두렵다. 눈물을 참아 내며 끄덕이는데.

S#29. 소은의 집 마당 + 밖 / 다음 날, 아침

마당에서 나설 채비 중인 신영수.
소은이 달려와 그 앞에 무릎을 꿇는다.

신영수 이게 무슨 짓이냐.

소은 저 때문에 사람들이 다치게 생겼습니다. 어찌 제가 모른 척 할 수 있겠어요. 아버지... 제발 이번 일은 모른 척 넘어가 주세요. 나쁜 사람들이 아닙니다. 일부러 속이려 하지 않았을 것입니다.

신영수 나쁜 사람이라 단정할 수 있는 이가 어디 있겠느냐. 그저 죄를 지은 이와 짓지 않은 이들만으로 구분할 것이다. (가려 하면)

소은 (매달리며) 아버지 제발요...

신영수 이미 전하께 말씀드린 일이다. 결정은 전하께서 내리실 것이니라.

신영수, 그대로 밖으로 나가면.

소은, 신영수를 급히 쫓아 나가며, "아버지!" 부른다.
그러나 이미 가마를 타고 멀어지는 신영수. 단호한 표정.
소은, 망연히 그런 신영수의 뒷모습을 보다 돌아서는데
다가오는 정석조.

정석조　이판대감 댁 소저 되십니까?
소은　(조금 놀라 경계하며) 누구...십니까?
정석조　(보는 표정에서)

S#30. 시강원 집무실

만달, 범두, 문수, 짐이 다 빠진 듯 깔끔하게 정리된 지운의 자리를 보고 서 있다.

만달　아직 결정 난 것도 없는데 어찌 이리 급하게 자리를 빼라고... (문수 보며) 정말 저하를 만나 뵙고 오신 게 맞습니까? 저희가 드린 탄원서는요!
문수　(발끈) 왜 내가 엿이라도 바꿔 먹었을까 봐? 나 그리 의리 없는 사람 아니다?
범두　역시... 코앞에서 사람이 죽어나가도 눈 하나 깜빡하지 않는다더니... 동빙고라는 말이 괜히 나온 것이 아닌 가 봅니다...(고개 절레절레 저으면)
만달　(착잡한 듯) 아니, 집의 댁 도련님께서 대체 뭐가 아쉬워서 그런 일을 하고 다녔대요?

일동, 쯧쯧... 한숨 내쉬는데, 들어오는 지운.
정리된 자신의 자리를 바라보고 표정이 굳어진다.

일동　(지운의 등장에 움찔, 놀라고) 정사서...! / 사서 나리...
문수　어? 왔어? 좀 쉬지 그랬어. 머리도 복잡할 텐데... (눈치 살피면)
범두　(눈치 없이) 아... 저하께서 얼른 정리하라고...
문수, 만달　(얼른 범두 입 막으면)

문수 (안쓰러운 듯) 그러지 말고 저하께 가 살려 달라 싹싹 빌어라도 보게. 그래도 지금 도움을 줄 수 있는 분은 저하밖에는 없지 않나.

지운 (굳어서 보다, 잠시 생각하듯, 급히 돌아 나가는 데서)

S#31. 동. 시강원 앞

밝은 표정으로 걸어오던 이현. 지운을 발견하고 반가운 듯
"지운아" 부르는데, 지운, 미처 듣지 못한 듯 심각한 얼굴로 휘의 처소를 향해 걸어간다. 이현, 그런 지운의 표정에 무언가 이상한 듯 바라보는데, 마침 밖으로 나오는 문수와 범두, 만달.

문수 (가는 지운 걱정스럽게 보며 범두 타박하는) 하여간 눈치가 없으면 평소대로 잠이나 쳐 자든가. 거기서 왜 그런 말을 해서...쯧쯧...

범두 (억울한) 아니, 저하께서 정사서 자리를 치우라 하신 게 맞긴 하니까...

이현 (놀라 다가오며) 그게 무슨 말인가? 자리를 치우다니?

일동, "자은군 대감!" 얼른 인사한다.
이현, 심각해져 보는 표정에서.

S#32. 동. 휘의 처소

휘 앞에 무릎을 꿇고 앉은 지운.
일각에 선 김상궁 불편한 표정. 걱정으로 바라본다.
휘, 애써 싸늘하게 그런 지운을 바라보면

휘 내일 조참 때 전하의 교지가 내려질 거라 들었습니다. 안타깝지만 정사서와의 인연은 오늘이 마지막이겠군요. 길진 않은 시간이었지만 나름 유익한 적도 있었다 기억하지요.

지운 소신은 아직 궐을 떠날 수 없습니다. 도와주십시오. 저를 도와주실 수 있는

분은 이제 저하뿐이십니다.

휘 (차갑게 웃고) 내가 왜 정사서를 돕겠습니까? 처음부터 정사서가 이곳을 떠나길 바란 사람이 다름 아닌 나였다는 것을 잊으셨습니까?

지운 알고 있습니다. 그러니 도와 달라 부탁드리는 것입니다.

휘 (보면)

지운 저하께선 처음부터 제가 삼개방의 의원이라는 것을 아셨습니다. 그럼에도 저와의 서연을 받아들이셨지 않습니까.

휘 내기에 진 탓입니다. 약속은 약속이니까.

지운 (간절한) 그 약속을 한 번만 더 지켜주십시오.

휘 (애써 마음 다잡으며, 단호한) 안타깝지만 내가 할 수 있는 일은 없습니다. 그러니 그만 마음을 접으시지요.

지운 (무너지듯 괴롭게 바라보면)

휘 (애써 외면하듯 차가운 표정에서)

S#33. 동궁전 앞

마지막 기대마저 무너지자 무거운 표정으로 걸어 나오는 지운.
조금 떨어진 곳, 지운을 발견하고 급하게 다가오는 구별감.

구별감 여깄었구먼!! (급히 오느라 숨 몰아쉬며) 대체 어딜 쏘다니기에 만나기가 이렇게 힘들어!

지운 질금이는? 잘 있는 거지?

구별감 느 아부지 말여. 질금이한테 다 덮어씌울 건가 보던디... 어뜩하냐 이걸 두고 볼 수도 없고, 말릴 수도 없고 참말로...

지운 (놀라 보는 표정) 그게 무슨 말이야?

구별감 그 미련한 것이 영지랑 너 살릴 거라고... 설마, 죽이지는 않겄지? 그래도 아들이 가족같이 생각하는 애들인데...

지운 (충격으로 멍하다가, 깨닫듯 급히 어디론가 달려가면)

구별감 (놀라) 정사서!! 정사서!!

S#34. 휘의 처소

심란한 듯 앉아 있는 휘.

홍내관 저하, 자은군 대감께서 오셨습니다.

휘, 소리에 보면. 무거운 표정으로 들어오는 이현.

휘 형님... (애써 표정 관리하며) 강화엔 잘 다녀오셨습니까?
이현 예... (생각하듯 보다가) 저하께 드릴 말씀이 있습니다.
휘 무슨...
이현 (바라보는 표정에서)

S#35. 소은의 집 앞. 일각

정석조와 마주 선 소은. 놀라 보는 표정.

소은 (놀란) 제게 위증을 하라... 그 말씀이십니까.
정석조 기억이 확실치 않다. 한 마디면 됩니다. 그리 깊은 인연도 아닌 자의 얼굴을 정확히 기억하는 것이 더 이상한 일이니.
소은 하지만... 삼개방 의원의 얼굴은 내 똑똑히 기억하고 있습니다.
정석조 (보면)
소은 (떨리듯) 제가 그리 말하면... 그 의원... 아니, 도련님께서는 무사할 수 있는 겁니까?
정석조 (긍정의 눈빛으로 끄덕) 그리 될 것입니다.
소은 (조금 놀라다가, 문득) 허면... 옥에 갇힌 이들은 어찌 되는 겁니까?
정석조 (본다) 아가씨께선 거기까진 생각하지 않으셔도 됩니다.

정석조, 굳은 눈빛으로 소은을 바라보면

소은, 어쩐지 불안한 듯 그런 정석조를 보는 데서.

S#36. 휘의 처소

휘, 모든 사연을 다 들은 듯 조금 놀라 이현을 본다.

휘 (조금 멍한) 정사서가 삼개방을 운영한 것이 모두 빈촌의 가난한 아이들을 돕기 위해서였다... 그 말씀이십니까?

이현 그러하옵니다. 저하. 정사서가 궐에 들어온 이유 역시 삼개방의 아이들을 구하고자 했을 뿐, 자리에 대한 욕심이 아니었습니다.

휘 (그 말에 흔들리듯 보다, 겨우 다잡고) 그 말을 제게 하는 이유가 무엇입니까.

이현 그건,

휘 형님의 오랜 벗인 정지운 그자를 살리고자 하는 마음은 알겠으나 소용없습니다. 무슨 이유로든 강상의 도를 어지럽히고 왕실을 능욕한 죄는 용서받지 못할 것이니 말입니다.

이현 (안타까운) 정사서는 저의 벗이기 전에 저하의 스승이 아닙니까.

휘 (잠시 흔들리듯... 그러나 눈빛 피해 고개 돌리고) ...피곤하네요. 형님께서도 여독이 남으셨을 테니 오늘은 그만 물러가시지요...

이현 (무겁게 바라보는데)

S#37. 창천군 사저 전경 / 밤

청지기 (E) 삼개방의 일로 증언을 해줄 이를 데리고 왔습니다. 대감.

S#38. 동. 사랑채 / 밤

양반 복색의 사내 두엇, 긴장하며 들어온다.

창천군 그래, 삼개방 의원에 대해 고할 것이 있다고?

양반1, 2 (눈치 살피며) 예. 대감...

창천군 좋다. 내게 필요한 정보를 가지고 왔다면 내 너희에게 후한 상을 내릴 것이다. (만족한 듯 미소. 어디 들어보자는 표정에서)

S#39. 동궁전. 후원 / 밤

심란한 듯 홀로 걷고 있는 휘.
가온만이 조금 떨어져 뒤를 따른다.
조금 떨어진 곳, 궁녀 몇이 연못에 유등을 띄우는 모습 보이고.

플래시백 / 36씬

이현 정사서가 궐에 들어온 이유 역시 삼개방의 아이들을 구하고자 했을 뿐, 자리에 대한 욕심이 아니었습니다.

휘, 흔들리는 눈빛, 연못에 뜬 작은 유등을 보면.

S#40. 유등 축제 장소 / 밤 / 휘의 과거 회상

1부 단옷날 함께 유등을 띄우던 휘와 지운.
두 사람이 띄운 유등 뒤로 다양한 사람들의 염원을 담은 유등의 물결이 아름답게 빛나고.

어린 지운 (꽤나 감동적이라는 듯 바라보다) 넌 무슨 소원을 적었느냐?

어린 휘 (잠시 생각하다) 아까 지나온 빈촌 마을을 기억하십니까?

어린 지운 응?

어린 휘 그곳의 아이들이 배곯지 않고 건강히 잘 자라게 해 달라 그리 소원을 적었습니다.

어린 지운 뭐? 아니 그런 거야 그 아이들의 부모가 할 일이지 왜 니가...

어린 휘 부모가 없는 아이들이 태반입니다. 저도 그리 자랐고요.

어린 지운 (안타깝게 보면)

어린 휘 마음은 안타까운데 도울 수 있는 방법은 요원하니 이리 소원을 띄우면 언젠가 누군가는 그 아이들을 도와줄지도 모르지 않습니까. (옅은 미소, 지운을 돌아보며) 도련님은 무엇을 적으셨습니까?

어린 지운 나? 아, 나는... (순간 부끄러운 듯 붉어진다) 잠시만 담이야. 잠시만!

지운, 뭔가 생각난 듯 서둘러 물가로 첨벙첨벙 들어가면
"도련님!" 놀라 바라보는 어린 휘.
지운, 떠내려간 자신의 유등을 겨우 찾아서 소원이 적힌 종이를 빼낸다.
급히 뭔가를 새로 써 넣고 유등을 띄우는 지운.
어린 휘에게로 돌아오면

어린 휘 갑자기 왜 그러신 거에요.

어린 지운 그게... 니 얘길 들으니까 내가 쓴 소원이 너무 옹졸하고 못나 보여서 말이다.

어린 휘 예?

어린 지운 그래서 고치고 왔느니라. (자신만만한 미소) 내가 바로 그 아이들을 돕는 누군가가 될 수 있게 해달라고 말야. (흐뭇하게 보는 표정에서)

S#41. 동궁전 근처 / 밤

고민하듯 왔다 갔다, 중얼중얼 혼잣말을 하며 걷는 구별감.

구별감 그냥 모른 척할 걸 그랬나? 아니야... 그랬다간 정말로 질금이가 덮어쓰고 죽을 것인디 그 꼴을 어찌 보냐... 그래... 정사서가 갔으니까 수를 써도 쓰것지... 설마 자기 아들까지 죽이지는 않을 거 아녀. (도리도리) 아녀. 이러다 정말 정사서까지 싹 다 죽는 거 아녀? 그래 집의 영감이라면 그러고도 남을

것인데... (미치겠는) 아우씨! 어떡하냐 증말...!!

머리를 감싸 쥐던 구별감, 문득 어딘가에 쿵 박는다.
"뭐여..." 하고 올려다보면 서늘하게 내려다보고 있는 가온.
헉, 해서 옆에 봤는데 더 서늘한 휘가 있다! 으악! 주저앉는 구별감.

휘 (굳은 채 바라보며) 죽이다니? 대체 누굴 말이냐?

S#42. 한성부 뒷문 / 밤

군사들이 지키고 선 한성부의 모습.
어느 일각, 한성부 군사 두엇이 짝을 지어 서 있다. 순간, 누군가 다가오더니 군사1의 목을 비틀면. 악 소리도 내지 못하고 쓰러지는 군사1. 동시에 놀란 군사2의 몸에 칼을 박아 넣는 사람. 정석조다. 순식간에 군사1, 2를 해치우고 안으로 들어가는 정석조. 그 뒤를 복면의 수하 서넛이 따른다. 쓰러진 군사의 시신을 치운 뒤 정석조의 뒤를 따르는 일사분란한 수하들 모습에서.

S#43. 동. 한성부 옥사 앞 / 밤

횃불을 밝히고 옥사를 지키고 선 군사들.
정석조와 수하들이 다가오자 "웬 놈들이냐!" 막아서면
동시에 칼을 뽑아 막아선 군사를 그어 내리는 정석조. 따르던 수하들, 순식간에 나머지 군사들을 해치운다. 쓰러진 관군을 지나쳐 유유히 안으로 들어가는 정석조의 차가운 표정.

S#44. 동. 옥사 안 / 밤

어둡고 고요한 옥사 안. 쪼그려 잠든 질금. 억센 손아귀에 일으켜 진다. 정신

없이 깨어난 질금, 놀라 보면. 자신을 내려다보고 있는 정석조.

질금 (놀라고, 두려운) 어르신...!

S#45. 동. 한성부 앞 / 밤

질금을 끌고 나오는 복면의 무사들.
뒤이어 정석조가 나오면,
이미 영지는 입에 재갈을 하고 다른 무사들에게 붙잡혀 왔다.

질금 (놀라) 영지야!
영지 (재갈이 물린 채, 오라버니...!!)

정석조, 수하들에게 눈짓주고 앞서 걸어가는데
어느샌가 "멈추십시오!" 소리치며 달려오는 지운. 검을 들고 있고.
갑자기 등장한 지운을 향해 챙- 칼을 겨누는 정석조의 수하들.
정석조, 지운의 등장에 조금 놀라지만, 곧 동요 없이 지운을 바라보면
"형님 / 오라버니!!" 재갈이 물린 채 소리치는 질금과 영지.

지운 (믿을 수 없다는 듯) 정녕 이 아이들까지 죽이시려는 겁니까.
정석조 ...비켜라.
지운 도대체 제가... 어디까지 실망하길 바라시는 겁니까!
정석조 비키라고 하였다.

정석조의 비열한 행동들에 질린다는 듯, 차갑게 눈빛이 식는 지운. 정말로 덤빌 듯, 검을 챙! 빼어 들고 막아서면
정석조, 잠시 흔들리는 듯 그런 지운을 보다, 수하들에게 신호한다.
동시에 달려드는 수하들. 지운을 포박하려 하고.
이에 맞서 검을 휘두르는 지운. 수하들을 쓰러트리고 정석조에게 달려간다.
기어이 정석조의 눈앞에 칼을 겨누는 지운.

정석조 (차갑게 바라보며) 니가 진정 나를 벨 셈이더냐?
지운 (칼끝이 정석조에게 닿고, 흔들리는) 아이들을 풀어주십시오. 제발...

지운, 괴로운 눈빛으로 정석조를 바라보면
마주 보는 정석조의 눈빛, 역시나 괴로운 듯, 그러나 차갑게 다잡는다.

정석조 어딘가에서 잘 살고 있을 것이다 그리 믿거라. 네가 할 수 있는 건 그것뿐이니... (지나가려 하면)

지운, 절망스러운 눈빛... 결심한 듯 정석조를 향하던 칼을 휙 돌려, 자신의 심장을 겨눈다. 칼날을 쥔 손에서 피가 뚝뚝 흐르면, 놀라 바라보는 정석조.

정석조 무슨 짓이냐!
지운 이리하면... (칼끝을 조금 밀어 넣는다. 가슴에서 피가 조금 배어 나오고) 이리하면 아이들을 죽일 이유는 없으시겠지요.
정석조 (동요하며 보면)

지운, 결심한 듯 자신에게로 칼을 밀어 넣으려는데, 한발 앞서 지운을 제압하는 정석조. 지운의 칼이 날아가 바닥에 떨어지면, 정석조의 수하 둘 순식간에 지운에게 달려들어 양팔을 붙잡는다.
제압당하는 지운. "놔!! 이거 놓으라고!!" 발버둥 치지만 꼼짝도 할 수 없고.

지운 (분노해 노려보며) 그 아이들의 털끝 하나 건드리신다면, 아무리 아버지라 해도 절대... 절대로 용시하지 않을 겁니다!!
정석조 (그런 지운을 뒤로하며, 수하들에게) 돌아올 때까지 가두어 두거라.

정석조, 그대로 질금과 영지를 끌고 사라지면
"놔!! 이거 놓으라고 놔!! 질금아! 영지야!!" 절규하는 지운의 울음 섞인 목소리.

S#46. 숲 일각 / 밤

질금과 영지를 끌고 산길 깊숙이 들어가는 정석조.
질금과 영지, 불안한 듯 주변을 둘러보면
온통 깜깜한 산속. 어쩐지 음산한 기운마저 흐르고...
정석조, 한 커다란 나무 앞에서 멈춰 선다. 나무에는 미리 준비해 놓은 듯 목을 맬 수 있는 밧줄이 묶여 있다.

정석조 계집은 잠시 치우거라.

수하 하나, 영지를 끌고 가면
질금과 영지, "영지야! / 오라버니!" 서로를 부르며 당황하는데
결국 혼자 남은 질금. 두려워 덜덜 떨며 정석조를 본다.

정석조 (질금에게 종이와 붓 던져주며) 쓰거라. 겁이 나서 거짓을 고하였고, 삼개방의 의원은 니가 맞다고. 후환이 두려운 너는 한성부 관원들을 매수해 탈옥한 것이다. 알겠느냐.

질금 ! (그제야 나무에 묶인 밧줄 보이고, 사색이 되어) 사... 살려주세요... 제발 살려주십시오. 집의 어른...

정석조 죽을 위기에 처한 너와 저 계집을 살린 게 지운이라 들었다. 그 빚을 여기서 갚거라.

질금, 그 말에 울먹이며 보다가 어쩔 수 없이 붓을 든다.
눈물 줄줄 흘리며 시키는 대로 쓰고 있는 질금.
잠시. 정석조, 질금이 쓴 유서를 들면
수하 하나, 질금을 이끌어 나무 앞으로 데려간다.
눈물 콧물 범벅이 된 채로 두려움에 눈을 질끈 감는 질금,

질금 야, 약속하신 대로 형님이랑 영지는 꼭 살려주십시오. 제발... 흐으윽.

정석조, 잠시 보다, 수하에게 신호하면
이내 질금의 목이 당겨지고, 발이 버둥거린다.
돌아서는 정석조. 순간, 쉬익- 탁! 어디선가 화살이 날아와 밧줄을 끊어 버린다! 바닥에 떨어지는 질금. 컥컥, 참았던 숨을 토해 내면
놀라 돌아보는 정석조. 검을 꺼내 드는데.
순식간에 타타닥! 무장한 익위사 무리가 나타난다!
당황하는 정석조와 수하들을 포위하고 선 익위사들.
그리고 마지막으로 융복 차림의 휘가 등장한다. 그 곁에 선 가온.

휘 무뢰배들이 한성부의 죄인을 몰래 빼내 갔더군.
정석조 ! (예상치 못한 휘의 등장에 당황해 보면)
휘 세자로서 명하마. 그 아이들을 넘겨라. 허면 오늘 밤, 이곳에선 어떤 피도 흐르지 않을 것이다.
정석조 (본다) 상헌군 대감께서도 허하신 일입니까?
휘 (비웃듯) 못 들었느냐. 이 나라 조선의 세자라는 내 말을. 어명이 아니면, 나를 불허할 자는 없다.

수하들, 휘의 그 말에, 조금 주춤 서로 눈치 보는 느낌이고.

정석조 정녕 세자께선... 그리 생각하십니까?

익위사들을 향해 칼을 들이대고 있던 정석조의 앞으로 휘가 들어선다.

휘 그대의 생각은 나와 다른가 보군. 내 앞에서도 이리 칼을 내리지 않는 것을 보니...

곧바로 다가온 가온. 정석조의 목에 칼을 겨눈다.
가온을 바라보는 정석조의 눈빛.

휘 (가온 향해) 이 자의 손이 잠시라도 움직인다면, 너는 즉시 이 자의 목을 내게 가져 오거라.

정석조　(차갑게 보면)

휘　왜, 내가 못 할 듯싶으냐. (비웃듯) 외조부댁 개 한 마릴 죽인다고 아끼시는 손자를 벌하실까...

정석조와 휘의 눈빛이 강렬히 부딪힌다.
가온의 칼끝이 정석조의 목에 더 가까이 다가가면
흘러내리는 핏물. 정석조, 휘를 노려보면
휘, 다부지게 바라보는 눈빛. 일단의 승리를 거둔 듯 미소 짓는 데서.

S#47. 어느 창고 안 / 밤

지운, 창고 안에 갇혀 미친 듯이 문 두드린다.

지운　문 열어! 문 열라고!!

그러나 미동도 없이 굳게 닫힌 창고 문.
지운, 애가 타고, 고통스러운데

S#48. 동궁전 복도 + 휘의 처소 / 밤

지금 막 돌아온 듯 융복 차림으로 들어서는 휘.
놀라고 두려운 표정으로 허겁지겁 뒤를 쫓는 김상궁과 홍내관.

김상궁　익위사들까지 대동하고, 대체 무슨 일을 벌이신 겁니까! 상헌군 대감께서 아시는 날엔...

하는데, 처소 안, 언제부터 있었는지 한기재가 앉아 있다.
단단히 화가 난 듯, 노한 표정으로 돌아보는 한기재.
자리에서 일어나 휘에게로 다가온다.

김상궁, 예상치 못한 듯 헉! 놀라 급히 조아리면.
휘, 각오한 듯, 그러나 긴장으로 바라본다.

한기재 (애써 누르며) 어찌 그러셨습니까...

휘 (각오한 듯 바라보면)

한기재 어쩌자고 이리 건방진 행동을 하셨던 겁니까. 저하.

휘 (애써 담담히) 죄인을 함부로 빼돌리다니요. 아무리 외조부님의 명이라 하나 옳지 못한 일이었습니다. 하여 전, 제가 해야 할 일을 했을 뿐입니다.

한기재, 그런 휘를 보며 허, 하고 기막힌 듯 웃는다. 곧 하하하, 웃음소리 커지면. 금방이라도 숨이 멎을 듯 두렵게 바라보는 김상궁과 홍내관.

한기재 (다가가 휘의 어깨를 위압적으로 쥐고 바라본다) 틀렸습니다. 저하. 저하의 행동에 옳고 그름은 전혀 중요치 않습니다. 저하가 해야 할 일은 오로지 외조부인 내 말을 귀담아듣고, 나를 넘어서지 않는 것... 그것뿐입니다. 아시겠습니까?

휘 (애써 두려움을 감추며 마주 보면)

한기재 잊지 마십시오. 제가 가고자 하는 길이 곧 저하의 길이 된다는 것을. 그 길을 벗어나면 아무리 귀애하는 저하일지라도 제가 용서치 않을 것입니다.

살벌한 한기재의 표정.
휘, 두려움을 참으며 바라보는 데서.

S#49. 창고 / 다음 날, 아침

지운, 밤새 문을 두드려 손이 다 터지고, 찢어진 채 지쳐 벽에 기대 있다. 그때 끼익- 문 열리고, 햇볕 들어오면 지운, 잠시 인상 찌푸리는데

정석조 (들어서며) 채비하거라. 조정에 갈 시간이다.

지운 (벌떡 일어나며) 아이들은...! 어디 있습니까! 그 애들이 무사한지부터 확인

해야겠습니다!

정석조 (가만히 보다가) 이번 일이 끝나거든 네가 직접 가서 확인하거라.

지운 (그 말에 놀라며) 살아 있는 겁니까! (마지막 희망을 놓고 싶지 않다) 죽이지... 않으신 거지요...

정석조, 더 할 말 없다는 듯 먼저 등 돌려 가면,
지운, 고통스러운 눈빛으로 정석조를 보는 표정에서.

S#50. 궐 전경

S#51. 동. 정전

혜종 앉아 있고, 대신들(이현 빼고) 도열해 있다.
그 앞에서 처분을 기다리고 선 지운.
정석조의 말의 의미를 떠올리는 듯, 심각한 표정이다.
질금과 영지의 걱정으로 가득 찬 지운.
고요한 분위기 속, 창천군을 찾은 양반1, 2 조정의 분위기에 압도된 듯.
조금은 위축된 모습으로 지운의 만행을 고발하고 있다.

창천군 그러니까 정지운이라는 자가 시료를 핑계로 시중에서 구하기 어려운 값비싼 약재만 처방하고 권하였던 것이 사실인가?

양반1 예. 그러하옵니다.

양반2 (눈치 보며) 그뿐만이 아닙니다. 삼개방을 찾은 저를 천것들과 함께 기다리게 한 것으로도 모자라 천것들이 보는 앞에서 문전박대까지 시키며 모욕하였습니다.

창천군 (혜종을 바라보며) 반상의 법도를 무시하고 양반의 권위를 실추시킨 정지운과 이를 비호한 집의 정석조를 엄벌에 처해 주시옵소서 전하...

대신들 엄벌에 처해 주시옵소서 전하...

혜종 (담담히 바라보다. 지운에게) 저들의 말이 모두 사실인가.

지운 (본다. 무겁게) 예... 사실이옵니다.

일동 (술렁이면)

한기재 (바라보는)

혜종 (굳어지는 표정, 교서를 펼치려는데)

지운 (잠시, 한기재와 눈이 마주친다. 무언가 결심한 눈빛으로) 소신 한 가지 여쭐 것이 있습니다. 전하.

혜종 (보면)

지운 소신, 반상의 법도란 약한 자들을 짓밟으며 지키는 것이 아니라 가엽게 여겨 보호하기 위해 필요한 것이라 배웠사옵니다. 양반의 권위 역시 그러한 바탕 위에 세워지는 것이라 그리 믿어 왔고 말입니다.

한기재 (보면)

지운 공자께서는 자신의 행동에 염치가 있어야 무릇 선비 된 자라 할 수 있다 하셨습니다. 헌데 가여이 여겨야 할 이들과 함께 기다렸다는 사실만으로 난장을 피우는 자들에게 저는 염치를 찾아볼 수 없었습니다. 하여 소신, 감히 전하께 여쭙고 싶습니다. 공자의 말씀대로라면 저들은 선비도, 양반도 아닌 자들입니다. 그런 자들에게도 진정 반상의 법도라는 것이 지켜져야 하는 것이옵니까? 소신이 믿고 있던 그 신념이, 진정 틀린 것인지 말씀해 주십시오. 전하.

한기재 (그런 지운을 제법이라는 듯 바라보면)

창천군 네 이놈! 감히 어느 안전이라고 함부로 지껄이는 것이냐. 전하, 정지운 저자는 지금 약삭빠른 구변으로 본질을 흐리고 있나이다. 부디 엄히 벌하여 주시옵소서!!

대신들 (역시 술렁이면)

혜종 조용!! (위엄 있는 표정으로 좌중을 압도한다. 잠시, 생각을 정리한 듯) 사서 정지운과 삼개방 죄인들에 대한 전교를 내리겠소.

일동 (조용히 집중하면)

혜종 시강원 사서 정지운은 양반의 신분으로 삼개방이라는 의원을 운영하며 온갖 수탈을 일삼아 양반의 권위를 실추시켰을 뿐 아니라 임금인 나와 세자를 속여 왕실의 명예 또한 훼손하였으니 그 죄가 결코 가볍지 않다. 이에 서연관이라는 직첩을 거두고, 장 50대와 함께 유배를 명한다. 또한 정지운을 도와 삼개방을 운영한 이들 역시 천역에 처할 것이다.

지운 (각오한 듯) 그것이 제가 치러야 할 죗값이라면 달게 받겠습니다! 허나, 죗값을 받으려면 죄인이 있어야 하지 않겠습니까! 삼개방에서 저를 도운 아이들이 사라졌습니다. 아이들의 행방을 알려 주십시오!

혜종 그게 무슨 소리냐? 죄인들이 한성부에 갇혀 있는 것이 아니더냐?

지운 (한기재 쏘아보며) ...그들을 데려간 자가 있습니다.

한기재 (알 수 없는 표정, 서늘히 보는데)

일동 (놀라, 죄인을 몰래 빼돌렸단 말인가? 등 수군거리면)

휘 (E) 거기에 대한 답은, 제가 해 드리지요!

일동, 소리 나는 쪽을 돌아보면
문이 열리며 들어오는 사람... 곤룡포 차림의 세자 휘다!
당당한 걸음, 단단한 표정으로 걸어오는 휘.
혜종, 휘를 바라보면
창천군과 원산군 등 대신들 역시 놀란 표정으로 바라본다.
차가운 표정으로 돌아보는 한기재.
도열한 대신들, 일제히 휘를 향해 고개 숙여 예를 갖추면
갑작스러운 휘의 등장에 놀라 바라보는 지운.
휘, 그런 지운을 돌아본다.
자신만만하게 빛나는 미소... 입가에 걸리며. 6부 엔딩.

7부

세자저하의 손끝 하나라도 건드리면,

너는 이제 죽는다... 나한테.

S#1. 동궁전. 휘의 처소 / 밤 / 6부 48씬에 이어지는

한기재, 휘의 어깨를 쥐고 위압적으로 바라본다.

한기재 잊지 마십시오. 제가 가고자 하는 길이 곧 저하의 길이 된다는 것을. 그 길을 벗어나면 아무리 귀애하는 저하일지라도 제가 용서치 않을 것입니다.

한기재, 경고하듯 휘를 보다가 나가려 돌아서면.
숨이 막히듯 바라보던 휘. 주먹을 꽉 쥔다.

휘 가시려는 그 길. 함께 가고자 함입니다.
한기재 (돌아선다. 살피듯 보면)
휘 (다부진 눈빛) 궁금하지 않으십니까? 제가 어떤 방책으로 외조부님을 따르고자 하는지 말입니다.

한기재, 그런 휘를 가늠하듯 바라보면.
흔들림 없이 바라보는 휘, 곧은 눈빛. 강단 있는 미소를 짓는 데서.

S#2. 정전 안 / 6부 엔딩에 이어서

지운, 휘의 등장이 믿기지 않는 듯 놀라는 표정이고.
갑작스러운 휘의 등장에 굳은 표정으로 바라보는 혜종과 술렁이는 대신들.
한기재, 앞씬의 휘를 떠올리듯 바라본다.

휘 죄인들을 옮긴 것은 바로 저입니다.
일동 (술렁이면)
혜종 (바라본다)
휘 옥사는 죄인들을 징계하기 위한 곳이지 죽이기 위한 곳이 아니라 하셨습니다. 허나 그러한 전하의 뜻과는 달리 옥사의 환경은 몹시도 참혹하여 굶어 죽거나, 얼어 죽는 죄인들이 부지기수였습니다. 이에 미처 윤허를 받지 못하고 급히 죄인들을 옮긴 소자를 용서하시옵소서.
지운 (놀라 보면)
혜종 (조금 노한, 그러나 휘의 의도를 가늠하듯) 고작 이를 고하고자 조계(朝啓) 중인 정전에 허락도 없이 들어온 것이더냐.
휘 (당당히 보며) 소자, 삼개방 사건에 대해 전하께 긴히 아뢸 말씀이 있사옵니다.
창천군 이는 세자께서 나설 일이 아닙니다!
혜종 (잠시 휘를 보다가) 좋다. 말해 보거라.
휘 정사서는 반상의 법도를 거스른 적이 없습니다. 오히려 법도를 거스른 자들은, 바로 저자들이지요.

휘, 창천군과 함께 있는 양반 1, 2를 쏘아보면
술렁이는 대신들.

휘 (잠시 문을 돌아보며) 들어오너라.

휘의 명에 일동, 출입문 쪽을 돌아보면
기다렸다는 듯, 백성1, 2(약초꾼, 창고지기)를 데리고 들어오는 이현.
증언을 한 양반들, 이들의 등장에 긴장하기 시작한다.

휘 이들은 얼마 전까지 도성의 약방에 약초를 공급하던 약초꾼과 저기 있는 (양반1 가리키며) 최 진사의 집안 창고를 지키던 자입니다.

혜종 (보면)

휘 내게 한 말들을 전하께 다시 고하거라.

백성1 (긴장으로 더듬더듬) 삼개방 의원님께서 비싼 약재만 처방하였다는 것은 사실과 다릅니다. 그러니까 저기 계신 진사댁 어르신께서 동리의 모든 약재를 사들여 창고에 모아 놓는 바람에, 애어른 할 것 없이 약 한 첩 못 쓰고 죽어 나가기가 다반사였습죠. 사실을 알게 된 의원님께선 비슷한 효과가 있는 약재를 구해와 값싸게 나눠주셨고. 그 일로 창고에 있는 약재 값이 폭락하자 괜한 시비를 걸어오셨던 겁니다.

창천군 (기막힌 듯 쏘아보며) 저 말이 다 사실인가!

양반1 아닙니다. 영상대감. 모, 모함이옵니다. (쩔쩔매면)

백성2 (쐐기를 박듯) 제게 약재를 관리한 대장이 있사옵니다.

창천군, 괘씸한 듯 눈을 질끈 감고 만다.
그런 창천군을 바라보는 휘의 다부진 표정.
그 모습을 보고 있는 신영수. 무언가 떠올리듯 고심하는 표정인데.

S#3. 신영수의 사랑채 / 밤 / 회상

질금과 영지를 구하고 곧바로 찾은 듯 융복 차림의 휘, 신영수와 마주 앉아 있다.

신영수 삼개방이 드러난 것과는 달리, 어려운 자들을 돕는 곳이었다, 이 말씀이십니까? 이치에 어긋나는 일을 하진 않았다고요.

휘 (그렇다는 눈빛과 함께) 예. 허나, 이판께서 생각하는 이치와 도리가 무엇인지에 따라서 그 기준도 달라지겠지요.

신영수 (무슨 말인가 보면)

휘 적어도 제가 앞으로 이 나라에서 보고 싶은 정의에는 어긋나지 않은 곳이었다 말씀드리고 싶습니다. 정사서 역시 그런 자이고 말입니다.

휘, 다부진 눈빛으로 신영수를 바라보면
신영수, 생각 많은 눈빛에서.

S#4. 다시 정전 / 현재

여전히 술렁이는 분위기 속 신영수, 생각을 정리한 듯 조용히 나선다.

신영수 소신 역시 저하의 말씀이 옳다고 생각합니다.
일동 (놀라고, 주목하면)
창천군 (놀라) 이판께서 제일 먼저 이 문제를 제기하지 않으셨습니까!
신영수 (무거운 표정으로) 겉으로 드러난 상황만 보고 깊게 생각지 못한 소신의 경솔함을 용서하시옵소서. 전하...

신영수, 자신을 바라보는 휘와 눈이 마주치면 무겁게 고개를 숙인다.
그 모습 보는 한기재. 휘의 한 수가 이판이었구나. 그제야 제법이라는 듯 휘를 본다.

혜종 (잠시 고민하다) 좋다. 하지만 문제는 그것이 아니다. 정지운은 이러한 사실을 알리지 않고 시강원 사서가 되었다.
휘 (단단한 눈빛으로 바라보며) 송구하오나 정사서는 자신의 신분을 숨긴 적이 없사옵니다. 소자, 처음부터 그 사실을 알고 서연에 들었으며, 전하께도 이미 말씀드렸던 것을 기억하실 것이옵니다.
혜종 (계속 말하라는 듯 본다)
휘 허나 전하께선 소자의 얘기에 귀 기울이지 않으셨습니다. 결국 정사서의 임명을 강행하신 것은 전하이시니, 잘못이 있다면 서연관의 신변 문제를 정확히 꿰뚫지 못한 전하와 여기 있는 대신들의 탓이 아니겠습니까.
혜종 무심했던 나와 대신들의 탓이다? (제법이라는 듯 허! 웃으면)
휘 (공손한 그러나 단단한 얼굴로 고개를 숙여 예를 갖춘다)

창천군, 기가 막힌 듯 일그러지는 표정.
맹랑하다는 눈빛으로 만족한 듯 휘를 보는 한기재.
이현, 안도하듯, 두 사람을 돌아보면
처음 보는 휘의 모습에, 흥미로운 표정이 되는 원산군까지.

원산군 이것이 세자저하의 첫 번째 출사표인가? (비웃듯 본다)

작게 안도하는 휘, 감정을 감춘 채 지운을 돌아보면.
지운, 고마운. 경외감 어린 눈빛으로 그런 휘를 바라본다.
잠시, 그렇게 마주 보는 두 사람의 모습에서.

〈연모 7부〉

S#5. 정전 안

우르르 쏟아져 나가는 대신들 사이 멍하니 그대로 선 지운.

지운 (다가오는 이현을 보며, 말로 다 할 수 없는) 고맙다. 정말...
이현 감사 인사는 내가 아니라 저하께 드려야지. (따뜻이 보면)

지운, 그제야 뒤를 본다. 어느새 다가온 휘.

지운 (감사함에 떨리듯 보며) 저하... 어찌 감사 인사를 드려야 할지...
휘 (감정을 숨긴 채 담담하게) 그럴 필요 없습니다. 사실을 알게 된 이상 모른 척할 수 없었을 뿐이니.
지운 (그저 감사한 듯 바라보는데)
휘 (잠시 보다가) 서린방으로 가보십시오. 기다리던 아이들을 볼 수 있을 것입니다.

지운 (아이들이라는 말에 설마...! 보면)

이현, 역시 어서 가보라는 듯 고갯짓한다. 지운 마음 급해져 급히 달려가면, 바라보는 휘. 그제야 작게 미소 지으며 보면.

이현 (본다. 고마운) 저하께서 이렇게까지 나서 주실 줄은 몰랐습니다.

휘 (어쩐지 변명하듯) 형님의 벗이지 않습니까. 저의... 스승이기도 하고요... (어색한 미소, 눈빛 피하듯 지운 쪽 돌아본다)

이현 (어쩐지 그런 휘가 평소와는 다르게 느껴지는 듯, 잠시 바라보는 데서)

S#6. 전옥서 밖

지운, 급히 달려오는데
먼저 온 정석조, 곁엔 풀려난 질금과 영지가 있다.
두려운 듯 머뭇대던 두 사람, "형님! / 오라버니!" 소리치며 지운에게 달려가면, 경계하듯 정석조를 바라보는 지운.

정석조 짧은 시간에 세자저하의 신임을 얻었더구나. 하긴, 어릴 적부터 넌 영특 하단 소릴 듣고 자랐으니...

지운 (맞서듯 싸늘히 보며) 다시 한번 이 아이들을 건드리신다면, (하는데)

정석조 (씁쓸한, 차갑게) 출사에 뜻이 없다면 억지로 시키지는 않으마. 허나, 내 앞에서 또다시 의원 행세나 하며 지낼 생각은 말거라.

지운 (여전히 싸늘한 눈빛)

정석조 다른 누굴 위해서가 아니라 너와, 또 네 어밀 위해서다.

지운 (굳어서 보면)

정석조 하나뿐인 아들이 사람들의 입에 오르내리며 사는 것이 견디기 쉬운 일은 아닐 테니 말이다.

정석조, 그 말만하고 그대로 돌아서 걸어가면
지운, 흔들리듯 멀어지는 아버지를 바라본다. 어두워지는 표정에서.

S#7. 지운의 집. 밖 + 마당 / 밤

지운, 정석조의 말에 집을 찾아온 듯, 그러나 차마 안으로 들어가진 못한 채 서성이며 담장 안만 바라보고 있다. 서글픈 눈빛. 곧 안채에서 나오는 김씨부인. "내 이것들을..." 무언가 잔뜩 화가나 씩씩대며 걸어온다. 곁엔 그런 김씨부인을 말리며 쫓아 나오는 여종 하나(손엔 김씨부인의 신발 한 짝 들려있고)

지운, 잠깐, 용기가 나지 않는지, 담장 뒤로 몸을 숨긴다.

지운 (괴로운 표정. 잠시, 아무 일 없다는 듯, 애써 밝게 걸어 나오며) 내가 이럴 줄 알았지... 누구 목소리가 이렇게 크시나 했더니..

김씨부인 지운아! (놀랍고, 울 듯한, 급히 살피듯 보며) 괜찮아? 괜찮은 거지?

지운 괜찮죠 그럼...

지운, 짝을 바꿔 신은 김씨부인의 신발에 시선 간다.

여종 황급히 신발을 신기려 하면 다가가 자신이 직접 엄마의 발에 신발을 신겨 주는

지운 (아픈 마음 숨기고, 다정한) 또 북촌댁 마님들이 제 흉봤어요?

김씨부인 (조금 당황하다가) 그게 아니라... 니가 가져다준 약이라고 좋다고 나눠 먹을 때는 언제고, 이제는 또 사람 염장을 지르잖아. (속상한) 니가 서연관이 되니까 배가 아픈 거지... 내 그걸 그냥 듣고 있어?

지운 (미안한 마음 감추며 일어난다. 김씨부인 곁에 가 편하게 걸터앉으며) 집의댁 마님께서 이렇게 거칠어서 어떡하나? 시집오기 전엔 동네에서 제일 수줍음 많고 정숙한 분이었다더니. (애써 장난스럽게 보면)

김씨부인 (입 삐죽) 아들 하나 때문에 내 속이 문드러져서 그렇다 왜. (걱정스러운) 대체 언제까지 그렇게 밖에서 지낼 거야. 이제 그만 집에 들어와. (잠시 망설이다) 아버지... 니 걱정 많이 하셔.

지운 (그 말에 표정 조금 굳어지고, 대답대신) 죄송해요... (시선 피하면)

김씨부인 (알아듣고, 마음 아픈, 그러나 부담 주지 않으려 애써 의연하게) 내가 또 똑

같은 말만 했다. 그치? 그냥 너 오고 싶을 때 와. 오늘처럼... 니 방 항상 그대로 있으니까.

지운 (고맙고, 미안한데)

김씨부인 (안쓰럽게 보고, 힘 실어 주려) 그래 뭐 꼭 궐에 가야만 출세하니? 네가 하고 싶은 일 하고 행복하면 그게 출세하는 거지... 안 그래?

지운 어머니... (고맙게 보면)

김씨부인 그러니까 어디 가서 기죽지 말고. 네 마음이 가는 대로 살어. 남의 눈치 보지 말고. 알겠지? (애틋하게 바라보면)

지운, 그런 김씨부인을 고맙게 바라본다.
생각하듯 "내 마음이 가는 일..." 가만히 읊조려 보는 데서.

S#8. 궐 전경 / 다른 날, 낮

S#9. 시강원 안

무미건조한 표정의 휘, 시강원으로 들어선다.
자리에 앉다가 문득 고개를 들면
설레고, 긴장되는 표정으로 휘를 반기는 지운. 예를 갖춘다.

휘 (지운을 발견하고 멈칫, 조금 놀라며) 삼개방을 돕던 아이들만 구하면 궐을 나가기로 한 게 아니었습니까?

지운 아~ 저하께서 저를 위해 그리 애를 써 주셨는데, 그럴 수야 없지요! 제 마음이 향하는 곳에서 잠시만 더 머물기로 하였사옵니다.

휘 마음? (당황스럽게 보면)

지운 (수줍은) 그간 제가 저하에 대해 요만~큼 좀 오해를 했었습니다. 동빙고라느니 오보저하라느니... 이런 쓸데없는 말들에 휩쓸려서는 안하무인에 차갑기만 한 뭐 그런 분인 줄 알았지요.

휘 (허, 어이없고, 황당하게 보면)

지운 허나 아니었습니다. 저하께선 태산과 같은 마음을 가지신, (탕- 자신 앞의 책을 치고) 이 경서에나 나올법한 그런 분이셨던 겁니다!!

휘 (기막힌 듯 황당하게 보고 있으면)

S#10. 시강원 집무실

앞씬의 휘를 칭찬하던 열띤 표정 그대로 찬양을 이어가고 있는 지운.

지운 사람이 죽어가도 눈 하나 깜짝하지 않는 차가운 분이다? 아니요! 모두 말도 안 되는 소문이었지요! 바로 제가 그 증인이 아닙니까! 허면, 동빙고저하가 왜 동빙고냐?! 얼음은 투명하고 반짝이는 것이 어떤 진귀한 보석보다도 기품 넘치지요. 그것을 빗댄 말이 동빙고라 이 말입니다. 그분께 가까이 다가가면...

지운, 자기감정에 빠져 열심히 웅변하면
'제정신인가?' 보고 있는 문수, 만달, 범두.

문수 (위기감) 저러다 저 자식이 나보다 먼저 승차하는 거 아니야?

지운 (E) (환호성과 함께) 저하! 여깁니다! 여기!

S#11. 궐. 연무장 / 다른 날, 낮

마상무예 훈련을 하고 있는 휘. (기검이나 기창, 혹은 적당히 빠른 경마 훈련) 지운, 골인 지점에서 깃발쯤 들고 미친 듯이 흔들고 있다.

지운 저하!! 다 왔습니다! 오십시오. 제게로~~!

휘, 그런 지운을 질색하듯 보다가 창(혹은 칼)을 찌르면, 푹- 정확히 짚단을 가르는 모습.

지운, 헙! 놀라 보다가 역시! 반짝반짝 빛나는 눈빛으로 와! 환호하고.

S#12. 후원. 돌다리 앞 / 다른 날, 낮

휘, 야외 서연을 하러 가는 길이다.
조금 떨어진 돌다리 위, 한 손에 책을 끼고 선 지운. 물결을 보며 멋있는 척 똥폼을 잡고 있다. 그러다 문득 다가오는 휘를 발견하고 눈 반짝! 저하!! 소리치며 반갑게 달려온다.
걸어오다 그 모습 보는 휘와 홍내관과 가온, 김상궁 등 상궁나인들.

홍내관 정사서께서 달려오시는 모습이 꼭... 사립문 안에서 왼종일 주인만 기다리던 똥강아지 같습니다...
김상궁 (걱정스레) 저리 두어도 정말 괜찮겠습니까?
휘 됐다. 저러다 곧 말겠지. (걸어가면)
홍내관, 김상궁 (전혀 그럴 것 같지가 않은데... 걱정스럽게 보다가, 기다리는)

S#13. 동. 다리 위

휘와 함께 다리를 건너는 지운. 신이 난 아이처럼 종알댄다.

지운 오랜만에 야외에서 서연을 하니 참으로 좋지 않습니까 저하?
휘 (무심하게 걸어가며) 앞이나 잘 보고 걸으십시오. 그리 정신없이 걷다 물에 빠지기 딱 좋아 보이니까.
지운 (자신만만하게, 휘를 보며 뒤로 걸으며) 제가 이래 봬도 몸놀림이 다부지고 재빨라 살면서 넘어지고 그런 적이 없거...(든요)

하는데, 삐끗, 말도 다 마치기 전에 으어어~! 발을 헛디디며 버둥대는 지운.
다리 아래로 곧 빠질 것 같은데.
놀란 휘, 얼른 손을 뻗어 지운을 잡아 준다.

순간 지운의 시선으로 휘, 태양을 등져 더욱 멋지고 황홀하게 보이고

지운　(떨리듯) 저하...! (하며 감격스럽게 보는데)
휘　(그대로 획! 돌다리 위로 던지듯 놓고 제 갈 길을 간다)
지운　(쿠당탕 넘어져도 그저 좋다. 반한 듯) 완전 멋있어... (얼른 일어나 뒤따르며) 같이 가시지요 저하!!

S#14. 동. 누정

햇살 아래 마주 앉아 함께 붓글씨 정도 쓰고 있는 두 사람.
휘, 종이를 바꾸다 지운을 바라보면
지운, 오랜만에 진지한 표정으로 무언가를 쓰고 있다.
지운, 다 쓴 듯 종이를 들어 올리다 문득 휘와 눈이 마주치면

휘　(다가가 보며) 뭘 그리 진지하게 쓰시는 겁니까?

휘, 보면, 두보의 시, 춘야희우다.

휘　좋은 비는 시절을 알고 내린다...
지운　지난번 도와주셔서 감사했다는 인사, 제대로 드리지 못한 것 같아서요.
휘　(무슨 말인가 보면)
지운　적절히 내려 참 좋은 비처럼, 저 역시 저하께 꼭 그런 사람이 되어 드리겠습니다. 저하께서 제게 그리 하셨던 것처럼요.

진심을 담은 채 말간 미소로 휘를 보는 지운.
휘, 떨리듯 그런 지운을 바라보는데.
똑똑- 소리와 함께 어느새 한 방울, 두 방울 빗방울이 떨어지기 시작하더니 어느새 쏴아, 비가 쏟아진다. 맑은 하늘에 내리는 여우비다.
두 사람, 놀라서 누정 밖을 돌아보면
햇살에 부서지듯 아름답게 쏟아져 내리는 빗물.

다리 너머에 서서 대기 중인 상궁나인들 갑작스러운 비에 하늘을 올려다보며, 난처하고 의아한 듯 표정 짓는다.
때마침 내리는 비에 기분 좋은 듯 환하게 바라보는 지운.

지운 비가 내립니다. 서하... 때마침 말이지요. (미소로 보면)
휘 (멍하니 그런 지운을 바라본다)

누정 안, 쏟아지는 빗속에 서로를 마주 보는 휘와 지운.
연못 위로 파문을 일으키며 떨어지는 빗물처럼.
휘의 마음에도 지운이 그렇게 조금씩 파문을 일으키는 것만 같다.

S#15. 동궁전 전경 / 밤

똑똑, 처마 밑으로 빗방울이 떨어진다.

S#16. 동궁전. 휘의 처소 / 밤

휘, 서안 앞에 앉아 책 읽다가 문득 앞썬의 지운이 써준 시를 본다.
휘, 떨리듯... 동시에 "저하, 저 홍내관 입니다." 소리와 함께 들어오는 홍내관.

휘 (급히 종이를 접어 넣으며) 무슨 일이냐.
홍내관 (조금 이상한 듯 보며) 김상궁 마마님께서 침수를 봐 드리라 하여서요.
휘 (큼...괜히 서책 보다가, 슬쩍 홍내관 보며) 저기, 복동아.
홍내관 (침수 살피며) 예. 저하.
휘 정사서 말이다. 시강원 사람들하고는 잘 지내는 것 같더냐?
홍내관 예? (하다가) 아유. 말도 마십시오. 궐 생활에 도가 텄는지 술도 갖다 바치고, 번도 대신 서 주고 싹싹하기가 이를 데 없답니다. 다들 어찌나 칭찬을 해대던지, 저하께 하는 것만 봐도 제 아비랑은 영~ 다른 사람 같지 않습니까. (하다가 문득) 헌데 그건 왜 물어보십니까?

휘 (그 말에 저도 모르게 조금 흐뭇한 표정 짓다가) 어? 아니다. 정리 다 했으면 그만 물러가 보거라.

홍내관 (? 갸웃) 예. 허면 쉬십시오. 저하. (나가면)

휘 (생각하듯, 다시 종이에 시선 준다. 번지는 미소에서)

S#17. 대비전 / 다른 날, 낮

대비와 마주 앉은 한기재.
어린 소환 혹은 나인 하나, 대비의 어깨를 주무르고 있다.

대비 주상의 옥체가 미령하시다 하니, 세자가 영접의 주체가 되는 것이 나쁠 건 없지요. 슬슬 세자에게 큰일을 맡겨보고 싶은 좌상의 뜻도, 내 모르는 바가 아니니...

한기재 (만족한 듯) 허면 마마께옵서 전하께 주청을 올려 주신다 그리 알고 있겠습니다.

대비 헌데, 좌상의 뜻이라고 내 무조건 따른다 여기는 건 아니시겠지요?

한기재 (그 말에 보면)

대비 일전에 서연관 일도 그러하고... 좌상께서 부쩍 월권을 행하시는 것이 영 걸려서 말이지요. (나인에게 그만하고 나가보라는 눈짓하면)

한기재 (표정 조금 굳는다. 가볍게 웃으며) 월권이라니요. 소신, 선대왕과 함께 삽혈로 회맹한 공신이옵니다. 목숨을 바쳐 옥좌를 찾아드린 제게 어찌 그리 섭섭한 말씀을 하십니까.

대비 세자를 아끼는 마음은 이해하나, 주상 역시 좌상이 모셔야 할 사람입니다. 심기를 거스르는 일은, 내가 용납치 않을 것입니다.

한기재 허면 마마께서 먼저 모범을 보이셔야지요.

대비 (기막혀 보면) 뭐라고요?

한기재 (협박하듯 보며) 대비전의 뜻으로 요직에 들어선 이들이 날로 늘고 있지요. 친정 가문의 세를 키우고 싶은 마마의 심중을 헤아려 드리는 것이 다름 아닌 저라는 것을 잊으시면 아니 될 것입니다.

대비 (기막히고) 감히... 지금 나를 협박하시는 겁니까?

한기재 그럴 리가 있겠습니까. 제가 바라는 건, 그저 저하의 자리를 노리는 자들이 이 이상 설쳐대지 않는 것... 그뿐입니다. 허니, 무용한 입씨름은 하지 말자는 것이지요.

대비 (기막힌 듯, 분한 표정에서)

S#18. 궐 일각

한기재, 대비전에서 나오는데
조금 떨어진 곳, 걸어오는 혜종과 제현대군, 그리고 중전과 창천군.
일동, 화기애애한 모습으로 걸어가다 앞에 선 한기재를 보고 멈춘다.
혜종에게 예를 갖추는 한기재.

혜종 (미세하게 표정 굳어지며) 대비전에 다녀오는 길인가 보오.

한기재 (대답 대신 제현대군을 보며) 제현대군께서 오셨군요.

제현대군 (약간 긴장하여, 뭐라 말하려는데)

중전 (보란 듯이) 전하께서 어제 꿈자리가 좋질 않으셨는지, 눈에 밟히신다 하여서요.

한기재 (그 말에 혜종을 돌아본다)

혜종 (보던 시선 거두며) 그만 가자꾸나.

제현대군, 한기재에게 예를 갖추고 혜종을 따르면
중전과 창천군, 역시 혜종의 뒤를 따른다.
그 모습 보는 한기재, 못마땅한 듯 서늘해지는 표정에서.

휘 (E) 족질이요?

S#19. 동궁전. 후원

윤형설과 휘 함께 걷고 있다. 조금 멀리서 따르는 가온.

휘 (놀란 듯, 멈추며) 아바마마의 족질이 재발하신 것입니까?
윤형설 전하께서 만기에 시달리시어 예후가 좋질 못하셨습니다.
휘 (걱정되는 표정인데)
윤형설 (문득 뒤따르는 가온 돌아보고, 걱정으로) 김상궁과 홍내관을 제외하곤, 저하 곁을 지키는 자가 처음인데, 불편하진 않으십니까.
휘 (그 말에 본다) 아... 익숙해져야지요. 언제까지 그 둘만 곁에 둘 수는 없지 않습니까.

윤형설, 끄덕인다. 그러나 신경 쓰이듯 가온을 돌아보면
고개 숙이는 가온. 휘, 혜종을 떠올리듯 어두워지는 표정에서.

S#20. 편전 / 밤

혜종, 늦도록 장계를 읽고 있다. 몸이 조금 불편한 듯 안색이 좋질 않은데, 들어오는 누군가... 휘다.

혜종 (장계에 시선 두고) 탕약은 놓고 가거라.
휘 (E) 아바마마. 소자이옵니다.
혜종 (그제야 시선 들고) 네가 어쩐 일이냐.
휘 아바마마께 드릴 청이 있어 왔사옵니다. (잠시 망설이다, 결심한 듯) 이번 사신단 영접을 소자께 맡겨주시옵소서.
혜종 (잠시 보다가) 사신단의 영접은 자은군이 맡기로 한 걸 모르느냐.
휘 사신단이 궐에 들었을 때, 아바마마를 대신할 영접의 주체가 되고자 합니다. 이미 대비전에서도 주청을 드렸다 들었사옵니다.
혜종 (표정 굳어지며) 자전의 뜻이 나의 뜻이더냐? 사신단의 맞이는 관례대로 내가 할 것이니 그만 물러가거라. (차갑게 시선 돌리면)
휘 (속상한. 물러나지 않고 그대로 앉아) 아바마마께선 아직도 소자를 믿지 못하시는 것입니까?
혜종 (그 말에 다시 휘를 본다)

휘 아바마마께서 소자의 세자 책봉을 반대하셨다는 것을 알고 있습니다. 단지 제 외조부님의 문제 때문이었습니까, 아니면 겸이 그 아이 때문입니까...

혜종 (그 말에 표정 굳어지며) 이제 와 그 얘길 꺼내는 이유가 뭐란 말이냐.

휘 아바마마께서 제 외조부님을 불편해하신다는 거 알고 있습니다. 하지만 이건... 오로지 저의 뜻입니다.

혜종 (그 말에 보면)

휘 (걱정스러운 눈빛, 그러나 차마 진심은 표현하지 못하고)... 부디 이번만큼은 소자를 믿어 주십시오. 소자, 실망 시키지 않을 것입니다.

휘, 조금 떨리듯, 그러나 단단한 눈빛으로 혜종을 바라보면
그런 휘를 바라보는 혜종의 복잡한 시선에서.

S#21. 예조 근처 / 다른 날, 아침

손에 작은 함을 들고 기분 좋게 걸어오는 지운.

플래시백 / 13씬
어어어, 넘어지려던 지운을 잡아주던 휘의 놀란 눈빛.
그러나 무심한 척 휙- 그냥 지나쳐 가던 모습.

지운 (마음을 다 안다는 듯, 픽 웃으며) 귀여우셔... 아주 귀여우시단 말이야. (그저 좋다)

S#22. 예조 (영접도감) 안

회의 테이블처럼 커다란 탁자 위에 영접 준비를 위한 각종 문서들이 쌓여 있다. 문서들을 살피는 휘와 이현.

휘 (마음이 급한 듯 여러 문서들 살피며) 태평관과 모화관의 준비 상황은 어떻

게 되고 있습니까? 의주에 접반사로 갔다던 관찰사의 소식은요?

이현 (의욕이 넘치는 휘를 따뜻하게 보며) 차근차근 하시지요. 너무 무리하지 마시고요.

휘 전하를 대신하는 자리니, 무리가 되더라도 잘 해내야지요.

이현 (마음을 헤아리듯 보다가) 잠시 머리 좀 식히고 계십시오. 곧 저자에도 나가봐야 하니... 전 관찰사에게서 온 장계를 찾아오겠습니다.

이현, 나가면. 휘 다시 일에 집중하는데
잠시, 조심스럽게 안으로 들어오는 누군가. 지운이다.

지운 저하. 영접일로 당분간 서연에 들지 못 하신다구요.

휘 (본다. 다시 일할 거리에 눈 돌리며) 예. 당분간은 들지 못할 것입니다.

지운 예...(아쉽게 보다가) 바쁘신 듯하니 짧게 설명드리고 가겠습니다. (함 내밀며 살짝 열어 보여 주는) 이것으로 말할 것 같으면, 전설의 명의 화타도 본 적 없는, 용의 눈물 한 방울을 넣어 만든 환약으로...!

휘 할 일 없으십니까? 보덕께 내 말씀드려...! (하는데)

지운 (헉!) 아뇨! 아주 바쁜 업무가 있사옵니다! (퍼뜩 함을 안겨주듯 들려주며) 잘 가지고 계시다 아주 아주 힘드실 때, 그때 드십시오. 용기를 주고, 불안을 없애 줄 겁니다. 전 그럼...!

지운, 도망치듯 다다다 나가며 파이팅! 몸짓하면.
휘, 황당한 듯 보다가, 픽- 귀여워 웃어버린다.
뒤늦게 들어오던 이현, 그 모습 보고.

이현 (지운의 뒷모습 보며) 방금 나간 사람이 정사서였습니까?

휘 (환약함 다시 보고, 적당한 곳에 챙기며) 싱겁기론 따라올 사람이 없습니다.

이현, 피식. 또 지운이다운 짓을 하고 갔구나... 그런데 어쩐지 휘의 표정이 너무 밝아 보인다. 두 사람 살피며 조금 이상한 듯 보는 데서.

S#23. 저잣거리 일각

지운, 대장간에서 호미를 하나 사 들고 기분 좋게 걸어간다.

소은 (E) 삼개방으로 보낼 걸세.

문득 들려오는 삼개방의 이야기에 멈칫, 의아한 듯 돌아보는 지운.

S#24. 동. 유기전 앞

소은, 그릇과 세간들을 살피고 있다. 그 곁에는 잔이도 있고.

소은 (물건들 가리키며) 여기 이거, 그리고 이거, 이거... 아닐세. 여깄는 거 다 보내주시게.

지운 (불쑥 끼어들며) 이걸 다 삼개방으로 보낸다고요?

소은 (깨닫지 못하고) 내 거기 아이들에게 진 빚이 있어 그렇다지 않...(하다가 그제야 지운 발견하고, 깍-!! 방심하다 놀랐다) 뭡니까?!

지운 (픽 웃으며, 호기심 어리게 바라보는 데서)

S#25. 동. 다른 일각

그릇 담은 봉투 몇 개 나눠 들고 함께 걷는 지운과 소은.

지운 (휘휘 구경하며) 주로 말보다 재물로 사과를 하는 편인가 보오?

소은 (우물쭈물) 아... 그것이... (하다, 애써 도도하게) 왜, 그럼 안 되는 법이라도 있습니까? 상대방이 가장 필요한 걸 도와주는 것으로 마음의 빚을 갚겠다는데... 그럴 능력이 돼서 하는 것이기도 하고요. (말하고 나니, 너무 재수 없었나... 이게 아닌데... 표정 찡그리는데)

지운　아니 뭐... (맞는 말이긴 하다. 끄덕끄덕)

소은　(아 모르겠다) 헌데 호미는 왜 들고 다니시는 겁니까?

지운　아~ 꽃씨를 좀 받으려고요. 전 누구처럼 능력이 되질 않아, 직접 구해다 써야 하거든요.

소은　(아무래도 계속 말실수 중인 것 같다. 결심한 듯, 멈춰서며) 저기...

지운　(따라 멈춰서 보면)

소은　소, 송구했습니다. 저 때문에 고초를 겪으신 거요. 찾아가 사과하고 싶었는데 용기가 나질 않아서... (쭈뼛 눈치 보면)

지운　(? 황당하게 보다가, 픽... 웃음을 참으려는데, 웃음이 샌다)

소은　(뭐지? 보다가... 화르륵 달아올라서, 뭘 잘못했나) 왜... 웃으십니까.

지운　(그런 소은이 귀여운) 아니... 농담한 건데. 그쪽이 사과할 일이 아니잖소. 없는 일을 거짓으로 고한 것도 아니고...

지운, 담백한 미소 짓고, 다시 앞장서 걷기 시작하며, "은근 재밌는 분이시네..." 소은, 그 말에 황당하게 보다가 픽... 얼른 뒤따르는 데서.

S#26. 동. 근처 꽃밭

찾던 곳인 듯, 지운, 다가와 걸음 멈추면.
소은도 뒤늦게 도착해선, 꽃밭을 휘- 본다. 아름답다.
지운, 꽃씨를 받으면, 곁에서 구경하는 소은.

소은　(궁금한 듯) 궐에 꽃은 왜 심으신다는 겁니까?

지운　뭐... 예쁘잖습니까.

소은, 지운의 그 말에 픽 웃는다. 지운의 곁으로 가 자신도 몇 송이 꺾어보는 소은. 순간 꼬르륵- 소리 들리고, 지운, ? 돌아보면
순간 지운과 눈 마주치는 소은. 민망하다.

소은　저, 저 아닙니다! (괜히) 무슨 소리지...? (모른 척하는데 다시 꼬르륵)

지운 (귀여운 듯 웃고) 갑시다. 도움도 받았으니, 밥은 제가 사지요.

지운, 앞서가면, 소은, "진짜 저 아닌데..." 얼굴 붉히며 따르는 데서.

S#27. 동. 다른 일각

휘와 이현, 사신단을 맞을 때 거리를 꾸밀 구상을 하며 걷고 있다.
사방등은 어디를 달고, 채붕은 어떻게 하고 얘길 하며 걷는데
휘의 눈에 지운처럼 보이는 사람의 뒷모습이 스치듯 보인다.
곁엔 함께 따르는 여인의 모습. 제법 다정해 보이고.
잠시 멈칫, 보던 휘, 설마... 아니겠지.
털어 내고 다시 이현과 길을 가는 모습에서.

S#28. 동. 주막 / 밤

북적북적 손님들로 가득 찬 주막. 평상 위, 하나 남은 자리 앞에서 당황한 듯 서로를 바라보는 휘와 지운. 휘의 곁엔 이현이 있고, 지운의 곁엔 소은이 있다.

지운 (당황해 보다가, 뒤늦게 깨닫고) 아, 이분은 저(하) (하려는데)
이현 (주변에 가득한 사람들 때문에 아는 척 말라 고개를 젓는다)
지운 ...와 같이 일하는 분들입니다.
소은 아~ 그럼 다들 시강원에 계시는 분들이십니까?
휘 (어쩔 수 없이) 뭐, 그렇소.
이현 헌데 이분은...? (소은 보면)
소은 (다소곳) 소개가 늦었습니다. 신소은이라 합니다.
휘 (그 모습 불편한 듯 보다) 자리가 없는 것 같은데 허면 두 분...
지운 (불쑥 선수 쳐) 이리 만난 것도 인연인데 함께 드시지요! (돌아보고) 여기 국밥 네 그릇이요~!

지운, 주문하고 어서 앉으라는 듯 보면, 일동 난감한 듯 모습에서.

(점프)
어색하게 마주 앉은 네 사람.
휘, 지운의 짐 속에 든 꽃과, 소은의 머리에 꽂힌 꽃을 번갈아 본다. 저도 모르게 질투 같은 것이 느껴지고.

휘 바쁘시다더니... 정사서께 이런 다정한 면이 다 있으신 줄은 미처 몰랐습니다.
지운 (퍼뜩 못 알아듣고) 예? 다정...이요?
휘 (소은 쪽 가리키며) 예쁘네요. 그 꽃.
소은 (? 보다가, 알아채고) 아... 도련님께서 나눠 주셨습니다.
휘 (도련님이라는 말에 어쩐지 마음이 이상하다)
이현 헌데... 두 분은 어찌 아시는 사이십니까?
소은 아 예, 그것이... (하는데 마침 국밥이 나온다)
지운 말하자면 깁니다. 식사나 하시지요.

지운, 싱긋 웃고는 들깨통을 향해 손을 뻗는데
휘와 거의 동시에 잡았다. 두 사람, 눈이 마주치면

지운 제가 해 드리겠습니다!
휘 (그 친절함이 불편해, 당기며) 됐습니다. 제가 하지요.
지운 (살갑게) 이리 주십시오~ (다시 당기면)
휘 (그러는 지운 때문에 더 심란하다. 다시 당기며) 됐다는데 왜!

하는데, 순간, 들깨통 날아가면서 지운에게 확- 뿌려진다.
옷이 더럽혀진 휘와 지운.

지운 괜찮으십니까!! (얼른 휘의 옷을 털어주려는데)

휘, 자기도 모르게 지운의 손을 탁! 쳐낸다.
지운 조금 당황해 보면
이현도 휘의 날카로운 행동에 조금 놀라 본다.

휘 (역시 방금 행동에 민망한 듯) 제가 하지요... (털어낸다)
소은 (그런 휘가 못마땅하고, 지운 챙기며) 도련님 옷도 많이 버렸습니다.
지운 아, 저는 괜찮은데... (신경 쓰이는 듯 휘를 본다)

소은, 제 손수건 꺼내 지운 옷 털어주면, 애써 안 보려 외면하는 휘.
이현, 그런 휘가 어쩐지 걱정스러운 듯 보고. 휘를 도와 털어 주면,
이상한 휘가 못내 신경 쓰이는 듯, 힐끔힐끔 눈치 보는 지운까지.
그렇게 엇갈리는 네 사람 묘한 기류에서.

S#29. 도성대로 / 다른 날, 낮

화려한 사신단의 행렬이 이어진다.
말 위에 올라 조선의 모습을 불만스럽게 바라보는 태감.
곁엔 예부시랑이 함께 있고.

예부시랑 (중국어) 태감께선 참으로 오랜만에 고국 땅을 밟으십니다.
태감 (중국어) 고국은 무슨...

불만스럽게 앞서가는 태감의 허리춤에 허름한 목장도 꽂혀 있고
목장도에 달린 인상적인 매듭 장식이 흔들리는 데서.

S#30. 폐전각 안

지운, 온몸에 흙을 다 묻히며 일을 하고 있다. 으자차차 허리를 펴고 돌아보면, 제법 정리된 폐전각 모습. 앞씬에서 따온 꽃도 심겨 있고.

S#31. 태평관 본채 / 밤

예부시랑과 태감에게 태평관 숙소를 안내하고 있는 휘와 이현.

이현 (중국어) 계시는 동안 불편하지 않게 최대한 신경 써봤는데 어떠실지 모르겠습니다.

예부시랑 (중국어) 신경 써주셔서 감사합니다. (한국어) 앞으로 말씀은 편히 하시지요. 저희도 준비는 단단히 하고 왔으니 말입니다. (미소로 보면)

태감 (불편한 표정, 관심 없는 듯 습관처럼 제 목장도만 만지면)

휘, 이현 (그런 태감을 조금 신경 쓰이듯 보는데)

예부시랑 (분위기를 풀어보려) 그 장도는 명부터 예까지 따라오고 참으로 호강을 다 합니다.

태감 (일동의 시선에, 만지던 목장도 탁- 넣어두고, 일어나며) 피곤하니 그만 나가들 보시지요.

휘 (무례함이 기분 나쁘지만 애써 공손한 미소)

S#32. 태평관 일각 / 밤

휘와 이현, 걸어가고 있다.

이현 1년 전 새 황제가 즉위하신 건 아시지요? 그때 저 두 사람이 황제의 즉위에 결정적인 역할을 했다 합니다.

휘, 끄덕이며 걸어가는데, "이곳입니다." 하는 궁인의 목소리와
"예. 고맙습니다..." 하는 지운의 목소리가 들려온다.
익숙한 목소리에 돌아보는 이현과 휘
보면, 어느 일실로 들어가는 지운의 모습이 보인다.
휘와 이현, 갑작스러운 지운의 등장에 의아한 듯 보다가

이현이 먼저 정사서...! 하고 부르려는데,
스르륵 방문이 열리며 드러나는 사람. 한기재다. 곁엔 정석조도 보이고. 술상이 차려진 방 안에 앉은 두 사람의 모습에 굳어지는 휘.

이현 (역시 조금 당황해) 상헌군께서 정사서를 왜...(하다가 휘 눈치 보며)정사서가 예부시랑과 인연이 깊다더니 인사를 하러 들렀나 봅니다. 한번 가보시겠습니까 저하.

휘 초대받지 않은 자리에 가 뭣하겠습니까. 방해나 되겠지요. (가면)

이현 (마음 쓰이는, 지운을 돌아본다)

S#33. 동. 태평관 방 앞 / 밤

반쯤 열린 방문 앞 굳은 표정의 지운. 멀리 자신을 외면하듯 걸어가는 휘의 모습이 보인다. 혹여나 오해라도 할까 신경이 쓰이는데.

정석조 어서 들어오거라.

지운 저를 급히 찾는 분이 있으시다 하여 온 것인데, 아버지셨습니까? (표정 굳어진다) 아무래도 제가 잘못 찾은 것 같습니다. (가려는데)

한기재 (여유롭게 차 마시며) 내가 자넬 불렀네. (지운 쪽 돌아보면)

지운 (차마 좌상의 말을 거역할 수 없는 듯, 불편하게 보는데)

예부시랑 (E) (동시에, 놀라고 기쁜) 정의원!!

지운, 소리에 돌아보면, 반가운 얼굴로 다가오고 있는 예부시랑과 뒤에 선 태감의 모습에서

예부시랑 (E) (화통한 웃음) 하하하하!

S#34. 동. 방 안 / 밤

술상이 차려져 있고.
예부시랑, 태감, 지운, 정석조, 한기재, 다섯 명이 앉아 있다.

예부시랑 (아무것도 모른 채 그저 반가운) 명에서도 찾지 못한 내 생명의 은인을 좌상께서 만나게 해준다 하여 거짓인 줄만 알았더니... 이리 다시 만날 줄 누가 알았겠습니까! 참으로 고맙습니다. 좌상대감...

한기재 (미소) 마침 제 사람이 예부시랑의 은인이었다니 저야말로 얼마나 놀랐는지 모릅니다. 이런 것이 다 운명이고 인연 아니겠습니까. (지운 돌아보면)

지운 (이 상황이 불편한 표정인데)

태감 (삐딱) 그 정도 가지고 생명의 은인이라니... 너무 거창한 거 아니요?

정석조 (보다가, 조용히 일어서 목례하며) 실례를 범해야겠습니다. 헌부에 일이 있어 먼저 일어서는 것을 용서하십시오.

지운 ! (아무래도 불편한 듯 가는 정석조를 보는데)

정석조, 지운 잠시 의식하고, 예를 갖추고 나간다.
바라보는 한기재와 태감.
한기재, 때마침 술을 권하면 예부시랑, 지운에게 건배를 권한다.
잠시, 술을 마시던 태감, 큼... 화장실에 가려는 듯 일어나 밖으로 나가면, 어쩔 수 없이 남게 된 지운. 아무래도 찝찝한 듯 보는데.

S#35. 동. 어느 밀실 / 밤

태감, 안내받아 어느 방으로 들어가면, 정석조가 기다리고 있다.
그 옆 테이블 위에 놓여 있는 금궤.
정석조 함을 열면, 금으로 가득 차 있다.

태감 조선의 재물은 죄다 좌상의 집 창고에 있다더니 그 말이 사실이었구만. (만족한 듯 보고) 그래, 좌상께서 바라는 것이 뭐라던가?

정석조 여연 땅 개발에 관한 허락을 받아 주시길 부탁드렸습니다.

태감 (의외라는 듯) 여연? 오랑캐가 출몰하는 땅의 개발권이 뭐가 필요하단 말인가. (하다가 알겠다는 듯) 아~ 국경을 지킨다는 빌미로 제 군사를 키우시겠다? 아주 욕심이 크시구만... (비웃듯 보면)

정석조 (그런 태감을 보는)

태감 (금궤를 보며) 그거라면 걱정 말라 전하시게. (비릿한 미소에서)

S#36. 궐 전경/ 다른 날, 낮

연회를 준비하는 사람들로 분주한 궐의 모습.

S#37. 궐. 연회장 / 밤

사신단을 환영하는 연회가 한창이다. 무희들의 공연을 보고 있는 사람들.
상석에 혜종, 휘, 태감, 예부시랑이 있고,
대비와 중전, 한기재, 창천군 등은 각자의 자리에 있다.
지운은 휘와 가깝지는 않지만, 마주 보고 있는 각도에 있고.

태감 이리 환대를 다 해 주시니 참으로 감사합니다.

혜종 (미소로 응답하면)

태감 헌데, 연회에 들일 품으로 차라리 조선으로 오는 길목 정비에 더 신경을 썼으면, 내 이리 여독이 쌓이진 않았을 터인데 말이지요.

혜종 (뜻을 알겠고, 부드럽게) 북방의 오랑캐들에 길목을 열어 주는 셈이니 섣불리 도로를 정비할 수야 없는 일이지요.

태감 그럼 명으로 통하는 길목이라도 열어 두셔야지 않겠습니까. 여연 쪽 땅을 개발하면 명과 조선의 교역도 훨씬 쉬워질 것인데...

혜종 그곳은 군사적 요충집니다. 하여, (뭐라 더 말하려는데)

태감 (나서며) 허니 제가 돕겠다는 게 아닙니까. 내 황제께 여연에 대해 말씀 올려둘 터이니, 전하께서는 빠른 시일 내에 답을 보내 주시지요.

휘 (난감해 보이는 혜종을 본다. 화가 나지만 애써 참는데)

일각, 대화를 들으며 여유롭게 술을 마시는 한기재가 보인다.
태감과 모종의 눈빛을 주고받는 듯한 모습을 보는 휘, 표정 굳어진다.
휘, 떨치듯 시선을 돌리다 문득 지운과 눈이 마주치면
역시 불편한 듯 이내 고개를 돌리고
지운, 그런 휘의 모습이 마음에 걸리는데.

S#38. 동. 연회장 일각 (태감이 있는 곳) / 밤

무대엔 또 다른 무희의 공연이 이어지고. 술에 잔뜩 취해 기분 좋은 듯 바라보는 태감. 이어 음식들이 줄지어 들어오면, 음식을 따라 들어온 당하관 관리 하나, 은근슬쩍 태감에게 접근해 비위를 맞춘다.

관리1 (눈치 보며) 혹 저 중에 마음에 드는 아이가 있으십니까? 말씀만 하시지요. 열이든 백이든 제가 책임지고 태감께 올릴 테니 말입니다.
태감 (그 말에 흥, 비웃듯 보면)
관리1 공녀로 간 계집들이 명에서 그리 예쁨을 받는다고 들었습니다.
태감 (공녀라는 말에 알 듯 모를 듯 표정이 구겨지는데)
관리1 (아무것도 모른 채) 개중 하나는 승은을 입어 후궁까지 되었다니, 오늘 밤, 태감을 모시게 될 아이 역시 얼마나 운이 좋은 아이겠습니까.
태감 (눈을 빛내며) 그래 누구든 말만 하라 이 말이지?
관리1 여부가 있겠습니까!
태감 (음흉한 눈길로 훑다가, 문득 목소리 낮춰) 내 듣자 하니 네 부인의 미색이 그리 뛰어나다던데... 이참에 내가 데려가도 되겠느냐?
관리1 예?! 어찌 그런 농담을...(예상치 못한 말에 당황해 어색하게 웃으면)
태감 농담? (순간 표정 서늘해지며) 허면 네놈이 날 농락한 것이더냐? 공녀로 가는 것이 좋다 지껄이면서도 제 가족이 끌려가는 것은 싫은 모양이지?
관리1 아니, 전 그것이 아니오라... (두렵게 보는데)

S#39. 동. 다른 일각

쨍그랑, 소리와 함께 내동댕이쳐지는 관리1.
태감, 씩씩거리며 분한 듯 관리1을 보고 있다.
갑작스러운 소란에 분위기 굳어지며 태감 쪽으로 집중하는 사람들.

혜종 (놀라) 대체 무슨 일이냐!

태감 (그제야 돌아보고) 아, 별일 아닙니다. 이자가 제게 지키지도 못할 허언을 늘어놓는 것이 아니겠습니까.

혜종 (애써 참으며, 부드럽게) 내 진상을 확인한 후 적절한 조치를 취할 것이니 노여움을 푸시지요.

태감 (그 말에, 공손한 척 비아냥) 진상을 확인할 거 뭐가 있겠습니까. 필요하면 이 자리에서 죽여 버리면 되는 것을요. (위협하듯 옆에 있는 칼을 빼 들면)

일동 ! (놀라 바라본다)

휘 (더는 못 참고, 벌떡 일어나며) 그만하시지요!

태감 (소리에 싸늘하게 돌아보면)

휘 여긴 조선의 궁입니다. 전하께서 진상을 확인하겠다 하셨으니 법도에 따라 처리할 것입니다. (떨고 있는 관리1에게) 물러가 처분을 기다리거라.

관리1, 덜덜 떨다 부리나케 물러가면
태감, 그런 휘의 행동에 기분이 나쁜 듯, 맹랑하다는 듯 바라본다.
휘, 지지 않고 바라보면
두 사람, 금방이라도 터질 듯 일촉즉발의 분위기고.
그 모습 걱정스럽게 보던 이현, 도우려 일어서려는데

원산군 (그런 이현을 막으며) 네가 나설 자리가 아니다.

동시에, "네놈은 또 무엇이냐" 하는 태감의 목소리 들린다.
원산군과 이현, 소리에 돌아보면
지운이 어느새 태감 앞에 서 있다.

지운 (공손히) 시강원의 사서 정지운이라 하옵니다. 즐거운 연회에 기분이 상하신 것 같아 제가 술 한 잔 올리고자 하는데 받아 주시겠습니까.

지운, 자연스럽게 태감의 손에 든 칼을 뺏고 술잔을 건네면
휘, 조금 놀란 듯 그런 지운을 본다.

태감 (같잖다는 듯) 예부시랑의 뒷배만 믿고 설치는 꼴이 아주 볼썽사납구나. 필요 없으니 썩 꺼지거라!

태감, 홧김에 지운을 향해 술잔을 날린다. 술을 뒤집어쓴 꼴이 된 지운, 용케 모욕을 참아 낸다.

지운 (애써 웃어 내며) 태감께서 주신 술이라 그런지 맛이 아주 좋습니다.

태감 (뭐 이런 게 다 있냐는 듯 보며) 그래? 허면 소원대로 더 마시거라!

예부시랑 (다가와 막으며) 그쯤 하면 됐소. 계속 이리 무례를 범하는 것이 황제폐하께 누가 되는 것을 진정 모르신단 말이오!

태감 (불만스럽게 쏘아보다, 쳇, 어쩔 수 없이 자리에 앉으면)

휘 (더는 보고 있기가 괴로운 듯 자리를 박차고 나가버린다)

이현 (무거운 표정, 그런 휘를 바라보고)

S#40. 연회장 일각 / 밤

혼자 나와 화를 삭이고 있는 휘. 어느새 지운이 휘를 찾아 다가온다.

지운 (안도하듯) 여기 계셨습니까 저하...

휘 (술을 덮어써 엉망인 지운의 몰골에 또다시 화가 나는) 왜 시키지도 않은 짓을 해서 사람을 불편하게 만드시는 겁니까.

지운 (예상치 못한 말에 당황해 보다, 곧 섭섭해지는) 중요한 자리이지 않습니까. 더 불편한 일이 생길까 염려되었을 뿐입니다.

휘 (그 말에 속상한, 감추려 더욱 차갑게) 나를 염려하는 것은 정사서의 일이 아닙니다. 보고도 못 본 척, 듣고도 모른 척... 그리 하십시오.

휘, 그 말만 하고 차갑게 돌아서 가면
지운, 표정 굳는. 서운하고 속상하다.

S#41. 동. 일각 / 밤

역시 휘를 쫓아온 이현, 지운과 휘의 모습을 봤다.
휘, 이현과 마주치면 멈칫, 하지만 그냥 지나쳐 가고
이현, 홀로 선 지운을 보는 표정, 복잡하다. dis.

S#42. 태평관 전경 / 다른 날, 낮

S#43. 동. 일실

지운, 예부시랑과 마주 앉아 있다.

예부시랑 어제 일은 마음 쓰지 말게. 태감이 원래 명에서부터 기질이 험하다 정평이 난 사람이라, 내가 늘 조마조마하다네.
지운 전 괜찮습니다.
이현 (들어오며 미소) 다례 준비가 다 되었다 하니 나머지 말씀은 자리를 옮겨 나누시지요.

예부시랑 일어나면, 함께 일어나는 지운. 이현, 앞서 나오며.

이현 (편하게 어깨 툭 쳐주며) 어젠 고생했다.
지운 고생은... (애써 밝게) 가자. (앞서가면)
이현 (그 모습에 안심하듯 따르고)

S#44. 태평관. 누각

가온, 누각 아래서 동궁전 궁인들과 함께 누각을 지키듯 서 있다.
누각 안엔, 태감과 휘가 각종 음식을 차려 놓은 상을 두고 마주 앉아 있다.
곁으론 김상궁과 홍내관만이 대기하듯 서 있고.
휘, 어제의 일이 신경 쓰이는 듯 지운을 떠올리는 표정.

플래시백 / 40씬
휘의 말에 서운한 듯 굳어지던 지운의 표정.

휘 (못내 마음이 쓰이는데)
태감 (E) 이따위 것을 음식이라고 내어 온 것이냐!

휘, 소리에 고개를 들어보면, 태감이 못마땅한 표정으로 음식을 가져온 궁녀를 노려보고 있다. 두려움에 쩔쩔매는 궁녀.

휘 어찌 그러십니까?
태감 그건 내가 물을 말입니다. 차려 놓은 음식들 수준이 하나같이 이 모양이니... 대체 뭘 먹으라는 건지... (젓가락 던지듯 놓으면)
휘 (공손하게) 송구합니다. 좋아하시는 것들로 준비를 시켰사온데, 입에 맞지 않으셨나 봅니다. (궁녀에게) 음식을 물리고 다시 가져오너라.
궁녀 예. 저하... (도망치듯 물러가면)
태감 (기분 나쁜 듯 보다가) 어제 연회장에서 나를 농락한 그자는 어찌 하셨습니까? 더는 허튼소릴 하지 못하도록 입이라도 찢어 놓았어야 하는 건데...
휘 (그 말에 조금 굳어져) 헌부에 말해 진상을 확인 중입니다. 죄상을 밝히는 대로 엄히 벌하라 이를 테니 그만 노여움을 푸시지요.
태감 그러지 말고 지금이라도 내게 보내는 것은 어떻겠습니까? 내 직접 벌하면 그 수고를 덜 수도 있을 것 같은데 말이지요?
휘 대역죄를 지은 죄인 역시 법도에 따라 처리하는 법입니다. 그러니 그 얘긴 이제 그만 하시지요.

태감　(그 말에 기분 나쁜 듯 쳇 보며, 혼잣말처럼) 꼴에 세자라고...

휘　(그 말에) 지금 뭐라 하신 겁니까?

태감　뭘 말입니까?

휘, 화를 참아 내려는데 쉽지 않다.
김상궁, 그런 휘가 걱정되는 듯, 간절한 눈빛으로 고개를 젓는데
이를 보는 태감.

태감　(기분 나쁜 듯) 지금 날 앞에 두고 뭘 한 것이냐. 네까짓 것이 감히 나를 무시한 것이냐? (분한) 사람을 앞에 두고 밀담이나 나누다니...

김상궁　그것이 아니오라... (어찌할 바를 몰라 쩔쩔매면)

휘　(막아내듯 나선다) 밀담이라니 당치 않습니다. (겨우 참으며) 음식이 식었으니 다시 올리라 이르지요. (자리를 피하려는 듯, 김상궁에게) 따라 오거라.

휘, 화를 누르려는 듯 자리를 피하려 하면
두려움에 서둘러 휘를 따르는 김상궁과 홍내관.
태감, 그 모습이 같잖고. 휘를 따르는 김상궁의 머리채를 잡고 그대로 내동댕이친다.

태감　감히 어딜 따라가려는 것이냐. 제가 나설 자리가 어딘지 구분도 못 하는 건 방진 것 같으니라고...

홍내관　마마님!! (놀라 보면)

휘　(눈이 뒤집힌다. 태감을 막으며) 이게 대체 무슨 짓입니까!

태감　보시다시피 버릇없는 아랫것을 가르치는 중이지요. 왜, 여기에도 절차가 필요한 것입니까?

휘　(부들부들 주먹이 떨린다. 겨우 참으며 쏘아보면)

태감　(비웃듯, 돌아서 김상궁에게 향하며) 내가 가장 싫어하는 것이 뭔 줄 아느냐... 날 무시하는 행동이니라... 방금 전, 니가 한 그것처럼... 내 오늘 그 버릇을 똑똑히 고쳐주마.

휘, 그 말에 태감을 바라보면

태감, 순식간에 옆에 있는 칼을 뽑아 들고 앞에 선 김상궁의 머리칼을 칼로 그어 버린다. 꺅- 궁녀들의 비명과 함께 놀라 바라보는 일동, 김상궁, 머리카락이 풀어헤쳐진 채 충격과 공포로 땅에 떨어진 제 머리카락을 바라보면, 휘, 그런 김상궁의 모습에 더는 분을 참을 수가 없는 듯... 그대로 달려가 태감의 얼굴에 주먹을 날린다. 퍽 나뒹구는 태감. 쨍그랑, 식기들이 깨지고 순식간에 주변이 난장판이 되면, 소리에 달려오는 가온. 태감, "니 놈이 감히!!!" 분하게 휘를 쏘아보다 옆에 둔 술병 따위 들고 달려든다. 가온, 달려가 태감을 막으려는데 그보다 먼저 휘의 주먹이 다시 날아간다. 이성을 잃은 휘. 태감을 붙잡아 거칠게 패면.
"아니 되옵니다 저하!!" 경악하는 홍내관과 김상궁.
누각으로 향하던 지운과 이현, 예부시랑이 소란에 달려온다.
"저하!!" 역시 경악하는 일동에서.

S#45. 정전

텅 빈 정전 안, 무릎을 꿇고 앉아 있는 휘. 괴로운 표정이고.
그 앞엔 크게 실망한 듯, 괴로운 표정의 혜종이 서 있다.

혜종 어찌 그런 것이냐... 어찌하여 그런 일을 저질렀단 말이냐...
휘 (고개를 숙인 채 말없이 괴로움을 삼키면)
혜종 (괴롭다) 너를 믿은 나를 이리 실망시키는구나...

혜종, 답답한 듯 바라보고 싸늘히 지나쳐가면
홀로 남은 휘, 괴로운 듯 주먹을 꽉 쥐고 겨우 눈물을 참아 내는데.
잠시... 가만히 다가와 그런 휘의 눈높이를 맞춰 앉는 누군가, 지운이다.

지운 (그 모습에 마음이 아프다. 조심스럽게 휘의 어깨를 안으며) 잘하셨습니다... 저하께선 누구보다 잘하신 겁니다... (조심스럽게 토닥인다)

지운의 그 말에 무너지듯, 그제야 괴롭게 눈물 흘리는 휘. 주먹을 꽉 쥔 휘의 손에 감긴 붕대에서 피가 새어 나온다. 마음 아프게 보는 지운. 휘의 눈물에 자신의 마음이 찢어지는 것 같다. 피가 배어 나온 휘의 손을 보는 안타까운 눈빛에서.

S#46. 비현각 / 밤

휘를 치료해 주는 지운. 우느라 꽉 물었던 휘의 입술이 터져 있다.
지운, 조심스럽게 피를 닦아주면, 아픈 듯 인상을 찌푸리는 휘.

지운 태감도 날려 버리는 배포를 가진 대장부께서 왜 이리 엄살이신지.
휘 (어색한, 지운의 손을 치우며) 이만 됐습니다.
지운 (손의 상처 보고 잡으며) 이것만 마저 하겠습니다. (치료에 집중하면)
휘 (본다)
지운 (치료하며) 지금 이런 이야길 해도 될지 모르겠지만... 태평관에서 절 보신 거 알고 있습니다. 가서는 안 될 자리에 제가 있어 실망하셨다면 죄송합니다. 허나 그날, 결단코 부끄러운 일은 한 적 없습니다. 그러니 혹시라도 그 일로 오해를 하셨다면...
휘 오해한 적 없습니다. 정사서는... 그럴 사람이 아니란 걸 알고 있으니까요.
지운 예? (조금 얼떨떨하게 바라본다) 허면 왜... 연회 땐 제게 그리 차갑게 대하신 겁니까...
휘 그건... 나 때문에 정사서가 곤란해지는 게 싫었습니다. 하여...
지운 (진심 어린 그 말에, 따뜻하게 보며) 저도 같은 마음입니다.
휘 (! 그 말에 보면)
지운 (따뜻하게 보며) 그러니 제 마음을 아신다면 더는 차갑게 굴지 마십시오. (치료를 마무리하고선) 자, 이제 다 됐습니다. (미소로 보면)

휘, 그 미소에 두근두근,
지운이 치료해 준 제 손을 바라보는 휘의 시선에서.

S#47. 동궁전. 휘 처소 / 밤

김상궁, 몸 둘 바를 모른 채 앉아 있고
휘, 그 뒤에서 김상궁의 머리를 빗겨주고 있다. 붕대 감은 휘의 손이 보이고...

김상궁 정말 괜찮대도 그러십니다... 손도 성치 않으시면서...
휘 가만있어 보라니까... (잘린 머리카락을 보니 마음이 아프다. 머리 묶어주며) 곱네... 짧은 머리도... 고와.
김상궁 (고마운, 휘의 마음 알겠고. 역시 아픈 마음 숨기며) 태감 덕분에 저하께 제 머리도 맡겨보고... 이리 호강을 다 합니다. 제가. (부러 밝게 웃으면)
휘 (그 미소에 더 마음이 아픈데)

그때 휘를 찾은 듯 "저하!" 부르며 다가오는 홍내관.
두 사람, 홍내관을 바라보면.

홍내관 (보다가, 난감한 듯) 저... 태감의 수하가 찾아왔습니다. 예부시랑과 정사서를 모두 불러 함께 술 한잔하자시는데...
휘 태감이 말이냐? (무슨 꿍꿍인가, 의아한 듯 생각하면)
김상궁 (역시 걱정으로 바라보고)
홍내관 (걱정) 익위사라도 몰래 배치시키라 할까요?
휘 되었다. 그런 얕은수를 쓰다가 문제라도 생기면 안 되니... (생각하다) 내 먼저 가 있을 테니 너는 정사서를 데리고 태평관으로 따라오너라.
홍내관 예. 저하. (걱정스럽게 보면)

S#48. 태평관. 후원 누정 / 밤

태감, 누정에 홀로 앉아 술을 마시고 있다.
명수하의 안내에 따라 가온과 함께 다가오는 휘.
가온, 누정 앞에 대기하듯 서면, 휘, 홀로 태감에게 다가선다.

휘 (찝찝하고) 어찌 예부시랑께서는 보이시질 않습니다.

태감 사내끼리 술 한잔 기울이면 풀릴 회포를 가지고 주변에 여러 사람 피곤하게 해서야 되겠습니까.

휘 (뭔가 불길한 예감에 태감을 보면)

태감 내 화해도 청할 겸 세자저하께 재미난 걸 좀 보여드리려 이리로 모셨는데, 어떠십니까?

휘 (무슨 말인가 보면)

태감, 씨익... 기괴한 미소. 어딘가를 돌아보며 "나와 보거라." 소리친다. 동시에 어디선가 걸어 나오는 거대한 덩치의 사내. 흡사 괴물 같은 외모다. 휘, 놀라 보면. 가온 역시 놀라고, 위험을 감지한 듯 긴장으로 본다.

태감 내 듣기로 저하를 지키는 저자가 조선 제일 검이라 하던데. (자신의 호위무사를 가리키며) 둘이 붙으면 누가 이길 것 같습니까?

휘 (굳어지며) 별로 알고 싶지 않군요. 이것 때문에 부른 것이라면 저는 흥미 없으니 그만 돌아가 보지요.

휘, 무시하듯 그대로 누정에서 내려와 가온에게 다가가면
그런 휘의 모습을 비웃듯 바라보는 태감.

휘 (가온에게 다가서) 궐로 돌아가자.

가온, 휘의 명에 따라 돌아서려 하면
불시에 그런 가온을 한 방 먹이는 태감의 호위무사.
엄청난 괴력에 날아가는 가온. 그 충격에 가온의 검 역시 바닥에 떨어진다.

휘 (놀라 명무사를 보며) 멈추거라!! 이 무슨 짓이냐!!

명무사, 그러나 휘의 명엔 아랑곳 않고 쓰러진 가온을 향해 다시 주먹을 날리면, 가온, 떨어트린 검은 차마 줍지도 못한 채 최소한의 방어만으로 무사

의 주먹에 맞선다.

태감　(그 모습 비웃듯 보며) 명나라 제일 검이라는 놈이. 제 주인이 피떡이 되는데, 그래도 한 나라의 세자라고, 막아서질 못했지 뭡니까. 하여 내 저놈 녹봉 값은 하도록 기회를 줘야 될 것 같아 말입니다.

휘　(분노에 휩싸여 태감 쏘아보며) 당장 멈추십시오!! 당장!!

태감　꼴에 세자라고... 나를 때릴 때는 그리 신이 났더니, 제 사람 맞는 건 보기가 싫으신가 봅니다.

휘　(그 말에 고통스럽게 노려보다, 다시 가온을 돌아보면)

태감의 무사, 다시 가온을 치러 다가간다.
방어만 하던 가온, 이번엔 그 주먹을 피해 내고 무사를 향해 제 주먹을 날리면, 가온의 공격에 뒤로 밀려나는 무사. 분한 듯 챙- 칼을 빼 든다. 가온, 역시 반사적으로 허리춤에 제 칼을 향해 손을 가져가는데, 멀리 떨어진 칼!
동시에 명무사의 공격이 다시 시작되면
조금씩 뒤로 밀리는 가온, 상처를 입고 결국 쓰러지고 만다.
그 모습 놀라 바라보는 휘!
명무사, 비릿한 미소로 가온을 향해 천천히 다가가면
휘, 분한 표정, 더는 안 되겠다는 듯 가온을 보호하듯 명 무사 앞을 막아선다.

휘　(서늘한 위엄으로) 당장 멈추거라... 네 놈이 이 조선 땅에서 이 나라 세자의 몸에 생채기를 내고서도 무사할 것 같으냐?

명무사　(명을 바라듯 돌아보면)

태감　(재밌다는 듯 보는 눈빛, 픽, 비웃듯, 입꼬리가 서늘해진다)

휘, 명무사를 쏘아보다 뒤돌아 넘어진 가온을 일으키는데
명나라 무사, 순간 빼든 칼을 들고 다시 달려든다.
휘의 뒤로 칼이 날아오는 걸 본 가온. 급히 휘를 돌려 안고 막아서면
가온의 등을 긋고 지나가는 날카로운 칼날!
휘, 놀라 바라보면. 명나라 무사, 확인하듯 다시 한번 가온을 베려 칼을 쳐

든다. “안 돼!!” 놀라 바라보는 휘의 눈빛!
동시에 챙- 누군가의 칼날이 가온에게 향하는 명무사의 칼을 멀리 날려 버린다. 보면, 어느샌가 달려와 명무사의 목 앞에 칼날을 들이대고 선 지운. 휘를 보호하듯 앞을 막아서고.

지운 (서늘한) 세자저하의 손끝 하나라도 건드리면, 너는 이제 죽는다... 나한테.

휘 (조금 놀라 보며) 정사서...!

갑작스러운 지운의 등장에 흥이 깨진 듯 식어 바라보는 태감
지운, 금방이라도 베어 버릴 듯 무사를 노려보면.
쓰러진 가온을 안은 채 놀라 그런 지운을 보는 휘. 그리고 휘를 지키듯 명무사와 대치하며 선 지운의 모습에서. 7부 엔딩.

8부

이 나라의 세자로서.

네게 사과를 하고 싶었을 뿐이다.

그때, 춥고 배고프게 떠나게 한 것에 대해 용서를 구하마...

S#1. 태평관. 본청 마당 / 밤

지운, 홍내관과 함께 본청으로 들어가는데
마침 안으로 들어서던 예부시랑. 그런 지운을 발견한다.

예부시랑 정사서! 이 시간에 여긴 어쩐 일인가?
지운 (그 말에 이상하고) 태감께서 찾으셨다 하였는데... 못 들으셨습니까?
예부시랑 (금시초문이라는 듯) 태감께서? 난 아무 말 못 들었는데...?
지운, 홍내관 (! 불길한 표정 스친다)

S#2. 후원 누정 + 후원 (누정 마당) / 밤 / 7부 엔딩에 이어서 (지운 시점)

지운, 휘를 찾듯 급히 후원으로 들어서면
멀리, 쓰러진 가온을 보호하려는 듯 명무사 앞을 막아선 휘가 보인다.

휘 (서늘한 위엄으로) 당장 멈추거라... 네 놈이 이 조선 땅에서 이 나라 세자의 몸에 생채기를 내고서도 무사할 것 같으냐?

명무사 (명을 바라듯 태감을 돌아보면)
태감 (픽, 비웃듯, 입꼬리가 서늘해진다)

휘, 쏘아보다 뒤돌아 넘어진 가온을 일으키는데.
태감, 이쯤에서 끝내라는 듯 무사를 향해 차가운 눈짓.
명나라 무사, 칼을 빼 들고 달려들면, 이를 보는 지운. 놀라 달려가고.
동시에 휘의 뒤로 칼이 날아오는 걸 본 가온. 급히 휘를 돌려 안고 막아선다. 가온의 팔과 등 쪽을 긋고 지나가는 날카로운 칼날.
명나라 무사, 확인하듯 다시 한번 가온을 베려 칼을 쳐들면
지운, 가온과 조금 떨어진 곳에 떨어진 가온의 칼을 발견하고, 집어 들고서 순식간에 명무사의 앞을 막아선다. 챙- 차가운 금속음과 함께 멀리 날아가 버리는 명무사의 칼. 휘, 놀라 바라보면, 차가운 눈빛으로 명무사의 목 앞에 칼날을 들이대고 선 지운. 휘를 보호하듯 앞을 막아 서 있다.

지운 (서늘한) 세자저하의 손끝 하나라도 건드리면, 너는 이제 죽는다... 나한테.
휘 (조금 놀라 보며) 정사서...!
지운 (안심시키듯 돌아보며) 괜찮으십니까. 저하.

지운, 명무사의 목 앞에 칼날을 들이대고, 차갑게 바라보면
갑작스러운 지운의 등장에 흥이 깨진 듯 식어 바라보는 태감.

태감 (곧이어 홍내관과 예부시랑이 다가오면) 쳇, 재미없게 되었구만...

S#3. 동. 후원 / 밤

다가온 홍내관과 예부시랑, 역시 쓰러진 가온을 보고 놀라면.
누정에서 내려와 일동에게 다가오는 태감.

예부시랑 (놀라 보며) 이 무슨 짓이오!! (수하들에게) 뭣들 하느냐. 어서 의원을 불러 오지 않고!

예부시랑의 명에 움직이는 명수하들.
홍내관, 어찌할 줄 모르고 바라보면

태감 (명무사보며 태연히) 어쩌자고 저하 앞에서 칼을 꺼낸 것이냐.

명무사, 태감의 말에 고개를 숙이고 물러나면
지운, 잠시 분한 듯 그런 태감을 보다가 얼른 가온에게 다가가 응급처치를 하기 시작한다.

휘 (분노로 보며) 이게 대체 무슨 짓입니까...!
태감 (그런 휘에게 다가가며) 의도치 않게 싸움이 좀 격해진 모양입니다...
휘 (분한 듯) 불만이 있으면 내게 직접 말하십시오. 더는 죄 없는 이들은 괴롭히지 말고...
태감 (그 말에 가증스럽다는 듯, 픽 비웃으며) 제가 어찌 저하께 그리 하겠습니까. 어차피 아랫것들을 부리는 이유가 다 이리 대신 매 맞고 구린 뒤처리를 시키기 위해서일 텐데.
휘 (분한) 대체 이러는 이유가 무엇입니까... 원하는 게 뭐란 말입니까!
태감 (비웃듯) 원하는 거라... 아, 하나 있군요. 내가 조선에 바라는 것... (휘의 귓가에 낮게) 저하처럼 배부르게 자라 백성을 위하는 척, 가증이나 떠는 인간들 모두 밟아 버리는 것이 바로 제가 바라는 것이지요...
휘 (그런 태감을 노려보면)
태감 (비웃듯) 아쉽지만, 술은 다음에 다시 마시도록 하지요. 저하.

태감, 표정 싸늘히 식어 그대로 휘를 스쳐 지나가면
휘, 그런 태감을 이해할 수 없다. 부들부들, 분하게 보는 표정에서.

〈연모 8부〉

S#4. 동궁전 일실 / 밤

가온을 업고 들어오는 지운. 일동이 그런 지운의 뒤를 따르고.
가온, 응급처치를 받은 듯, 팔과 등 쪽에 붕대가 감겨 있다.
지운, 펼쳐진 이부자리 위에 조심스레 가온을 눕히면
괴로운 표정으로 가온을 보는 휘. 곁엔 홍내관과 김상궁이 보이고.

홍내관 (울상) 어떡합니까... 깨어날 수 있겠지요...
지운 다행히 출혈은 멎었으나 상처가 깊어 지켜봐야 할 것 같습니다...
김상궁 (황망한) 이게 대체 다 무슨 일이랍니까...
휘 (그 말에 마음이 무거운 듯, 어두운 표정으로 가온 본다)
지운 (그런 휘를 걱정스럽게 보고)

S#5. 예조, 이현 집무실 / 밤

이현, 생각에 잠겨 앉아 있다.

플래시백 / 7부 45씬
한발 늦게 달려온 이현. 이현의 시선으로 지운의 품에 안겨 울고 있는 휘가 보인다. 심장이 내려앉듯, 표정이 굳어지는 이현.

이현, 아까 본 상황이 신경 쓰이는 듯 표정이 어두운데
들어오는 예조 관원1.

관원 대감! 태평관에서 급히 전갈이 왔는데, 세자저하의 호위무사가 태감의 무사에게 당해 크게 다쳤다 합니다.
이현 (놀라 보다가) 저하께선 무사하시다더냐.
관원 예. 막 동궁전으로 돌아오셨답니다.
이현 (안도, 무언가 생각하듯) 태감은 지금 태평관에 있는 것이냐?
관원 예? 아, 예. (보면)

이현 (결심한 듯 급히 일어나는 데서)

S#6. 동궁전 일실 / 밤

모두 물린 듯 홀로 앉은 휘, 누워 있는 가온의 상태를 살피듯 안타깝게 바라본다. 고통스러운 꿈을 꾸듯 미간을 꿈틀거리는 가온.

S#7. 가온의 꿈

파편적인 영상들로 가온의 꿈이 보인다.

거열형이 진행되는 장소가 보이고
관군들을 피해 달려가는 어린 가온(10대 초반).

컷 튀면, 어느 민가. 빨래에 걸린 여자 옷을 훔쳐 입는 어린 가온. 지칠 대로 지친 아이, 처절하고 절박해 보이고.

컷 튀면, 여자 옷을 입은 가온 어딘가에 숨어, 부절을 손에 꼭 쥐고 있는데, 불쑥- 손이 공포스럽게 훅- 다가온다.

S#8. 동궁전 일실 / 밤 / 현재

꿈을 꾸던 가온, 흐릿한 의식 속 자신을 향해 뻗어 오는 누군가의 손길을 느끼고 헉! 무의식 속에서 그 손을 잡아챈다.
불길함을 느끼듯 확 깨어나면
가온이 잡은 것은 땀을 닦아주던 휘의 손이다.
놀라서 휘의 손을 놓는 가온. 급히 깨닫고 몸을 일으켜 앉으면 휘 움직이지 말거라. 크게 다쳤다.

가온 (그 말에 바라보면 그제야 상황이 떠오르는) ...송구합니다. 저하를 지켜야 할 본분을 다하지 못했습니다...

휘 (미안하다는 말 대신) 아니다. 나 역시 널 지키지 못했다...

가온 (그 말에, 휘를 보면)

휘 (잠시) 무엇이 그리 분하고 서글프더냐. 꿈에서조차 고통스러울 만큼.

가온 ... (답하지 않고)

휘 (그런 가온 잠시 보다) 네 이름이 무엇이냐.

가온 ...김가온이라 합니다.

휘 (삶의 흔적이 느껴지는 가온의 상처투성이인 몸을 본다. 그러나 더 묻지 않고) ...아직 몸이 성치 않을 것이니 쉬거라.

휘, 무겁게 돌아서나가면 가온, 그런 휘를 바라보는 시선에서.

금군1 (E) 말씀하신 세자저하의 호위무사에 대한 기록입니다.

S#9. 윤형설 집무실 / 밤

윤형설의 수하(내금위 소속) 하나, 윤형설에게 보고하고 있다.

윤형설 (수하에게 받은 가온의 병적부 보며) 병적부상 기록 중 특별히 의심될 만한 점이라던가 이상한 점은.

금군1 모두 없었습니다.

윤형설 (끄덕인다) 양친 모두 그자가 어릴 적 죽은 것이 사실인가?

금군1 예. 사고무친으로 열일곱이 되던 해 지방군에 입적했다 들었습니다.

윤형설 알겠네...

금군1, 예를 갖추고 나가면
홀로 앉은 윤형설. 자신이 예민했던 건가... 그러나 가온의 눈빛, 진흙이 묻은 신발 등을 떠올리자 더욱 혼란스러운데.

태감 (E) 지금 뭐라 그랬느냐...!

S#10. 태평관. 태감 처소 안 + 밖 / 밤

조선인으로 보이는 중년의 사내(후궁父)와 마주 선 태감.

태감 (분한 듯 칼을 챙- 꺼내 든다. 금방이라도 찌를 듯, 쏘아보면) 감히 여기가 어디라고 그 아이 얘길 꺼내는 것이냐.

후궁父 (놀라다가) 그, 그러니까 서로 피 볼 일 만들지 말자는 말입니다. (도발하듯) 불쌍한 그 애를 위해서라도 내게 이러면 안 되는 것이잖소...

태감, 그 말에 더욱 분한 듯 쏘아본다. 더는 참지 못하겠다는 듯 그대로 칼을 치켜들면, 으악! 눈을 질끈 감는 후궁父.

태감 (차마 베지 못한 채 던지듯 칼을 놓으며) 내일 밤, 내가 찾을 것이니, 가서 조용히 기다리거라... (분한 듯 쏘아보고 그대로 문을 향해 가면)

후궁父 (휴... 살았구나. 진이 빠지는)

태감, 화가 풀리지 않은 듯 씩씩대며 문을 벌컥, 여는데
그 앞, 언제 왔는지 이현이 서 있다. 태감, 조금 놀란 듯 보는데
이현, 방금의 대화를 들었는지 못 들었는지 알 수 없는 표정이다.

이현 손님이 계신 줄은 몰랐습니다. (후궁父를 보면)

태감 (갑작스러운 이현의 등장에, 불편한 듯 이현을 보는 표정에서)

(점프)
후궁父는 이미 떠난 후 인듯
태감과 이현, 두 사람, 찻잔을 앞에 두고 마주 앉아 있다.

태감 (불편한) 자은군께서 이 시각에 나를 찾은 용건이 뭐요.

이현 저하의 호위무사가 태감의 무사에게 당해 크게 다쳤다더군요. 동궁전 상궁의 머리카락을 끊어낸 일도 모자라 이제는 무사까지 해치시다니, 그 저의가 궁금하여 말입니다.

태감 (귀찮다는 듯) 아랫것들끼리의 일로 어찌 이리들 호들갑인지...

이현 (그 말에) 참, 제가 아주 흥미로운 얘기를 들은 게 있었는데.

태감 (보면)

이현 황제의 신뢰를 무척이나 받고 있는 누군가가... 황실로 들어가는 물건들을 빼돌린다 하더군요. 아마 황제의 내탕금에도 손을 대는 것 같다던데... (차갑게 보며) 태감께선 그게 누군지 궁금하지 않으십니까?

태감 (굳어 보다가, 알겠다는 듯, 픽 비웃으며) 그런 말도 안 되는 소문을 가지고 지금 나를 협박하겠다는 거요?

이현 그게 소문인지 아닌지는 제가 지금부터 좀 알아보려는데 말이지요.

태감 (굳어 보면)

이현 황제께서 태감께 거는 기대가 크시다지요? 기대가 크면 실망도 큰 법이니... 일이 시끄러워지길 원하지 않으신다면, 태감께서도 그저 조용히 계시다 떠나시는 것이 좋을 것입니다. (그대로 일어나면)

태감 (분한 듯 바라보다, 픽 비웃듯) 우습군. 자은군께서 내게 이럴 이유가 없을 것 같은데?

이현 (본다. 여유롭게 맞받으며) 태감께서 잘 모르시나 본데... 저는 이럴 이유가 아주 많은 사람입니다.

이현, 여유로운 미소, 돌아서는 표정, 서늘히 굳으면.
분한 듯 그런 이현을 쏘아보는 태감의 눈빛에서.

S#11. 동궁전 마당 / 밤

동궁전으로 걸어오던 이현, 홀로 걷고 있는 휘를 본다.
심난한 휘의 표정에 걱정스러운 얼굴이 되는 이현

휘 (돌아서다 이현을 발견하고) 형님...

이현 (그제야 다가가며) 호위무사는... 괜찮습니까?

휘 예... 위험한 고비는 넘겼습니다. (마음 무겁고) 저 때문에 동궁전 사람들이 자꾸 고초를 겪는 것 같아 마음이 좋질 않네요...

이현 (마음 아픈) 그게 어찌 저하 때문입니까. 태감 그자 탓이지요. (걱정으로 보며) 태감은 위험한 잡니다. 그러니 앞으로 무슨 일이 생기면 곧바로 제게 말씀해 주십시오.

휘 (그 말에 고마운 듯, 끄덕이며 보면)

이현 저하께서 아프시면, 저도 아픕니다. 그러니 힘들어 마십시오. 저하껜 제가 있지 않습니까.

휘 (고마운 듯 옅은 미소) 고맙습니다. 형님...

이현 (따뜻하게 본다. 안타까운 눈빛에서)

지운 (E) 수상한 자를 봤다고?

S#12. 동궁전 일각 / 밤

지운과 이현 마주 서 있다. 지운, 가온의 붕대를 갈아주었는지 피 묻은 붕대와 대야 정도 들고 있고.

이현 (떠올리듯 끄덕이고) 그래서 말인데, 지운이 네가 좀 도와줘야겠다.

지운 (잠시 놀란 듯 보다가, 이내 생각하듯 끄덕이는 데서)

S#13. 궐 전경 / 다음 날, 낮

S#14. 편전

휘와 혜종, 마주 앉아 있다.

휘 (조금 놀라) 공물을 더 달라니요? 이 역시 태감이 요구한 것입니까? (생각하다) 제가 태감을 만나 보겠습니다.

혜종 그럴 필요 없다. (무거운 표정) 이 일은 내가 해결할 것이다. 그러니 세자는 더 나서지 말고 그만 물러가거라.

휘 (답답하고) 그럴 순 없습니다.

혜종 (보면)

휘 태감과의 문제는 제가 해결하겠습니다. 그러니 한 번만 더 저를 믿어주십시오. 제게, 기회를 주십시오. 아바마마.

혜종 (무겁게 보는 데서)

S#15. 대전 마당 / 낮

무거운 표정으로 걸어가는 휘와 곁을 따르는 홍내관.

홍내관 (이미 다 들은 듯, 역시 이해할 수 없고) 대체 태감 그자는 왜 자꾸 그런답니까? 같은 조선인끼리 돕고 살지는 못할지언정... 하여튼 아는 놈들이 더 무섭다고... (걱정으로 보면)

휘 (생각하는 표정 위로)

플래시백 / 3씬

태감 저하처럼 배부르게 자라 백성을 위하는 척, 가증이나 떠는 인간들 모두 밟아 버리는 것이 바로 제가 바라는 것이지요...

휘 (아무래도 이상하다, 생각하듯) 정사서가 예부시랑과 친하다고 했지?

홍내관 그렇다 듣긴 했는데,

휘 태감에 대해 좀 알아봐야겠다.

휘, 생각을 정리한 듯 급히 걸어가면, 따르는 홍내관에서.

S#16. 태평관 일각 / 밤

태평관이 보이는 일각, 깊은 어둠 속 몸을 숨기고 지켜보는 지운.
잠시 후, 태감과 수하1, 패물함을 지닌 채 은밀히 태평관을 빠져나가면,
지운, 복면으로 얼굴을 가린 채 그 뒤를 쫓기 시작한다.

S#17. 동. 일각 / 밤

도포 차림의 휘와 홍내관, 태평관을 향해 걸어온다.

홍내관 시강원 사서가 대체 태평관에서 하루 종일 업무 볼 일이 뭐가 있답니까?
(하다 헉!) 설마, 태감이 이번엔 정사서를 노리는 건...

휘 (설마... 역시 걱정스러운 듯 발걸음 빨라지는데)

홍내관 (문득) 어? 저하, 저기!

홍내관, 무언가 보고 놀란 듯 어느 곳을 가리키면
휘, 돌아보는데 일각 어둠 속, 복면을 올려 쓰는 지운. 어딘가로 급하게 모습이 보인다.

휘 (그 모습에 놀라) 너는 여기에 있거라.

휘, 급하게 지운의 뒤를 쫓아 달려가면
홍내관, "저하...!" 어떡하지 발 동동 구르며 보는 데서.

S#18. 어느 마을 일각 / 밤

어디론가 향하던 태감과 수하1, 멈춰서면
뒤따르던 지운, 얼른 몸을 숨기고 그들을 주시한다.

태감 여기서부턴 혼자 가마. 기다리고 있거라.

수하1, 고개를 숙이고 패물함을 건네면
받아드는 태감. 곧 사라지고.
수하1이 그 자리를 지키고 선다.
더 따라갈 수 없어 당황한 지운, 두리번거리다 다른 옆 골목 보는.

S#19. 다른 골목 / 밤

급히 골목으로 들어서는 지운.
그 순간 어떻게 알았는지 지운 앞을 막아서는 태감의 숨겨진 수하들!
당황한 지운, 검을 빼 들고 수하들과 대치한다. 곧 지운에게 달려드는 수하들. 챙! 소리 나며 검들이 맞부딪히는 일전이 시작된다.
안정된 실력으로 수하들과 대적하는 지운의 모습.
챙, 다시 검이 들어오면 뒤로 밀리는 지운, 다시 자세를 고쳐 잡는데
수적으로 열세다. 수하들의 공격에 점점 뒤로 밀리고.
이때 지운의 뒤쪽을 노리는 수하. 지운의 뒤로 검이 훅 들어오는데...
챙! 순간 다른 검이 들어와 쳐내며 지운을 구한다.
지운, 놀라 돌아보면... 옷 조각을 잘라내 얼굴을 가린 사람... 휘다!

지운 (잠시 당황하다 곧 휘를 알아보고) 여길 어찌...!
휘 조심하십시오!

휘, 급히 날아오는 공격을 막아낸다.
쏟아지는 공격들에 지운 역시 더 말 잇지 못하고
등을 맞대고 수하들과 싸워나가는 두 사람의 모습에서.

S#20. 후궁 부모의 집 안 + 밖 / 밤

태감이 가져온 함을 열어보는 후궁父, 안엔 온갖 진귀한 명나라 귀중품이 들어 있고.

태감　다시 한번 그 아이를 빌미로 나를 협박한다면 그땐 네놈의 목을 날려 버릴 것이니라.

후궁父　(좋은, 입 벌어지고) 아무렴 걱정 마시오. 다시는 찾지 않을 테니...

태감, 차갑게 바라보다 문을 열고 밖으로 나서려는데
문득 문 옆에 놓인 장식장이 보인다. 장식장에 달린 매듭 장식.
태감의 목장도에 달린 것과 같은 모양이다.
태감, 어떤 생각에 빠진 듯 잠시 봤다가 떨치듯 나가는데
급히 달려오는 수하1.

수하1　누군가 뒤를 밟았습니다. 어서 여길 피하셔야 할 것 같습니다.

태감　뭐라?! (놀라고, 분하게 보는 표정에서)

S#21. 골목 / 밤

아직 싸우고 있는 휘와 지운.
지운, 이미 여러 군데 상처 났고, 둘 다 지친 기색이 역력한데.
순간 휘의 앞으로 훅 들어오는 검.
이를 본 지운, 재빨리 쳐내지만 동시에 검 끝에 휘의 상투가 스치며 휘의 머리가 탁! 풀어진다.

지운　(놀라, 얼른 돌아보며) 괜찮으십니까!!

지운, 급히 휘를 돌아보는데, 어느새 길게 풀어진 휘의 머리카락.
휘, 조금 당황해서 보면
지운, 아름다운 휘의 모습에 순간 놀란 듯 멍하니 굳어 보는데.

그런 빈틈을 노리고 들어오는 수하의 칼날, 지운의 다리를 긋는다. 윽- 다리를 감싸는 지운.
휘, 놀라 보다가 지운을 지키려 다시 검을 휘두르면
휘가 검을 휘두를 때마다 휘의 머리카락도 함께 흩날리고.
지운, 역시 아픈 다리를 참아 내며 다시 검을 휘두르는데.
순간, "멈춰라!" 하는 소리와 함께 어디선가 관군들이 달려온다.
당황하는 수하들. 서로 시선 교환하더니 빠르게 도망치면
돌아보는 지운과 휘.

휘 (역시 조금 당황해 보다가) 이쪽으로!

휘, 부축하듯 지운을 이끌고 몸을 피하면
이어 말을 타고 나타나는 사내... 이현이다!
이현, 몸을 숨기는 휘를 보고 조금 놀란 표정이고.

이현 (군사들을 향해) 이곳에서 소란을 피운 자는 모조리 잡아들여야 할 것이다!

군사들, 태감의 수하들을 진압하면
지켜보던 이현, 조금 떨어진 곳 달아나는 태감과 수하1의 모습을 발견하고 급히 말을 달려간다.

S#22. 동. 일각 / 밤

태감과 수하1 앞을 가로막듯 나타난 이현.
태감, 갑작스러운 이현의 등장에 흠칫 놀라 보면
말 위에 앉은 이현, 고압적으로 내려다보는.

이현 (부드럽지만 위엄 있는) 깊은 밤, 태감께서 이런 곳엔 어찌 걸음 하셨습니까?

이현, 답을 바라듯 태감을 내려다보면
당황을 감추는 태감, 분한 듯 날카롭게 그런 이현을 올려다보는 데서.

S#23. 숲속 / 밤

도망친 휘와 지운. 몸을 숨기고 주변의 동태를 살핀다.
관군이 모두 철수하자 지운 그제야 안도하고, 다시 나서려는데 휘가 그런 지운의 앞을 막는다.

휘 (막으며) 무슨 짓입니까!
지운 (다급한) 비켜주십시오. 가 봐야 합니다.
휘 이미 놓쳤습니다.
지운 알아볼 것이 있습니다. (하며 급히 가려는데)
휘 (지운의 팔을 잡고, 화난) 어찌 이리 무모하게 행동하십니까!

지운, 그제야 휘를 보면, 여전히 머리가 풀린 채 걱정스러운 표정으로 자신을 바라보고 있는 휘의 모습. 지운, 그 모습에 순간 두근! 멍하니 바라보면, 그제야 깨닫듯 얼른 제 머리를 틀어 올리는 휘. 그러나 머리를 묶어 올릴 만한 끈이 없자 조금 당황하는데.

지운 (어느새 제 옷자락 정도 찢어 건네며) 이거라도...

휘, 잠시 보다가 받으면
지운, 휘와 손이 스치자 찌르르 전기라도 통한 듯, 순간 떨려온다.
내가 왜 이러지... 두근대는 듯 휘를 보는 지운. 그러나 곧 고통에 찡그리며 아...! 신음을 참으면.
휘, 그제야 성한 곳 하나 없는 지운의 상처들이 보이고.

휘 (속상한) 상처가 깊습니다. 치료부터 해야겠습니다.

지운 전 괜찮습니다... 저하는, 괜찮으십니까?

휘 (지운의 말은 들리지 않고. 속상한, 지운의 몸 이곳저곳을 살피며) 여기도 다친 겁니까... 여기도요? (속상한) 대체 왜 이런 짓을 한 겁니까. (안 되겠다는 듯) 기대십시오.

지운 예?

휘 다리가 이래서 걸을 수나 있겠습니까? 그러니 내게 기대란 말입니다.

휘, 그대로 지운을 부축하면
얼떨결에 휘에게 기대는 지운, 어쩐지 어색한데

S#24. 동. 일각 / 밤

단 둘뿐인 고요한 밤거리. 휘의 부축을 받으며 걸어가는 지운.

지운 태감이 수상한 자를 만나는 걸 봤다는 말에 뒤를 쫓고 있었습니다.

휘 태감이요? 그렇다고 이리 무모하게...

지운 송구합니다. 도움을 드리고 싶었는데... (아픈 듯 찡그리면)

휘 (고맙고, 걱정으로) 아직 많이 불편하십니까?

지운 아닙니다. (하다가 휘의 표정에) 헌데 저하께선 제가 그리 걱정되셨습니까?

휘 (보면)

지운 (괜히) 하긴, 제가 잘못되면 이제 조선팔도에서 이 정도 쓸 만한 사서는 구하지 못할 테니, 겁이 나실 만도 하지요. (웃으면)

휘 지금 웃음이 나오십니까. (속없는 지운이 답답한 듯 괜히 퍽 치면)

지운 (윽- 아픈 듯 신음을 뱉는다) 윽, 저하... 저 진짜 아픕니다...

휘 (그 모습에 다시 놀라) 정사서! 괜찮습니까?

휘, 금세 걱정스러운 얼굴로 돌아와 지운을 여기저기 살피면,
지운, ! 그런 휘의 모습에 슬쩍 미소, 그러나 쿵쿵쿵쿵... 어쩐지 심장이 제멋대로 뛰기 시작한다. 내가 왜 이러지... 떨리듯, 휘를 바라보는 지운의 시선에서.

S#25. 태감 처소 / 밤

마주 앉은 이현과 태감. 마주 보는 시선에 팽팽한 긴장감이 돈다.

이현 (여유로운) 필요한 것이 있으면 말씀을 하시지, 어찌 귀한 걸음을 하셨는지요.

태감 오랜만에 고향에 왔으니 둘러볼 곳들이 있어 간 것인데, 뭐가 잘못됐소?

이현 아... (이해한다는 듯) 헌데, 하필, 그 근방에서 수상한 움직임이 목격되었다지 뭡니까. 혹여, 태감을 노린 자객은 아닐까, 영접의 책임자로서 걱정을 쉬이 내려놓을 수가 있어야지요.

태감 (분한 듯 쏘아보며) 괜한 걱정이오. 관군들을 물리시오.

이현 그럴 수야 없지요. (지지 않고 맞받아치는 곧은 눈빛) 행여라도 불미스러운 일이 생겨서는 아니 될 것이니, 태감께서 조선을 떠나시는 그날까지, (압박하듯) 이곳 태평관의 호위를 더욱 강화토록 하지요.

이현, 일어나 그대로 밖으로 나가면
부들부들... 분한 듯 으아!! 퍽- 책상을 내려치는 태감의 모습에서.

S#26. 태감 처소 앞 / 밤

싸늘한 표정으로 나오는 이현. 관군과 호위무사 사이를 뚫고 지나가면. 관군들, 호위무사들을 막아서듯, 태감 처소를 둘러싸는 데서.

S#27. 궐 문 앞 일각 / 밤

걸어오는 휘와 지운.
이현, 휘를 찾은 듯 휘에게 달려온다. "저하!!"

이현 괜찮으십니까?! 저하께서 어떻게...

휘 (다 들은 듯) 너무 합니다. 형님. 저한테는 말도 안 하시고.

이현 그것이... (지운 보며, 다 말했냐는 듯 눈으로 물으면)

지운 아, 그게... (역시 눈치, 괜히 아픈 듯 딴청 피운다)

휘 (두 사람의 그 모습에 픽 귀여운 듯 보다가) 그래서 이제 어떻게 할 생각이십니까?

지운, 이현 (휘를 보면)

휘 함께하시지요. 저도 같이 말입니다.

S#28. 암시장 / 다른 날, 낮

후궁父, 태감에게 받은 물건들로 보이는 것을 거래하고 있다.
조금 떨어진 곳, 후궁父를 몰래 뒤따르는 태감의 수하1 모습.

상인1 (물건 확인하며) 히익!~ 이 귀한 걸, (슬쩍 눙치듯) 딸이 황제폐하께 총애를 받는다더니 참말인가 보오?

후궁父 언젠 못 믿겠다더니, 값이나 제대로 쳐주게.

상인1 (픽, 물건 받아 넣고) 옜소. 또 노름판에다 갖다 바치지 마시고 (은자 몇 냥이 든 주머니 건네주면)

후궁父 (확 쏘아보다가, 주머니 확인하고 큼... 서둘러 돌아서는)

후궁父, 서둘러 암시장을 빠져나가듯 사라지면 자연스럽게 날이 바뀌며 행인들이 바뀌고.
멀리, 변복한 휘와 지운, 가게마다 후궁父를 그린 몽타주 따위를 보여 주면서 오고 있다. 상인1에게 그림을 내미는 지운.

상인1 (그림 보며) 이 사람은 왜 찾소?

휘 아! 내 귀한 것을 모으는 취미가 있네. 이 자가 좋은 물건을 많이 가졌단 소문이 자자해서. 소개비는 넉넉히 드리지.

지운 (동시에 몇 푼 쥐어 주고) 아~주 넉넉히.

상인1 (미심쩍게 보며) 물건은 내가 이미 받아뒀는데.

지운 그럼 그것도 우리가 사겠네.

휘 (뭔가 찜찜한 상인의 표정에, 끼어들며) 곱절로!

지운 (그 말에 놀라 보면)

휘 (지운에게 가만있으라고 눈짓)

상인1 (솔깃하다가 더더욱 미심쩍은 듯) 한두 푼이 아닐 것인데 어떻게...

지운 (웃으며) 보시다시피. 우리가 요 얼굴과 (옷매무새 다듬으며, 휘를 툭 친다) 재력 빼면 시첩니다.

휘, 얼른 깨닫고 하하하 웃으면
지운, 함께 만족스러운 듯 입꼬리 픽, 보란 듯이 은이 든 주머니를 상인에게 던져 준다.

상인1 (주머니 열어서 확인해 보고, 헉! 엄청난 양이다) 노름에 미쳐있나 보던데, 명나라 후궁 부모라고 어찌나 거들먹거리던지. 내 똑똑히 기억 한다니까!!

두 사람 후궁父라는 말에 조금 놀란 듯, 그러나 얼른 표정 관리하면

이현 (E) 태감에게 여인이 있단 말입니까?

S#29. 원산군 방 안

사방을 터놓은 방 안. 이현과 원산군, 찻상을 두고 마주 앉아 있다.

원산군 (끄덕이는) 그런 추문이 있었지. 헌데 그 실체를 본 이가 없는 것이 이상하더구나... 명의 환관들이야 여인을 탐하는 일이 큰 흠도 아니니 말이야. 그 정도로 숨기는 데엔, 다 이유가 있을 터인데.

이현 (조금 놀란 듯)

원산군 헌데, 그건 어찌 묻는 것이냐. (하다가) 태감이 지나친 공물을 요구해 세자

가 막고 나섰다더니. 그 때문이더냐?

이현 (대답 대신 그런 원산군을 보면)

원산군 (조금 씁쓸한) 현이 넌 진정 세자가 왕이 되길 바라는 것인가 보구나.

이현 (조금 경계하며) 그게 무슨 말씀이십니까?

원산군 (트인 사방을 개의치 않고) 너는 어려 기억을 못 하겠지만, 궐은 원래 우리의 것이었다. 세자이신 아버지... 원손이었던 나, 그리고 어린 너와, 우리의 어머니가 지내던 곳이었지...

이현 (표정 무거워져) 그 말씀을 하시려거든,

원산군 (말을 끊으며) 그런 자릴 지켜내려면 누구보다 더 잘해 냈어야 했다. 세자라는 자가 제 감정 하나 다스리지 못하여 나라를 곤란에 빠트리는 일 따윈... 해서는 아니 되었단 말이다.

이현 (그런 원산군의 모습에 답답한 듯) 아버지가 돌아가신 지 20년이 더 지났습니다. 형님도 저도 궐에서 산 기억보다 사가의 기억이 더 많은데, 어찌 아직까지 미련을 버리지 못하시는 것입니까.

원산군 (그 말에 분한 듯 입꼬리를 올리며, 허탈한 웃음 지으면)

이현 (마음 무거운 듯 원산군을 바라보는 데서)

(E) 하하하하, 지운과 예부시랑의 웃음소리.

S#30. 예부시랑 처소 / 밤

예부시랑과 지운, 술상을 앞에 두고 마주 앉아 있다. 재밌는 이야기라도 했는지 둘 다 즐거운 기색이고.

지운 (지나가는 말처럼) 아. 듣기론 황제께 조선인 후궁이 있다구요?

예부시랑 (신기한 듯) 자네, 그건 어찌 알았나? 승은을 입긴 했으나, 하룻밤으로 끝난 연이라, 명에서도 아는 자가 극히 드문데.

지운 허면, 태감께서 몇 안 되는 조선인 관리시니, 그 후궁과도 연이 있으시겠습니다.

예부시랑 말도 안 되는 소리 말게. 황제께서 여자 문제엔 아주 예민한 분이시네. 아무리 태감이라도, 결코 따로 연이 닿게 하진 않았을 것이네.

S#31. 태평관 밖 + 골목 / 밤

취기가 오른 듯 걸어오는 지운, 금세 취한 기색이 사라지면
그런 지운을 기다린 듯 다가오는 이현과 휘.

지운 태감의 여인 말입니다. 숨겨둔 것이 아니라 찾을 수 없는 곳에 있었던 모양입니다.

휘 (알겠다는 듯) 이를테면 명의 황실 깊숙한 곳 말이지요?

이현 (역시 확신하듯 끄덕이면)

세 사람, 마주 보는 표정. 확신에 차 있다.

S#32. 비현각 / 밤 / 몽타주1

책상 위엔 노름판이 벌어지는 일대와 여각의 평면도쯤 펼쳐져 있고.
휘와 지운, 이현, 작전 회의를 하고 있다.
지도를 보며 설명하는 지운의 목소리 위로 실제 노름판이 펼쳐지는 곳이 보여진다.

지운 (E) 태감에게 받은 물건값이 제법 두둑하다 했으니 분명 여길 먼저 찾을 겁니다.

S#33. 산 속 일각 / 낮 / 몽타주2

수풀이 우거진 깊은 산 속. 낮인데도 밤처럼 어둡다. 그 속을 헤매고 다니는 지운과 길잡이 하는 질금. 노름판에 어울릴 만한 변장도 했다.

질금 　내가 약초 캐러 다닌다고 팔도의 산은 다 다녀봤지만 이런 곳이 있다는 건 듣도 보도 못 했네. 이쯤 어디랬는데...

지운과 질금 수풀을 헤치며 걸어가는데 그 순간, 근처 순시를 돌던 여각의 무사들 발견한 지운, 질금을 확 잡아 함께 수풀에 엎드리고. 무사, 지나가면, 멀리 뒤로 보이는 작은 불빛. 저기다! 눈빛 반짝, 하는 지운의 얼굴에서.

S#34. 여각 (노름판) / 몽타주3

산중의 암자 같아 보이는 여각의 모습 보인다.
앞에는 여각의 무사들로 보이는 장정들. 보초 서듯 서 있고.
일각에 숨어 지켜보는 지운과 질금. 생각보다 많은 수의 무사들에 긴장한 표정이다. 그 위로

이현 (E) 　태감의 수하?

다시 비현각 / 밤

지운 　(끄덕이고) 태감이 그자에게 제 수하를 붙여 놓은 모양이야. 아무래도 불안했던 거지.
이현 　(잠깐 생각에 잠긴) 대체 뭘 숨기는 자길래... 여각의 무사보다 태감의 수하들을 더 조심해야 할 거다. 관군들을 데리고 갈 동안 잘 버틸 수 있지?
지운 　(끄덕, 둘 향해 결연한) 걱정 마십시오.
휘 　(괜히) 그러다 또 저번처럼 다치시려고요. (걱정으로) 조심하십시오. 태감의 수하들이라면 만만치 않을 테니.
지운 　(걱정하는 말에 잠깐 보다가) 저하께서는 한성부 군사들을 움직여 주셔야 합니다.
휘 　(끄덕)

S#35. 휘의 처소 / 낮 / 몽타주4

한성부 판윤과 마주 앉은 휘.

판윤 저하께서 어찌 저를 부르신 건지...

휘 (별일 아닌 듯, 약간 가볍게) 듣자 하니 판윤께서도 인왕산에서 벌어지고 있는 일을 알고 계시다고요.

판윤 이, 인왕산이라니요...? (당황을 숨기려 시선을 피하면)

휘 (그 모습에) 부인께서 지니고 다니는 물건 중에 도박판을 거쳐 온 귀중품이 다수라는 말들이 있습니다. (다 안다는 듯, 협박 어린 눈빛)

판윤 (그 눈빛에 움찔하며) 인왕산이라면 한성부의 관할이니 제가 바로 알아보도록 하겠습니다, 저하!

휘 (픽 웃으며 보는 데서)

S#36. 여각(노름판) 안

후궁父를 비롯한 사람들 둘러앉아 노름판(골패 정도)을 벌이고 있다. 후궁父, 한창 돈을 딴 듯 기분이 들떠 있고

후궁父 (판의 돈을 쓸어가며 콧노래 흥얼흥얼) 미안해서 어쩔끄나~~

하는데, 탁- 막아서는 손. 보면, 변장한 지운이다. 옆자리에 질금도 함께 변장한 채 노름하고 있고.

지운 (회심의 미소 씨익, 지으며) 이번 판은 제가 먹었습니다. 형님.

후궁父 (팍 식으며, 패 던지듯 놓더니, 신경질적으로 일어선다) 에이씨... 재수가 없으려니까...

지운 (막듯이) 어어어- 가시게?

후궁父 (짜증 난) 다 잃은 거 안 보여?

질금 (눈치 주듯) 에헤이- 알만한 양반이 왜 이러실까. 한 사람 빠지면 오늘 판 자체가 깨지는데~!

지운 (거보라는 듯) 형님. 우리, 즐겁자고 하는 놀이 아니오. 놀이. 돈이야 있다가도 없고, 없다가도 있는 거지. 앉아 보시오. 내가 빌려드릴게. 응? 나 그리 정 없는 사람 아니야?

지운, 탁. 돈 꺼내는 척하면서 앞씬에서 후궁父가 팔고 간 태감의 물건 건넨다. 후궁父의 눈치 살펴보는 지운.

후궁父 (순간 의심스러운 눈빛과) 어라 이거...

지운 왜 아는 물건이야? (낮게) 엄청 귀한 건데. 명나라에서 온거거든.

후궁父 잘 알지... 내가 판 건데.

찰나에 지운과 질금 눈빛 주고받는다.

지운 그랬어?! 우와 이런 걸 인연이라 하나 보네! 내 얼마나 형님을 찾아 헤매었는지!!! (덥석 안으면)

그것이 신호라도 되는 듯, "관군이다!" 소리와 동시에 이현이 이끄는 무장한 한성부의 군사들이 우르르 쏟아져 들어온다. 헉! 부리나케 도망가는 노름꾼들. 질금, 상황을 더 어지럽히듯, 판을 엎고. 아수라장인데, 지운, 후궁父와 함께 뒷문으로 달아나며 "형님 여기로!!" 하는데, 관군 한 명이 후궁父 쪽으로 달려오고, 관군의 바짓가랑이 잡아채듯 매달린 질금. "아이고! 나으리! 살려주십쇼~! 그저 동생 약값이나 벌어보려 한 것인데!" 이현, 그 모습 확인하듯 보고. 관군들, 질금이에게 막혔는데, 후궁父, 그 틈에 정신없이 지운이 열어준 문으로 달려 나간다.

S#37. 숲 일각

정신없이 달려가는 후궁父, 허겁지겁 도망치며 뒤돌아봤다가 다시 앞을 보는데, 턱! 지운이 나타난다. 길을 막아서는 지운.

후궁父 (지운 알아보고) 뭐야 너... 대체 뭐 하는 놈이야?!

지운 그건 알 거 없고 (변장한 콧수염 따위 떼며) 같이 좀 가 주셔야겠어.

후궁父 (품속에서 단도 따위 꺼내 휘두르며) 가까이 오지 마! 오지 마!!

지운 (가소롭다는 듯) 그거 봐~ 그래봤자 형님만 더 다친다니까?

지운, 후궁父에게 다가가 칼을 쳐내고 팔을 꺾어 제압하면, 아악- 내 팔, 팔...!! 고통에 몸부림치는 후궁父

지운 (줄로 묶으며) 가만히 좀 있어 보래니까. 엄살은...

후궁父 (주저앉으며) 아악! 악!! 팔 빠진 것 같애. 부러진 것 같다고. 진짜야. 엄살 아니라니까!!

지운, 후궁父의 엄살에 참나... 하면서도, 어쩔 수 없이 봐주려는데
후궁父, 그 틈에 떨어진 단도 집어 들고 지운의 옆구리를 푹 찌른다. 지운, 순간적인 공격에 상처를 움켜쥐고 뒤로 물러나면.
도망가던 후궁父, 텅- 어딘가에 막히고.
보면, 관군들 이끌다가 뒤늦게 빠져나온 이현이다.
헉, 주저앉는 후궁父. 그러나 바로 동시에 태감의 수하1이 이끄는 무리 역시 도착하는데.

지운 (드디어 나타나셨구만 보다가, 이현에게) 니가 저놈 좀 데려가라. 여긴 내가 맡을 테니까. (애써 아무렇지도 않은 척 보면)

이현 (수하들 보다가, 지운에게) 괜찮겠어?

지운 이 정도쯤이야... (티 내지 않으려 참고 일어서며, 칼 잡아 쥐는) 곧장 가. 절대 뺏기지 말고...

이현, 지운이 다친 것은 눈치채지 못하고, 후궁父를 끌고 먼저 가면.
지운, 다부진 눈빛, 혼자서 수하들을 상대하기 시작한다.
그러나 상처 난 몸으로 싸우기가 쉽지 않은 듯, 몇 번 위기를 넘기며 휘청하

고. 수하1이 이끄는 무사들, 지운을 점점 몰아가는 그때, 어디선가 달려오는 말발굽 소리! 지운, 한 놈에게 일격 당하려는 순간! 창(혹은 화살이) 휙 날아와 둘 사이를 가로지르듯 바닥에 와 박힌다.
지운, ! 돌아보면, 말 위에 올라 멋지게 달려오는 무사 복장의 휘!

지운 (감격, 조금 놀라며) 저하...!
휘 (다친 지운을 확인하고) 하여튼 내 이럴 줄 알았습니다.

하는 순간 칼이 훅 들어온다. 휘 피하며 보면, 언제 나타났는지 명무사(7부 48씬), 휘에게 칼을 겨눈다. 휘와 몇 차례 대적하는 명무사.

휘 (챙- 무사를 밀어내고는) 니 상대는 내가 아닐 텐데. (고갯짓하면)

명무사, 휘의 고갯짓에 뒤를 돌아보면
어느새 말을 탄 채 달려오는 가온. 수하들 사이로 세차게 말을 달려오면, 태감의 수하 몇, 뒤로 나자빠진다. 그 틈에 휘가 지운에게 팔을 뻗었고, 휘의 손을 맞잡고 훌쩍 말 위로 뛰어오른 지운. 무사히 휘의 뒤에 착지한다.

휘 (가온을 보며) 혼자서 괜찮겠느냐?
가온 물론입니다. 저하.

동시에 가온이 말에서 내려 휘와 지운을 호위하듯 수하들과 대치하기 시작하면,

휘 꽉 잡으십시오.

지운, 휘를 꽉 끌어안으면.
휘, 제 뒤에 오른 지운을 한 번 돌아보고, 힘차게 발을 구른다.
두 사람을 태운 말이 빠르게 달려가기 시작하고.
가온, 엄청난 무술 실력으로 수하들을 모두 제압한 후, 돌아서는데 가온의 앞, 괴물 같은 그 명 무사가 서 있다. 칼을 고쳐 잡는 가온. 드디어 만났구

나... 본때를 보여주겠다는 듯 입꼬리 씩- 올라가는 데서.

S#38. 강가 / 석양

숲길을 빠져나와 벌판을 달려 온 두 사람.
앞에 잔잔히 흘러가는 강물이 보인다.
휘의 뒤에서 끌어안 듯 감싸 안고 있는 지운, 애써 고통을 참아 내면

휘 (걱정스러운 듯 뒤를 돌아보며) 괜찮으십니까?
지운 그야 당연히! ...아픕니다.
휘 (어휴. 보며) 잠시만 쉬었다 갑시다. (말을 세운다)

S#39. 동. 일각 / 석양

강물이 석양에 물들고 있다. 근처 나무에 기대앉아 있는 지운.
휘가 지운의 상처를 봐주고 있다.
윗옷을 올린 채 상처를 보여 주고 있는 지운, 조금 어색한 표정이고, 휘, 역시 어쩐지 조금 어색한 듯... 그러나 애써 담담한 표정이다.

휘 참으로 말도 안 듣습니다. 다치지 말라 그리 일렀건만...
지운 (그 말에 픽 미소) 송구합니다. 저하... (그런 휘가 고마운 듯 따뜻하게 보다가, 잠시 고통 참으며 아...)
휘 (놀라 보다가, 문득 어색해져 괜히) 별것도 아닌 걸로 엄살은... (그러나 손길 조심스러워지고)
지운 (조금 억울하고) 엄살이라니요! 여기, 여기 이 상처 안 보이십니까? 얼마나 아팠는데... 저니까 이만큼 참은 겁니다.
휘 (픽 웃다가, 문득 진심으로) 고맙습니다. 함께 해 줘서.
지운 (투덜대다가 그 말에 놀라 본다. 조금 두근대듯 휘를 보면)
휘 (시선 피해 다시 치료한다)

지운 (그런 휘를 보다, 진지하게) 앞으로도 늘 함께해 드리고 싶습니다. 저하께서 허락해 주신다면 말이지요.

휘 (!, 떨리듯 그런 지운를 보는 눈빛, 흔들린다)

지운 (자신도 말을 하고 나니 왠지 모르게 떨리는 것 같다. 보는 데서)

S#40. 비현각 / 밤

후궁父, 두려움에 질린 채 서 있다. 곁엔 이현이 있고.
곧이어 휘와 지운 안으로 들어오면,
헉! 두렵게 바라보며 납작 엎드리는 후궁父.

후궁父 사, 살려주십시오. 제발 이 목숨만...

휘 (위협적으로 내려다보며) 자, 이제 말해 보거라. 태감이 숨기고 있는 것이 대체 무엇인지.

후궁父 (어떡해야 하나, 낭패스러운 그 표정에서)

S#41. 태평관. 태감 처소 / 밤

홀로 앉아 습관처럼 목장도를 만지는 태감. 문득 목장도에 달린 매듭을 바라보는 시선. 그 위로.

인서트
명으로 끌려가던 중이었던 듯, 발이 터지고 허름한 차림의 소년(어린 태감) 하나, 무릎을 감싸 안고 나무 아래서 홀로 울음을 삼키고 있다.
소년의 손에 들린 목장도(7부 29씬)... 역시 허름한 차림의 한 소녀(어린 후궁), 소년을 위로하듯 다가와 목장도에 예쁜 매듭을 달아 주면
고개를 들고 바라보는 소년. 위로하듯 미소로 소년을 바라보는 소녀. 그 두 사람의 눈빛에서.

태감 (E)　(분한) 대체 누가 그자를 데려갔단 말이냐!

S#42.　태감 처소 / 밤

태감의 수하, 쩔쩔매듯 태감을 보며, 그것이... 난감해하는데
또 다른 태평관 관원 하나가 다가와 말이 끊긴다.

태평관 관원　세자저하께서 찾아오셨습니다.
태감　(! 설마... 돌아보는 데서)

S#43.　태평관 후원. 누정 / 밤

휘, 홀로 앉아 술을 마시고 있다. 태감, 다가오는데, 묘한 기시감이 들어 휘를 보는 눈빛이 차갑게 식는다.

태감　(차려진 술상을 보며) 이게 다 뭐요.
휘　어찌 그리 굳으셨습니까. (앉으라는 듯 자리하나 가리키며) 사내끼리 술 한 잔에 풀릴 회포를 제가 너무 재미없게 굴었던 것 같아서요.
태감　(상황을 대충 알겠다. 애써 비웃듯 보는데)
휘　화해도 청할 겸 저도 태감께 재미난 걸 좀 보여드리려는데.
태감　(차갑게 본다. 숨기려 해도 긴장이 새어 나오고)
휘　참으로 배포가 크시더군요. 황제의 것을 다 탐하다니...
태감　(그 말에 보면)
휘　(태감의 앞으로 장부 하나 보인다) 태감께서 황제의 내탕금을 관리하시던 기록입니다.
태감　(예상치 못한 듯 조금 놀라며) 이걸 어찌...
휘　(승기를 잡은 듯) 공물은 줄 수 없겠군요. 이것이 밝혀지면 태감께서도 꽤 곤란을 겪을 테니. 아니 그렇습니까?
태감　(뭔가 이상한 듯 바라보며) 나를 보자고 한 것이 이 때문이었소?

휘 왜, 또 다른 것도 찔리는 것이 꽤 있으신가 봅니다?

태감 (허탈한 웃음, 정말 모르는 건가... 휘를 살피듯 보면)

휘 (장부 챙겨 들며) 이건, 내가 잘 간직하지요. 타국에서 어렵게 쌓아 올린 명성을 이리 허무하게 무너뜨려서는 아니 될 테니 말이지요. (비웃듯, 일어나 나가면)

태감, 잠시 보다가 분한 듯 술상을 쓸어버린다.
여유롭게 나가던 휘, 표정 굳어지는 데서.

S#44. 태평관 마당 / 밤

지운, 이현, 휘를 기다리고 있다. 휘, 무겁게 걸어 나오면.

지운 (불쑥 다가가 휘를 살피듯) 잘 해결된 겁니까.

휘 (눈빛으로 끄덕하고) 그 후궁의 아비라는 자는...

지운 말씀하신 대로 풀어 주었습니다. 이번 일로 겁을 좀 먹었으니 다시는 태감을 협박하진 못할 것입니다.

휘 (무겁게 끄덕이면)

지운 (장난스레) 솔직히 조~금 아깝긴 합니다. 몸까지 날려 잡았는데...(웃으면)

휘 (픽 웃고, 이현보며) 고맙습니다 형님. 형님께서 애써 주신 덕분입니다.

이현 애쓰긴요. 아무래도 의심스러워 따로 알아둔 것이 도움이 됐으니 다행이지요.

플래시백 / 26씬에 이어서
26씬에 배치한 군사에게 다가가는 이현.

이현 (태감 처소를 살피며, 낮게) 태감의 비밀장부가 분명 처소 주변에 있을 것이다. 태감의 일거수일투족을 놓치지 말고 살피거라.

군사1 예. 대감.

S#45. 태평관. 태감 처소 / 밤

분풀이한 듯 난장판이 되어있는 처소 안, 어느샌가 찾아온 후궁父 태감과 마주 앉아 있다.

태감 (충격으로) 세자에게 모든 걸 고했다니!

후궁父 내 목숨이 위태로운데 어찌하나 그럼... 이제 어찌하면 좋겠나. 자네와 정이 사이가 밝혀지면 모두 끝장이 아닌가... (불쑥 무릎을 꿇으며) 내 딸 좀 살려주게. 불쌍한 우리 딸을 제발...!

태감 (복잡하고, 그런 후궁父에 화나는) 그 아이 목숨으로 협박을 할 땐 언제고, 이제 와 걱정이 되긴 하나 보군.

후궁父 (괴롭게 보면)

태감 (분한 듯 쏘아본다. 불안한 듯 생각하다 안 되겠다는 듯 쾅! 나가는)

S#46. 동궁전 처소 / 밤

휘를 찾아온 듯, 마주 앉은 휘와 태감.

휘 내 그자에게 조용히 떠나라 하였는데 기어코 태감을 찾아갔나 보군요.

태감 (불안한 듯, 발악하며) 대체 무슨 꿍꿍이냐. 더 큰 약점을 잡고도 모른 척 숨긴 이유가...

휘 숨긴 적 없소. 어차피 태감의 그 애타는 사랑 얘기 말고도 내탕금을 빼돌린 장부까지 내 손에 있으니, 그런 얘기 따위엔 관심이 없었을 뿐이지.

태감 (의심스럽게 휘를 쏘아보면)

휘 조금 놀랍긴 하더군요. 후궁의 부모라는 자가 딸을 팔아넘긴 것으로도 모자라, 둘의 관계를 발설하겠다며 목숨값까지 요구하였는데도 용케 참아냈었다니... 그만큼 그녀를 사랑했던 겁니까? 황제의 여자를 말이지요.

태감 (그 말에, 분노로) 감히 가증스러운 입에 그 아일 올리지 말거라. 혹시라도 그 아일 건드린다면, 내 절대 가만히 있지 않을 것이니... 내가 가진 모든 것을 이용해 너와 이 조선에 복수할 것이니라!

휘 복수... (알겠다는 듯 끄덕이고) 네 부모가 널 팔아넘기고 받은 몸값이 고작 쌀 한 섬이었다 들었다. 맨살이 다 터지도록 걷고 걸어 국경을 넘었지만 이방인이라는 이유로 또 모진 배질을 당했겠지. 그렇게 매일 밤 널 팔아버린 네 부모를 원망하며 살았을 것이다. 죄 없는 백성을 넘긴 이 나라를... 복수하고 싶었겠지. 이제 와 네게 설설 기는 인간들을 보자니 얼마나 구역질이 났겠느냐.

태감 (고통스럽게 노려보면)

휘 허나 그래서는 안 됐다. 너 역시 그런 인간들과 똑같아지려고 그 고생을 했던 것은 아니었을 테니...

태감 (증오의 눈빛) 잘난 척 말거라. 너 역시 내겐 그들과 다름없는 똑같은 인간일 뿐이니...

휘 그래. 맞다. 나 역시 그들과 다를 바 없지. 아니, 앞장서 너를 버린 이 나라의 세자이니 이런 내가 더욱 원망스러웠을 것이다.

태감 (이글대는 눈빛, 분노로) 닥치거라!! 이제 와 네놈에게 동정 따윈 받고 싶진 않으니.

휘 동정이 아니다. 그저... 이 나라의 세자로서. 네게 사과를 하고 싶었을 뿐이다.

태감 (그 말에 조금 놀라 보면)

휘 (태감을 보며) 그때, 춥고 배고프게 떠나게 한 것에 대해 용서를 구하마...

태감 (! 동요하듯 바라보면)

휘 그녀와의 비밀 역시 끝까지 묻어줄 것이다. 너희들이 그것을 얼마나 아프게 지켜온 것인지... 나 역시 알 것도 같으니 말이다...

휘, 담담한 눈빛으로 앞에 있는 태감을 바라보면.
떨리듯 주먹을 꽉 쥐는 태감. 그런 휘를 바라보는 눈빛이 동요하듯 흔들린다. 괴롭게 바라보는 태감의 눈빛 위로.

인서트 / 황실 궁 일각
- 처절하게 짓밟힌 태감과 두려움에 떠는 후궁, 멀리서 서로를 애틋하게 보는 데서 dis.

S#47. 도성 일각 / 석양

명나라 사신의 환송 행렬이 이어진다. 태감과 예부시랑, 말을 탄 채 조선을 떠나가는 모습 보이고.
태감, 조선에 오던 때보다는 조금 가벼워진 듯한 눈빛인데.

예부시랑 (중국어) 언제 또 올지 모르니 눈에 많이 담아두구려. 태감의 고국이 아니요.
태감 (한국어) 고국은 무슨... (그러나 떠올리듯, 조금은 따뜻해진 눈빛으로 잠시 뒤를 돌아보면)

S#48. 궐 문 앞 / 석양

멀리 사라져 가는 사신단 행렬을 바라보는 휘, 지운, 이현, 가온, 홍내관 등의 모습. 잠시, 휘에게 다가오는 조내관.

조내관 저하, 전하께서 잠시 찾으시옵니다.
휘 (그 말에 보는 표정에서)

S#49. 궐. 누정 / 석양

석양을 바라보는 혜종의 모습.
휘 조금 긴장한 모습으로 다가오며 그런 혜종의 뒷모습을 본다.

휘 부르셨습니까. 아바마마.
혜종 (뒤돌아 휘를 본다. 잠시, 말없이 바라보다 다가가 서산을 건네며) 네 어미가 내게 주었던 서산*이다.

휘, 얼떨떨하게 받는다. 혜종의 얼굴을 보려 하지만, 이미 뒤돌아선 혜종.

혜종 (석양을 보며) 언젠가 꼭 너에게 주고 싶었다. 오늘 같은 날이면, 더없이 좋겠더구나.

휘, 떨리듯, 손에 들린 서산을 바라보다 고개 들어보면.
꿈결처럼 멀어지는 혜종의 뒷모습.
휘, 커다란 아비의 그 모습을 바라본다. 마음이 따뜻해지고.

S#50. 동. 일각 / 석양

누정을 벗어나는 혜종.
기다리고 선 윤형설. 다가와 예를 갖춘다.
잠시 휘를 돌아보는 혜종. 어느새 의젓하게 성장한 휘의 모습에 한편으로는 감격스럽고 또 다른 한편으로는 가슴이 아픈 듯 복잡해 보이는 데서.

S#51. 동궁전 누정 / 밤

휘, 이현, 지운, 함께 술을 마시고 있다. 동석한 가온.

휘 두 분께 은혜를 입었습니다. (가온 보며) 너도, 고생하였으니, 오늘은 한잔 마시거라. (잔을 쥐여 주고 술을 따르면)
가온 (예를 갖춰 받는다)
지운 자자, 다들 잔 채웠으면 다 같이 짠~ 하시죠. 저하!

* 책 읽은 횟수를 표시할 수 있는 책갈피

지운의 말에 잔을 부딪치고, 화기애애하게 술을 마시는 사람들.
지운, "캬... 맛 좋다" 하며 기분 좋게 마시고, 싸우다 입술이 찢어졌는지, 상처 때문에 쓰라려 "아..." 아파하면,

이현 (으이구) 언제부터 저하께 그리 충신이 되셨나. 우리 정사서께서.
지운 그야... (저도 모르게 변명하듯) 아시잖습니까... 제가 의리 빼면 시체라는 거... 그치요 저하?
휘 아, 예... 그런가 보지요... (시선 피하며 술을 마시면)
이현 (기분 좋게 보다)
지운 (난감하고) 아니 저하... 이러실 겁니까!

지운, 당황해 휘에게 다가가려 하면, 가온이 막아서고
이현은 두 사람의 모습을 갸웃하며 보다가 픽, 웃어 버린다.
지운, 억울하다 어쩌다 구시렁거리면
웃는 일동. 오랜만에 모두가 즐겁다.
주거니 받거니 술을 마시는 네 사람의 말소리가
풀벌레 소리에 묻히며 그렇게 밤이 깊어가고.

(점프)
궁녀들이 누정을 정리하고 있다.
일어서는 휘와 이현, 가온 등.

지운 (홀로 술이 취한 듯) 저하~ 한 잔만 더 드시지요. 예? 예? (눈 깜빡깜빡, 휘에게 매달리며 애교를 부리면)
이현 (얼른 지운을 떼어 내고, 가온에게) 자네가 정사서를 좀 데려다주게. 저하는 내가 모실 테니.

가온, 예를 갖추고, 지운을 이끈다.
지운, "아니 딱 한 잔만~ 응~ 나 안 취했다니까~" 등등 말하며 가온에게 이끌려 멀어지면, 픽 웃으며 보는 휘와 이현.

S#52. 시강원 집무실 (혹은 숙직실) / 밤

취한 지운을 데려와 아무렇게나 눕히는 가온.
일어나 가려는데, 매달리는 지운.

지운 한 잔만. 딱 한 잔만 더 할까? 우리 둘이 응? 내 자네가 예전부터 아우처럼 그리 정이 가더라고. 자네도 그렇지? 응?

가온 전 별로. (떨치듯 그대로 나가면)

지운 우쒸, 매정한 사람 같으니...

아쉽다. 쩝... 보다가, 어쩔 수 없이 그대로 벌러덩 눕는 지운. 그러나 모든 일이 잘 끝나서 기분이 좋은 듯.

플래시백 / 51씬
술자리에서 기분 좋은 듯 웃던 휘의 얼굴.

지운, 피식. 저도 모르게 웃음이 난다. 내가 왜 이러나...
돌아눕는데, 또 떠오른 듯 피식, 웃음이 나고.

지운 아유 왜 이러냐... (또 떠오르는 듯 픽 웃고는) 자꾸 왜 웃음이...

지운, 비실비실 혼자 웃다가, 문득

플래시백 / 21씬
머리 풀린 휘의 모습

지운 (벌떡 일어나며 당황스러운, 얼굴 짝짝 치고는) 술이... 술이 더 필요한가...?

S#53. 동궁전 후원 / 밤

고요한 동궁전 뜰을 함께 걷는 휘와 이현.

이현 아까 전하께서는 어찌 부르신 건지...

휘 아. 아바마마께서 작은 선물을 주셨습니다. (생각하듯 벅찬 표정이고) 어머니께서 쓰시던 서산이랍니다... 지금껏 간직하고 계셨더라고요...

휘, 문득 빈궁을 떠올리듯 아련해지면
안쓰럽게 보는 이현. 그래도 휘가 기뻐하는 모습에 안도하듯 따뜻한 눈빛으로 바라본다.

이현 (그런 휘를 보는 눈빛이 따뜻하고) 저하.

휘 (보면)

이현 그렇게 웃으시는 게 오랜만인 것 같습니다.

휘 예? (쑥스러운) 아... 그런가요?

이현 사내들끼리 닭살스럽다 하여도 잠시 참아주십시오.

휘 (? 보면)

이현, 문득 휘의 손을 가져와 자신의 손으로 폭 감싸 쥔다. 이현이 할 수 있는 최대의 애정표현이다.

이현 고맙습니다 저하. 이리 남아 주셔서.

휘 형님... (조금 당황해 보면)

이현, 휘의 작은 손이 더욱 애처롭게 느껴지는 듯
그러나 아쉽게 손 놓으며

이현 (짐짓 풀어내려는 듯) 역시, 사내끼리는 참으로 못 할 짓 같네요. (웃고) 들어가시지요. 피곤하실 터인데 그만 쉬셔야지요.

휘, 고맙게 바라보면

이현, 따뜻하게 보다가 먼저 돌아선다.
미소로 보던 휘, 잠시 돌아서려는데
휘의 앞으로 날아오는 반딧불이 하나.
휘의 주위를 맴돌고. 휘. 그 모습 아름다운 듯 바라보다 저도 모르게 홀린 듯 반딧불이를 따라가면.

S#54. 궐 일각 (폐전각 근처) / 밤

반딧불이를 따라 폐전각 앞까지 도착한 휘.
문득, 깨닫듯 폐전각을 바라본다.
반딧불이, 따라오라는 듯 폐전각 담장 너머로 사라지면.
잠시, 떨리듯 바라보던 휘... 넝쿨을 걷고 비밀의 문으로 들어서는데.

S#55. 동. 폐전각 안 / 밤

안으로 들어서던 휘. 황홀하게 펼쳐진 꽃밭을 보고 멈칫 놀란다.
꽃밭 위로 반딧불이들이 빛을 밝히며 날아다니면
휘, 넋을 잃고 그 광경을 보는데
순간, 어디선가 "저하..." 지운의 목소리 들려온다.
휘, ! 그제야 놀라 보면,
폐전각 일각, 더 놀란 얼굴로 휘를 보고 있는 지운이 있다.
당황한 휘, 놀라 지운을 보면.
지운, 여전히 멍한 채 휘를 바라본다.

휘 (잠시, 다잡고 다가가며) 혼자 여기서 뭘 하고 있었던 겁니까?
지운 (멍하니 제 볼 꼬집어보다가, 깨닫듯) 아, 아... 아 그러니까. (여전히 멍하고) 같이 드시겠습니까?

지운 홀로 술을 먹고 있었던 듯.

옆을 보면. 소박하게 놓인 작은 소반. 그 위에 술병 몇 놓여 있다.
휘, 다시 지운 보면. 지운, 조금 민망한 듯 쭈뼛 바라보는 데서.

(점프)
술잔을 손에 든 두 사람, 나란히 마루에 앉아 폐전각을 바라본다.

지운 놀랐습니다. 이곳을 아는 사람은 저와 그 아이...둘뿐이라서...
휘 (혹시나 눈치챌까 조금 긴장해서) 아 그때 말한 그 궁녀 말입니까?
지운 (긍정하듯 조용하면)
휘 반딧불이가 밝아서 따라오다가, 우연히 발견했습니다. 문이... 있더라고요. (둘러대듯 슬쩍 눈치 보며) 정사서께서 전부 꾸미신 겁니까?
지운 아, 예... (이상하게 목이 타는 듯 술을 꿀꺽대고 마시고)
휘 (그제야 알겠다는 듯) 그래서 주막에 그 꽃을 가져왔었군요...
지운 (그 말에 보면)
휘 (국밥집에서의 질투에 조금 화끈해지고... 괜히 화제 전환하려) 헌데, 대체 이 술들은 다 뭡니까?
지운 (차마 휘를 생각했단 말은 못 한 채) 아... 잠도 안 오고... (괜히 어색해져) 다들 어찌 그리 매정한지. 전 이제 막 시작이었는데 말이지요. 휘 (그 말에 긴장 풀리듯 픽 웃고는) 해서, 궐을 이리 정사서의 개인 주막으로 쓰시는 겁니까?
지운 아니 뭐, 가끔... (하다가) 예. 아니라곤 못 하지요... (눈치 보듯 술 꿀꺽꿀꺽 마시면)
휘 (부정도 하지 않는 모습에 픽 웃고는) 참 정사서 답군요.
지운 (휘의 그 미소에 아까처럼 또 심장이 고장 나는 것 같다. 저도 모르게 불쑥) 그리 웃지 마십시오.
휘 예? (당황해 보면)
지운 (더 당황해) 아니, 아니 제 말은... (수습 안 되고, 괜히) 참!! 궁금한 게 있었는데...!
휘 (? 지운을 보면)
지운 진짜 그 여인에게 태감이 삶의 의미 같은 존재라 생각해 그냥 보내신 겁니까?

휘 (픽 웃고, 떠올리듯) 제 의지와 다른 삶을 살아간 사람들이 아닙니까. 그래서 숨길 수밖에 없었던 그 마음들이 너무 안타까워서요...

지운 (그 말에 멍하니 보다가) 신기합니다. 가끔.

휘 (보면)

지운 기루에서 첨 뵈었을 때의 그 서슬 퍼런 분은 대체 어딜 가고, 이리 여리신 분이셨나 싶어 말이지요.

휘, 지운의 그 말에 조금 민망한 듯 픽 웃고는, 괜히 술을 들이켜면.
그런 휘를 보는 지운. 아까부터 자꾸만 휘에게 떨리는 자신의 마음이 이상하다. 목이 타는 듯 벌컥벌컥 술을 마시는데.

휘 (조금 놀라 보고) 천천히 좀 드시지요. 아까도 꽤 많이 마셨는데...

지운 (취기가 오르고) 괘, 괜찮습니다. 목이 좀 타서...

휘, 걱정스러운. 못 말린다는 듯 픽 웃고는 시선 돌려 가만히 폐전각의 꽃들을 바라보는데, 그 표정 어쩐지 과거를 떠올리듯 아련하고.
그런 휘를 보는 지운. 폐전각과 어우러진 휘의 모습이 더욱 아름다워 심장이 터질 것만 같다. 홀린 듯 멍하니 보던 지운. 저도 모르게 이끌리듯 휘의 볼에 쪽, 입 맞추고는 본인이 더 깜짝 놀라서, 훅! 멀어지면, 휘, 방금 뭐가 왔다 간 건가, 볼을 쥐고 지운 본다.
순간 얼어붙어 바라보는 두 사람. 서로 아무 말 못 하고 당황해 굳어 있고.
그렇게, 달빛이 아름답게 쏟아지는 폐전각을 풍경으로 서로를 마주 보고 있는 두 사람의 모습에서. 8부 엔딩.

9부

연모합니다. 저하.

사내인 저하를, 주군이신 저하를…

제가. 연모합니다.

S#1. 지운의 꿈

꿈결처럼 누군가의 입술이 지운에게로 다가온다.
부드럽게 닿는 그 감촉에 스르르 눈을 뜨는 지운.
그러나 멀어지는 얼굴, 누구인지는 보이지 않는다.

S#2. 폐전각 / 이른 아침

꿈결의 부드러운 감촉을 느끼듯 잠에서 깨는 지운.
눈을 떠보면, 새끼 고양이 한 마리가 지운의 입술을 핥고 있다.
으악! 놀라 입술을 감싸 쥐고 일어나는 지운.
보면, 지운이 잠든 곳은 폐전각이다.
어젯밤 휘와의 술자리 흔적이 그대로 남은 폐전각을 돌아보는 지운.
(일각에 있는 윤목 하나는 보지 못하고)
잠시, 생생했던 꿈을 떠올리듯 제 입술을 쓸어보다가 깨닫듯
"늦었다!" 대충 옆에 놓여진 관모 따위 집어 들고
헐레벌떡 뛰어나가는 데서.

S#3. 동궁전. 휘의 처소

김상궁의 도움으로 의관을 정제하고 있는 휘. 평소와 다름없이 단정하고 차분한 모습이다. 그러나 문득 떠오르는 폐전각의 기억.

플래시백 / 8부 엔딩
제 볼에 와 닿던 지운의 입술. 그리고 놀라 떨리듯 바라보던 두 사람.

김상궁 (E) 저하…

휘, 자신을 부르는 김상궁의 목소리에 깨닫듯 생각에서 빠져나온다.
보면, 어느새 의관정제가 끝났고
앞에 서서 그런 휘를 이상한 듯 바라보는 김상궁.

김상궁 무슨 생각을 그리 하신 겁니까? 몇 번을 여쭈어도 통 모르시고…
휘 (저도 모르게 얼굴 빨개지고, 괜히 민망해져) 늦겠구나. 다 되었으면 가자.

휘, 서둘러 돌아서는데 얼굴이 홧홧하다. 애써 털어 내듯 걸으면.
김상궁, 그런 휘가 이상하고, 보다가 따르는데.

S#4. 동. 마당

휘, 나오면 대기하던 가온, 홍내관, 궁녀들 예를 갖추고 얼른 휘를 따른다.

홍내관 (따르며, 약간 삐친) 어제 술자리는 즐거우셨습니까? 저를 빼고 저자(가온)를 데려가시다니, 진짜 섭섭합니다 저하…

휘 섭섭하긴... (달래듯) 내 다음엔 너도 꼭 끼워주마.

홍내관 (그 말에 금세 기분 좋아져 으쓱하듯 "봤냐...?" 가온 보면)

가온 (무표정으로 따르고)

휘 (그들의 모습 귀여운 듯 픽 웃고는) 오늘 조강은 누구라더냐.

홍내관 아, 정사서라 하였는데, (하는데)

휘, 저도 모르게 그 말에 우뚝 멈춘다.
뒤이어 따라오던 일동, 도미노처럼 콩콩콩 박으며 멈추면

홍내관 어찌 그러십니까?

휘 (난감한 듯 얼굴 붉어졌다가) 아, 아니다. (털어 내듯 걸어간다)

일동 (갸웃? 보다가 얼른 휘를 따르고)

S#5. 시강원 앞

책을 손에 든 지운. 삐뚤어진 관모를 대충 눌러쓰며 헐레벌떡 뛰어온다. 지운, 옷자락 대충 정리하며 정신없이 안으로 들어가려다가 문득 먼저와 시강원에 앉아 있는 휘를 발견하고 헉! 그대로 멈춘다.

플래시백 / 8부 엔딩
휘의 볼에 불쑥 뽀뽀했던 지운.

지운, 으악! 괴롭게 머리를 감싸 쥔다.

지운 (차마 들어가지 못하겠다. 어떡하지... 안절부절못하며) 아우, 술이 웬수지 진짜... 어쩌자고 그런 짓을...

홍내관 (다가와 황당한 듯 보며) 안 들어가고 뭐 하십니까?

지운 (다시 으악, 물러나는데 방에 있는 휘와 눈이 딱 마주치고. 헉! 얼른 아무 일 없다는 듯, 큼큼 딴청) 신발이... 지, 지금 들어가는 길이오.

지운, 괜히 신발을 만지작 곱게 정리해 놓고 최대한 천천히 안으로 들어가면, 홍내관, 갸웃, 역시 이상한 듯 바라보고.

S#6. 동. 시강원 안

책을 펼치고 마주 앉은 두 사람. 지운, 차마 시선 못 마주치고,
무슨 말을 해야 할지 몰라 긴장으로 살피듯 보면.

휘 (역시 조금쯤 어색한 듯, 책을 펼치다가) 참, 어제는 (하는데)

지운 (그 말과 동시에 납죽 조아리며) 죽여주십시오! 저하!!

휘 (? 보면)

지운 어제는 제가 술이 너무 취해서 그만... 저하께 망측한 짓을 하였습니다. 용서해 주십시오. 저하...

휘 (어쩐지 안도하듯) 아... 예... 이해합니다.

지운 (뭐라 더 변명을 늘어놓으려다 놀라서) 예?!

휘 (역시 눈 마주치지 못하고) 뭐, 술이라는 것이 그렇지 않습니까. 술자리에서 실수 한번 하지 않는 이는 없는 법이니, 너무 괘념치 마시지요. 그저 웃고 넘기면 될 일이니. (애써 담담히 얘기하면)

지운 (멍하니 보다가) 역시...!! (감동 받은 듯) 저하께선 진정 주도를 아시는 대장부십니다! 제가 원래 그런 주사가 있는 사람이 아니온데, 어제는 갑자기 왜 그랬는지... 달빛에 비친 저하께서 너무 아름다워 보여... (하다가, 아차! 이게 아닌데 싶다. 다시 휘와 눈 마주치면 붉어진 두 사람의 얼굴) 아니 그러니까 제 말은... (수습이 안 되는데)

휘 (역시 당황해하다가, 생각난 듯 얼른) 참, 내 정사서께 줄 것이 있었는데.

휘, 옆에 둔 함을 지운에게 건네면
얼떨떨 바라보는 지운.

휘 정과입니다. 달달한 것이 입에 맞을지 모르겠군요.

지운 (영문 모르겠고) 제게 왜 이걸...

휘 (약간 어색한 듯, 그러나 담담히 보며) 사신단 일로 고생이 많지 않았습니까. 내 항상 도움만 받는 것 같아 준비해 보았는데... 마음에 들지 모르겠군요. (어쩐지 수줍어하면)

지운 (그 모습에 두근두근 심장 다시 뛰기 시작한다. 떨리는 표정에서)

S#7. 시강원 집무실 앞

서연을 마친 지운, 홀린 듯 멍한 표정으로 집무실로 걸어온다. 손에 든 정과 상자를 바라보는 표정. 두근두근 떨리듯... 수줍은 미소가 떠오르고, 잠시, 소중한 듯 꼭 쥐어보는데.

만달 (반가운, 다가오며) 이제 오십니까 나리!

지운, 소리에 저도 모르게 숨기듯 함을 뒤로 감추며 돌아보면
화기애애 다가오는 문수, 만달, 범두. 그런 지운을 본다.

문수 어, 자네도 받았구만?

지운 예?

지운, ? 그제야 보면, 문수, 만달, 범두, 손에도 같은 함 하나씩 들려 있다.

문수 (말하던 중이었던 듯) 저하께서 이걸 탁 내밀며 말씀하시더군. 내 항상 보덕께 도움만 받는 것 같아 준비해 보았습니다...라고 아주, 아주 자애롭게 말이야.

만달 (이어받아 말하며) 마음에 들지 모르겠군. 하며 보시던 그 따뜻한 눈빛!

범두 더불어 달달한 게 입에 맞을까 걱정하시던 세심한 그 배려까지!!

문수 (눈물까지 글썽이며) 20년 만이네. 내 궐에 든지 20년 만에 저하께 이리 인정을 받게 되다니...!

범두 가문의 영광입니다!

만달 (지운에게) 나으리께서 목청 높여 칭송하던 그 이율 조금은 알 것도 같고

말이지요.

일동 (동감하듯 지운을 보다가 화기애애, 안으로 들어가면)

지운 (제 손에 들린 상자를 내려다보는 눈빛, 어쩐지 묘하게 섭섭해지는데)

S#8. 창천군 사저 전경 / 밤

불빛은 밝혀져 있으나 종복들의 모습은 보이지 않는 고요한 사저.
열린 뒷문을 통해 선비 복장의 사내 둘이 안으로 들어간다.

S#9. 동. 집 안 / 밤

초조한 듯 기다리고 선 창천군.
곧 모습을 드러내는 선비 복장의 사내들.
달빛에 보이는 한 사내의 얼굴, 윤형설이다.

창천군 (조금은 긴장한 듯) 가솔들은 모두 물렸으니 걱정하지 마시게.

윤형설, 그 말에 돌아보면 윤형설의 뒤로 보이는 또 한 사내...
다름 아닌 혜종이다!

S#10. 동. 사랑채 / 밤

혜종, 상석에 앉아 있고, 창천군 그 앞에 앉아 있다.
그 뒤로 윤형설이 지키고 선 모습 보이고.

창천군 (긴장으로 보며) 어찌 이곳까지 납셨사옵니까. 전하.

혜종 지난번 명나라 사신을 이용하여 상헌군이 여연의 개발권을 얻었소. 그것으로 무엇을 할 것 같습니까.

창천군 (생각지 못한 질문에 잠시 당황하는) ...예? 그것이 무슨...

혜종 여연은 오랑캐가 출몰하는 지역이오. 곧 국경 수비의 명목으로 군사들을 키우려 할 것이오.

창천군 ! (놀라고, 심각해지며) 허면...

혜종 (끄덕이고, 결연하게 보며) 사병을 기르시오. 상헌군에 대적할 만한.

창천군 !! (더욱 놀라면)

혜종 내가 국구를 지원할 것입니다.

창천군 전하... (당황스럽고 놀라는 얼굴에서)

S#11. 삼개방 마당 / 밤

평상 위에 앉아 정과를 나눠 먹는 질금과 영지.
지운은 혼자 벌러덩 누워 생각에 잠긴 표정이다.

질금 (먹다가 그 모습 보고) 아까부터 왜 자꾸 넋 빠진 사람처럼. 진짜 안 먹을 거야? 우리끼리 다 먹는다?

지운 (멍하니 생각에 빠진 채) 어. 먹어...

영지 그러지 말고 같이 좀 드세요. 세자저하께서 내리신 거라면서요. 이리 귀한 걸 미안하게...

지운 (그 말에 문득 돌아보며) 궁금한 게 있는데...

질금, 영지 (? 보면)

지운 (말할까 말까 하다가) 에이, 아니다. (다시 벌러덩)

질금 (김새고) 아이, 뭔데. 방구를 꼈음 똥을 내보내야지. 찝찝하게 진짜.

지운 (고민하다가) 그게 말이지... 내가 아는 어떤 사람이 술에 취해 실수로 옆에 있던 사람 볼에다가 입을 맞췄는데 말야... (떠올리듯 다시 얼굴 붉어지다가) 입맞춤을 당한 사람은 아무렇지도 않다는데, 입을 맞춘 그 사람은 그게 이상하게 기분이 나쁘더래. 아무렇지도 않아 하는 그 반응이... (정과를 보며) 나한테만 베푸는 마음인 줄 알았는데 다른 사람한테도 다 똑같이 베푼 것도 섭섭하고... 자꾸 왜 그런 걸까...?

질금 (이상한) 뭐야. 지금 누구 얘길 하는 거야? 형님이 그렇단 말이야? 아는 사람이 그렇단 말이야?

지운 마, 말했잖아. 내 지인 얘기라고! (당황해 바라보면)

영지 (곰곰이 생각하다가) 혹시... 그분... 그 사람 좋아한대요?

지운 뭐?! (깜짝 놀라 보면)

영지 좋아하면 그렇지 않나? 그 사람이 나만 봐줬으면 좋겠고. 내 마음을 몰라주면 야속하고... 기대하는 마음이 생기니까 자꾸 섭섭해지는 거지.

지운 에이, 서, 설마... (말도 안 된다고 생각하면서도 어쩐지 심각해지는데)

S#12. 지운의 꿈 + 삼개방 방 안 / 아침

1씬과 같은 꿈이다. 또다시 누군가의 입술이 지운에게로 다가오고, 부드럽게 닿는 그 감촉에 스르르 눈을 뜨는 지운. 멀어지는 얼굴, 누구인지 여전히 보이지 않다가 이윽고 점점 선명해지는데...

다름 아닌 휘의 얼굴이다!

헉! 놀라 눈을 뜨는 지운. 어느새 해가 밝았다.

주변을 둘러보면 삼개방, 자신의 방이고.

믿기지 않는 듯... 고동치는 제 심장에 손을 가져다 대보는 지운.

내가 감히 이런 꿈까지 꾸다니... 너무나 당황스럽다.

S#13. 한기재 사저 전경

S#14. 한기재 사저. 어느 밀실

어두컴컴한 느낌의 어느 밀실.

한기재, 찻잔을 앞에 두고 누군가와 마주 앉아 있다.

불편한 표정으로 앉은 도포 차림의 사내... 바로 조내관이다.

한기재 (느긋하게 차를 마시며) 어젯밤 전하께서 궐 밖을 나가 파루가 지나도록 돌아오지 않으셨다 하던데... 상선께선 전하의 수족과 다름없으시니 잘 아시겠구만.

조내관 (긴장한 듯, 눈빛 피하며) 그게 무슨 말씀이십니까. 전하께선 어젯밤 일찍 침수에 드시어 대전 밖을 한 발짝도 벗어난 적 없으셨습니다...

한기재 (찻잔을 내려놓으며, 서늘하게) 이번에도 모르시겠다?

조내관 (긴장으로 보다가, 단호하게) 제게 어찌 자꾸 이러는 것입니까. 저는 전하를 모시는 대전의 사람입니다.

한기재 (가소롭다는 듯) 10년 전, 죽어가던 아내를 구해 달라... 울며 매달리던 일을 벌써 잊으신 모양이오.

조내관 (! 돌아본다. 떨리듯 분하게) 내 그 빚은 그때 충분히 갚았다 생각합니다만.

한기재 물론... 차고 넘치게 갚았지요. 상선께서 그때 익선의 집안에 서찰을 숨겨 주지 않았다면 내 어찌 전하의 수족들을 모두 잘라낼 수 있었겠소... (협박하듯 보며) 그 일을 전하께서 아신다면 상선의 그 충심에 아주 감복하실 것 같은데...

조내관 (부들부들, 떨려 오는, 이가 갈린다) 차라리 비루한 이 목숨을 내어 놓으라 하시지요. 허면 백 번, 천 번이고 내어 드릴 것이니.

한기재 (다가가 협박하듯 어깨를 두드리며) 그 목숨, 전하를 위해서라도 잘 간직하셔야지요... (비웃듯 바라보면)

조내관 (절망스러운, 분하고 괴로운 표정에서)

S#15. 시강원 집무실

간밤의 꿈 때문에 정신이 하나도 없는 지운. 심장은 여전히 벌렁벌렁, 얼굴까지 홍조가 되어 어쩐지 이상하다.
문수, 이상한 듯 그런 지운을 바라보면
지운, 제 가슴에 손을 짚고 후... 정신 차리려 심호흡한다.

문수 (이상한 듯 다가오며) 자네 어디 몸이 안 좋은가?

지운 예?! (화들짝 놀라며) 아니, 아닙니다...

문수 얼굴이 영 안 좋은데? 그러지 말고 말해 보게.

지운 (그러고 보니 몸이 안 좋은 것도 같고) 그러니까 그게... 자꾸만 (가슴을 툭 치며) 여기가 꽉 막힌 것 같고... 하루에도 몇 번씩 심장이 두근두근 뛰다가, 또 정신이 아득하니 하나도 없는 게...

범두 (다가오며) 어! 그거!! 내 얼마 전 책에서 본 증상 같은데...?

지운, 문수 (보면)

범두 저도 모르게 얼굴이 빨개지고, 갑자기 기분이 널뛰듯 좋았다가 또 널뛰듯 슬퍼지기도 하지 않는가?

지운 (저도 모르게 끄덕끄덕하는데)

범두 가끔 환각도 보이고 환청도 들리는 게 밤마다 꿈에는 어떤 특정인이 자꾸만 나오기도 할 걸세.

지운 (범두 손 덥석 잡고) 맞습니다!! 맞아요!!

범두 (확신하듯) 역시... 맞구만! 상사병이야!

지운 (헉! 놀라며) 예에?!!

문수 (팍 식으며 째려보면)

범두 (흐뭇하게 보며) 누군가? 자넬 이토록 애닳게 만드는 그 여인이?

지운 (얼굴 확 달아오르며) 여, 여인이라니요! 아닙니다 그런 거!!

범두 에이~ 뭘 그리 부끄러워하나. 우리한테만 살짝 말해 보라니까?

지운 (당황해, 얼른 둘러대며) 아! 서, 서고에 좀 다녀온다는 것을 그만... (후다닥 빠져나간다)

범두, 확신하듯 "맞네. 맞어! 누구지...? 누굴까요?" 문수에게 물어보면, 문수, 책으로 퍽- 범두 머리 치며, "일이나 해!"

S#16. 궐 일각

말도 안 된다는 듯, 멍하니 걷고 있는 지운.
구별감, 멀리서 보고 정사서-! 하며 반기듯 다가온다.

구별감 (지운 보고 놀란) 얼굴이 왜 이려? 뭔 일 있었어?

지운 (그저 멍하니 보는데)

몇몇 남자 관리들이 웅성대는 모습 보인다.
구별감, 지운을 툭툭 치며, "야야. 쩌기 봐라."
지운, 구별감이 이끄는 대로 눈을 돌리면

구별감 새로 들어온 궁년데, 궁을 아주 피바다로 만들고 있다.

지운, 그 말에 관리들 보니, 정말로 코피 터지고 난리 났다.
관리들 쓰러져 나가며, 등장하는 궁녀.
고개 돌리면, 헉! 아름다운 복장의 휘다! (지운의 시선에만)

지운 (헉!) 아, 아니야! 그럴 리 없어... 아니라고!

지운, 달아나듯 정신 나간 사람처럼 중얼대며 걸어가면
구별감, 왜 저래? 이상한 듯 보다가... 다시 궁녀 돌아보는 표정. 헤벌쭉 미소 가득하고.

S#17. 동. 서고 안

도망치듯 들어온 지운. 마음을 가다듬듯... 서고에 가 책을 뽑는데,
책장 사이로 보이는 휘의 얼굴!
지운 헉!! 화들짝 놀라 다시 책을 막아 넣는다.

지운 (화들짝 놀라 심장을 붙잡으며) 뭐야... 자꾸 왜...

지운, 심호흡. 다시 책을 빼보면, 다행히 휘의 얼굴 보이지 않고.
지운, 휴... 겨우 돌아서는데
어느새, 지운의 앞에 휘가 다가와 서 있다.

지운 으악! 왜 자꾸 나타나는 거야! 왜!!

휘　　(그 반응에 ? 당황해 보면)
지운　　(눈을 질끈 감으며 현실부정) 가! 가라고! 썩 사라져 제발!!
휘　　(황당하고...) 뭐 잘못 먹었습니까?
지운　　(지나치게 현실적인, 뚝 멈추고) 저하? 지, 진짜 저하십니까?
휘　　(어이없어 보면)
지운　　(헉! 얼른 정신 차리고) 아니, 아깐 저기에... (책장 돌아보다가, 퍼뜩 깨닫고) 여, 여긴 어쩐 일이십니까?!
휘　　그야 책을 찾으러 왔습니다만.
지운　　아, 예... (심장이 터질 것 같다. 차마 시선 못 마주치면)
휘　　(조금 이상한 듯 보다가, 생각난 듯) 참, 일전에 드린 정과는 입에 맞으셨습니까?
지운　　예? 아, 예... 아주 마, 맛있었습니다... 맛있고말고요... (내가 이상한 걸 눈치 챘을까... 긴장으로 슬몃 눈치 살피는데)
휘　　(그 말에 기분이 좋은 듯, 저도 모르게 미소가 스치고) 다행이네요.

그 미소에도 쿵쾅쿵쾅 심장이 요동치는 지운.
자신을 보는 휘의 눈빛에 심장이 터질 것만 같다.

지운　　(떨리는 제 마음에 더는 휘를 보고 있기가 힘들고) 소, 송구합니다. 저하. 제가 오늘 몸이 좀 안 좋아서... 그럼.

지운, 휘가 뭐라고 하기도 전에 그대로 서고를 빠져나가면
휘, 이상한 듯, "정사서!" 부르려 하는데.

홍내관　　(다가오며) 저하, 찾으신다는 책이 저기 있다고... (하다가 황망한 듯 빠져나가는 지운 보며) 왜 저러는 겁니까?
휘　　(어쩐지 조금 불안한 듯, 걱정스럽게 보는데)

S#18. 하경의 집 전경

S#19. 하경의 집. 별채

면경 속 어여쁜 소녀의 얼굴이 비친다.
곱게 단장을 하고 머리 꽂이를 꽂아 넣어 화룡점정 마무리하는 소녀... 하경. 거울 속 비친 제 모습이 마음에 드는 듯 이리저리 살펴보는데. 그런 거울 속으로 불쑥 들어오는 노학수의 얼굴.

노학수 이렇게 예쁘게 꾸미고 어딜 가시려고 하나. 우리 따님께서?
하경 예뻐? 아버지?
노학수 난 또 우리 딸이 아니라 하늘에서 선녀가 내려온 줄 알았네.
하경 아웅 뭐야뭐야~ 아부지도 참~ (기분 좋은 듯 웃으며 다시 거울 본다) 그러고 보니 좀 비슷한 것도 같고? (배시시 웃으면)

그런 딸이 마냥 귀여워 팔불출 기색 숨기지 못하는 노학수.
잠시, 안으로 들어오는 여종 하나. 밖에 소은이 왔다 얘기해 준다.
"벌써?" 눈 반짝, 신나서 돌아보는 하경과 바라보는 노학수.

S#20. 동. 마당

손에 작은 보자기 정도 든 소은, 하경을 기다리고 서 있다.
밖으로 나오는 하경과 노학수.
소은, 노학수에게 참하게 예를 갖추면
"소은아~" 하고 신나서 달려가는 하경. 순간, 제 치맛자락 정도 밟고 어어어- 삐끗, 쿠당 넘어질 뻔한다.
곁에 선 여종. 자주 있는 일인 듯 능숙하게 하경을 붙잡아 주면
노학수, 소은, 놀라 보다가, 휴... 안도하고.

노학수 괜찮니? 내가 너 때문에 한시도 맘 편할 날이 없다.
하경 (민망함에 씩 웃고는, 다시 쪼르르 소은에게 다가가며) 빨리 왔네?

소은 (그 모습에 미소로 보다가) 준비 다 했어?
하경 (신나게 끄덕끄덕)
노학수 (다가오며) 대체 어딜 가는데 이리 난리야?
소은 아버지 심부름으로 궐에 가는데 하경이가 같이 가고 싶다고 해서요.
노학수 궐에?
하경 (어느새 소은 이끌고 나서며) 갔다 올게~ 아버지~!

소은, 이끌리듯 가며 노학수에게 인사하면

노학수 (철부지 딸이 걱정이고) 함부로 돌아다니지 말고 소은이 꼭 따라다녀라! 알겠지!!

S#21. 궐 일각

소은과 함께 궐에 들어오는 하경. 지나다니는 궁인들과 궐의 조경에 눈이 돌아가고, 아이처럼 설레 들뜬 모습이다.

하경 우와. 너무 멋지다... 이런 곳에서 살면 어떤 느낌일까?
소은 (픽 웃으며 보다가) 잠깐만 여기서 기다릴래? 나 금방 아버지께 이것만 전해드리고 올 테니까.
하경 웅. 걱정 말고 갔다 와.

하경, 다녀오라고 끄덕끄덕, 여전히 신나게 궐을 보면
하경을 남겨두고 걸어가는 소은.

S#22. 동. 일각

지나가던 대비, 일각의 두 사람을 발견하고 잠시 멈춰 본다.

대비 (상궁에게) 저 아이들은 누군가? 처음 보는 얼굴 같은데...

상궁 (보다가) 아, 이조판서 신영수 대감의 여식과, 병조판서 노학수 대감의 여식인 듯합니다.

대비 (끄덕이며 바라본다. 뭔가를 떠올리듯 생각하는 표정인데)

S#23. 빈청 일각

관원 하나에게 옷보자기를 건네주는 소은.

소은 아버지께 좀 전해 주시어요.

관원1, 알겠다고 하고 돌아서면
소은, 역시 보다가 돌아서고.

S#24. 동. 궐 일각 + 폐전각 근처

소은을 기다리던 하경, 궐을 둘러보며 걷고 있다.
어느새 폐전각 근처까지 걸어온 하경. 폐전각을 덮고 있는 담쟁이넝쿨을 바라보는데 그것마저 아름다워 보이고.
그때 하경의 옆으로 지나가는 어린 나인들.
하경, 그들을 귀엽게 보며 갈 길을 터주려고 폐전각 담쟁이넝쿨 사이로 성큼 붙다가 '어어어..' 저도 모르게 비밀의 문 안으로 넘어질 뻔하는데, 순간, 누군가 다가와 그런 하경의 허리를 낚아채 구해준다. 샤랄라– 시간이 정지된 듯 바라보는 하경.
하경을 감싸 안은 사람. 다름 아닌 용포 차림의 휘다!
하경, 마치 소설 속 주인공이 된 양, 멍하니 휘를 바라보면
휘, 하경이 비밀의 문을 발견하지 못한 것에 안도한 듯, 조심스레 놓아 준다.

휘 (약간 경계하며 보며) 반가의 여인 같은데, 왜 홀로 궐을 돌아다니는 거요?

하경 (얼떨떨하게 보며) 아, 저는 그저 꽃향기가 나서...
휘 여긴 아무것도 없으니 다른 곳으로 가시오.

휘, 그대로 돌아서면 따르는 홍내관과 가온.
하경, 여전히 얼떨떨한 듯 그런 휘를 보는데
마침, 휘를 찾은 듯 다가오는 김상궁.

김상궁 (잠시 하경을 봤다가) 저하, 대비전에서 찾으시옵니다.
휘 대비전에서?

휘, 생각하다 그대로 걸어가면, 일동. 휘를 따르고.

하경 (멍하니 가는 휘를 보다가) 저하...? 저하라고?!

그제야 휘의 용포가 눈에 들어오고. 놀라 입을 막는 하경.
눈 반짝반짝, 반한 듯 휘를 바라본다.
"말도 안 돼..." 멀어지는 휘를 보는 하경.
벌써 사랑에 빠진 듯 황홀한 표정인데.

혜종 (E) 간택이라니요.

S#25. 대비전

대비와 혜종, 한기재가 마주 앉아 있다.
들어오는 휘. 세 사람 확인하고 예를 갖추면

혜종 (보다가, 말하던 중이었던 듯) 그 얘긴 이미 끝나지 않았습니까. 제 뜻은 지난번 말씀드린 대롭니다. 세자가 아직 미령하니 잠시만 미루어 두시지요.
휘 (자리에 앉다가 그 말에 조금 놀라 보면)
대비 대체 언제까지 국본의 자리를 불안하게 둘 생각이십니까. 하루바삐 국혼을 진행시켜 후사를 이어야지요. 더는 늦출 수 없습니다. 주상.

일각의 한기재, 무언가 생각하듯, 조용히 혜종을 응시한다.

인서트 / 14씬에 이어서
괴롭게 한기재를 바라보는 조내관. 어쩔 수 없다는 듯.

조내관 내금위장과 함께 부원군을 만나러 간다 하였습니다. 그 외에는 나도 알지 못합니다.

다시 혜종을 보는 한기재의 눈빛.
왜 잠행까지 해서 창천군을 만나러 간 것인가... 의심스러운데.

혜종 (대비의 그 말에 잠시 휘를 돌아본다. 가만히 생각하듯) 세자의 뜻은 어떠한가. 가례를 올리고 싶은가?

휘 (갑작스레 시선이 모이자 긴장하고, 어렵게 입을 떼며) 사신단이 다녀간 지 얼마 되지 않은 때에 또다시 국혼이라는 큰 행사를 치른다면 백성들의 부담이 너무 클 것입니다. 부디 백성들의 마음을 헤아려 국혼 일정을 조금만 뒤로 미루어 주십시오.

혜종 (그런 휘를 반응에 결심한 듯) 세자빈 간택에 관해서는 제가 따로 말씀 올릴 때까지 조금 더 기다려 주시지요. (일어나려는데)

한기재 (막아서듯) 정녕 제현대군께 저하의 자리를 넘겨주기라도 할 생각이십니까?

일동 (! 그 말에 한기재를 보면)

한기재 그것이 아니라면 어찌 이리 번번이 저하의 국혼을 나서 막으시는 것입니까.

혜종 상헌군! 말을 삼가시오!

한기재 (담담히 바라보며) 전하께선 세자저하의 나이에 이미 국혼을 치루고 저하를 낳으셨습니다. 진정 백성들을 위하신다면 하루라도 빨리 왕실의 종사를 이을 세자빈을 맞으셔야지요. 백성들과 조정의 대신들 모두 저하의 가례를 손꼽아 기다리고 있습니다.

혜종, 그런 한기재를 쏘아보면, 차갑게 마주치는 눈빛.
휘, 그런 두 사람 사이에서 난감한데.

대비 (가만히 지켜보다, 못을 박듯) 됐습니다. 어차피 세자빈의 간택은 내명부의 소관이었으니 이 일은 내가 알아서 하지요!

휘, 그 말에 표정 굳어지고
혜종과 한기재, 서로를 보는 상반된 표정에서.

S#26. 동. 대비전 앞

무거운 표정으로 기다리고 선 김상궁, 홍내관, 그들 뒤로 가온도 서 있고.
조금 떨어진 곳, 윤형설과 대전 나인들 역시 혜종을 기다리듯 서 있다.
윤형설, 역시나 휘의 일로 근심 어린 표정인데
잠시, 혜종이 먼저 나온다. 순간 그런 혜종을 보는 가온의 눈빛이 날카롭게 변하고. 찰나의 순간을 놓치지 않는 윤형설, 지난번 일과 더불어 심상치 않은 기운을 느끼듯 그런 가온을 돌아본다.

혜종 대전으로 돌아가자.

혜종, 그 말만 하고 돌아서면, 혜종을 따르는 윤형설.
가온과 동궁전 일동이 혜종이 가는 길을 열어 허리를 굽힌다.
혜종, 문득 무언가(가온의 부절)를 발견한 듯 가온을 돌아보면

윤형설 어찌 그러십니까?
혜종 (설마 하는 표정, 거두며) 아니다. (그대로 걸어간다)
윤형설 (신경 쓰이는 듯 가온을 다시 한번 살피고 뒤를 따른다)

S#27. 휘의 처소

자리로 들어와 앉는 휘. 표정이 무겁다.
휘를 따라 들어온 홍내관과 김상궁. 역시 무거운 표정이고.

김상궁　어떡합니까 저하. 대비마마께서 강경히 말씀하신 걸 보니 이제 더는 미룰 수도 없을 것 같은데...

홍내관　괜찮습니다. 저하. 이런 날이 올 줄 알고 연습해 오지 않으셨습니까. 아시지요? 세자빈 되실 분의 손을 이리 딱 잡으시고 (제 손끼리 부여잡고, 그윽하게 하늘을 보며) 은애하오... (휘를 보며) 이리만 하면..

휘　(답답한 듯, 말을 끊으며) 혼자 있고 싶구나. 그만 나가 다오.

홍내관, 휘의 표정에 입을 다물면
김상궁, 걱정스러운 표정, 홍내관을 이끌고 밖으로 나간다.
휘, 괴로운... 표정이 어두운데.

S#28.　저잣거리 일각

궐을 나와 함께 걷고 있는 소은과 하경.
하경은 궐에서 본 휘 생각에 여전히 멍한 표정이다.

소은　(조금 놀라며) 저하께서?

하경　그렇다니까! (그 순간을 떠올리듯 황홀한) 이렇게 날 감싸 안으신 그분의 모습이 어찌나 멋지던지... 이런 게 운명이란 걸까?

소은　(황당한 듯, 귀엽게 바라보면)

하경　나 목표가 생겼어! 반드시 세자빈이 되고야 말 테야. 꼭...

소은, 못 말리겠다는 듯, 픽 웃으며 걷다가 멀리 마중 나온 잔이를 본다.

소은　나 먼저 갈게. 정신 팔려 딴 데로 가지 말고, 조심해서 들어가세요. 세자빈 마마~! (장난스레 말하고는, 잔이가 있는 곳으로 걸어가면)

하경 세자빈마마?! 어우 야~ (말만 들어도 행복하다. 여전히 황홀한 표정)

S#29. 동. 일각

"잔이야~" 부르며 걸어가는 소은.
잔이, 역시 다가오는 소은을 발견한 듯 "아씨!!" 하고 소은에게 달려온다. 심부름을 다녀온 길인 듯 손엔 떡(혹은 음식)이 든 꾸러미 정도 들고 있고. 정신없이 달려오던 잔이, 지나가던 꼬마 몇을 피하다가 누군가와 스치듯 부딪히며 들고 있던 떡(음식)을 바닥에 쏟고 만다.
놀라 정신없이 떡을 주워 담는 잔이.

잔이 아우, 이를 어째... 송구합니다. 나으리... 괜찮으세요?

하고 고개 드는데, 기분 나쁜 표정으로 잔이를 내려다보고 있는 사람,
다름 아닌 창운군이다. 오랜만에 안치형이 풀려 거리로 나온 창운군.
한껏 멋을 낸 제 신발에 떡고물 따위가 묻어 있자 짜증이 치솟는지 표정이 구겨지고.

창운군 에이씨! 뭐야 이건~!!
잔이 (기겁하며) 소, 송구합니다... 제가 깨끗이 다, 닦아 드리겠습니다. (허둥지둥 얼른 꿇어앉아 창운군의 신발을 닦아내기 시작하는데)
창운군 (그 손길이 불결하다) 어우씨! 드럽게, 감히 어따 손을 대!

창운군, 콱 발로 잔이를 밀어내듯 차 버리면,
그 바람에 벌러덩 넘어지듯 발에 채여 밀려나는 잔이.
다가오던 소은, 놀라 급히 달려가 잔이를 일으킨다.

소은 잔이야!! (급히 잔이를 일으키고) 괜찮아? (기막힌 듯 창운군을 쏘아본다) 이게 무슨 짓입니까!
창운군 (그 모습에 어이없고) 무슨 짓? (기막힌 듯 다가오며) 재수가 없으려니까...

진짜... (소은을 쏘아보면)

소은 (지지 않고 그런 창운군을 바라보는데)

S#30. 동. 다른 일각

생각에 잠긴 채 걸어오는 지운.

플래시백 / 17씬
서가에서 자신을 보고 미소 짓던 휘의 얼굴.
지운, 다시 제 심장을 짚어본다. 역시나 두근두근...
지운, 이런 제 마음이 너무 혼란스럽다.
털어 내듯 후... 심호흡하고 걸어가려는데, 조금 떨어진 곳 소란스러운 소리가 들려온다. 보면, 사람들 사이 소은과 창운군의 모습 보이고.
소은을 알아보는 지운. 무슨 일인가, 바라보면.

S#31. 동. 소은이 있는 곳

기막힌 듯 소은을 노려보는 창운군.

소은 (애써 화를 누르며) 송구합니다. 저희 집 아이가 실수를 하였습니다. 제가 대신 사죄드릴 터이니 노여움을 푸시지요. 버린 옷값은 충분히 치러 드리겠습니다...

창운군 허, 이게 누굴 거지로 아나... (기막힌 듯, 빙글빙글 웃으며) 그래, 값은 어떻게 치룰 건데? (손으로 소은의 턱을 치켜들며) 반반한 이 얼굴로 치룰 건가?

소은 (불쾌한 듯 손을 탁 쳐내며) 어찌 이러시는 겁니까!

창운군, 허 어이없고, 맹랑하다는 듯 보다가 "이게 진짜!! 내가 누군줄 알고 확!!" 때리려는 듯 손을 쳐든다.

꺅- 감싸듯 소은을 끌어안는 잔이.
소은, 역시 놀라 눈을 질끈 감는데. 잠시, 아무 일이 없고.
보면, 어느새 지운이 다가와 창운군의 손목을 잡고 막아서고 있다.

창운군　뭐야 넌 또? 이거 안 놔?!
소은　(놀라) 도련님...!
지운　(손을 놓고 물러서며, 공손히) 보는 눈이 많습니다. 군대감 어른. 자중하시지요.
창운군　(어이없고) 이 새끼가 감히 누구한테...! (하다가, 지운 알아보고) 오호라... 이제 보니 이거 세자의 스승님이시구만?
지운　(공손히 고개를 숙이면)
창운군　세자와 붙어 다니더니 니가 뭐라도 된 줄 아는 것이냐? 건방지게 누구한테 자중하라 마라... 니가 정녕 오늘 죽고 싶은 게지?

창운군, 주변에 잡히는 아무것이나 들고 지운을 내리치려 하면
본능적으로 몸을 피해 내는 지운. 그러나 얼굴에 작은 생채기가 생기는데.

지운　(흔들림 없이, 예의 바른 자세를 유지하며) 안치형에서 벗어난 지 얼마 되지도 않지 않으셨습니까. 이리 소란을 일으키면 군대감만 곤란하실 겁니다.

창운군, 그 말에 더욱 분하고, 어이없게 보다가 "이 새끼가 진짜!!"
다시 주먹을 내지르려는데, "그쯤 하시지요" 하는 소리와 함께 다가오는 원산군. 모두 지켜본 듯,
일동, 다가오는 원산군에게 예를 갖추면

원산군　(지운을 보는 눈빛, 맹랑하다는 듯) 무엄하구나. 왕실의 종친을 막아서다니.
지운　(그 말에 고개를 숙이면)
창운군　오늘이 아주 명일이로구만. (김샌 듯, 짜증나 퉤, 본다)
원산군　숙부님 역시 왕실의 종친으로 품위를 지켜주시지요.
창운군　말 한번 잘했네. 하여 내 반상의 법도가 뭔지 이 천한 것들에게 제대로 한번 알려 줘 볼 생각이거든? 그러니까 오늘 나 말리지 마라...

창운군, 다시 확! 주먹을 내리치려 하면
탁- 잡아채는 원산군. 창운군, 쏘아보면
원산군, 무서운 기세로 창운군을 바라본다.

원산군　제가, 분명... 그만하라고 말씀 드렸을 텐데요.

창운군, 힘에서 밀리는지 부들부들... 잠시, 주먹을 내리며 제 분에 못 이겨
"아우씨!! 뭘 봐 이 새끼들아!!! 저리 안 꺼져!!"
괜히 주변 구경꾼들에게 분풀이 한다.

원산군　(보다가, 지운에게) 그만 모시고 가 보거라.
지운　(잠시, 예를 갖추고) 감사합니다. 군대감 어른.

지운, 소은과 잔이를 챙겨 돌아서면
분한 듯 지운과 소은을 노려보는 창운군.

창운군　조카님 실수하신 거야... 저런 놈들 버르장머리를 고쳐주지는 못 할망정 사람들 앞에서 나를 막아서고 말이야...
원산군　실수는 숙부님께서 하실 뻔하였지요. (가는 소은 돌아보며) 이판대감댁 여식입니다. 함부로 건드려 좋을 게 있겠습니까.
창운군　(어이없고) 뭐?
원산군　저자의 말이 틀린 것도 없지 않습니까. 안치형에서 벗어나자마자 소란을 일으키면 숙부님만 더 곤란해지셨을 테니.
창운군　(아우씨, 짜증나고, 가는 두 사람 보며) 저것들은 뭔데 저리 붙어 다녀? 꼴같잖게... 혼담이라도 오가는 사이야 뭐야. (쳇, 재수 없다는 듯 돌아서면)
원산군　(역시 돌아본다. 소은을 챙기며 멀어지는 지운의 모습, 잠시 생각하듯 의미심장하게 바라보는 데서)

S#32. 소은의 집 앞 / 밤

함께 걷고 있는 소은과 지운. 지운, 소은을 집까지 데려다주고 있다.
소은, 지운의 얼굴에 난 상처가 신경 쓰이는 듯. 잠시만...
다가가 제 손수건을 꺼내 톡톡 맺힌 피를 닦아준다.

소은 (고맙고, 미안한) 위험할 뻔했습니다. 어찌 그리 나서셨는지요...

지운 위험할 뻔했으니 당연히 나서야지요. (부담 갖지 말라는 듯 편히 미소 지으면)

소은 (그 미소에 떨려 오는, 새삼스럽게 바라보며) 볼 때마다 새로운 분이십니다. 도련님께서는요. 앞으로 또 어떤 모습을 보여주실지 기대되기도 하고... (제가 말해 놓고도 어쩐지 조금 수줍다. 떨리듯 바라보다가) 고맙단 말로도 이젠 부족할 것 같습니다. 잔이, 제겐 친동생만큼이나 소중한 아이거든요.

지운, 그 말에 문득 질금과 영지를 구해주었던 휘가 떠오르고.

플래시백 / 7부 5씬
질금과 영지, 그리고 지운을 구한 후 서린방으로 가보라며 따뜻하게 바라보던 휘의 모습.

지운 (문득 혼란스러운 제 감정에, 표정 무거워지면)

소은 어찌... 그러십니까?

지운 아닙니다. 아무것도... (털어 내듯) 오늘 많이 놀랐을 텐데, 그만 들어가시지요. (잔이에게) 너도 마음 쓰지 말고 푹 쉬거라. 알겠지?

잔이, 고맙다 예를 갖추면, 돌아서는 지운.
소은, 그런 지운을 마음에 담듯 가는 뒷모습을 오래도록 바라보는 데서.

S#33. 동궁전. 후원 / 밤

연못을 바라보며 함께 걷고 있는 휘와 이현.

이현 (마음이 무겁고, 조심스러운) 낮에, 대비전엘 다녀오셨다고요.

휘 (그 말에 심란해져) 세자의 자리란 참으로 무상한 것 같습니다. 나라의 일이라는 이유로 마음에도 없는 혼인을 해야만 하니... (농담처럼) 어떻게, 형님께서 힘 좀 써주시겠습니까? 아우를 위해 가례를 좀 미뤄 달라 청해 주시지요. 이번 참에 저도 형님 덕 좀 보고 싶은데... (웃으며 보면)

이현 (안타까운) 저하...

휘 (진지한 이현의 표정에) 농담입니다. 농담. 농으로 던진 말에 그리 진지하게 보시니 원... 형님께는 농담도 제대로 못하겠습니다.

휘, 재밌다는 듯 웃으며 걷는 표정, 씁쓸해지는데.

이현 (잠시 그런 휘를 보다가) 하나만... 여쭤 봐도 되겠습니까?

휘 (돌아보면)

이현 저하께선 혹 마음에 담으신 분은 없으셨습니까?

휘 (갑작스러운 그 질문에 조금 당황해 보다가) 예? 형님도 참... 곧 새 신랑이 될 사람에게 짓궂으십니다.

이현 그러니 여쭙는 것입니다. 살아오며 마음을 주었던 정인은 없으셨는지... 한 번도 말씀하신 적 없지 않습니까. 앞으로는 이런 얘길 나누기가 더 어려워질 테니...

휘 (그 말에 잠시, 뭐라 말할까 하다가, 연못을 바라본다. 문득 떠올리듯) 저라고 어찌 없었겠습니까.

이현 (! 보면)

휘 아주 어릴 적이었는데... 궐에 온 한 아이와 실랑이를 벌이다 함께 물에 빠진 적이 있습니다. 헤엄을 치지 못하는 그 아이를 제가 구해 주었지요...

휘의 목소리 위로 어린 시절 휘와 지운의 모습이 떠오른다.

플래시백
/ 1부 44씬. 물에 빠진 지운을 구하던 어린 휘.
/ 1부 49씬. 함께 징검다리를 건너던 두 아이.

/ 1부 50씬. 연선이라는 이름을 선물하던 지운.

휘 짧은 만남이었지만 아직도 제겐 잊을 수 없는 기억입니다. 어쩌면 그것이 저의 첫사랑이었는지도 모르겠네요...

이현, 처음 듣는 휘의 이야기에 마음이 무겁다. 안타까운 듯 바라보면. 지운을 떠올리듯, 씁쓸한 표정의 휘. 연못의 연꽃을 바라보는 얼굴에서.

S#34. 삼개방 / 새벽

역시 휘를 떠올리는 듯, 생각에 잠긴 채 앉아 있는 지운.
밤새 한숨도 자지 못한 듯... 어느새 창밖이 어슴푸레 밝아온다.
지운, 아무래도 안 되겠다. 제 마음을 확인해 보려는 듯 그대로 밖으로 나가는 데서.

휘 (E) 정사서...

S#35. 동궁전 마당 / 새벽

융복 차림의 휘. 역시 한잠도 못잔 듯, 새벽 일찍 밖으로 나선 모습인데. 휘를 찾아온 듯, 그 앞에 선 지운.
그들의 뒤로 아직 잠이 덜 깬 듯 비몽사몽 하품하며 따르는 홍내관. 역시 조금 의아한 듯 보면.

휘 (예상치 못한 지운의 등장에 조금 당황하고) 이리 이른 시간에 어찌 궐에 든 겁니까?
지운 부탁이... 있습니다. 저하.
휘 (? 보면)
지운 (잠시 보다가. 결심한 듯) 한 번만, 안아 주십시오.

홍내관　(하품하다 뜨헉! 놀라 바라본다. 잠이 달아나는 듯)

휘　(역시 놀라 보고) 지금 무슨...

홍내관　(황당하고, 나서며) 정사서, 어디 많이 아프십니까? 아니 무슨 그런 부탁을 저하께... (어이없는데)

지운　네. 아픕니다. 제가. 많이 힘이 듭니다. 그러니 제발... 딱 한 번만요.

휘　(당황스러워 보는데, 지운의 눈빛이 너무나 간절하다)

홍내관　(참나... 보다가) 이리 오십시오. 허면 제가 안아 드리겠... (하는데)

휘, 어느새 저벅저벅 걸어가 지운을 안아 준다.
홍내관, 저하!! 놀라면.

휘　(따뜻이 안아 주며) 힘내십시오. 정사서...

지운　(휘의 포옹에 명확해지는 마음. 가슴이 떨려온다. 이제야 제 감정을 온전히 알겠다. 떨리듯... 표정이 굳어지면)

휘　(잠시, 떨어져, 담담히 바라보며) 이제 됐습니까?

지운　(굳어져 바라본다)

휘　(잠시, 아무렇지 않다는 듯 홍내관 돌아보며) 그만 가자.

휘, 앞에 선 지운에게 가볍게 인사한 후 그대로 걸어가면
놀라 허겁지겁 따르는 홍내관.
지운, 떨리듯 그런 휘를 돌아본다. 드디어 제 마음을 확인한 듯 굳어지는 표정에서.

S#36.　동. 동궁전 후원 / 새벽

휘, 활 연습을 하려는 듯 후원 과녁 앞으로 걸어온다.
애써 아무렇지 않은 척 활을 쏠 준비를 하는 휘.

홍내관　(기가 찬 듯 다가오며) 아니 대체 어찌 그러신 겁니까! 어쩌자고 그런 말도 안 되는 부탁을... 지나다니는 궁인들 전부 다 봤을 겁니다.

휘 (담담하게) 아프다지 않느냐. 힘들다고...

홍내관 그러니까요. 아프다고 그런 부탁을 하는 사람이나. 그 부탁을 들어주는 분이나... 두 분 다 대체 무슨 생각으로 그러시는 건지 알 수가 없습니다. 알 수가... (하는데)

휘 좋아해서 그랬다. 좋아해서.

홍내관 아니 좋아하는 건, 좋아하는 거고... (하다가 깜짝 놀라며) 예에?!!

휘 (표정 무거워지고) 곧 혼례도 올릴 테니... 마지막으로 그 정도는 해도 되는 거잖아. 나도.

홍내관 (헉!! 놀라 입을 막고) 저하...

휘 걱정 말거라. 곧 정리할 마음이니...

휘, 쓸쓸한 표정. 다잡듯 활을 잡으면
홍내관, 차마 뭐라 말도 못하고 안타까운. 걱정스럽게 보는 데서.

S#37. 의금부. 검험실 / 낮

윤형설, 강무장에서 발견된 군사의 시신을 보고 있다.
어깨에 난 화살 자국을 보는 윤형설.

플래시백 / 3부 17씬
윤형설이 쏜 화살에 맞던 자객의 모습.

검험관1 초검과 복검, 삼검까지 해보았으나 특별히 이상한 점은 없었습니다.

윤형설 (무겁게 끄덕인다) 그때 말한 오른쪽 어깨의 그 골절상은.

검험관1 추락한 지점의 높이가 다섯 척도 더 넘었으니, 아마 활에 맞은 후 낙상하며 생겼을 것입니다.

윤형설 (여전히 개운치 않고)

군사1 (들어와 예를 갖추며) 의홍위 군사 하나가 내금위장 어른을 뵙고자 찾아왔습니다.

윤형설 (돌아보면, 조금 주눅 들어 문 밖에 서 있는 사내 하나. 잠시, 다시 한번 시

신을 돌아보는 표정에서)

S#38. 윤형설 집무실

윤형설, 찾아온 군사와 마주 앉아 있다.

윤형설 강무장 사건에 관해서는 이미 관련자들의 공초는 다 받았다 들었네.

의흥위1 그것이... 제가 몸이 안 좋아 병가를 내고 꽤 오래 쉬었던 탓에 공초장에 올릴 진술 목록에선 빠진 모양입니다.

윤형설 (본다) 그래, 내게 고하고자 하는 것이 뭔가.

의흥위1 (긴장으로 보다가) 범인으로 지목된 그 자는 사람을 죽일 만한 배포가 없는 자입니다. 저도 그자가 죽어 속이 시원한 사람 중 하나이긴 하지만... 그런 자가 감히 세자저하를 시해할 마음을 먹었다니, 아무래도 이해가 되지 않아 말입니다.

윤형설 (계속 말하라는 듯 보면)

S#39. 궐. 연무장 일각

윤형설 내금위 군사들이 국궁 훈련을 하는 모습을 보고 있다.
활을 쏘는 군사들을 지켜보는 윤형설, 심각한 표정. 그 위로.

인서트 / 38씬에 이어서

윤형설 어깨를 다치다니?

의흥위1 강무장 선발조가 되기 사흘 전, 저와 동석한 술자리에서 시비가 붙었습니다. 그때 싸우다 오른쪽 어깨를 심하게 다쳐 활도 제대로 들지 못하던 잡니다. 그런 자가 저하께 활을 쏘았다니... 아무래도 그게 좀 걸려서 말입니다...

윤형설 (심각해지는 표정에서)

다시 현재
활을 쏘는 군사들을 하나씩 살펴보던 윤형설.
문득 조금 떨어진 곳에서 궁녀들이 소란스럽게 어디론가 달려가는 모습에 고개 돌려보면. 연무장 다른 일각, 활 연습을 하고 있는 동궁전 군사들이 보인다. 그 사이 가온도 있고.
윤형설, 문득 어떤 생각에 가온을 바라보면
잠시, 차례가 되어 나서는 가온. 활을 쏘기 위해 자세를 잡는 모습 위로.

플래시백 / 3부 16씬
휘를 구하러 달려온 윤형설의 시선으로 보이는 몸을 숨긴 채 활을 겨누던 자객의 모습.

다시 현재
윤형설, 깨닫듯 놀라 바라본다.
가온, 윤형설을 의식하지 못하고 과녁에 집중한다.
팍- 날아간 화살이 홍심을 뚫으면, 심각해지는 윤형설의 표정.
다시 활을 고쳐드는 가온. 자세를 잡으면
이번엔 확신하듯, 윤형설의 눈빛이 날카로워진다.
동시에 팍- 날아가는 가온의 화살에서.

S#40. 시강원 집무실

지운, 생각에 잠겨 앉아 있다.

플래시백 / 35씬
자신을 안아 주던 휘와 명확해지던 제 마음.

지운, 자신이 세자를 좋아하고 있다는 사실에 마음이 무거운데.

범두 곧 세자빈 간택을 한다는데 들으셨습니까?

만달　세자빈이요? 이야~ 간택이라니~!
문수　드디어 우리 저하께서도 진정한 어른이 되시는 건가.
만달　세자빈 간택을 시작하면 또 바빠지시겠네요.
지운　(그 말에 놀라 돌아보며) 그게 무슨 말입니까? 간택이라니요... 저하께서 혼인을 하신단 말입니까?
만달　뭘 그렇게 놀라십니까? 저하도 사낸데 혼기가 찼으면 장가를 들어야지요.
지운　(장가라는 말에 문득 현실을 인식하듯, 멍해진다)
문수　세자저하께서 성정은 차가우셔도 미남자시니, 뭇 여인들 가슴이 또 한바탕 설레겠구만...

일동, 세자의 혼례 이야기로 하하하 화기애애한데,
지운의 귀엔 들리지 않는 듯 홀로 심란한 표정이고.

S#41. 동. 시강원 안

마주 앉은 휘와 지운.
휘, 아까부터 어두운 지운의 표정이 신경 쓰인다.

휘　몸이 많이 안 좋으십니까? 힘들면 오늘 서연은... (하는데)
지운　가례를 올리신다고요.
휘　(지운도 들었구나) 아, 예... 진작에 올렸어야 하는 건데. 생각보다 늦어졌습니다. (겸연쩍게 웃으면)
지운　(휘의 그 모습에 표정이 어두워진다. 그러나 애써 다잡으려) 축하... 드립니다. 저하. 참으로 반가운 소식이네요.
휘　고맙습니다... 정사서.
지운　혹시라도 제가 도와드릴 일이 있으면 언제든 말씀하시지요. 여인들에 관해서라면 저만큼 아는 자가 드물 테니...

지운, 괜히 오버하며 괜찮은 척 웃는데, 어쩔 수 없이 웃음 끝이 씁쓸하다.
그 마음 아는지 모르는지, 휘 역시 애써 괜찮은 척 웃고는 있지만 섭섭한 마음 감출 수 없고.

휘 (애써 괜찮은 척) 그리하지요. 가례가 시작되면 정사서께서 많이 도와주십시오.

두 사람, 어쩐지 씁쓸한 그 표정에서.

S#42. 낚시터 / 밤

고요한 낚시터. 지운이 홀로 앉아 있다.
지운, 마음이 어수선하다. 깊은 한숨... 상념에 빠져 낚시 중이다.

지운 그래 어차피 말도 안 되는 일인 것을... 남자고... 세자고... 곧 혼례도 올리실 분을 좋아해서 어쩌자고... 정신 차리자 정지운. 정신 차려...!

지운, 그러나 복잡한 마음. 깊은 한숨 내쉬며 강물을 바라보는데
잠시, 그런 지운의 곁으로 다가오는 이현.

이현 (심각한 지운을 바라보며) 혼자 뭘 그리 심각하게 앉아 있어?

지운 (본다) 웬일이냐. 니가... 가례 준비로 바쁠 줄 알았는데.

이현 (그 말에 씁쓸하고, 대답 대신 곁에 앉아 낚싯대를 드리우고 강물만 바라본다. 역시 심란한 듯)

지운 (함께 말없이 멀리 강물을 보다가) 전에 말한 니 외사랑 말이다. 고백은 왜 안 한 거냐?

이현 (갑작스러운 지운의 말에 보다가, 씁쓸한 듯 떠올리며) 돌려받지 못할 마음이라 생각했다. 그 말이 짐이 돼서, 그 사람과 멀어질까 걱정도 됐고...

지운 (같은 마음이다... 끄덕이며) 그래도 해 보지 그랬어. 사람 마음은 모르는 건데.

이현 그래 볼걸 그랬나... (쓰게 웃고는) 아니다. 내가 품은 마음, 그 사람도 함께 품어주는 게, 흔한 일은 아닐 테니... 혼자서 간직하려고. 부담 주지 않고, 미

련 두지 말고... 그렇게 말이다.

지운 (안타까운 듯, 진지하게 보다가, 별안간 구토 시늉하며) 간지럽습니다 군대감. (괜히 가볍게 이현 툭 치면)

이현 뭐? 기껏 고민 들어줬더니. 형님한테...

이현, 역시 장난으로 돌려주듯 헤드락 건다.
두 사람, 모두 우울한 마음 털어 내려는 듯, "형님은 누가 형님이냐." "어허~" 투닥투닥 장난스레 티격태격하다가,
어어어- 앉은 채로 물에 빠질 뻔하는 지운. 다행히 겨우 중심 잡고 빠지지 않은 채 벌떡 일어나면.

지운 물이라면 질색하는 거 알면서 치사하게!

이현 (피식 웃곤) 그래. 그만하자 그만. (하다가, 가만... 불길한 느낌에) 너 어릴 때 궐에 들었다가 물에 빠진 적 있었다고 했었나...?

지운 말했지. 수도 없이... 담이 첨 만난 날, 공신연 때 말야... 걔가 구해 줘서 겨우 살았다고.

그 말에 무언가 깨닫듯, 흔들리는 이현의 표정 위로

플래시백 / 33씬
휘의 첫사랑 이야기 듣던 이현.

이현 그 아이, 사라진 게 언제쯤이었다고?

지운 갑자기 그건 왜...

이현 (혼잣말처럼) 연고도 없이 절에서 자라 궐에 든 아이라 했지.

지운 (? 이상하게 보면)

이현 (깨닫듯, 심각해져서 벌떡 일어난다) 나... 먼저 좀 가봐야겠다. (급히 낚시터를 벗어나면)

지운 (당황스럽고) 현아...!

홀로 남겨진 지운, 그런 이현이 이상한 듯 얼떨떨하게 보다가

복잡한 제 생각에 에라 모르겠다. 벌렁, 자리에 누워 하늘을 본다.
잠시, 습관처럼 소매에 넣어둔 윤목을 찾는 지운.
그런데 늘 있던 윤목이 잡히지 않고. "어라?" 이상한 듯 여기저기 찾아본다.

지운 (다시 벌떡 일어나 앉아) 어디 갔지? (주섬주섬 찾다가 멈칫, 폐전각에서 마지막으로 윤목을 만지작댔던 게 기억난다) 아, 폐전각...

S#43. 폐전각 / 밤

윤목을 찾기 위해 폐전각에 온 지운. 마루 위 어느 자리에 윤목 하나가 놓여 있다. 안도하듯... 그러나 나머지 하나는 보이지 않고.
지운, 이상한 듯 주변을 샅샅이 뒤지는데, 도통 보이질 않는다.
"대체 어딨는 거야..." 지운, 답답한 듯, 잠시 한숨 쉬는데,
문득 어떤 기억이 떠오른다.

인서트 / 폐전각. 8부 엔딩에 이어지는 장면.
급히 돌아 나가는 휘의 옷깃에 쓸려 툭 떨어지는 윤목 하나.
또르르 굴러 구석 바닥 어딘가에 가 멈춘다.

지운, 설마 하는 마음으로 마루 밑바닥을 보면, 거짓말처럼 나머지 윤목 하나가 그곳에 있다. 꺼내어 윤목을 손에 올려보는 지운.
"꿈이 아니었어..."
읊조리면, 폐전각의 모습 며칠 전의 그 상황으로 바뀌고.

S#44. 폐전각 / 회상 (8부 엔딩씬에 이어서)

술상 옆의 지운과 휘. 지운이 휘의 볼에 뽀뽀를 하고, 놀란 듯 떨어진 두 사람. 지운, 당황해서 어버버 대는데.

지운 아니, 그게, 갑자기 너무 취기가 돌아서 그만, 송구합니다. 저하. 송구합니다! (저도 놀래서 옷자락으로 휘의 볼을 막 닦고, 제 행동에 더 놀래서 옷자락 획 치우고, 휘의 눈치 보는) 제가 가끔 술 마시면, 이렇게 정신줄을 놓고... 막 그럽니다...

휘 (얼었다가 피식) 됐습니다. 정사서에겐 내가 너무 막역해졌나 봅니다.

지운 (쭈뼛대는) 그것이 아니오라... 용서하십시오 저하... (당황해서 술을 꿀꺽꿀꺽 마시고, 볼 짝짝)

지운, 당황한 듯 고개 숙이고, 습관처럼 윤목을 손에 쥐고 이리저리 만지는데. 휘, 그 모습 보다가.

휘 그거 말입니다.

지운 (손에 쥔 걸 인식도 못 하고) 예?

휘 (윤목 보며) 나도 한번 만져 봐도 됩니까?

지운, 그제야 깨닫듯 아, 예... 윤목 전해 주다가, 휘와 손을 살짝 스치면, 찌르르 전기라도 통한 듯, 목이 타 또 술만 벌컥벌컥 마시고...
휘, 그런 기색도 모르고, 윤목을 받아 소중히 쥐어 본다.
휘, 떨리듯... 손을 펼쳐 윤목을 보면.

플래시백 / 2부 31씬
떠나려던 지운에게 윤목을 건네던 어린 휘.

휘 너를 만나게 되면 전해 달라 하더구나.

지운 (! 놀라 본다)

휘 힘들 때... 의지가 되어 줄 것이라 했다. 그 아이에게도 그러했다더구나...

지운 (받고, 떨리듯) 혹, 그 아이가 어디로 갔는지는 모르십니까?

휘 (애써 참아 내며) ...모른다.

지운 (안타까운, 실망감이 스친다)

발 너머, 그런 지운을 바라보는 어린 휘의 어깨도 떨려오고.

다시 현재
휘, 애틋하게 윤목을 바라보다가, 다시 건네주려는 듯 고개를 돌려보면,
어느새 지운은 곤히 잠들어있다.
마루 위에 윤목을 올려두는 휘.

휘 (잠든 지운을 가만 바라보는 눈빛 애틋하고, 떨리듯) 오랫동안 궁금했는데...
어떤 모습으로 변했을지...

휘, 잠시 애틋하게 지운을 바라보다 마음을 주체할 수 없는 듯
천천히 다가간다. 그렇게 잠든 지운에게 입을 맞추는 휘.
순간, 부드러운 느낌에 부스스 눈을 뜬 지운. 그러나 꿈결인 듯 정신이 아득하다. 다시 스르르 눈이 감기는 지운. 휘, 입술을 떼고 보면 지운은 여전히 곤히 잠든 모습이고. 잠시, 그런 지운을 바라보다 자리에서 일어나는 휘, 그대로 폐전각을 벗어나려 하면 휘의 옷자락에 쓸려 윤목 하나가 마루 아래로 굴러떨어진다.
굴러가는 윤목, 지운이 발견한 장소까지 가는 데서.

S#45. 경회루 누정 / 밤

앞씬의 폐전각에서의 일을 떠올린 듯, 씁쓸한 얼굴의 휘.
홀로 누정 위에 서서 텅 빈 연지를 내려다본다.
그 모습 외로워 보이고... 휘, 이내 돌아서려는데
언제 왔는지 어느새 지운이 자신의 뒤에 다가와 서 있다.
급하게 달려온 듯 숨을 몰아쉬는 지운. 떨리듯 휘를 바라보면.
휘, 역시 갑작스러운 지운의 등장이 당황스러운 듯 그렇게 바라보는데.
잠시, 결심한 듯 지운이 휘를 향해 똑바로 걸어온다.

지운 꿈인 줄 알았습니다.
휘 (무슨 말인가 보면)

지운 저하를 향한 불경한 제 마음이 꿈이 되었다고 말이지요.

휘 (! 조금 놀라 본다)

지운 헌데... (손바닥 위에 놓인 윤목을 내밀어 보이며) 꿈이... 아니었습니다.

휘 (모두 알아버린 건가 당황스럽게 보면) ......!

지운 잠시 흔들린 거라고 하신다면 그렇다 믿어드리겠습니다. 허나, 저는 아닙니다. 신하의 마음이 아니었습니다. 충심인 줄 알았으나 연심이었습니다. 저하를 향한 제 마음은... 이제 더는 숨길 수가 없을 것 같습니다.

휘 !! (갑작스러운 지운의 고백에 숨이 막히듯, 그대로 굳어 보면)

지운 (벅차오르듯) 연모합니다. 저하. 사내인 저하를, 주군이신 저하를... 제가. 연모합니다.

지운, 떨리는 눈빛, 더 이상 숨기지 않겠다는 듯 곧게 휘를 바라보면, 숨이 막히듯, 흔들리는 눈빛으로 그런 지운을 바라보는 휘의 모습. 그렇게 마주 선 두 사람의 모습에서. 9부 엔딩.

10부

고마웠습니다.

정사서 덕분에 단 하루라도 행복할 수 있었으니.

S#1. 궁녀 집무실. 서고 / 밤

궁녀들의 명부와 일지가 쭉 꽂혀 있는 어느 책장 앞.
책장을 훑던 상궁이 오래된 명부 하나를 꺼내어 이현에게 건넨다.
명부의 겉표지, "임진년(壬辰年)"이라고 쓰여 있다.

이현 (표지 보며) 임진년...

플래시백 / 2부 24씬
"접니다... 현이요!" 하며 의아하게 휘를 보던 어린 이현.

이현, 설마... 불안한 마음으로 급히 책장을 넘기며 무언가를 찾는데...
멈칫, 어느 페이지에서 시선이 멈춰 선다.
보면, 쭉 늘어선 명단 중, "담이 十二歲 病 出宮" 기록 보인다.

이현 병으로 출궁했다니. 무슨 병인지 기록이 있는가?

상궁 담이라는 아이에 대한 기록은 이게 전부입니다. 보통은 병증에 대해 간략하게나마 따로 기록을 해 두는데 어찌 이 아이 기록만 없는 것인지... 헌데 어찌하여 그러시는지요.

이현 (그 말에 확신하듯) 아닐세... (역시... 휘가 담이였던 걸까. 굳어진다)

S#2. 궐 일각 / 밤

이현, 굳은 얼굴로 걸어오는데, 멀리 경회루 누각 위, 휘가 홀로 서 있는 모습이 보인다. 이현, 마음이 무거운 듯, 가만히 휘를 바라본다. 그 표정 위로.

플래시백 / 6부 10씬
"그 애한테 준 서책을 저하께서 가지고 계시더라고." 하던 지운.

이현 (휘에게 말하듯) 그래서였던 겁니까. 저하...

이현, 지운을 보던 휘의 눈빛을 떠올린다.

플래시백
/ 5부 1, 2씬. 갓끈을 매어주는 지운을 보던 휘의 떨리는 눈빛.
/ 7부 5씬. 삼개방 사건 해결 후 지운을 보던 휘의 표정.
/ 7부 22씬. 환약을 주고 가던 지운을 보던 기분 좋은 휘의 눈빛.

이현, 이제야 지난날 휘의 그 행동들을 모두 이해할 것 같다.
괴로운 표정으로 휘를 바라보는데.
조금 떨어진 곳, 휘를 향해 급히 달려오고 있는 지운.
이현, 조금 놀라 바라보면.

S#3. 경회루 누정 / 밤 (9부 엔딩에 이어지는)

마주 보고 선 휘와 지운.

지운 잠시 흔들린 거라고 하신다면 그렇다 믿어드리겠습니다. 허나, 저는 아닙니다. 신하의 마음이 아니었습니다. 충심인 줄 알았으나 연심이었습니다. 저하를 향한 제 마음은... 이제 더는 숨길 수가 없을 것 같습니다.

휘 !! (갑작스러운 지운의 고백에 숨이 막히듯, 그대로 굳어 보면)

지운 (벅차오르듯) 연모합니다. 저하. 사내인 저하를, 주군이신 저하를...
제가. 연모합니다.

지운, 떨리는 눈빛, 더 이상 숨기지 않겠다는 듯 곧게 휘를 바라보면, 숨이 막히듯, 흔들리는 눈빛으로 그런 지운을 바라보는 휘.

휘 정사서... (잠시, 현실을 인식하려는 듯 쓰게 웃고는 다시 지운을 본다) 우리는 이루어질 수 없는 사입니다. 나는 이 나라의 세자이고, 정사서는 나의 신하입니다...

지운 (흔들림 없이 바라보며) 감당할 것입니다. 세상 사람들이 제게 뭐라고 하든 아니, 저하께서 뭐라고 하시든 모두... 제가 감당해 볼 것입니다

휘 (그 말에 흔들린다. 다잡으며) 나는 아닙니다.

지운 (! 보면)

휘 그날, 내 마음이 무엇이었든... 그 일은 부디 잊어 주시지요.

지운 (각오했지만, 안타깝고) 저하...! (뭐라 더 말하려고 하지만)

휘 (지운의 말을 끊어 내듯, 회피하며) 오늘 얘기는, 못 들은 걸로 하겠습니다.

휘, 쓰러질 것 같은 자신을 겨우 다잡으며 지운을 스쳐 지나가면, "저하...!" 안타깝게 휘를 부르는 지운. 제 손에 들린 윤목을 꽉 쥐어 본다. 무너질 듯 걸어가는 휘의 모습에서.

S#4. 동. 일각 / 밤

이현, 지운과 휘의 이야기를 모두 들은 듯 표정 굳는다.
충격인 듯 바라보는 이현의 모습에서.

S#5. 동궁전. 의대칸 / 밤

야장의로 갈아입은 휘, 표정을 감춘 채 긴 머리를 늘이고 앉아 있다.
김상궁, 언제나처럼 휘의 머리를 빗겨 주면
휘, 생각이 많은 표정. 의대칸 일각에 놓인 어느 상자를 바라본다.
슬픔이 깃든 눈빛 그 위로, 휘의 목소리

휘 (E) 차라리… 다시 만나지 않았으면 좋았을 걸 그랬습니다. 허면 이렇게 아플 일도 없었을 테니…

S#6. 동. 휘의 처소 / 밤 - 새벽

서안 앞에 홀로 앉은 휘. 앞씬에서 바라보던 상자를 열어본 듯
상자 옆으로 때 묻은 염낭 하나 놓여 있다.
휘의 손에 들린 종이엔 오래전 지운이 선물한 '연선'이란 이름 글씨.
슬프게 바라보는 휘의 모습. 잠시… 무언가 결심한 듯 표정 위로

질금 (E) (당황한) 혀, 형님! 나와 봐! 얼른!!

S#7. 삼개방 / 아침

질금의 소리에 "왜 소란이야…" 방에서 나오는 지운.
앞에 선 휘를 발견하고 놀라 바라본다. 화사한 갓도포 차림의 휘.
삼개방을 휘휘 둘러보다 내심 밝은 표정으로 지운을 돌아보면.

지운 (꿈인가, 믿기지 않는 듯) 저하… 여길 어떻게…

휘 (그 모습 미소로 보며) 기상이 늦으십니다. 해가 벌써 중천에 떴는데 말이지요.

지운 (어떻게 된 건가. 멍하니 제 볼을 꼬집으며 보는 데서)

김상궁 (E) 저하께서 궐에 안 계시다니?!

S#8. 동궁전 처소

깨끗하게 정리된 휘의 처소를 보고 경악하는 김상궁
그 앞엔 내심 모르는 척 시선 굴리며 선 홍내관 보이고.

김상궁 오후에 대비전에 들기로 하신 것을 잊을 리 없으실 것 아닌가!!

홍내관 (눈알만 또르륵) 그, 그렇지요. 그렇긴 한데 갑자기 급한 일이 있다고,

김상궁 자네는 대체 저하를 어찌 모신 게야! (당장이라도 휘를 따라나설 기세다) 어디로 가신다던가? 내 지금이라도 따라가 저하를 뫼시고 올 터이니... (하는데)

홍내관 (헉! 막아서며) 잠행가신 겁니다. 잠행! 목적지가 있을 리 없지 않습니까... (우물쭈물 눈치 보며) 호, 호위무사가 동행하였으니 걱정 마십시오. 김가온 그 자에게 아주 딱! 붙어 따르라 일러두었으니까요. 하하하... (어색한 웃음으로 모면하려 하면)

김상궁 (걱정스러운 듯... 답답하게 보는데)

홍내관 (휴...)

S#9. 동궁전 일각

동궁전 협문 근처 으슥한 곳.
홍내관, 가온을 위협(?)하듯 서 있다.

홍내관 오늘은 절대! 절대로 동궁전에 들지 말게. 아니, 아예 지금 퇴궐하시게. 자네는 오늘 저하를 따라 저자에 간 걸세. 알겠는가? (동궁전 돌아보며) 김상궁

마마님 눈에 띄는 날엔 너나 나나 모두 이거라니까. 이거... (목 긋는 시늉)

가온 (무표정으로 바라보면)

이현 (E) 그게 무슨 말인가.

홍내관 (다가오는 이현을 보고) 히익! 자, 자은군 대감!

이현 저하께서 궐을 나가셨단 말인가?

홍내관 아, 그게 아니라... (망했다. 우물쭈물...)

이현 (설마... 걱정으로 굳어지는 데서)

S#10. 저잣거리. 주막

휘와 지운 마주 앉아 있다.
주모가 국밥을 놓고 가면, 멍하니 바라보는 지운.

휘 (숟가락 들다가, 보며) 안 드십니까?

지운 아. 예... (이게 무슨 상황인지 얼떨떨하게 보면서 주춤, 숟가락 들면)

휘 잠시만... (지운의 국밥에 손수 들깨 가루를 넣어 주고는) 됐습니다.

지운 (자꾸 왜 이러는 걸까. 이상하다. 망설이다) 헌데... 정말 어쩐 일로 나오신 겁니까? 겨우 국밥이나 드시러 나온 것은 아니실 테고...

휘 (태연히) 맞습니다. 이 국밥 맛이 자꾸 생각이 나서요.

지운 (? 더 이상하고) 진심...이십니까?

휘 (그 반응에 옅게 웃고는) 어서 드시지요. 다 식겠습니다.

휘, 그저 맛있게 밥을 먹으면
지운, 그런 휘의 행동이 불안한지 연신 힐끔힐끔... 눈치 보며 국밥을 먹기 시작한다. 지운, 이내 맛있게 국밥을 먹으면, 그런 지운을 보는 휘, 따뜻한 미소. 그러나 어쩐지 씁쓸해지는 듯한데.

S#11. 저잣거리 몽타주

사람들로 북적이는 저자. 지운과 휘가 사람들 틈에 섞여 약과 등 간식도 사 먹고, 옷과 갓 등을 대어 보며 즐겁게 구경하고 있다.
휘, 걷다가 문득 어떤 꽃나무의 꽃을 예쁘게 바라보면, 꽃보다 휘의 모습을 더 어여쁘게 바라보는 지운.

놀이패를 구경하는 두 사람. 차력쇼 하던 광대 하나, "도전해 보실 분 계십니까?" 쇼맨쉽 발휘하면, 휘, 은근슬쩍 지운을 퍽 민다. 얼결에 무대로 튀어 나가게 된 지운. 황당한 듯 휘를 돌아보다가. 심기일전... 빠샤-! 나무를 내려친다. 두 동강 나는 나무.
사람들, "잘한다!" 박수 치면, 휘도 같이 최고라 치켜세워 주고.
그런 휘에, 언제 그랬냐는 듯 헤헤... 뿌듯하고 기분 좋게 보는 지운.
휘, 귀엽게 바라보고.

두 사람, 그네 뛰는 여인들을 구경한다. 휘, 그 모습이 아름다운 듯, 부럽게 바라보고.

지운 (그런 휘를 보다가) 한번 해보시겠습니까?
휘 예에? 저건 여인들이나...(하는데)
지운 (회심의 미소. 아까의 복수다! 손 번쩍!) 여기! 그네를 타보고 싶다는 선비님이 계십니다!
일동 (웅성웅성. 어머 남사스러워라, 하면서도 재밌다는 듯 휘를 보면)
휘 (당황해서) 이 무슨 짓입니까! (지운 째려보면)
지운 여인들만의 것이 어딨겠습니까. 좋은 것은 같이 즐기는 거지요~

여인들 깔깔거리며, 빨리 타보라고 휘를 이끌면
휩쓸리듯 그네에 오르는 휘. 사람들의 시선에 어색해하다가 천천히 발을 구르기 시작하면, 조금씩 하늘 높이 오르는 그네.
시원한 바람이 휘의 얼굴을 스치면, 휘 조금씩 기분 좋은 미소가 떠오르고.
지운, 떨리듯, 그런 휘를 어여쁘게 바라보는데.

S#12. 동. 다른 일각

그네뛰기 장소에서 벗어나 함께 걷는 휘와 지운.
휘, 아까의 여운이 남은 듯 조금 상기된 표정이고.

휘 내 참 살다살다 정사서 덕분에 그네도 다 뛰어보고, 별일이 아닙니까...
지운 저야말로 저하 덕분에 머리로 나무도 다 부러뜨려 보고, 별일이지요.
휘 (조금 괘씸해) 어째, 궐 밖이라고 한 마디도 지지 않으십니다?
지운 (그 표정에 움찔해) 에이, 설마요... 오해십니다. 오해...

지운, 상황을 모면하려, 하하하... 어색하게 웃으며
"저하! 저기 좀 보십시오. 저기..." 후다닥 앞장서면
휘, 그 모습에 픽, 웃으며 뒤를 따르고.

S#13. 광통교 (징검다리) / 석양

석양이 내려앉는 천변의 풍경.
휘와 지운, 앞서거니 뒤서거니, 함께 징검다리를 건너고 있다.
앞서가던 지운. 조금 간격이 넓은 징검다리 앞에서 손을 내밀면.

플래시백 / 1부 49씬
어린 휘를 향해 손을 내밀어 주던 어린 지운의 모습.

휘, 잠시 망설이다 지운이 내민 손을 맞잡고 징검다리를 건너는데
잠시, 한 방울, 두 방울... 빗방울이 떨어지기 시작한다.
조금씩 내리던 빗방울이 굵어지기 시작하면, 어... 놀라 하늘을 올려다보는 두 사람.

지운 저하, 우선 저기 처마 밑으로 가시지요.

생각할 겨를도 없이 휘의 손을 잡고 달리는 지운.
두 사람, 근처 처마 밑으로 달려가면
어느새 앞도 보이지 않을 만큼 세차게 빗물이 쏟아지고.

S#14. 어느 처마 밑 / 석양

비를 피하기 위해 처마 아래로 뛰어 들어온 휘와 지운.

지운 (휘의 옷을 급히 털어주며) 옷이 다 젖어 큰일입니다. 고뿔이라도 걸리시면 큰일인데... (하는데)

휘 (지운의 손길에 문득 어색해) 제가, 하지요...

잠시, 어색한 침묵이 흐르고, 시선을 피하는 두 사람.
말없이 처마 밖, 쏟아지는 빗물만을 바라보며 섰는데.
처마 밖, 갑작스러운 빗물에 우왕좌왕 달려가는 사람들의 모습이 휘의 눈에 들어온다. 하던 장사를 접는 사내와, 널린 빨래를 걷는 아낙들.
그리고 쏟아지는 빗물에 그저 신이 난 아이들까지...

휘 (평범한 그 모습들을 어쩐지 쓸쓸한 모습으로 바라보면)

지운 (문득 종일 자신을 괴롭히던 불안한 감정이 떠오르는 듯, 휘를 바라본다. 망설이다 용기 내어) 이제 말씀해 주시지요. 저하.

휘 (그런 지운을 보면)

지운 오늘 저를 찾아오신 진짜 이유 말입니다...

휘 (그 말에 무거워지는 표정. 다잡듯 다시 처마 밖 사람들을 바라본다) 때로는 나도 저들처럼 사는 것은 어떨까 생각합니다. 마음 편히 웃고, 울고 싶을 땐 마음껏 울기도 하고 말이지요... 궐에서는 내 자신에게조차 솔직할 수가 없으니...

지운 (안타깝게 바라보면)

휘 (떠올리듯) 나는 평생 경쟁하며 살아왔습니다. 기대에 부응하기 위한 삶을 살았고, 앞으로도 그런 삶을 살게 되겠지요. 사람들은 세자인 나를 부러워

하지만 나는 여기 있는 저 사람들이 부럽습니다. 누구의 눈치도 보지 않고 저리 마음껏 행복할 수 있으니...

지운 그리하시지요. 오늘처럼 웃으시고, 때로는 우셔도 됩니다. 제 앞에서는 말이지요.

휘 (그 말에 슬픔을 삼키듯, 안타깝게 바라보며) 고마웠습니다. 정사서 덕분에 단 하루라도 행복할 수 있었으니...

지운 (불안하게 바라보며) 저하...

휘, 말과는 달리 슬픈 표정, 어떤 문서 하나를 꺼내 지운에게 건넨다.
지운, 받아 보면. 천거 추천서다.

휘 더 좋은 곳에 자리를 마련해 두었습니다. 그곳으로 가는 것이 정사서에게도 좋은 기회가 될 것입니다.

지운 (굳어지는 표정) 떠나라... 명하시는 것입니까?

휘 이기적이라 욕하셔도 됩니다. (슬픔을 감추듯 바라보며) 나는 곧 가례를 올리고 세자빈을 맞을 것입니다... 이것이, 정사서의 고백에 대한 내 대답입니다.

지운 (치솟는 감정을 억지로 참는 듯, 대답 없이 종이만 꾹 쥐면)

휘, 이럴 수밖에 없는 스스로가 괴로운 듯, 잠시 지운을 바라보던 시선 거두고 빗속으로 걸어간다. 괴롭게 바라보는 지운. 차마 그런 휘를 잡지 못한 채 바라보면. 눈물을 참아 내듯, 지운을 남겨둔 채 멀어지는 휘의 그 모습에서.

S#15. 궐 문 앞 / 밤

어둠 속, 비를 맞으며 걸어오는 휘. 빗물인지 눈물인지 모를 것이 휘의 뺨을 적신다. 괴로운 듯 흐느끼는 휘. 잠시, 누군가 그런 휘에게 다가와 우산을 씌워준다. 휘, 고개 들어보면, 오래 기다린 듯 바라보고 선 이현이고.

이현 힘든 일이라도 있으셨나 봅니다.

휘　　형님... (차마 아무 말 못 하고 바라보면)

이현　　그런 날이 있지요. 저도, 오늘이 그런 날이거든요.

휘　　(터져 나오는 슬픔을 참을 수 없는 듯, 어깨가 떨리면)

이현, 안타까운 눈빛, 우산을 더 깊이 씌워 그런 휘를 가려 주면
가려진 우산 속에서 괴롭게 흐느끼는 휘의 모습.
이현, 저도 모르게 휘를 토닥이려 손을 뻗었다 이내 거두고 만다.
울고 있는 휘를 바라볼 수밖에 없는 이현의 표정 역시 슬프게 굳어지고.
그렇게, 빗속에 서 있는 두 사람의 모습에서.

S#16. 동궁전 전경 / 밤

똑똑, 처마 밑으로 물방울이 떨어진다.
어느새 비가 그쳤는지 하늘엔 밝은 달이 서서히 모습을 드러내고.

S#17. 동. 동궁전 일각 / 밤

익위사들에게 인사를 하고 동궁전을 벗어나 퇴궐하는 가온.
조금 떨어진 곳, 가온을 지켜보는 어떤 시선... 윤형설이다.
윤형설, 천천히 가온의 뒤를 따르지만 별다른 특이 사항은 안 보이자 내심 안도하는데. 돌연 숙위소로 향하던 가온의 발걸음이 다른 방향을 향한다.
사람들의 눈을 피해 빠르게 궐을 벗어나는 가온.
윤형설, ! 급히 가온을 쫓기 시작하고.

S#18. 육조거리 / 밤

빠르게 달리며 복면까지 걸치는 가온. 잠시 뒤를 살피면, 재빨리 담에 몸을 숨기는 윤형설... 한 템포 멈춰 다시 가온을 뒤쫓는데.

어느 순간, 골목을 돌아선 가온의 모습이 보이지 않는다.
윤형설, 당황해 두리번거리는데 멀리, 병조 건물 근처에서 "웬 놈이냐!" 하는 소리 들려온다. 돌아보는 윤형설. 급히 달려가면.

S#19. 병조 관청 일각 / 밤

소리가 난 방향으로 달려온 윤형설.
그곳에 쓰러져 있는 병조정랑이 보인다.
급히 정랑을 일으키는 윤형설. 그러나 깊게 베인 칼자국.
이미 숨을 거둔 후다. 한발 늦었구나... 표정 굳는 윤형설.

S#20. 궐. 가온의 숙소 / 밤

탕- 문이 열리며 급히 들어오는 윤형설. 가온을 찾듯 시선을 쫓으면.
안에 있던 몇몇의 익위사들 그런 윤형설을 의아하게 본다.

익위사1 내금위장 어른. 무슨 일이십니까.
윤형설 김가온이라는 자는 어디 있느냐.
익위사1 (영문을 몰라 바라보면)
익위사2 조금 전 전하를 뵈러 대전으로 간다 하였는데...
윤형설 뭐라 하였느냐 지금? 대전이라니...! (순간 사색이 되어 뛰쳐나가는)

S#21. 대전 앞 + 복도 / 밤

검을 옆에 차고 혜종의 침소로 향하는 가온과
대전으로 향하는 윤형설의 다급한 움직임이 교차되어 보인다.
대전에 들기 전 대전 내관에게 자신의 검을 맡기는 가온. 일생일대의 기회를 만난 듯, 긴장된 표정이다.

잠시, 검을 거둔 대전 내관이 혜종의 처소 문을 열어준다.
천천히 열리는 문틈 사이로 혜종의 모습이 드러나고
긴장으로 바라보는 가온. 곧 성큼성큼 안으로 들어가는 모습에서.

S#22. 동. 혜종 처소 밖 + 안 / 밤

급히 달려온 윤형설. 인사도 고하지 않고 대전 문을 열려고 손을 뻗으면 놀라 보는 대전 내관, 나인들. 순간, 안에서 말소리 들린다.

가온 (E) 김 가온이라 합니다.
윤형설 (멈칫, 그제야 안도하듯 손 거두고, 상선에게) 고하시게.
조내관 전하. 내금위장 입시이옵니다.

S#23. 대전 처소 안 / 밤

문 열리고 윤형설 들어오면, 혜종과 앉아 있는 가온 보인다.
가온 표정 평온해 보이고.

혜종 (의아한) 이 밤중에 무슨 일이냐.
윤형설 (가온 보다 시선 거두고) ...보고 드릴 것이 있어 왔사온데, 밖에서 잠시 기다리겠습니다.
혜종 알겠다. 잠시만 기다리거라.
윤형설 (경고하듯 가온 한 번 더 주시하고 조용히 물러나는)

문밖, 윤형설 칼 쥐고 대기하면
가온, 사라지지 않고 서 있는 윤형설 그림자를 의식하듯 바라본다.

혜종 네가 세자의 호위를 맡고 있다 들었다. 그래 어려움은 없느냐.
가온 예. 전하. (고개 숙여 예를 다하는데, 눈빛은 날카롭다)

혜종 상선에게 맡긴 네 검에 부절 같은 것이 있더구나. 정인이 준 것이냐?
가온 ...돌아가신 아버지의 유품이옵니다.
혜종 (놀라지만, 내색 않고) 그래... 앞으로도 세자의 호위에 힘써 주거라.

S#24. 동. 복도 / 밤

가온, 밖으로 나오면, 긴장으로 보던 윤형설, 스치듯 안으로 들어간다. 상선에게 맡긴 검을 찾아 돌아가는 가온의 뒷모습.
윤형설, 잠시 돌아보다 안으로 향하는데.

S#25. 동. 혜종 처소 / 밤

혜종, 생각에 잠긴 듯 앉아 있으면
들어오는 윤형설. 혜종을 바라본다.

윤형설 조금 전 병조의 관청에서 살인 사건이 있었습니다.
혜종 (조금 놀라) 어찌 육조의 관청에서 그런 일이... 범인은 잡았다더냐.
윤형설 (표정 무겁고) 방금 나간 김가온... 저자의 행적이 수상하옵니다.
혜종 (더욱 놀라며) 그게 무슨 말이냐...?
윤형설 (무겁게 보는 표정에서)

S#26. 궐 전경 / 다른 날, 낮

전날과 달리 햇볕이 쨍하니 맑은 날이다.

S#27. 궐 일각

무거운 표정의 지운, 시강원으로 향하는데
마침, 홍내관 등과 함께 다가오고 있는 휘.
두 사람, 잠시 서로를 발견하고 눈이 마주치면.

휘　(짧은 심호흡, 평안한 표정 지으며) 입궐하시나 봅니다.
지운　(애써 가다듬은) 예. 저하... 비를 맞으셨을 터인데 괜찮으셨습니까.
휘　네, 저야 뭐...

지운, 휘의 마음을 들여다보듯, 눈을 깊이 보면
휘, 그런 지운이 조금 불편하고.

지운　어딜... 가시는 길인가 봅니다.
휘　(부러 숨기지 않고) 국혼 문제로 아바마마를 뵈려고요.
지운　(눈빛 굳어진다. 뭐라 말 못 하고) 예...
휘　(그 눈빛 피하듯, 홍내관 향해) 가자.
지운　(마음이 무겁다. 혼자 남겨져 가는 휘의 뒷모습 보는 데서)

S#28. 대전. 혜종 처소

마주 앉은 혜종과 휘.

휘　(결심한 듯 무겁게) 가례를... 올리고 싶습니다.
혜종　(잠시 보다가) 그 이야긴 끝나지 않았느냐.

곧 대전 나인 하나, 말린 국화가 든 다기잔을 가지고 들어오면
잠시 끊기는 두 사람의 대화.

혜종　(직접 다관에 차를 우리며) 세자가 여름이면 국화차를 즐긴다더구나.
휘　(그 말에 보면)

혜종 (휘에게 차를 한 잔 따라 건네주며) 빈궁 역시 국화차를 좋아하였지. 헌데 나는 단 한 번도 이리 차를 내려준 적이 없었구나.

휘 (찻잔 속 떠오르는 국화꽃을 잠시 바라본다)

혜종 (담담하게) 내가 왜 세자의 가례를 반대하였는지 알고 있느냐.

휘 제가 아직 아바마마의 눈에 미욱하기 때문이겠지요...

혜종 (잠시 찻잔을 바라보며) 나 역시 세자의 나이에 가례를 치렀다. 어린 나이에 이뤄진 가정이었기에 그 값어치도, 품을 방도도 몰랐었지. 하여 나는 내 가족을 제대로 지켜내지 못하였느니라.

휘 (처음 듣는 이야기다. 흔들리듯 바라보면)

혜종 네게는 그런 미숙한 가족을 만들어 주고 싶지 않았다... 너를 세자로 보자면, 자전의 뜻을 따르는 것이 맞으나, 아들로 보아, 잠시간의 여유를 주고 싶었느니라. (진심 어린 눈빛으로 바라보면)

휘 (! 아버지의 진심에 조금 놀란 듯 눈빛이 흔들리는데)

혜종 (무거운 표정으로 휘를 바라보며) 진정 가례를 올리고 싶은 것이냐.

휘 (마음 무겁고, 다잡듯) 예. 가례를 올리고 싶습니다.

혜종 (그 마음 이해하듯) 세자의 국혼은 일개 사대부가의 혼례가 아니다. 조선의 명운이 걸린 국가의 중대사이니라. 이 말이 무슨 뜻인지는 알고 있겠지.

휘 (그 말에 조금 떨리듯 혜종을 보면)

혜종 (무거운 표정, 결심한 듯 바라보는 데서)

S#29. 대비전 / 다른 날, 낮

한기재, 대비와 마주 앉아 있다.

한기재 전하께옵서 드디어 간택을 진행 시키라 허하셨다고요.

대비 나라의 국운이 걸린 문제입니다. 언제까지 손 놓고 있을 수만은 없었던 게지요.

한기재 또 다른 말씀은 없으셨습니까?

대비 (의중을 알아채듯) 세자빈 간택은 장차 이 나라의 국모가 될 여인을 뽑는 자리입니다. 내 왕실의 어른으로 가장 현명하고 어진 이를 앉힐 것이니 염려치 마시지요.

한기재 물론 그러셔야지요. 하여 그에 합당한 이를 추천드릴까 합니다. 대비마마와 저, 그리고 세자저하의 앞날에 도움이 될 만한 인물을 말이지요.

대비 (보면)

한기재 (여유롭게 보는 표정에서)

S#30. 궐 문 앞 / 다른 날, 낮

초간택에 든 규수들이 탄 가마들이 궐 문 앞에 당도한다.
가마에서 내리는 하경과 소은.
하경, 떨리는 듯, 후... 심호흡하며 기대감 어린 눈빛, 궐을 바라보면
소은, 어쩐지 무거운 표정으로 궐을 돌아보는 위로

신영수 (E) 간택 단자를 넣지 말아달라니!

S#31. 소은 집. 신영수 방 / 밤 / 소은 회상

신영수, 간택 단자를 쓰던 중인 듯.
찾아온 소은을 바라본다.

소은 소녀 아직은 간택에 들 마음의 준비가 되지 않았습니다.

신영수 너의 마음이 중요한 것이 아니다. 이는 나라의 일이니라.

소은 (신영수를 똑바로 바라보며 조목조목) 세자빈 간택은 본래 내정자로 지목된 자를 따로 둔다 들었습니다. 허니 저 하나쯤 처녀단자를 넣지 않는다 하여도 누구도 마음 쓰지 않을 것입니다. 게다가... 삼간택에 오른 자는 평생 수절을 해야 한다 들었습니다. 저는 그리 살고 싶지 않습니다. 그러니 제발 뜻을 거두어 주시어요. 아버지.

신영수 (무겁게 바라보다, 단호한) 그것이 나라의 법이라면 그리 해야 할 것이다. 더는 이 아비를 불충한 자로 만들지 말아다오.

소은　　(그 말에 어쩔 수가 없는 듯, 속상하게 보는 데서)

S#32. 궐 일각

상궁의 안내에 따라 줄지어 이동 중인 초간택 규수들.
그 사이 하경과 소은의 모습도 보이고.

하경　　(입으로 중얼중얼 무슨 답을 외우듯 하다가, 도저히 안 되겠는지) 소은아... (주변 살피다, 꾸깃한 종이 건네며) 이거... 너만 봐. 얼른~

소은　　이게 뭐야...?

하경　　(누가 들을세라, 낮게) 오늘 초간택 때 나올 질문이래...(주변 살피다 다시 건네며) 내가 그래도 너한테까지 숨기면 안 되는 거잖아...

소은　　(내정자가 하경이구나. 내심 안도하듯 돌려주며) 난 됐으니까 어서 넣어 둬. (옅게 미소, 앞장서며) 가자. 늦겠다.

하경　　(왜지? 따라가며) 진짜 안 봐? 응? 응?

S#33. 초간택 장소

트인 전각쯤에 초간택에 든 서른여 명의 규수들 다 같이 절을 한다.
대비, 한기재, 중전, 이현을 비롯한 가례도감 대신들 몇몇 앉아 있고.

소은　　(곱게 인사하고) 이조판서 신 영자 수자의 장녀 소은입니다.

하경　　(인사하고) 병조판서...(잠깐 떨리듯) 노 학자 수자의 차녀 하경입니다.

"한성부 서윤 문 정자 학자의 장녀 정희입니다." 인사 이어지고...
컷 튀면. 다소곳이 앉은 규수들.

대비　　어느 대감의 집에서 세 여인에게 쌀 반 말로 한 달을 버티는 시험을 내었다. 한 여인은 양껏 먹다가 쌀이 떨어지자 포기했고, 또 한 여인은 조금씩 나눠 먹었으나 배가 고파 포기했다. 세 번째 여인은 나눠준 쌀은 한 톨도 먹지 않았지만 한 달을 버텼다. 어찌 된 일이겠느냐?

일동 (아무도 답변을 못 하고, 고개만 숙이는데)

하경 (아까 봤던 것을 떠올리며, 더듬더듬) 그 쌀로 떡을 만들어 팔고... 그 돈으로 쌀을 더 많이 샀기 때문입니다.

한기재 (만족한 듯 보면)

대비 (끄덕인다. 한기재를 한 번 보고) 정답이다. 허면 그 규수의 행동엔 문제가 없다고 생각하느냐? 이는 불공정한 것이 아니더냐?

하경 그... 그건...! (답을 미리 받은 자신의 상황이 들킨 건가 안절부절, 답하지 못하고, 거의 울 듯한데)

소은 (그런 하경을 보다가 도우려 나선다) 혹 그 시험에 다른 규율이 있었사옵니까?

대비 (소은을 보고) 없었다.

소은 허면 이는 불공정한 것이 아닙니다. 시험에 통과하고자 떡을 만들 수 있는 자신의 능력을 십분 발휘해 최선을 다한 것을 어찌 잘못이라 할 수 있겠습니까.

하경 (자신을 옹호해 주는 소은에 감동한 듯, 고맙게 보면)

한기재 (그런 소은을 주시한다)

대비 (만족스럽고, 미소로 보며) 이판의 여식 소은이라 했느냐.

소은 그러하옵니다... (단아한 모습 위로)

신영수 (E) 제 여식을 세자빈으로 생각하신단 말씀이십니까.

S#34. 대전 후원 일각

함께 걷는 혜종과 신영수.
신영수, 놀란 표정으로 혜종을 보면

혜종 (결연한 눈빛) 이판이 처음 출사했을 때 내게 한 말을 기억하시오?

신영수 (보면)

혜종　무엇에도 치우치지 않고, 이해득실을 따지지 않는, 조정의 중심을 잡을 수 있는 그런 신료가 되겠다 했던 그 말, 말이오.

신영수　물론이옵니다. 전하. 지금도 그 뜻은 변함이 없사옵니다. 허나,

혜종　(끊으며) 지금이 바로 이판의 말을 직접 보여줄 때입니다.

신영수　(고민스러운)

혜종　사람들이 가득 탄 배가 한쪽으로 기울면 누가 가장 먼저 물에 빠지겠소? 힘없고 가진 것 없는 백성들이 가장 먼저 희생당하겠지... 그러니 이 배가 침몰하지 않게... 그대가 중심을 잡아주길 바라오.

신영수　(뜻을 헤아리듯 생각하는 표정에서)

S#35. 시강원 집무실

범두, 만달, 태평하게 시간 보내며 대화 중이고.
지운, 제 자리에 앉아 심란하게 있는데.

만달　유력한 내정자론 이판댁 아씨와 병판댁 아씨 정도겠네요.

범두　(비웃듯) 그럼 우리 내기나 한판 할까? 난 병판댁에 걸지. 청백리이자 대쪽 같은 유림의 거두 이판대감께서 상헌군 대감의 눈에 들리 없지 않는가.

만달　(역시 가소롭다는 듯) 좋습니다. 전 이판대감댁에 걸지요. 주상전하께서 상헌군 대감의 사람이 자명한 병판댁 아씨를 세자빈으로 순순히 받아들이겠냐 이 말입니다. 예? (지운에게 동조를 구하듯) 아니 그렇습니까 사서 나으리?

두 사람, 지운을 바라보면
문수, 헐레벌떡 들어와 지운에게 달려간다.

문수　사, 사실인가!! 저하께서 자네에게 승전직을 권하셨다는 것이...!!

범두, 만달　(오잉? 역시 놀라 보면)

문수　어디로 가는데? 응? 사간원인가? 사헌부인가? 대체 어딘데!

지운　(마음이 무겁고) 아닙니다. 그런 거...

문수 그러지 말고 말 좀 해 보게. 나 그렇게 쪼잔하고 그런 사람이 아니... (하다가, 답답하다) 비결이 뭔가? 많이 좋은 자린가? (흑. 괴롭다)

지운 (심란한) 송구합니다. 오늘은 먼저 들어가 보겠습니다. (가면)

문수 저 자식이 이제 승전한다고 날 괄시하네... (뒷골 잡고) 아우 뒷골...

범두, 만달 (얼른 부축하며) 보덕 어른!!

S#36. 소은의 집 앞

초간택 끝내고 걸어오는 소은, 여전히 마음은 무겁다.
집 앞에 소은을 기다리듯 선 누군가. 보면, 홍내관이다.
소은, 의아하게 바라보면
홍내관, 어색하게 비켜서는데, 그 뒤로 모습을 드러내는 휘.
곁엔 가온도 있고. 그제야 소은을 알아본 휘, 조금 놀라면
소은, 역시 휘를 보고 놀라는데.

S#37. 소은의 집. 사랑채 앞

댓돌 위엔 휘와 소은의 신발이 나란히 올려져 있다.

S#38. 동. 안

소은, 조금 떨리듯, 휘 앞에 차를 놓아준다.
가만히 바라보는 휘.

소은 (긴장하며) 아버님께서는 이조의 일로 아직 퇴청치 않으셨습니다.

휘 알고 있소. 내 이판대감이 아니라 그대를 만나러 온 것이오.

소은 (그 말에 조금 놀라 보면) 저, 저를 어찌...

휘 우리가 인연이 꽤 깊군요... 이리 다시 만날 줄 알았다면 그때 속이지 않았

어도 되었을 텐데. 놀랐다면 미안하오.

소은　아, 아닙니다. 저야말로 혹 무례를 범했다면 용서하시옵소서... (아무래도 믿기지 않는) 저하...

휘　(담담히 그런 소은을 보다가, 덧문이 트인 밖을 돌아보며) 이판대감의 성정과 같이 집도 역시 단아하고 반듯해 보이는군요.

소은　(긴장으로 바라보면)

휘　(따뜻하게 보며) 날이 선선하니 잠깐 함께 걷는 것도 좋겠지요?

휘, 스스로를 다잡듯, 소은을 바라보면
소은, 그 모습 바라보는 데서.

S#39. 소은의 집. 뒤뜰

휘, 꽃나무를 바라보듯 걷고 있으면
바라보는 소은. 조금 떨어져 휘를 뒤따른다.

휘　(걷다가, 나무 그늘에서) 열 살의 소저께선, 이곳에 서서 어떤 낭군을 그리셨습니까.

소은　(무슨 말인가 보는) 예...?

휘　궐 후원에 자란 소나무 아래에 선, 열 살의 난 말입니다. 내게로 난 길이 가시밭길이라 해도, 우직하게 밟고 와 줄, 곧고 강한 사람을... 그렸습니다.

소은　(그게 나란 소린가? 뜻을 헤아리듯 보면)

휘　(결심하듯 돌아보며) 그 길, 꼭 걸어와 달라는 부탁을 하러 왔습니다. 그 끝에 난, 소저께서 그리던 낭군이 되어 있어 볼 테니.

인서트 / 대전 후원 / 밤 (28씬과는 다른 날)

혜종　이판이 너를 도와줄 것이다. 그라면, 세자의 앞날에 큰 도움이 될 수 있을 것이니라. (무거운 짐을 맡기듯, 휘를 바라본다)

약간의 죄책감과 함께 결연하게 소은을 보는 휘의 표정에서.

S#40. 저잣거리 주막 / 밤

이현과 지운, 술상을 사이에 두고 마주 앉아 있다.
지운, 술을 따라주는 이현을 바라보면

이현 (괜히 머쓱해져) 아… 공돈이 좀 생겨서.

지운 (무심히 술을 들이킨다) 왕친께서, 심지어 공돈이 생겼다면서, 주막이 뭐냐. 주막이…

이현 허. 이제 공고상 좀 받아 보셨다고 궐 물이 단단히 들었나 보군. 빈민가 의원 하시던 소탈한 선빈 어딜 가시고 불평은…

지운 (픽 웃고는) 할 말 있음 해. 괜히 어설프게 분위기 잡지 말고.

이현 할 말은… 그냥 오랜만에 너랑 술 한잔하고 싶어 온 거지.

지운 (끄덕인다. 그저 술을 들이키면)

이현 (가만히 그런 지운 보다가) 지운아, 넌 꿈이 뭐냐? 그리는 미래 같은 거 있잖아.

지운 (황당한) 꿈은 무슨… (술 마시며) 이제 없어 그런 거… 꿈이 뭐가 필요하냐. 이 술 한 잔만 못한 거지.

이현 (안타깝게 보다가) 니가 하고 싶은 게 있으면 다시 시작해 보는 게 어때? 필요하면 내가 도울 수도 있고. (농담처럼) 이 형님이 그래도 유력한 왕족 출신에, 가진 것도 좀 있으니. (눈 마주치면, 장난스레 웃고)

지운 왜 그러냐 자꾸… 오늘 날 잡은 사람처럼.

이현 (웃다가, 진지하게) 진심이니까 생각 좀 해 봐. 꼭 그런 도움이 아니더라도, 네가 다른 길 가겠다면, 함께 고민해 주고 싶단 뜻이니까.

지운 (힘없이 픽 미소) 아… 왜 다 나한테 생각들 해 보래 자꾸.

지운, 복잡한 표정, 저도 모르게 한숨을 내쉬면.
이현, 걱정스러운 듯 복잡한 표정으로 지운을 보는 데서.

S#41. 소은의 집 앞 / 밤

소은, 휘를 배웅하고 있다.

소은 (망설이다) 저는... 세자빈이 될 자신이 없습니다. 너무 갑작스럽기도 하고... (차마 좋아하는 이가 있다는 말은 못 한 채, 고개를 숙이면)

휘 (무거워지는 표정, 대충 알 것 같다) 혹... 소저의 마음에 다른 사람이 있습니까.

소은 (조금 놀라 봤다가, 답하지 못하고 고개를 숙이는) ...송구합니다.

휘 (역시나) 여기까지 찾은 이상, 나 역시 바로 포기하겠다 말해 주진 못하겠네요. 조만간 또 보시지요.

휘, 애써 담담히 웃고 돌아서면
무겁게 바라보는 소은의 표정에서.

S#42. 저잣거리 어느 다리 / 밤

다리를 건너는 휘. 소은을 떠올리듯 마음이 무겁다.

플래시백 / 7부 28씬
국밥집에서 지운과 함께 앉아 있던 소은.

휘, 씁쓸하게 걸어가는데,
거짓말처럼, 건너편에서 걸어오는 지운. 역시 무거운 표정이고.
휘, 조금 당황해서 걸음을 멈추고 보면. 지운, 역시 그런 휘를 발견하고 멈춘다. 잠시 그대로 서로를 보고 선 두 사람. 눈빛이 흔들리고.

지운 이 시간에 여긴 어찌...

휘 (다잡고) 이판댁에 다녀오는 길입니다. 지난번 정사서와 함께 있던 분이 이판댁 따님이시더군요.

지운　아... 예...

휘　그분께 세자빈이 되어 달라 청하였습니다. 정사서와 연이 있는 분인 걸 알면서도 말이지요.

지운　(그 말에 조금 굳어져 보며) 예... 그러셨군요.

휘　(역시 마음 무겁고, 털어 내듯) 일전에 제가 말한 그 제안은 생각해 보셨습니까. 원한다면 더 나은 곳으로도 추천을 해 드릴 수 있는데...

지운　저는 저하를 뵈면 마주 서 이야기 나누고 싶습니다. 이렇게 갑자기 마주치기라도 하면 더더욱이요.

휘　(! 바라보면)

지운　다른 곳으로 자리를 옮기라시는 건, 제겐 궐을 나가라는 말과 같은 의미로 들려서요. (휘를 보며) 저하께선 제가 정말 그러기를 바라시는 것입니까?

휘　(흔들리듯 본다. 저도 이 상황이 힘들고)

지운　그게 아니라면,

휘　나 역시 어렵게 말한 진심이었습니다. 정사서라면 나를 이해해 줄 거라 생각했는데... 내 생각이 틀렸나 보군요. 잘 알았습니다.

휘, 애써 마음을 숨기며 지운을 지나쳐 걸어가면
그런 휘를 바라보는 지운, 아픈 눈빛에서.

S#43. 저잣거리 일각 / 밤

지운, 무거운 표정으로 홀로 걸어간다.
문득 멈춘 곳, 휘와 함께 저자를 다니던 날,
휘가 멈춰서 꽃을 바라보던 자리다.

플래시백 / 11씬
꽃을 올려다보던 휘.

지운, 다가가, 잠시 꽃을 잡아보고, 살짝 꺾어 낸다.

홀로 그 꽃을 가만 보는 지운에서.

S#44. 시강원 / 다른 날, 낮

책을 펼치고 앉아 있는 휘. 표정이 무겁다.
잠시, 안으로 들어오는 사람. 지운이다.

휘 (조금 놀라지만, 애써 담담하게) 정사서의 서연이 아니지 않습니까.
지운 문학께 부탁해 하루만 바꾸어 달라 청하였습니다.
휘 (책 덮고, 나가려 하며) 오늘 서연은 없는 걸로 하지요.
지운 제 대답이 듣고 싶다 하셨잖습니까.
휘 (멈칫, 보면)
지운 서연이 끝난 후 답해 드리겠습니다. 오늘이 저하와 저의 마지막 서연이 될 것이니 말이지요.

지운, 슬픈 눈빛 감추며 자리에 앉으면
휘, ! 그런 지운을 보는 데서.

S#45. 시강원 몽타주

지운이 선독하고 휘가 후독한다. 두 사람 담담히 책을 읽는 모습.
휘, 책을 읽으면, 지운, 아픈 눈빛으로 지켜보는 위로
휘와 지운의 시강원 수업들이 떠오른다.
처음 시강원에서 만났던 그 순간부터(3부 66씬)
회강(4부 51씬), 회강연(4부 56씬), 잠든 휘를 바라보던 지운(5부 46씬),
삼개방 사건 때 자신을 구해 주던 휘의 모습까지(6부 51씬).

지운, 새삼 마음이 아파온다. 다잡듯, 다시 시선 돌려 책을 보면.
휘, 역시 책을 읽다 그런 지운을 바라보고.

(점프)
지운, 담담히 서연을 끝낸 듯 책을 덮으면.
휘, 차마 책을 덮지 못하겠다. 마음을 다잡듯

휘 이제 말해 주시지요. 내 제안에 대한 정사서의 뜻이 무엇인지.

지운 (잠시, 펼쳐진 휘의 책을 보다가, 생각을 정리한 듯) 잠시만, 함께 갈 곳이 있습니다.

휘 (바라보면)

S#46. 궐 일각 (누마루 혹은 언덕) / 석양

앞서 걷는 지운, 어딘가에 가 서면
무거운 표정으로 따르던 휘, 그제야 주변을 본다.
지운이 선 곳, 5부 33씬, 시찰을 끝내고 함께 궐을 내려다보던 그곳이다. 석양이 물들어 가는 평화로운 궐의 풍경이 한눈에 보이고.
두 사람, 잠시 말없이 그 모습을 바라만 보는데.

지운 기억하십니까? 저하와 서연을 시작한 후 처음으로 함께 했던 곳이 여기였는데... 어쩐지 그날이 까마득한 옛날처럼 느껴지네요.

휘, 그런 지운을 보는 표정 위로.

플래시백 / 5부 34씬

지운 그래도 한 번쯤은... 믿어 볼 수 있는 것 아닙니까?

지운 다른 누구를 위해서가 아니라 나를 위해서... 저하를 위해서 말입니다. (진심 어린) 사람들과 너무 거리를 두려 하지 마십시오. 그럼 저하께서 외로워지십니다...

다시 현재
휘, 흔들리는 스스로를 다잡으려 애쓰는 표정.

지운 (멀리 궐을 돌아본다. 과거를 떠올리듯) 다시는 궐에 오지 않을 거라 다짐했는데... 그랬더라면 후회할 뻔했습니다. (다시 휘를 보며) 제가 원래 어느 곳이나 한군데 오래 머무는 성격이 못됩니다. 해서, 다시 제 방식대로 한번 살아보려고 합니다.

휘 (! 그런 지운을 보면)

지운 (마음을 다잡듯, 따뜻하게 바라보며) 행복하셨으면 좋겠습니다. 단 하루가 아니라, 매일매일... 꿈도 희망도 없던 저를, 행복하게 만들어 주신 분이 저하셨으니까요...

휘 (슬픔을 삼키듯 바라보면)

지운 자리를 옮기라는 그 말씀은 받아들일 수 없을 것 같습니다. 궐에 있으면 자꾸만 동궁전을 기웃댈 것 같아서요. 시강원 스승님들께 인사드린단 이유로, 동궁전에 나무가 좋단 핑계로. 것도 아님, 자은군께서 그곳에 있진 않나 하는... 솔직하지 못한 기대로요. (씁쓸하게 웃으면)

휘 (마음이 찢어질 듯하다)

지운 (준비해온 사직소를 건네며) 강녕하십시오. 저하. 외롭지 마시고요.

지운, 애써 따뜻한 미소로 휘를 보다가 예를 갖추고 돌아서면
휘, 지운이 건넨 사직소를 바라본다. 사직소 봉투 안, 43씬의 그 꽃이 들어있고. 무너지듯 바라보는 휘. 애써 슬픔을 참아 내면
역시 슬픔을 참아 내듯, 담담히 걸어가는 지운의 모습에서.

소은 (E) 도련님께서 도성을 떠나신다니!

S#47. 소은의 집. 소은 방 / 다른 날, 낮

소은, 놀라 잔이를 본다.

잔이 궐에도 이미 사직소를 올리셨다나 봐요. 삼개방 사람들이랑 나루터로 가시는 걸 막 보고 오는 참이라니까요.

생각할 겨를도 없이 벌떡 일어나는 소은.
급히 방을 나서면, "아씨!" 잔이, 놀라 바라보고.

S#48. 나루터

사람들이 들고나는 나루터 앞.
시강원 스승들(문수, 만달, 범두)과 이현, 영지가 지운을 배웅하고 있다. 질금은 이것저것 배에 짐을 싣는 중이고.

문수 저하께서 더 좋은 자리까지 마련해 주셨다면서, 갑자기 온양이라니...
범두 정이 붙자마자 이별이라더니, 이게 무슨 일인가 참...
지운 (멋쩍게 웃고) 궐 생활이 영 체질에 안 맞아서 말입니다. 있는 동안 두 분께 은혜 많이 입었습니다. 온양에 올 일 있음 연통 주시지요. 제가 제대로 대접해 드릴 테니.
만달 저도 불러 주실 거죠? 나으리께서 가시면 시강원에 또 쉰내만 풀풀 풍기게 생겼습니다.

문수, "뭐얏?!" 만달과 티격태격하면
지운, 미소로 보다가 이현과 질금, 영지에게로 시선 돌리면

이현 (안타깝게 보다가) 곧 찾아가마. 거기서 낚시도 하고, 온천도 하면서 머리 좀 식히고 있어.
지운 그래야지. 니가 말한 대로 내가 진짜 뭘 원하는지도 생각해 보려고. 내 꿈 말이야.
이현 (믿는다는 듯 끄덕이면)
질금 (멀리서 다가오며) 형님, 다 됐어. 이제 배 출발할 거야. 와~!
지운 (돌아보고, 영지에게) 정리 되는 대로 부를게. 잘 지내고 있어.

영지, 끄덕이면, 지운, 미소로 보다가. 그대로 돌아선다.
바라보는 일동, 아쉬움이 가득한데.

S#49. 동. 나루터 일각 (선착장)

지운, 막 배에 오르려는데,
어디선가 "도련님!" 하는 소은의 목소리가 들린다.
돌아보는 지운. 보면, 그런 지운을 확인하고 급히 달려오는 소은이다. 지운, 갑작스러운 소은의 등장에 조금 놀라 보면

소은 (달려와 마주 선다. 떠나려는 지운의 모습에 북받치듯) 도성을 떠나신다는 것이 정말입니까?
지운 아, 예... 어쩌다 보니 그리 되었습니다.
소은 (안도와 원망이 뒤섞인 얼굴, 금세 눈물이 그렁해지고) 참으로 무심한 분이십니다. 또 보고 싶다, 기대된다, 그리 말씀드렸는데... 이리 훌쩍 떠나시다니요.
지운 (조금 놀라 보며) 낭자...
소은 가지 마십시오! 이제 막 도련님이 좋아졌는데, 이제 막 제 마음을 알아버렸는데, 어찌 이리 무심히 가버리려 하십니까.
지운 (그 고백에, 놀란 듯 얼떨떨 바라보면)
소은 (그렁한 눈빛으로 지운을 바라본다)

지운, 처음으로 알게 된 소은의 진심에 놀란 듯...
잠시, 휘를 붙잡던 그때의 자신이 떠오르며 안타까워지는 마음.

지운 미안합니다... 그 마음 내가 몰랐습니다.
소은 (아프게 바라보면)
지운 좋은 인연이었습니다. 낭자 역시. 제게는요.

지운, 따뜻한 미소로 소은을 바라보면
소은, 그 미소에 마음이 더욱 아프다. 이대로 끝이구나… 깨닫듯 눈물이 흐르고. 지운, 미안한 듯 바라보는 그 모습에서.

S#50. 동. 다른 일각

종복 하나와 나루터로 다가오던 창운군, 그런 소은과 지운의 모습을 다 봤다. 뭔가 재밌는 일이라도 떠오른 듯 입꼬리가 올라가며 돌아서는데, 마침 뒤따라온 잔이. 그런 창운군을 보고 놀라 고개를 조아리며 도망치듯 황급히 소은 쪽으로 달려간다.
창운군, 그런 잔이를 바라보는 비릿한 눈빛에서.

S#51. 원산군 집. 사랑채 / 밤

술상을 놓고 마주 앉은 원산군과 창운군

원산군 (술잔을 들다 조금 놀라 보며) 그게 정말이십니까?

창운군 (떠올리니 재밌다는 듯) 아주 눈물 없이는 볼 수가 없더라니까. 참으로 당돌하기도 하지. 세자빈이 되고자 하는 여인이 심중에 외간 사내를 품고 있으니 말이야.

원산군 (뭔가 생각이 떠오른 듯) 그런 이야기를 이 술자리의 안주 정도로만 치부하고 지나갈 것은 아니시겠지요?

창운군 그게 무슨 말인가?

원산군 전하께서 상헌군 대감을 견제하려 이판과 손을 잡으려 한다지요. 이미 세자께서도 이판의 여식을 만났다 들었는데… (은근슬쩍 보면)

창운군 뭐야, 그럼 완전 세자빈이 될 사람이다 그 말인가?

원산군 그야 이제는 숙부님께 달린 문제지요.

창운군 (무슨 말인가 보면)

원산군 병판의 여식을 세자빈으로 올리고 싶은 상헌군 대감에겐 그 얘기가 제법

구미를 당길 것도 같은데... 아니 그렇습니까? (회심의 미소)

창운군 (! 깨닫듯 생각하는 표정에서)

S#52. 한기재 사저. 사랑채 / 다른 날, 아침

상석에 앉은 한기재, 제 앞에 앉은 창운군을 바라보면
창운군, 한기재의 눈빛에 약간 긴장한 듯, 괜히 시선을 못 맞추고 휘휘 주변만 보며 딴청... 목이 타는 듯 벌컥벌컥 차를 들이킨다.

한기재 (모두 들은 듯) 그러니까, 이판의 여식이 심중에 다른 사내를 품고 있다?

창운군 말씀만 하신다면 지금 당장이라도 대비전에 가 이를 고해 드릴 수도 있사온데... 즈, 증인이 필요하다면 찾아올 수도 있고 말입니다.

한기재 (비웃듯, 차갑게 바라보면)

창운군 (그 눈빛에 조금 쫄아, 큼... 괜히 찾아왔나 후회하는 중인데)

한기재 그래. 내게 원하는 것이 뭡니까?

창운군 예?? 워, 원하는 것이요!

한기재 이 일만 잘 해결되면, 내 군대감께 진 빚은 톡톡히 갚도록 하지요.

한기재, 만족스러운 듯 바라보며 차를 마시면
창운군, !! 됐구나. 회심의 미소로 보는 데서.

S#53. 대비전

혜종과 대비 마주 앉아 있다.

대비 (답답한) 어찌 그런 아이를 세자빈 간택에 올린 것인지! 내 하마터면 그대로 세자빈까지 삼을 뻔하였습니다.

혜종 (표정 굳어져) 세간의 소문일 뿐입니다. 큰 흠이 되지는 않을 것이니 그대로 진행해 주시지요.

대비 (그런 혜종을 이해할 수 없고) 장차 나라의 국모가 될 사람입니다. 다른 사내를, 그것도 세자의 스승인 자를 마음에 품은 여인이 아닙니까! 마음 같아서는 그 괘씸함에 죄라도 묻고 싶은 심정입니다.

혜종 (무겁게 바라보면)

대비 내 이판을 아끼는 주상의 마음을 모르는 바 아니니 이쯤에서 덮어두려는 것입니다. 허니 일이 더 커지기 전에 간택 단자에서 그 아이 이름을 빼놓으라 명하는 것이 좋을 것입니다.

혜종 (낭패스러운데)

한기재 (모두 들은 듯, 들어오며) 그것만으로는 아니 될 일이지요.

대비, 혜종 (조금 놀라 보면)

한기재 대비마마께서 말씀하신 대로 왕실을 능욕한 괘씸한 자가 아닙니까. 국운이 걸린 중대한 일을 그르치게 되었으니 간택단자에서 이름을 빼는 것만으로 처리할 수는 없는 일이지요.

혜종 이판의 여식이 낙마하면 상헌군의 뜻대로 세자빈을 정할 수 있을 터인데 더 무얼 바라는 것이오!

한기재 (여유롭게 혜종을 바라보며) 자식의 비밀을 숨기고 처녀단자를 올린 이조판서 역시 응당 그 죄를 물어야지 않겠습니까.

혜종 (! 괴롭게 바라보면)

대비 (자신도 더는 어쩔 수 없다는 듯, 한숨)

S#54. 편전 / 밤

혜종에게 사직소를 올리는 신영수.

혜종 (무거운 표정으로 바라보면)

신영수 처녀단자를 올리지 말아 달라 부탁한 제 여식의 의견을 무시하고 제가 홀로 진행한 일입니다. 딸아이의 심중에 어떤 마음이 있는지 살피지 못한 못난 아비의 불찰을 꾸짖어 주시옵소서.

혜종 어찌 그것이 그대의 잘못이겠소... (마음이 아프고) 나의 욕심으로 귀중한 신료를 잃게 되었으니 원망받아야 할 사람은 다름 아닌 내가 아니겠소.

신영수 전하와 저하, 그리고 조정 대신들께 이 죄를 용서받을 길 없을 것입니다...
혜종 (아프게 바라보면)
신영수 (무거운 표정, 고개를 숙이는 데서)

S#55. 소은 집 일각 / 다음 날, 낮

가온과 함께 소은의 집을 향해 걷고 있는 휘. 무거운 표정이다.

플래시백 / 54씬에 이어서, 대전 복도.
혜종과 신영수의 모습을 본 휘. 역시나 표정이 무거워지고.

휘, 다시 걸어가는데
조금 떨어진 곳, 창운군이 잔이를 끌고 가려는 모습이 보인다.
휘, 잠시, 창운군을 알아보고 표정 굳어지는데.

S#56. 동. 일각

창운군, 잔이를 끌고 가려 하면

잔이 이, 이러지 마십시오. 저, 빨리 가 봐야 됩니다... 우리 아씨께서 걱정하실 거라고요.
창운군 소리쳐 봐야 이제 너를 도와줄 사람도 없을 것이다. 네 주인도 낙향하는 마당에 끈 떨어진 너를 대체 누가 도와줄 것 같으냐.

창운군, 다시 잔이를 끌고 가려는데, 그 앞을 막아서는 사람.
가온이다.

창운군 뭐야 넌? 안 비켜?!
휘 (동시에 다가오며) 대낮에 도성 한복판에서 이 무슨 저열한 짓입니까. 숙부님.

창운군 (젠장, 그제야 휘를 알아보고 표정 일그러지면)

잔이 (얼른, 조아리며 휘의 뒤로 숨듯 물러난다)

창운군 (짜증 나고) 한가하신가 봅니다. 간택 일로 바쁘신 줄 알았는데...

휘 안치형의 기간이 썩 짧았나 봅니다. 원하신다면 이번엔 집 안에서 영영 나오지 못하게도 해 드릴 수 있는데.

창운군 (떠올리듯 표정 구겨지고, 비웃듯) 덕분에 편히 쉬었지요. 아주 좀이 쑤셔 죽을 만큼... 헌데, 이제 그리는 안 될 겁니다. 저도 이제 저하의 그 동아줄에 같이 좀 올라타게 됐거든요?

휘 (무슨 말인가 보다가, 그제야 깨닫듯) 이판의 일을 대비전에 고한 사람이 숙부님이셨습니까?

창운군 (씩 웃고) 참으로 속상하셨겠습니다. 저하의 스승이라던 자와 세자빈이 될 뻔한 여인이 그렇고 그런 사이였다니... 지금도 어디선가 통정을 하는 건 아닌가 모르지요.

창운군, 습관처럼 제 옥관자를 만지면
휘, 분한 듯 그런 창운군 바라보는데.

창운군 (다시 잔이를 끌어당기며, 놀리듯) 잘 모르시나 본데... 저하를 능욕한 집안의 계집입니다. 그러니 저하께선 모르는 척 갈 길 가시지요. 내 이 아이에게 지난번 못다 한 볼일이 좀 남아 말입니다.

창운군, 비웃듯 잔이를 잡아채면, 울먹이며 두렵게 바라보는 잔이.
휘, 차갑게 바라보다 가온의 허리춤 꽂힌 칼을 빼어 창운군의 목에 겨눈다.

휘 당장 그 아이에게 손을 놓으시지요. 그렇지 않으면 내 이 자리서 국법의 지엄함을 보여드릴 터이니.

창운군 (놀라 바라보다가, 잠시 비웃듯) 지금 이따위 계집 하나 때문에 종친인 저를 겁박하시는 겁니까?

휘 이 아인 귀한 내 백성입니다. 내 눈앞에서 이 나라 백성을 해하려는 일은 내 도무지 용납할 수 없어서 말입니다.

휘, 창운군의 목 끝에 칼을 더 들이밀면
창운군, 움찔… 어쩔 수 없다는 듯 주춤, 물러난다. 분한 눈빛.

휘 (순순히 물러나는 창운군을 잠시 보다가, 가온에게 다시 검을 건넨다. 잔이에게) 괜찮으냐?

잔이 (여전히 두려움이 가시지 않는 듯, 조아리며) 예…예…저하…

휘 마침 이판 대감께 가던 길이었으니 함께 가자꾸나. (돌아서려는데)

창운군 (기분 나쁜 듯 보다가, 그 말에) 참, 그거 아십니까? 이판을 낙마시킨 공으로 상헌군 대감께서 내게 한자리를 주겠다 약속하셨는데…

휘 (경멸하듯 본다. 무시하듯 차갑게 돌아서며) 그만 가자.

휘, 잔이를 챙겨 걸어가면, 뒤따르는 가온.
창운군, 기분 나쁜 듯, 그 모습 바라보는 표정에서.

S#57. 소은의 집 마당

"아씨~!" 하고 뛰어 들어가는 잔이.
소은, "잔이야!" 놀라 보다가 함께 들어서는 휘를 보고 굳는다.
마주 보는 휘에서.

S#58. 동. 사랑채

소은, 마음고생을 한 듯 핼쑥한 얼굴이다.
소은과 마주 앉은 휘. 마음이 무겁고…

소은 (어렵게 입을 열며) 저희 집 아이를 구해 주셨다 들었습니다. 어찌 감사를 드려야 할지…

휘 (보다가) 곧 고향으로 내려갈 것이라 들었습니다.

소은 (본다. 무거워지는 표정. 고개를 숙이고) 송구합니다. 저하... 저하께 용서받지 못할 큰 죄를 지었습니다.

휘 아닙니다. 사람의 마음이라는 것이 마음대로 되는 것이 아니지요.

소은 (무겁게 고개 숙이면)

휘 그날, 내게 솔직한 마음을 보여줘 오히려 고마웠습니다. 나는, 그러한 용기도 없는 사람이었으니까요.

소은 (그 말에 바라보면)

휘 이런 인연이 아니었더라면 좋은 친구가 될 수도 있지 않았을까 생각해 보았습니다. 물론 사내와 여인의 우정이야 가능하지 않으니... (쓸쓸하게 바라보며) 부디... 건강하고 무탈하길 바라겠습니다.

소은 (고맙고 죄스러운... 그런 휘를 바라보는 표정에서)

S#59. 소은의 집 앞

휘를 배웅하는 소은.

소은 (마음이 무겁고) 곧 아버님께서 오실 터인데...

휘 소저께서 이판대감께 대신 안부 전하여 주시지요. 다시 볼 날을 기다리겠다고요.

휘, 안타깝게 바라보다, 돌아서면
무겁게 바라보던 소은, 가는 휘를 오래 바라보다 역시 발길을 돌린다.

S#60. 동. 일각

무거운 표정으로 걸어가는 휘, 그리고 따르는 가온.
그들의 뒤로 순간, 꺄악-! 하는 소은의 비명 소리가 들려온다.
휘, 가온 놀라 돌아보면

S#61. 동. 소은 집 일각

풀숲 너머 쓰러진 잔이의 시신이 보인다. 칼에 찔린 듯 참혹하게 죽어 있는 모습. 뒤늦게 달려온 휘와 가온. 역시 발견하고 충격으로 바라본다. 가온, 다가가 잔이를 살피면, 이미 목숨이 끊긴 듯 미동 없고.

소은 (충격으로 주저앉아) 잔이야... 잔이야...!!

휘, 그 모습 충격으로 보다가 앞에 떨어진 무언가를 발견한다.
휘, 주워보면 사내의 옥관자다.

플래시백 / 56씬
창운군의 옥관자.

휘, 부들부들... 분한 듯 주먹을 꽉 쥔다. 잔이의 시신을 바라보며 괴롭게 울부짖는 소은과, 분노를 참아 내는 휘의 표정에서. 10부 엔딩.

연모
戀慕
메이킹 포토

연모

DRAMA STAFF

출연 박은빈 로운 남윤수 최병찬 배윤경 정채연 외 | **책임프로듀서** 윤재혁 | **프로듀서** 백승민 | **제작** 안창현 황의경 | **제작총괄** 한혜연 송민주 박춘호 | **촬영** 한동현 정연두 윤재한 윤정환 | **촬영팀** 김정호 강민우 나현재 이장현 권혁민 박의영 송기창 김동휘 이상혁 박자현 고차원 김영민 조재관 정문기 이승훈 김성진 | **촬영장비** [에스티매니지먼트] [미디어에스] | **데이터 매니저** [롤세이브엔에스라인] 권현지 김주하 | **조명** 이재동 이용근 | **조명팀** 김명수 김경태 조정훈 황인규 이유근 김성준 정현승 정선관 김광진 이황주 | **발전차** 강경욱 이창근 **동시녹음** | 정재환 김준범 **동시녹음팀** | 김한얼 장경복 백승욱 전용희 | **그립** 조현종 윤대상 | **그립팀** 이우진 최문환 장현정 김찬우 **캐스팅** | 김추석 전기창 | **아역캐스팅** 노태민 | **보조출연** [브로캐스팅] 백영일 [트리엔터테인먼트] 유병섭 유경식 | **무술** [액션스쿨] 권태호 | **무술지도** 이철일 | **미술** [유건아트라운지] | **미술감독** 김시호 | **미술실장** 박성인 | **미술팀장** 성지은 | **세트** [제니스] | **세트대표** 이관용 | **세트진행** 조윤석 | **소도구팀** [스튜디오 더 블랙] 백세훈 조원철 김기원 이창희 이수형 이승재 김영완 조은지 | **의상** [KBS 아트비전] | **의상디자인** 강윤정 | **의상팀** 신우현 임준호 전세계 이재화 안형신 홍수진 신하영 | **의상지원** 이석근 이성주 | **분장/미용대표** [미르분장] 정해랑 | **분장실장** 차상훈 | **분장팀** 박은지 박정인 김수민 채현겸 | **미용실장** 문순정 | **미용팀** 윤해진 이승연 천세화 | **장신구** [민휘아트주얼리] 김민휘 | **장신구팀** 정재인 이용우 우정현 김교연 지민희 손혜림 | **특수효과** [에스에프] 민창기 신종민 유준상 김승주 고두현 | **차량배차** [유진네트관광] 장호정 | **스탭버스** 조관성 유현덕 | **연출승합** 김진호 김영수 | **진행승합** 이상흔 김정남 | **카메라승합** 김진환 허부열 박동백 송춘섭 | **소도구차량** 김양호 | **의상버스** 김수한 | **분장버스** 남상배 이금암 | **특수촬영차량** [인아트워] 심대섭 이정우 | **사륜차** 김홍진 | **승마팀** [킴스홀스앤컬쳐] 김교호 안민재 김영모 최부태 | **드론** 서한얼 | **편집** 이레네 한이슬 | **편집보** 문혜빈 박세정 | **음악** 태건 | **작곡** 박민지 Roark Fara Effect 강명수 엄기현 김태진 | **음악효과** 이임우 | **OST 제작** [FNC 엔터테인먼트] | **Audio Post Production** [CS앰비언트] | **Executive Director** 서성원 | **Studio Director** 정승현 | **Sound Supervisor** 이동환 | **Supervising Sound Designer** 유석원 | **Sound Designer** 허관회 배상국 허정현 김수남 | **특수영상** [WIDEEAST] | **Executive VFX Producer** 조현환 | **CG Supervisor** 이경용 | **CG Producer** 남기호 | **CG Artists** 김경문 임현정 이림 서건화 이해원 | **CG Production Managers** 신혜원 박지해 | **Pantarhei Studio** 김자경 김성원 이승훈 천영문 정혜지 오승진 손영수 정시준 김원준 | **Motion Graphics Artist** 박현희 이수연 이지훈 전민정 한제우 | **CGNURI** 이순동 김은희 이상섭 | **Matte Studio** 최동규 윤광규 윤찬미 | **Digital Intermediate** [Media L] | **Digital Colorist** 권윤경 박애라 | **Color Assistant** 서민경 김성우 이온유 | **제작편집감독** 김경환 안영록 | **제작편집C.G** 조정민 | **KBS프로모션총괄** 김지연 | **디지털프로모션** 강덕천 김은총 | **KBS디자인** 박성은 | **온라인홍보** [KBS미디어] | **콘텐츠기획** 민지선 | **웹디자인** 박현진 | **홍보대행** [블리스미디어] 김호은 손예지 | **스틸/메이킹** [블리스콘텐츠] 김호빈 설동성 박수현 박진서 원유경 | **마케팅** [미스터피알] 나연화 김지혜 | **해외마케팅총괄** 조한상 | **국내마케팅총괄** 신용식 김상유 | **메이킹 포토 2권 427쪽 용포사진 제공** 나무 엑터스 | **포스터디자인** [피그말리온] 박재호 박주영 | **포스터사진** 이승희 | **대본인쇄** [슈퍼북] 권세나 | **제작PD** 최지원 최윤수 도연주 이수민 백현기 박인영 | **라인PD** 장혜진 | **사업기획** 박종우 | **제작관리** 박은별 이영범 강승원 김정아 서주희 | **자문** 최희수 | **스토리보드** 임희경 | **로케이션** [로그이엔티] 강예성 이창현 홍경수 | **SCR** 전서은 최민정 | **연출팀** [NATURAL9] 오승호 이국현 전유영 이성주 설지산 이나연 김강 정유진 | **조연출** 이영서 정광식 장수미 | **원작** 만화 〈연모〉 이소영 ©이소영/대원씨아이 | **극본** 한희정 | **보조작가** 신소영 심진실 | **연출** 송현욱 이현석 | **기획** KBS | **제작** 아크미디어 몬스터유니온